Mulaule

4. Fall aus der Reihe
Seligenstädter Krimi
von Rita R. Schönig

Personen und Handlung sind frei erfunden.
Ähnlichkeiten mit lebenden oder toten Personen sind
rein zufällig und nicht beabsichtigt.

D1718230

Inhalt:

Beim morgendlichen Gassigehen mit seiner Hündin, Miss Lizzy, entdeckt Ferdinand Roth an der Mulaule die Leiche einer, in die historische Seligenstädter Tracht gekleideten, Frau.

Erst bei näherem Hinsehen, erkennt er – es ist ein Mann.

Es stellt sich heraus, dass es sich um Staatsanwalt a.D. Heinz Hagemann handelt; auch der „Hartgesottene" genannt. Ihm sollte in einigen Tagen, der Bundesverdienstorden überreicht werden.

Die naheliegende Frage: Wollte jemand diese Auszeichnung verhindern und – wenn ja, weshalb? – stellen sich nicht nur Helene und Herbert.

Auch Kriminalhauptkommissarin Nicole Wegener und ihr Team gehen zunächst diesem einzigen Anhaltspunkt nach.

Die Ermittlungen ergeben, dass Heinz Hagemann keineswegs der moralisch korrekte Staatsdiener und ehrbare Mitbürger gewesen war, der er vorgab zu sein.

Weitere Nachforschungen enthüllen dunkle Geheimnisse der Familie Hagemann.

Mulaule

Wer sich tief weiß, bemüht sich um Klarheit;
wer der Menge tief scheinen möchte,
bemüht sich um Dunkelheit

Friedrich Nietzsche

Impressum

Texte © Copyright by
Rita Schönig

Bildmaterialien © Copyright by
Rita Schönig

Mailadresse
buch@rita-schoenig.de
www.rita-schoenig.de

ISBN: 9783750205703
Veröffentlicht 2019
2. Auflage

Ermittlerteam:
Nicole Wegener, leitende Kriminalhauptkommissarin
(KHK) Kommissariat Mordkommission – Offenbach
Harald Weinert, Kriminalhauptkommissar (KHK)
Kommissariat Mordkommission – Offenbach
Lars Hansen, Kriminaloberkommissar (KOK)
Kommissariat Mordkommission – Offenbach
Dr. Ludwig Lechner, Erster Kriminalhauptkommissar
(EKHK) Leiter des Kommissariats K11
Staatsanwalt: Falk von Lindenstein
Staatsanwalt: Felix Heller

Dr. Martin Lindner, genannt Doc, Gerichtsmediziner
Viktor Laskovic, KTU, Gerichtsmediziner

Seligenstädter Polizeistation
Josef Maier, Polizeihauptkommissar und
Leiter der Polizeistation Seligenstadt
Hans Lehmann, Polizeioberkommissar
Berthold Bachmann, Polizeikommissar

Privates Ermittlerteam:
Helene Wagner, ehemalige Vermieterin und
mütterliche Freundin von Nicole Wegener
Herbert Walter, Lebensgefährte von Helene
Josef (Sepp) Richter, Nachbar
Georg (Schorsch) Lenz, Nachbar
Gundel (Gundel) Krämer, Nachbarin
Ferdinand und Bettina Roth, gute Freunde

Seligenstädter Ausdrücke zur Weiterbildung:

Dreggwiwwel	-	kleiner Dreckfink
Fuchtel	-	unter strenger Zucht stehen
Griffel	-	Finger
keifern	-	unentwegt plappern
Lumpeseckel	-	hinterhältige Person
Owermaschores	-	Obermacher, Ansager
schinant	-	schamhaft, verschämt
Rotzleffel	-	Gassenjunge mit laufender Nase
Schellekloppe	-	an der Haustür klingeln (Spaß)
Schluri	-	Schuft
Trumm	-	mächtig großer Gegenstand
Zergus	-	Ärger

Kurz und knapp:

Der Unterschied zwischen DNA und DNS:
DNA steht für *Deoxyribonucleic acid* und ist der englische Begriff für Erbinformationen
DNS steht für *Desoxyribonukleinsäure* und ist der deutsche Begriff.
DNS hört man nur äußerst selten – meist in deutschen Krimis, die professionell produziert wurden.

17. Oktober 2017 / Dienstag 23:55 Uhr

Langsam und fast lautlos steuerte er den hellen Citroën durch die menschenleere Hospitalstraße bis zum Anwohnerparkplatz, unweit der Mulaule.

Der etwa 1463 erbaute Wehrturm gehörte einst zur Stadtbefestigung und wurde im Mittelalter als Pulverturm, eine Zeitlang aber auch als Gefängnis für Gauner und Betrüger genutzt.

Genau deswegen sollte der feine, nach außen hin untadelige Herr Heinz Hagemann dort aufgefunden werden; angeprangert und gut sichtbar für alle. Besonders für diejenigen, die diesen *Gutmenschen* gewissermaßen auf ein Podest gestellt und ihn nun sogar für das Bundesverdienstkreuz vorgeschlagen hatten.

Heinz Hagemann, der Inbegriff der Gerechtigkeit und Moral. Ein Vorbild an christlicher Nächstenliebe und Hilfsbereitschaft, eine wahre Stütze der Gesellschaft.

So lautete die Vorablaudatio seiner Vereinsfreunde und Gönner in dem Ersuchen an die Landesregierung. Entsprechend verfaßten die heimische Presse, als auch die Zeitungen des Kreises Offenbachs, ihre Reportagen – eine einzige Beweihräucherung Hagemanns zur Schau getragenen Selbstlosigkeit.

Was wirklich hinter der Fassade des ehemaligen Staatsanwalts steckte, ahnten nur wenige und die schwiegen – schon um ihres eigenen Ansehens wegen und eventuell entstehender Konsequenzen.

Niemals hatte der *Hartgesottene*, wie er hinter vorgehaltener Hand genannt wurde, auch nur einen Funken Verständnis gezeigt. Im Gegenteil: Er nutzte seine Macht gnadenlos aus. Dabei war es ihm egal, ob er dadurch Leben und Familien zerstörte. Recht und Gesetz, Zucht und Ordnung und vor allem die Moral waren das Credo seines Lebens. Einfühlungsvermögen war für Heinz Hagemann ein Fremdwort.

Das alles interessierte den Fahrer des Citroëns nur sekundär. Er wollte in erster Linie Rache! Genauso, wie sein ehemaliger Zellennachbar, für den er diesen Job nun erledigte. Nur, dass die Art von Rache, die sein Knastbruder mit seinem Auftraggeber verhandelt hatte, für ihn keine richtige Vergeltung war, weshalb er ein wenig *nachgeholfen* hatte.

Was sollte das, diesen Staatsanwalt in Frauenkleidung neben den Turm zu setzen, nur, dass er für eine kurze Zeit die Lachnummer der Stadt wird?

Nein! Wenn Rache, dann richtig.

Ein Blick in die Umgebung verriet ihm, dass in keinem der umliegenden Häuser noch Licht brannte. Auch sonst war keine Menschenseele zu sehen. Dennoch zog er die Kapuze des Sweaters tiefer über sein Gesicht, bevor er aus dem Wagen stieg und den Kofferraum öffnete.

Verächtlich blickte er auf den, in der Seligenstädter Tracht der Frauen gekleideten Mann. Was diese Maskerade sollte, war ihm unklar. Dennoch hatte er den leblosen Körper in die Tracht gezwängt, was gar nicht so einfach gewesen war und dessen Gesicht, wie angeordnet, geschminkt. Es war nicht direkt gelungen. *Was soll's*, dachte der Mann nun. *Bin ja keine Tussi.*

Er hob die Leiche aus dem Kofferraum und schwang sie über seine Schulter. Dabei fielen ihm die Perücke mit den blonden langen Zöpfen und der schwarze Hut ins Auge. Damit sollte er den Toten ebenfalls noch ausstaffieren.

Erneut schüttelte er den Kopf, stapfte mit seiner Last die am Turm verlaufende Treppe hinunter und auf der anderen Seite die erdige Anhöhe wieder hinauf. Dort platzierte er die Leiche in der Ecke des Turms, dekorierte sie mit Perücke und Hut und nahm noch letzte Handgriffe an Kleidung und Position vor.

Zuletzt steckte er den Zettel in eine Falte des Trachtenrocks. Auch so ein Blödsinn, den er nicht nachvollziehen konnte.

Wieder auf dem asphaltierten Uferweg, besah er sich sein Werk einige Sekunden lang und machte ein Foto mit dem Handy. Ebenfalls eine Anordnung seines Kumpels und des, ihm unbekannten, Auftraggebers.

Total abgefahren. Da soll mal einer sagen, ich wäre pervers, dachte er bei sich, ging gleichmütig die Stufen am Turm wieder hoch und stieg in seinen Wagen. Ursprünglich war es der Wagen des Toten, der ihn jetzt ja nicht mehr benutzen konnte und laut seinem Kumpel, dürfe er damit machen was er wolle.

Persönlich stand er nicht auf Oldtimer und die Kiste gab

PS-mäßig auch nicht besonders viel her. Aber er hatte zumindest einen fahrbaren Untersatz, bis sich etwas Besseres ergab.

Auf dem Beifahrersitz lagen die Habseligkeiten des ehemaligen Staatsanwalts. Der Geldbörse entnahm er die Scheine – es waren gerade mal 45 Euro – und warf Portemonnaie, Schlüsselbund und iPhone ins Handschuhfach.

Morgen kommt der kleine Arsch mit mehr Knete und dann, mal sehen.

18. Oktober 2017 / Mittwoch 08:05 Uhr

Nebelschwaden, die ersten Anzeichen auf den beginnenden Herbst, standen über den Mainauen. Ebenso deutete die morgendliche Temperatur von zwischen 7 bis 8 Grad darauf hin, dass der Sommer bald vorbei sein würde. Und dennoch, glaubte man dem Wetterbericht, sollte am Nachmittag, das Thermometer erneut auf 18 bis 20 Grad klettern.

Miss Lizzy, ein Cavalier King Charles Spaniel mit langen weißen Haaren und kastanienroten Markierungen, interessierte das wenig, wenn überhaupt. Sie tobte, sobald Ferdinand Roth ihr das Halsband abgenommen hatte, voller Lebensfreude über das feuchte Gras der Mainwiesen. Hier und dort erschnupperte sie an Sträuchern geheime Nachrichten, die ihre Artgenossen ganz sicher *nur* für sie hinterlassen hatten. Anschließend fegte sie weiter zum Ufer, wo sie einige Enten aus dem Schlaf aufscheuchte.

Mit ihren 9 Monaten war die kleine Hundedame noch sehr verspielt, hörte aber mittlerweile – also meistens – aufs Wort.

In den ersten Nächten schlich Lizzy oftmals heimlich ins Schlafzimmer und schnappte nach einem Zipfel der herunterhängenden Bettdecke. Sie zerrte so lange, bis sie sich endlich daran hochziehen konnte. Woraufhin Ferdinand den Welpen ins Körbchen zurückbrachte, das keine 3 Meter entfernt im Badezimmer stand.

Seine Ermahnung – *Bett für die Menschen – Körbchen für*

das Hundi, bezog sich sowohl auf Lizzy, als auch auf Bettina, seine Ehefrau, die bei jeder Umbettung lächelte. Hingegen Lizzy ihn aus ihren großen dunklen Augen herzzerreißend anschaute und ihr schwarzes Näschen rümpfte.

Das Prozedere wiederholte sich mehrmals in der Nacht und einige Nächte hindurch, bis Ferdinand sich durchgesetzt hatte. Mit dem kleinen Kompromiss, dass das Körbchen jetzt direkt vor dem unteren Ende ihres Ehebettes stand und Bettina ihr Kopfkissen geopfert hatte.

„Lizzy! Komm jetzt, wir müssen noch Brötchen kaufen", rief Ferdinand die Hündin.

Die kam sofort angerannt. Wobei ihre langen Ohren, wie riesige Schmetterlingsflügel im Wind flatterten.

Vorbei an den teils restaurierten Überresten des Palatium, einer ehemaligen Residenz aus dem Jahre 1188, von Kaiser Friedrich I. Barbarossa, gingen die beiden nun in trauter Zweisamkeit nebeneinander den Uferweg entlang. Alle zwei Schritte sah Lizzy zu Ferdinand auf, so als wollte sie sagen: *Schau, ich kann schon bei Fuß.*

Plötzlich hielt die Hündin ihre Nase in den Wind und trippelte aufgeregt vor und zurück.

„Lizzy, was ist los?" Ferdinand bückte sich und strich über den Kopf des Hundes. Lizzy drehte sich einmal um die eigene Achse und schoss dann die asphaltierte Uferpromenade entlang.

„Lizzy! Bei Fuß!", rief Ferdinand.

Doch Lizzy dachte gar nicht dran. Vor dem Turm – der Mulaule – bremste sie abrupt und bellte sich die Seele aus dem Leib. Immer wieder versuchte sie die niedrige, für die kleine Hündin dennoch zu hohe, Steinmauer zu erklimmen.

Als Ferdinand endlich schnaufend bei seiner Hündin ankam tänzelte diese um seine Beine, um sofort wieder bellend und jaulend die Mauer bezwingen zu wollen.

Ferdinand folgte dem Blick der Spaniel-Hündin.

„Ach du liebe Zeit. Wer ist denn das?"

In etwa 3 Meter Höhe, in die Mauerecke des Turms gelehnt, saß eine Frau. Den Kopf, mit langen blonden Zöpfen, unter einer schwarzen Haube gesenkt, die Arme seitlich am Körper anliegend und mit ausgesteckten Beinen sah es aus, als ob sie tief schliefe. Andererseits konnte Ferdinand sich dem Eindruck nicht verschließen, dass es sich ebenso um eine lebensgroße Puppe handeln könnte.

Stutzig machte ihn auch die Bekleidung. Die Frau trug die charakteristische *Seligenstädter Tracht*. Der schwarz bestickte Rocksaum mit Sträußen-, Ranken- und Schleifendekoration, in Form von Klatschmohn, Kornblumen, Margeriten und Ähren.

Diese Tracht wurde normalerweise nur getragen, wenn historische Festivitäten anstanden, was seines Wissens zurzeit nicht der Fall war.

„Hallo! Geht es Ihnen gut? Kann ich Ihnen helfen?"

Verunsichert sah Ferdinand sich um. Aber, außer ihm und Lizzy war momentan niemand unterwegs. Lediglich aus einem Haus, oberhalb der Uferpromenade, lehnte sich eine Person aus dem Fenster, rief etwas wie *Gekläffe* und schloss dasselbige unsanft.

„Lizzy, komm her."

Ferdinand klinkte die Hundeleine in Lizzys Halsband und

befestigte damit Hund und Leine an der Bank, die rechtseitig des Turms stand. Die Spaniel-Dame war damit überhaupt nicht einverstanden und bellte umso lauter und zerrte an der Leine.

„Ich bin gleich wieder bei dir", versuchte Ferdinand die Hündin zu beruhigen, mit wenig Erfolg. Lizzy sprang hin und her und brachte ihren Unmut lautstark zum Ausdruck.

„Miss Lizzy!" Ferdinands Ton wurde schärfer. „Gut jetzt, Sitz und Platz!"

Mit leisem Gejaule folgte die Hündin den Anweisungen und legte sich vor die Bank. Aber nur so lange, wie sie ihr Herrchen im Auge hatte.

Vorsichtig erklomm Ferdinand den etwa 60 cm hohen Mauersims und Schritt für Schritt die Steigung. Als er bei der Person ankam – jetzt erkannte er, dass es sich auf keinen Fall um eine Puppe handelte – fragte er noch einmal: „Kann ich Ihnen helfen?", erhielt jedoch keine Antwort.

Mit einem unguten Gefühl wagte er seine Hand an den Hals der Frau zu legen, um sie schnell wieder wegzuziehen. Erschrocken hielt er sich am danebenstehenden Trafokasten fest. Gänsehaut erfasste seinen Körper, gleichzeitig traten Schweißperlen auf seine Stirn. Dennoch konnte er nicht umhin, die Person näher in Augenschein zu nehmen; Macht der Gewohnheit aus seiner Zeit als Sanitäter.

Mit zwei Fingern hob Ferdinand das Kinn der Frau an. Sie dürfte wohl so um die 70 sein, stellte er fest, war aber für ihr Alter ungewöhnlich stark geschminkt und … *kratzig*? Er schaute genauer hin.

„Herr im Himmel. Das ist ein Mann", murmelte er.

So schnell es ihm möglich war, hastete er den kurzen Abhang hinab. An der Bank angekommen, nahm Ferdinand seine Lizzy hoch, presste sie an sich und setzte sich erst einmal. Nachdem er wieder einigermaßen klar denken konnte, sagte er: „Lizzy, ich glaube, wir müssen die Polizei verständigen. Da stimmt etwas nicht."

Er tastete in seiner Hosentasche nach seinem Handy. Natürlich lag das zu Hause.

Mittwoch / 08:20 Uhr

Der diensthabende Polizeibeamte schaute skeptisch durch die Glasscheibe, als Ferdinand Roth explizit nach Polizeihauptkommissar Josef Maier, dem Leiter der Polizeidienststelle, fragte.

„Ich muss unbedingt mit Ihrem Vorgesetzten, Herr Maier, sprechen", äußerte Ferdinand nochmals eindringlich.

Der Polizist zeigte auf die Stühle, die in dem kleinen Flur vor der Anmeldung, an der gegenüberliegenden Wand standen und griff zum Telefonhörer. Dabei ließ er Ferdinand nicht aus den Augen. Erst jetzt entdeckte er Lizzy, die brav neben ihrem Herrn Platz machte.

Sofort wurden die Gesichtszüge des Polizeibeamten weicher, was vermutlich daran lag, dass Lizzy den Mann hinter der Glasscheibe mit schräg gelegtem Kopf, aus ihren schwarzen Knopfaugen anschaute. Damit hatte die Hundedame immer Erfolg.

Gedämpftes Gemurmel drang in den Wartebereich. Wenige Minuten später öffnete Polizeihauptkommissar Josef

Maier die seitliche Glastür, durch die es zu den innenliegenden Amtsräumen ging.

Ferdinand erhob sich und Lizzy ebenfalls.

„Ich nehme an, Sie sind Herr Roth?", stellte Josef Maier in ernstem Ton fest, um sich dann lächelnd zu der Hundedame herunterzubeugen. „Und wen haben wir hier?" Er hielt Lizzy seine Hand zum Schnuppern unter die Nase. Die wedelte mit dem Schwanz und schleckte Josef Maier kurz über dessen Finger.

„Das ist Miss Lizzy", antwortete Ferdinand nervös. „Ich muss eine Tote eh ... einen Toten melden."

Maier ließ von der Hündin ab und sah Ferdinand bestürzt an. „Ja was denn nun? Und wo? Kommen Sie."

Die beiden wurden in ein Büro geführt. Der Polizeihauptkommissar machte eine Geste auf die vor seinem Schreibtisch stehenden Stühle. Er selbst ließ sich dahinter in seinem Sessel nieder. Gleichzeitig griff er nach Block und Stift.

„Nun erzählten Sie mal der Reihe nach, Herr Roth." Maier stutzte. „Sagen Sie, kennen wir uns nicht? Ach, jetzt fällt es mir wieder ein. Sie wohnen in einem der Häuser im Klosterhof, stimmt's?"

„Ja", bestätigte Ferdinand knapp.

Maier nickte betreten. Sofort ereilte ihn die Erinnerung an den Toten im Graben der Klostermühle vor einem Jahr und die vorläufige Inhaftnahme der Roths.

Eine unschöne Sache damals.

„Sie haben also einen Leichenfund zu melden? Ich hoffe nur, es liegt nicht schon wieder ein Toter im Klosterhof."

Ferdinand schüttelte den Kopf. „Aber unten am Main, an

der Mulaule."

„Woher wollen Sie wissen, dass die Person tot ist? Haben Sie sie etwa an…?"

„Ich wollte sehen, ob ich helfen kann", fiel Ferdinand dem Polizeihauptkommissar ins Wort und fügte erklärend hinzu: „Ich war früher Sanitäter. Auf den ersten Blick sah es aus, als würde sie schlafen. Dann dachte ich, es könnte auch eine Puppe sein, in der Seligenstädter Tracht – also der Tracht der Frauen", schilderte Ferdinand seinen ersten Eindruck. Es wunderte ihn selbst, dass er nun auf einmal so ruhig und gelassen seine Angaben vorbrachte.

„Die Seligenstädter Tracht?", wiederholte Maier ungläubig und schaute Roth mit in Falten gelegter Stirn an. „Sprachen Sie nicht soeben von einem männlichen Toten?"

„Das ist ja gerade das Merkwürdige. Es ist ein Mann in der Kleidung einer Frau."

Josef Maier brauchte ein paar Millisekunden. Dann fragte er: „Das erklären Sie mir bitte."

„Als ich meine Hand auf die Schlagader am Hals legte, fühlte es sich stachelig an. Da habe ich kurz das Kinn angehoben und ... ja, da waren einwandfrei Bartstoppeln."

Maier beugte sich ein wenig über seinen Schreibtisch. „Getrunken haben Sie aber nicht?"

„Um diese Zeit?", ereiferte sich Ferdinand etwas zu laut. „Ich bitte Sie."

„Ja, ist ja gut." Maier winkte ab. „Was glauben Sie, was ich hier schon alles erlebt habe." Er schnaufte hörbar. „Wann haben Sie die Leiche gefunden?"

„Das muss so etwa 10 bis 15 Minuten her sein. Und gefunden hat sie eigentlich Lizzy, meine Hündin."

„Haben Sie schon den Notarzt oder die Feuerwehr gerufen?"

„Nein. Mein Handy liegt zu Hause. Ich wollte ... also wir wollten nur kurz Gassi gehen und Brötchen holen. Ach du liebe Zeit, Bettina!" Ferdinand sprang auf. „Meine Frau wird sich bestimmt schon sorgen, wo ich so lange bleibe."

„Wie geht es Ihrer Frau? Ich hoffe", Maier räusperte sich, „sie konnte die eh ... unleidige Angelegenheit von damals einigermaßen gut verarbeiten? Ich kann mich nur noch einmal entschuldigen für die Unannehmlichkeiten. Aber mir blieb keine Wahl."

„Machen Sie sich keine Vorwürfe. Das war alles nur ein großes Missverständnis. Sie haben nur Ihre Arbeit getan. Und danke, meiner Frau geht es gut, was auch an Miss Lizzy liegt."

Die Hündin lag vorbildlich neben Ferdinands Stuhl, hob aber jetzt ihren Kopf, als sie ihren Namen hörte.

„Das beruhigt mich. Danke, dass Sie mir das nicht nachtragen." Josef Maier, hievte sich aus seinem Bürosessel und warf Lizzy einen zärtlichen Blick zu. „Sie ist aber auch eine ganz Süße."

Es schien als ob Lizzy den Polizeihauptkommissar angrinste.

„Rufen Sie Ihre Frau an, während ich eine Streife zur Mulaule schicke." Josef Maier schob Ferdinand das Telefon über den Schreibtisch.

Natürlich hatte Bettina sich bereits Sorgen gemacht und

erwogen, nach ihrem Ehemann zu suchen. Der Grund seiner langen Abwesenheit erregte sie allerdings noch mehr. „Weißt du wer es ist?"

Ferdinand verneinte, obwohl er das Gefühl hatte, dass ihm das Gesicht bekannt vorkam.

„Nun kümmert sich die Polizei darum. Ich mache mich jetzt auch gleich auf den Weg. Trotz alldem knurrt mir der Magen."

Der Dienststellenleiter kam in den Raum zurück, als Ferdinand gerade den Hörer auflegte.

„Danke für das Telefonat", sagte Ferdinand. „Brauchen Sie mich noch, oder kann ich jetzt gehen?"

„Ja, natürlich. Sie können gehen, Herr Roth. Eine Streife ist bereits unterwegs. Sollte die Kriminalpolizei noch Fragen haben, wissen wir ja, wo wir Sie finden."

Sofort bemerkte Maier seinen Fauxpas und schoss hinterher: „Entschuldigung. So hatte ich das nicht gemeint."

Nachdem Ferdinand seine Hündin die Treppe runtergetragen hatte, setzte er sie vor der Polizeistation ab.

Lizzy hatte nichts Eiligeres zu tun, als direkt an der Ecke der letzten Treppenstufe ihre Duftmarke zu hinterlassen.

„Das hat dich wohl auch sehr mitgenommen", quittierte Ferdinand. „Jetzt aber nix wie weg von hier, sonst bekommen wir zwei noch Ärger. Außerdem wartet Frauchen schon zu lange."

Sein Blick fiel auf die gegenüberliegende Bäckerei. „Weißt du was? Wir kaufen gleich dort unsere Brötchen."

Die beiden überquerten die Straße und liefen direkt in die

Arme von Gundula Krämer, die gerade aus der Tür der Bäckerei kam.

„Ja, Ferdi. Was machst du denn so früh bei der Polizei?" Mit einer Mischung aus Neugier und Besorgnis, stellte sich die gerade mal 1 Meter 45 kleine Frau dem 1 Meter 90 Hünen in den Weg. „Ist schon wieder was passiert?"

„Wieso? Woher weißt du ...?"

Sogleich gab Ferdinand sich selber die Antwort.

Was Gundel an Körpergröße fehlte, machte sie durch ihre allgegenwärtigen Augen und Ohren wett. Zurückhaltung und Diskretion waren nicht gerade ihre Stärken. Sie sah und wusste einfach alles, was in der Stadt vor sich ging und kannte auch beinahe jeden; zumindest die alteingesessenen Einwohner.

Jetzt hatte sie ihn und Lizzy gesehen, als sie die Polizeidienststelle verließen. Es hatte also keinen Sinn etwas abzustreiten oder zu verheimlichen. Zudem würde es Morgen sowieso in der Zeitung stehen, die Gundel regelmäßig und intensiv las.

Dennoch informierte Ferdinand die Schwägerin seiner Ehefrau nur über den Fund der Leiche neben der Mulaule; nicht aber darüber, dass es sich um einen Mann in der Seligenstädter Tracht der Frauen handelte.

„Und warum hast du nicht schon von dort den Notarzt und die Polizei gerufen?", fragte Gundel mit einem unüberhörbaren Vorwurf in der Stimme.

„Ein Notarzt hätte da nichts mehr ausrichten können; das kannst du mir glauben. Außerdem liegt mein Handy zu Hause", antwortete Ferdinand wahrheitsgemäß.

„Hm, hm, hm", brummte Gundel und schüttelte ihren Kopf mit den dauergewellten, hellblonden Haaren.

„Typisch Mann. Jetzt gibt es schon die Möglichkeit, mit einem Handy von überall hin und her zu telefonieren und dann vergisst du es mitzunehmen."

Dem hatte Ferdinand nichts entgegenzusetzen und hob nur entschuldigend die Schultern.

„Ich muss jetzt aber wirklich ... Bettina wartet."

Er drängte sich an Gundel vorbei und öffnete die Tür zur Bäckerei.

„Du musst aber unbedingt Helene und Herbert informieren", rief Gundel ihm hinterher. „Ihr seid doch in letzter Zeit sowieso so eng."

Zum besseren Verstehen ihrer Andeutung kreuzte sie ihre kurzen, fleischigen Zeigefinger übereinander.

„Ich sage schon mal Sepp und Schorsch Bescheid. Die ersten Stunden sind entscheidend für die Ermittlungen", hörte Ferdinand noch dumpf die helle Stimme durch die bereits geschlossene Tür.

Er holte tief Luft. *Warum muss die Frau ständig irgendwem irgendwas erzählen? Und welche Ermittlungen?* dachte er noch und dann fiel es ihm wie Schuppen von den Augen.

Er tätig schnell seinen Einkauf und eilte, die Brötchentüte in der einen Hand, Lizzy an der anderen führend, die Bahnhofstraße entlang. In Höhe des Kinos hielt er dann doch kurz an und schaute nach links.

Soll ich doch erst einen kurzen Abstecher zu Helene und Herbert machen? rauschte der Gedanke kurz durch seinen

Kopf. Hingegen zeigte seine Armbanduhr: 9 Uhr 20. Er entschied sich für das Frühstück mit Bettina.

Mittwoch / 10:15 Uhr

Kriminalhauptkommissarin Nicole Wegener schaute aus dem Fenster ihres Büros und schlürfte bereits ihren dritten Kaffee an diesem Morgen.

Seit einigen Tagen war es ungewöhnlich ruhig im Dezernat K11 des Offenbacher Kriminalkommissariats. Weder ein Brand- oder Waffendelikt und schon gar kein aktueller Mord, den es aufzuklären galt, landeten auf ihrem Schreibtisch. Auch ihr unmittelbarer Vorgesetzter, Erster Kriminalhauptkommissar Dr. Ludwig Lechner, stürzte nicht, zwecks Infos, wie eine Tsunamiwelle über die Türschwelle. Es gab ja nichts wonach er sich hätte erkundigen sollen.

Stattdessen hatte sie und ihr Team die Akten einiger alter und ungeklärter Fälle vor sich liegen. Angesichts der ruhigen Lage waren ihnen diese von höherer Stelle aufs Auge gedrückt worden.

Während Andreas Dillinger, ihr Lebensgefährte, sich im Archiv des Präsidiums seit Jahren mit Leidenschaft diesen sogenannten „Cold Cases", widmete, blätterte Lars Hansen – seit Mitte des Jahres ebenfalls im Rang des Kriminalhauptkommissars – mehr oder weniger lustlos und gelangweilt darin herum.

Hingegen war sein Kollege, Kriminalhauptkommissar Harald Weinert, recht froh über die nicht allzu anstrengende, wenn auch monotone Betätigung.

Im Februar war er zum ersten Mal Vater geworden und hatte in den ersten Monaten kaum eine Nacht durchgeschlafen. Das normalisierte sich zwar – seine kleine Tochter schlief jetzt ganze sechs Stunden am Stück. Dennoch machte sich der monatelange ungewohnte Schlafrhythmus in Form diversen auffälligen Gähnens noch immer bemerkbar.

Nicole und Lars hatten dafür nur ein müdes Lächeln übrig und den weisen Spruch: *So hattest du dir das nicht vorgestellt, oder?*

„Wenn nach so langer Zeit ein Mord noch aufgeklärt wird, kann man schon von einem glücklichen Zufall sprechen", murmelte Lars halblaut vor sich hin.

„Sag' das nicht", widersprach Harald. „Du weißt doch selbst, dass es heute möglich ist, durch eine DNS-Analyse den oder die Täter, auch nach Jahrzehnten noch zu überführen."

„Vorausgesetzt sie leben noch", warf Lars ein.

„Selbst, wenn sie nicht mehr am Leben sind, ist es für die Angehörigen der Opfer immer ein Trost, wenn der Mörder ihrer Liebsten doch noch ermittelt wird, auch wenn er nicht mehr zur Rechenschaft gezogen werden kann."

„Wenn du das sagst", antwortete Lars unaufmerksam und blätterte in den Seiten der vor ihm liegenden dünnen Mappe.

„Was hat ein Vermisstenfall unter den ungeklärten Mordfällen zu suchen? Da ist dem Andy doch tatsächlich mal ein Fehler unterlaufen."

„Kann ja mal passieren", erwiderte Harald. „Gib her. Ich bring ihm die Akte zurück."

In der Hoffnung für kurze Zeit dem reizlosen *Zeitvertreib* zu entkommen, streckte er den Arm aus um die Unterlagen entgegenzunehmen. Doch Lars machte keine Anstalten diese seinem Kollegen auszuhändigen.

Stattdessen nuschelte er vor sich hin: „Das ist allerdings interessant. Es handelt sich um einen 17-jährigen Jungen, Daniel Hagemann aus Seligenstadt. Er ist fast genau heute vor 16 Jahren verschwunden und gilt bis dato als vermisst."

„Aus Seligenstadt?" Harald kam um den Tisch herum und beugte sich über die Schulter seines Kollegen.

***

Was ist nur mit den bösen Jungs los? sinnierte Nicole. Einen Moment ereilte sie die Illusion, die Welt hätte sich zum Guten gewandt und sie – sprich die Kriminalpolizei – würde nicht mehr gebraucht.

Der törichte Gedanke entfloh ihrem Bewusstsein so schnell wie er gekommen war.

Das wird nie passieren. Das menschliche Wesen ist nicht dafür geschaffen, auf immer und ewig friedlich miteinander umzugehen.

Ein Spruch, der Andy immer mal wieder rausrutschte; keine Wunder bei all den verstaubten Akten, von denen er umgeben war.

Als ihr Handy jetzt klingelte zuckte sie zusammen und hätte fast ihren Kaffee verschüttet.

„Wegener", meldete sie sich lässig. „Ja, ich wohne in Seligenstadt, wieso? ... Eine Tote? Sie machen Scherze?"

Der Kollege vom Kriminaldauerdienst versicherte mit müder aber auch essigsaurer Stimme, dass er in Bezug auf

Verstorbene nie Späße machen würde und auch sonst keinen Anlass dazu hätte.

Nicole wackelte mit dem Kopf und rollte mit den Augen. Nach dem dreiminütigen Gespräch, währenddessen sie sich Notizen machte, rief sie ins Nebenzimmer: „Jungs, wir haben einen Mord."

„Au, fein", kam die Antwort wie aus einem Mund von ihren Mitarbeitern und gleich danach von Harald: „Sorry, so war das nicht gemeint."

Nicoles Mundwinkel verzogen sich zu einem Lächeln. „In Seligenstadt wurde eine Tote gefunden." Im gleichen Moment erwartete sie die bekannte Retoure, die auch sofort kam.

„Was? Schon wieder? Das ist nicht dein Ernst?" Lars stand am Türrahmen und drohte mit dem Zeigefinger. „Sag nicht, ich hätte dich nicht gewarnt, in diesen Ort zu ziehen. Leichen auf verlassenen Grundstücken. Leute, die vergiftet, erwürgt und anschließend gerädert werden."

„Vergiss nicht die Spukgeschichten, die noch immer in dem Ort die Runde machen", nahm Harald grinsend den Faden auf. Plötzlich war er hellwach.

„Ich sage nur – der schwarze Mönch."

„Ja, das Böse ist immer und überall", konterte Nicole. „Obertshausen ist aber auch nicht gerade der Garten Eden, oder?" Sie zwinkerte Lars kokett zu.

„Das nicht. Aber, lass mich überlegen. Wann gab es dort den letzten Mord? 2008 und davor 2003?" Lars fuhr mit der Hand über seinen Dreitagebart und anschließend durch seine schulterlangen, braunen Haare.

„Wenn ich mich nicht irre, liegen immerhin 5 Jahre dazwischen. Ein kleiner Unterschied zu deinem auserwählten kuscheligen Domizil – jedes Jahr ein Mord."

„Bevor dein Hirn qualmt, schnapp dir einen Dienstwagen. Harald und ich fahren mit dem Insignia, alles andere steht – soweit vorhanden – zu deiner freien Verfügung."

In diesem Jahr hatte die Polizeibehörde ihren Fuhrpark um zehn neue Fahrzeuge erweitert und Nicole hatte sofort einen entsprechenden Antrag auf ein neues Auto gestellt. Zum Erstaunen ihrer Mitarbeiter wurde ihr und ihrem Team ein fabrikneuer Insignia zugeteilt.

„Übrigens, die Tote trägt die Seligenstädter Tracht", rückte Nicole mit den ersten Infos heraus. „Soweit mir bekannt ist, findet aber zurzeit keine passende Festivität statt. Sprich du mal mit Josef Maier", wandte sie sich an Harald. „Vielleicht kann er dir nähere Auskünfte geben."

Nicole war bekannt, dass Harald sich, seit dem Leichenfund vor zwei Jahren in der NOTH GOTTES-Kapelle, sehr für die Historie Seligenstadts interessierte und deshalb engeren Kontakt mit dem Dienststellenleiter der Seligenstädter Polizei aufgebaut hatte.

„Wieso rücken wir nicht alle zusammen in einem Wagen an?", erkundigte sich Lars.

„Harald und ich fahren anschließend direkt zur Rechtsmedizin nach Sachsenhausen. Dort liegt nämlich schon unsere Leiche. Der griesgrämige Kollege vom KDD informierte mich, dass er bereits die Staatsanwaltschaft benachrichtigt hat und die Obduktion für Punkt 15 Uhr angesetzt ist. Ich denke, da willst du nicht mit?"

Lars hob die Hände. „Lass diesen Kelch an mir vorübergehen."

„Dachte ich mir", erwiderte Nicole lachend.

Lars hatte eine, für einen Kriminalkommissar nicht unbedingt förderliche, Abneigung Leichenöffnungen beizuwohnen. Aber Nicole nahm, soweit dies möglich war, darauf Rücksicht. Einmal wies sie sogar den Staatsanwalt, der verbal sein Unverständnis darüber zum Ausdruck brachte, mit der Bemerkung zurecht:

Haben wir nicht alle unsere kleinen Macken?

„In der Kennedyallee haben sie wohl auch nicht viel zu tun", kommentierte Harald die ungewöhnlich zügige Autopsie.

„Wenn wir nicht liefern, ist auch der Doc und sein Team arbeitslos", konterte Nicole, mit einem Grinsen und nahm ihre Tasche und Jacke von der Rückenlehne ihres Bürosessels.

„Während ihr mit den Kalten ein Rendezvous habt, werde ich meine Beziehung zur elektronischen Datenverarbeitung intensivieren, sobald ihr mir Infos vorlegt", bot Lars seine Dienste an.

„Clever", raunte Harald seinem Kollegen zu.

„Dafür darfst du den Wagen holen, Harry", warf Lars ihm hinterher, mitsamt einem Stift, der aber am Türrahmen abprallte und vor den Füßen von Dr. Ludwig Lechner landete.

Der Erste Kriminalhauptkommissar der Abteilung des K11 zog erschreckt den Kopf ein.

„Entschuldigung! Mein Kollege übt noch", sagte Harald und bückte sich nach dem Schreibmaterial.

„Was?" Dr. Lechner sah seine Mitarbeiter der Reihe nach an. „Also das ... eh, das wäre ja noch schöner. Eh ... also, weshalb ich hier bin. Wo wollen Sie eigentlich hin? Sie haben einen neuen Fall."

Nicole schlängelte sich an ihrem Vorgesetzten vorbei. „Wir sind schon unterwegs."

„Ja, aber Sie wissen doch noch gar nicht wohin?"

Dr. Lechner drehte sich halb um die eigene Achse.

„Nach Seligenstadt. Dort wurde eine Tote aufgefunden."

„Es sei denn, Sie haben eine weitere Leiche für uns?", ergänzte Nicole die Aussage von Harald.

„Eh, ja ... ich meine, natürlich nein. Eine Leiche pro Tag genügt ja wohl. Oder?"

Dr. Lechner wischte mit einem blütenweißen Batist-Taschentuch über seine mit Schweißperlen bedeckte Stirn. Schuld dafür war nicht die stickige Luft in den Fluren des alten Polizeipräsidiums, das nie über eine Klimaanlage verfügt hatte und auch keine mehr erhalten würde, weil ein Neubau bereits in Planung war, sondern sein stetig steigender Blutdruck.

„Wir wurden gerade von den Kollegen des KDD unterrichtet", beendete Nicole die sichtbar mentale Überbeanspruchung ihres Chefs. „Sobald wir mehr wissen, geben wir Ihnen sofort Bescheid, wie immer."

„Ja, ja, tun Sie das. Ich weiß ja, dass ich mich auf Sie verlassen kann, Frau Wegener. Viel Erfolg."

Mit diesen lobenden und aufbauenden Worten schritt Dr. Ludwig Lechner, mit leicht hängenden Schultern, den Gang entlang.

„Viel Erfolg?", wiederholte Lars, als sie alle drei im Fahrstuhl nach unten fuhren. „Was ist denn mit dem los?"

„Er überlebte gerade einen Anschlag durch einen *Stabilo point*", antwortete Harald. „Wie würdest du darauf reagieren?"

„Hoffentlich behält er kein Trauma zurück", lachte Lars.

„Jungs, bitte", erwiderte Nicole. „Etwas mehr Respekt. Auch wenn Dr. Lechner manchmal etwas ... sonderlich ist, so ist er noch immer unser Chef."

„Wie lange, glaubst du, wird er uns noch erhalten bleiben?", fragte Harald. „Immerhin ist er auch schon 64 und längst pensionsberechtigt und, so ganz gesund sah er gerade auch nicht aus."

Nicole zuckte mit den Schultern. „Keine Ahnung. Ich hoffe aber noch ganze Weile. Bei ihm wissen wir zumindest woran wir sind. Was danach kommt, steht in den Sternen. Also, seid lieb zu ihm. Klar?"

„Klar, Chefin", antwortete Harald.

„Genau wie zu dir", setzte Lars nach. „Wir beide lieben dich sehr. Stimmt's Harry?"

Nicole grinste. „Nicht nötig. Die Aufgabe hat Andy bereits übernommen."

Mittwoch / 10:20 Uhr

Das große Haus hatte es möglich gemacht, dass sie zwischen zwei Räumen wählen konnte. Sie entschied sich für das Zimmer, von dem aus sie den Blick in den Garten hatte. Nun schaute sie aus dem Fenster auf den von der Hitze des Sommers gezeichneten, nicht mehr ganz grünen Rasen und auf das schon herbstlich gefärbte Laub der Bäume.

Auf den Tag genau, vor einem Jahr, war die 63-jährige aus dem ehelichen Schlafzimmer ausgezogen, was bei ihrem Ehemann auf Unverständnis stieß und letztlich in einem groben Wortgefecht – jedenfalls von Seiten ihres Gatten – endete.

Sie hätte wohl nicht mehr alle Sinne beisammen, schnaubte Heinz Hagemann wutentbrannt und drohte, sie aus dem Haus zu werfen und zwar mittellos, sollte sie nicht zur Vernunft kommen.

Maria Hagemann konnte nicht verstehen wieso er, sogar in den eigenen vier Wänden, darauf bestand diese Farce aufrechtzuerhalten. Ebenso wenig konnte sie ergründen woher sie plötzlich den Mut genommen hatte, ihm ins Gesicht zu schleudern, wenn er sie aus dem Haus werfen würde, würde sie allen erzählen, weshalb Daniel wirklich von zuhause weggelaufen war.

Im ersten Moment war der Staatsanwalt a.D. sichtlich erschrocken. Noch niemals zuvor hatte es irgendwer gewagt ihm zu drohen. Am Wenigsten hätte er dies von seiner, bis dato gehorsamen, Ehefrau erwartet.

Mit einem hässlichen, aber auch unsicherem Lachen verließ er danach das Haus. Natürlich in dem unerschütterlichen Glauben, dass Maria bei seiner Rückkehr zur Besinnung gekommen sein würde.

Nur blieb Maria Hagemann diesmal stur, wie ihr Ehemann erkennen musste. Genauso musste er sich, seit diesem Tag, mit der Tatsache abfinden, dass seine Ehefrau sich weigerte weiterhin an Veranstaltungen teilzunehmen, an deren Organisation er maßgeblich beteiligt war, oder dessen Vorsitz er ehrenamtlich innehatte. Wodurch sich Heinz Hagemann gezwungen sah, die Abwesenheit seiner Frau immer wieder durch neue Ausreden entschuldigen zu müssen.

Nach 40 Jahren Ehe, in denen Maria Hagemann sich immer seinen Wünschen untergeordnet hatte, ohne zu widersprechen, brach für ihn eine Welt zusammen.

Eine Ehefrau hatte ihrem Ehemann Folge zu leisten! So war es schon bei seinen Eltern, bei ihren ebenso und den Generationen davor. Die zwangsläufig enge Verbindung zur Kirche, mit ihren christlichen Dogmen, denen sie beide ebenfalls von Haus aus anhingen, tat das Restliche dazu.

Deshalb war es nicht weiter verwunderlich, dass Maria Hagemann, nachdem ihr einziger Sohn, von zuhause weggelaufen war, ihr Heil und ihre Kraft in Gebeten und dem fast täglichen Kirchgang suchte.

Anfangs hatte sie die Hoffnung, wenn sie nur intensiv genug zu *Gott dem Herrn* betete, würde ihr Sohn bestimmt wieder heimkehren. Aber ihre Gebete wurden nicht erhört und Heinz Hagemann tat sein Möglichstes, Salz in ihre Wunde zu streuen.

Du hast ihn verweichlicht, ihn zu einer Memme verzogen, sonst hätte er das niemals getan, so seine, sich beinahe täglich wiederholende Anklage, die nur darauf zielte, seine eigene Fehlerhaftigkeit zu verbergen. Dabei wusste Maria seit Jahrzehnten von seinem Geheimnis. Sie sprach nur nie darüber – verdrängte es und ertrug ihr Schicksal. Was blieb ihr anderes übrig.

Nach wie vor kochte sie, hielt das große Haus sauber, in dem sie sich nie richtig wohl gefühlt hatte und versorgte den Garten – ihre einzige Freude.

Maria Hagemanns Umdenken und somit auch ihr Widerstand gegen ihren Ehemann begann an dem Morgen, an dem sie, nach mehr als 19 Jahren, einen Brief von ihrem Sohn in den Händen hielt. Sie konnte es kaum glauben und dennoch hatte sie es in ihrem Inneren immer gewusst, dass dieser Tag kommen würde.

Entgegen allen Äußerungen aus ihrem Umfeld – ihr Sohn wäre vermutlich nicht mehr am Leben, womöglich sogar Opfer eines Triebtäters geworden – hatte sie nie wirklich daran gezweifelt, dass Daniel sich eines Tages wieder bei ihr melden würde.

In krakeligen Buchstaben entschuldigte er sich dafür, sich in all den Jahren nicht gemeldet zu haben. Er hätte immer wieder Anlauf genommen, letztlich aber hätte ihn der Mut verlassen. Doch nun hätte er eine Entscheidung getroffen, die sein kommendes Leben beeinflussen würde. Eine nähere Erklärung würde er ihr gerne persönlich mitteilen, aber dazu benötige er noch etwas Zeit.

Auf den folgenden Seiten schilderte Daniel sein Leben, seit er mit 17 Jahren von zu Hause weggegangen war.

Gelegenheitsjobs um über die Runden zu kommen – ein kleines Zimmer, bei einem netten Ehepaar in Frankfurt – eine Lehre als Schreiner, dann Prüfung zum Meister – Umzug nach Mainz, wo er seit mehr als 10 Jahren in einer glücklichen Beziehung lebe und in einem Architektenbüro arbeite.

Maria fühlte Erleichterung und Stolz, dass Daniel es trotz der widrigen Umstände geschafft hatte, sich ein neues Leben aufzubauen. Gleichzeitig beschlich sie Furcht. Was war in den letzten Monaten passiert? Welche Entscheidung meinte ihr Sohn und weshalb suchte er gerade jetzt den Kontakt zu ihr? Sollte er vielleicht schwer krank sein, möglicherweise Krebs haben, eine Knochenmarkspende benötigen oder brauchte er eine Organspende?

Sie malte sich die schlimmsten Dinge aus. Ihr Herz schien zerspringen zu wollen und ihre Augen brannten. Aber, da kamen keine Tränen, die ihre jahrelangen Qualen hätten mildern können. Dagegen verspürte sie eine nie gekannte und niemals für möglich gehaltene Wut auf ihren Ehemann, der nie würde erfahren dürfen, dass Daniel Kontakt zu ihr aufgenommen hatte und ab jetzt, wie er ihr mitteilte, regelmäßig schreiben wollte.

Noch in der gleichen Stunde eröffnete Maria Hagemann ein Postschließfach auf ihren Namen und teilte Daniel, in einem Brief, die Daten mit.

Seit jenem Tag, fuhr Maria Hagemann jeden Dienstagmorgen mit ihrem Fahrrad zum Postamt, und nie wurde sie enttäuscht.

In freudiger Erwartung auf Neuigkeiten, öffnete sie auch an diesem Dienstagmorgen den Brief von Daniel. Dabei fiel ein weiterer Brief heraus, adressiert an Heinz Hagemann. Verwundert legte Maria diesen zuerst einmal auf den Beistelltisch und widmete sich, denen für sie bestimmte Zeilen.

Sie erschrak.

Daniel schrieb, dass ihm der Bericht über die bevorstehende Verleihung des Bundesverdienstkreuzes an seinen Vater in die Hände gespielt worden war; von wem wüsste er nicht.

Wie kann so etwas möglich sein??

Die doppelten Fragezeichen und der zusätzlich unterstrichene Satz führten Maria klar vor Augen, wie entsetzt ihr Sohn war.

Sollte sein Vater nicht selbst die Initiative ergreifen und dieser schändlichen Farce ein Ende bereiten, so teilte Daniel mit, würde er nicht mehr länger schweigen. Alle Welt sollte erfahren, welch ein Mensch Heinz Hagemann wirklich ist.

Maria ließ die Blätter in ihren Schoß sinken.

Hatte sie schon wieder einen Fehler gemacht, indem sie Daniel verschwieg, dass diese Verleihung bevorstand? Sie wollte ihn doch nur schützen. Im gleichen Moment fragte sie sich, wer ihrem Sohn diesen Zeitungsartikel zugespielt haben könnte.

Alle seine Schulfreunde – insbesondere Oliver Krug, Daniels damaliger bester Freund – hatten den Kontakt schnell abgebrochen, nachdem Daniel verschwunden war, ebenso dessen Eltern.

Maria bemerkte diese misstrauische Distanz jeden Samstag, wenn sie zum Markt einkaufen ging und die Krugs oder auch andere Eltern von Daniels ehemaligen Klassenkameraden ihr über den Weg liefen, oder eher aus dem Weg gingen.

Anfangs schmerzte es sehr, dass sie nicht ein tröstliches

Wort von den Leuten, gerade von den Krugs, zu hören bekam. Andererseits konnte sie es ihnen nicht verübeln. Olivers Eltern, machten ihren Ehemann für Olivers Absturz in die Kriminalität verantwortlich; was vielleicht auch teilweise stimmte.

Im Alter von 16 Jahren wurde Oliver im einem Musikgeschäft ertappt, als er einige Tonbandkassetten stehlen wollte. Richter Friedhelm Hanke, ein ehemaliger Unteroffizier, folgte wie fast immer, dem Antrag seines Staatsanwalts, Heinz Hagemann und verurteilte den Jungen zu einer 3-monatigen Jugendstrafe, aus der er traumatisiert zurückkam.

Über das was damals in diesem Jugendgefängnis passiert war, schwieg Oliver eisern, wurde aber im Laufe der nächsten Jahre immer wieder straffällig und erneut für Einbruch und Diebstahl verurteilt. Vor einigen Jahren sogar, soweit Maria es erfahren hatte, für eine Vergewaltigung an einer jungen Frau.

Wohl wissend, dass es Ärger bedeutete, öffnete Maria nun auch den Brief, der an ihren Mann adressiert war.

Schon die Anrede – *An Herr Hagemann* – nicht Heinz Hagemann oder gar Vater, verriet Daniels ungeheuren Groll.

Wenn du dachtest, ich wäre gänzlich aus deinem Leben verschwunden an jenem Tag vor genau 20 Jahren, muss ich dich enttäuschen, erneut! Ich lebe und es geht mir gut. Allerdings vermute ich, es interessiert dich nicht und es ist auch nicht der Grund weshalb ich dir, nach all der Zeit, schreibe.

Aber, stopp! Bevor du jetzt das Blatt aus lauter Wut zer-reißt, solltest du doch lesen, was ich dir zu sagen habe, denn dein weiteres, so „hochanständiges" Leben könnte davon abhängen.

Ich wurde davon unterrichtet, dass dir das Bundesver-dienstkreuz verliehen werden soll, für besondere aufopfe-rungsvolle ehrenamtliche Tätigkeit zum Wohle deiner Mit-menschen.

Ich dachte, es verschlägt mir die Sprache!

Wer kommt denn auf eine solche Idee, fragte ich mich. Doch dann erinnerte ich mich wieder daran, wie sehr du schon immer Leute beeinflussen konntest. Wie man sieht hast du nichts verlernt, aber auch nichts dazugelernt.

Ich gebe dir einen guten Rat: Nimm diese Auszeichnung nicht an, oder du wirst es bereuen!

Daniel.

PS. Du hast Nietzsche oft zitiert, dich aber nie an seinen Weisheiten orientiert.

Es ist leichter, einer Begierde ganz zu entsagen, als in ihr maßzuhalten.

Nachdem Maria Hagemann die Zeilen erneut gelesen hatte, ging sie nach unten in die Küche und legte den Brief auf den Tisch, neben den Frühstücksteller ihres Ehemanns.

Kurzfristig wunderte sie sich, dass er noch immer nicht aufgestanden war, verschwendete aber keinen weiteren Ge-danken darüber und öffnete die Terrassentür zum Garten.

Das Laub auf dem Rasen musste weg.

Mittwoch / 10:35 Uhr

Zu Mittag sollte es *Schnüsch* geben, nach dem Rezept von Helenes Großmutter. Ein Stück geräucherter Speck köchelte bereits in verlässlicher Harmonie mit Lauch und Möhren, in einem Gemisch von Milch und Wasser, in einem Topf. Jetzt schälte Helene die Kartoffeln.

Eigentlich galt *Schnüsch* in Norddeutschland als ein sommerlicher Gemüseeintopf. Aber bei Helene und Herbert kam das Gericht auch schon mal im Herbst oder sogar im Winter auf den Tisch, dann natürlich mit Gemüse aus dem Tiefkühlfach.

Nicole und Andy waren ebenfalls nie abgeneigt, einen ordentlichen Rest des Eintopfs abends auf der Terrasse vorzufinden; wussten sie doch, dass das Gemüse, jedenfalls im Sommer, aus Herberts Garten kam und deshalb aus rein biologischem Anbau.

Seit Herbert letztes Jahr den beiden, für eine geringe Miete, sein Haus überlassen hatte, kümmerte sich Andy auch um den Gemüsegarten. Somit war Herbert, gerade in den Sommermonaten, nicht gezwungen täglich mit der Gießkanne bewaffnet nach dem Rechten zu sehen.

Nicole hatte eher weniger mit der Gartenarbeit am Hut. Sie genoss lieber bei einem Glas Rotwein die Sonne auf der Terrasse oder lag im angrenzenden Zengarten.

Sie nannte es: *Mit Genuss die innere Mitte finden* und war damit ganz bei Herbert, der den Garten vor einigen Jahren, nachdem er von seiner Weltreise zurückgekehrt war, angelegt hatte.

Die kleine Oase der Ruhe diente außerdem zu Übungsstunden in Thai Chi oder Yoga, unter Herberts fachkundiger Leitung.

Auch Elfi, die Tochter von Josef Richter, nahm oft daran teil. Nicht zuletzt deshalb, weil sie Kraft tanken musste und eine Auszeit brauchte von ihrem betagten, zwar noch rüstigen, aber manchmal anstrengendem Vater, den alle nur Sepp nannten.

Während Helene die Kartoffeln in den Topf legte, gingen ihre Gedanken auf Reisen.

Vor mehr als zwei Jahren hätte sie nicht geahnt, dass ihr Leben noch einmal derart ereignisreich und … glücklich … werden könnte.

Nach dem Tod ihres Ehemanns, eines Polizeibeamten, vor jetzt mehr als 10 Jahren, fühlte sie sich in ihrem Haus ein wenig einsam und beschloss die oberen Räume zu vermieten. Allerdings wollte sie eine Mieterin, mit der sie sich auch verstehen würde und dachte dabei eher an eine Dame in ihrer Altersgruppe.

Kaum, dass sie eine Anzeige in die Zeitung gesetzt hatte, meldete sich eine junge Frau, etwa um die 30 Jahre, die ihr, obwohl jünger als erhofft, sofort sympathisch gewesen war. Als sich dann auch noch herausstellte, dass es sich um eine Kriminalbeamtin handelte, gab es für Helene keine Zweifel mehr. Sie erfasste es als einen Wink des Schicksals, oder sogar als ein Zeichen von Friedel selbst, der, davon war sie felsenfest überzeugt, wo immer er auch war, auf sie aufpasste.

In den kommenden Jahren entwickelte sich zwischen den

beiden Frauen eine innige Verbundenheit – ähnlich einer Mutter-Tochter-Beziehung. Hinzu kam, dass Helene leidenschaftlich gerne Krimis las und schaute und für sich selbst versuchte, den Täter zu ermitteln.

Freilich sollte Nicole Wegener, von Amts wegen, nicht über ihre Arbeit und die laufenden Ermittlungen in einem Mordfall reden. Dennoch fiel die eine oder andere Bemerkung, bei einem köstlichen Abendessen, mit dem Helene fast immer auf sie wartete, oder bei einem Glas Rotwein oder auch einem Whisky, auf Helenes Terrasse. In den meisten Fällen erwies sich ein solcher *Gedankenaustausch* als fruchtbar und förderte bei Nicole die entsprechende Intuition zur Lösung des aktuellen Falls.

Und dann trat Herbert Walter in Helenes Leben. Zwar kannten sie sich seit Jahrzehnten, doch wäre keiner der beiden auf den Gedanken gekommen, dass sie in ihrer zweiten Lebensphase ein Paar würden.

Herbert wies die gleiche Neugier auf wie Helene, Dingen auf den Grund zu gehen, und *Nervenkitzel* gehörte zu seinem zweiten Vornamen. Zudem besaß er enorm gute Kenntnisse im Computer-Bereich und war immer auf dem neuesten Stand, wenn es um Elektronik ging.

Als die seit Jahrzehnten vergrabenen Leichen auf dem Grundstück gegenüber seinem Haus der Polizei Rätsel aufgaben, konnten sie beide mithelfen, die Tötungsumstände zu klären.

Das Klingeln des Telefons riss Helene aus ihren Träumereien.

Hoffentlich keine schlimmen Nachrichten, bahnte sich der

Gedanke seinen Weg durch ihren Kopf, wie stets, wenn Herbert mit dem Auto alleine unterwegs war. Ihrer Meinung nach fuhr er zu schnell, seiner Meinung nach die anderen zu langsam.

Noch mehr Sorgen machte sie sich, wenn er wie derzeit, mit Sepp unterwegs war.

Der mittlerweile 92-jährige Josef Richter hatte sich, nach einem Sturz auf der Terrasse eine starke Verstauchung im Ellenbogen zugezogen und ein Haarriss im unteren Rückenbereich, sodass er nun regelmäßig zur Bewegungstherapie – bedeutete, zur Wassergymnastik – ins Krankenhaus musste. Natürlich passte ihm das überhaupt nicht in den Kram. Schon deshalb nicht, weil seine Tochter Elfi unnötigerweise eine neue Badehose gekauft hatte, obwohl es die alte, die irgendwo im Schrank vergraben lag, auch noch getan hätte.

Er hatte sie doch nur einen Sommer lang getragen, als das Freischwimmbad 1965 eröffnet worden war. Danach hatte er die Badeanstalt nie wieder betreten. Es war ihm dort zu laut, die Sonne zu heiß und das Wasser zu nass.

Während der 10-minütigen Fahrt zu seinem ersten Termin war er deshalb ständig nur am Meckern und Elfi mal wieder am Ende ihre Kräfte. Also sprang Herbert ein und kutschierte seinen nervtötenden Nachbarn zur Therapie.

Helene trocknete ihre Hände an einem Stück Küchenpapier ab und eilte in den Flur zum Telefon. Entgegen der Annahme, es wäre ihr Herbert, zeigte das Display die Festnetznummer von Bettina und Ferdinand Roth.

Seit dem Mord an der Klostermühle im letzten Jahr und

den damit zusammenhängenden unschönen Verwicklungen, waren sich die beiden Paare nähergekommen. Sie gingen öfter zusammen essen oder unternahmen Tagestouren in die nähere Umgebung. Auch hatten sie im Herbst zu viert einen angenehmen Kurzurlaub an der Mosel verbracht.

Bei dem Aufenthalt in einem 4-Sterne-Hotel handelte es sich eigentlich um ein Geburtstagsgeschenk von Herbert an Helene. Schon lange lag sie ihm damit in den Ohren, stieß aber stets auf Taubheit derselbigen.

Mit fremden, schwitzenden Menschen Backe an Backe auf engstem Raum zu sitzen, ist einfach nur widerlich, betonte er seine Abscheu zum Thema *Wellnesshotel*.

Umso erstaunter war sie, als am Morgen ihres 73-zigsten Geburtstags ein Gutschein für einen 3-tägigen Aufenthalt in einem Wellness-Hotel auf dem liebevoll gedeckten Frühstückstisch lag und freute sich sehr.

Noch mehr, als Bettina und Ferdinand sich spontan anschlossen. Später sollte sie erfahren, dass Herbert zuvor mit den beiden ein Abkommen getroffen hatte.

Die beiden Damen sollten saunieren, während die Herren es sich bei einem Bierchen im angrenzenden Bistrobereich gut gehen ließen. Damit hatte Herbert elegant die Kurve gekriegt, was die Saunagänge betraf.

„Hallo, Bettina?", rief Helene fröhlich in den Hörer.

„Helene! Hier ist der Ferdi. Kann ich mal mit Herbert sprechen?"

„Herbert ist nicht da. Er fährt den Sepp zur Krankengymnastik", antwortete Helene.

Sofort alarmiert, aufgrund von Ferdinands Tonlage, fragte

sie nach. „Ist irgendetwas mit Bettina?"

„Nein, nein. Bettina geht es gut. Mach dir keine Sorgen."

Nach einem kurzen Augenblick sagte Ferdinand: „Ich habe eine Leiche gefunden."

„Eine Leiche?" Helene setzte sich auf die Garderobenbank. Nach einem tiefen Atemzug fragte sie: „Wo?"

„Unten an der Mulaule."

In diesem Moment hörte sie den Schlüssel in der Haustür.

„Warte, ich glaube, Herbert kommt gerade zurück."

„Du glaubst ja net, was schon wieder passiert is." Herbert schüttelte den Kopf. „Ach, du telefonierst grad. Entschuldigung."

„Ferdi ist dran. Er hat eine Leiche gefunden, unter an der Mulaule."

„Was? Net dein Ernst?"

Helene reichte den Hörer an Herbert weiter.

„Ferdi, was ist los?"

In den nächsten Minuten hörte Helene ein: Aha! ... Wirklich? ... Bist du dir sicher? Ach, die Polizei weiß auch schon Bescheid? ... Na klar, wir komme nach em Mittagesse."

Nachdenklich legte Herbert das Telefon zurück auf die Station.

„Der Ferdi hat an der Mulaule e Leiche gefunde. Wir solle nach em Mittagesse mal zu dene komme."

In diesem Moment klingelte das Telefon erneut.

Herbert schaute auf das Display und stöhnte. „Die kann ich jetzt net auch noch ertrage."

Er drückte Helene den Hörer in die Hand.

„Habt ihr schon gehört", zwitscherte Gundel durch die Leitung. „Der Ferdinand hat eine Leiche bei der Mulaule gefunden. Ich habe ihm gleich geraten, euch davon zu unterrichten."

„Ich kann mir vorstellen, dass die Polizei bestimmt mehr daran interessiert ist", entgegnete Helene.

„Dort war er doch schon. Ich kam gerade aus der Bäckerei gegenüber, weil ich heute Morgen mal Appetit auf frische Brötchen hatte. Ansonsten esse ich morgens ja nur Vollkornbrot; ist ja viel gesünder."

Nur einen Sekundenbruchteil wartete Gundel auf Zustimmung, dann fuhr sie fort: „Auf jeden Fall habe ihn aus der Polizeistation kommen gesehen, mit seiner Lizzy auf dem Arm. Die hat er sogar die Treppe runtergetragen. Die Ärmste hat es bestimmt im Kreuz."

Als auch hierzu keine Reaktion von Helene erfolgte, erzählte sie weiter: „Der Ferdinand kam dann auch zur Bäckerei rüber. Ich habe ihn natürlich gleich gefragt, was er so früh bei der Polizei zu suchen hatte."

„Natürlich", unterbrach Helene Gundels Redefluss und brachte sie damit kurzfristig aus dem Konzept.

„Eh, ja. Hätte ja sein können, dass bei denen eingebrochen wurde oder die Bettina wieder mal überfallen worden ist."

„Kommt bei dene auch ständig vor", murmelte Herbert. Trotzdem er nicht mit Gundel reden wollte, war er doch neugierig und hing dicht am Hörer.

„Was?"

„Nichts", erwiderte Helene und gab Herbert mit dem Ellenbogen einen Stupser in die Seite.

„Eh, ja. Was ich eigentlich fragen wollte. Was unternehmen wir jetzt? Ich meine, der Ferdinand wurde doch schon einmal von der Polizei verdächtigt ..."

Helene und Herbert hörten Gundel heftig atmen.

„Es ist aber auch schon merkwürdig, dass der ständig Tote findet, meint ihr nicht auch?"

„Von ständig kann ja wohl net die Rede sein." Herbert hatte Helene den Hörer aus der Hand genommen. „Außerdem, wenn einer eine Leiche findet heißt des noch lang net, dass es um ein Verbrechen geht. Kann ja auch en ganz simple Herzinfarkt sein."

Gundel nickte, was Herbert und Helene natürlich nicht sehen konnten. „Ja, möglich. Auf jeden Fall werde ich Sepp und Schorsch berichten."

„Beeil dich aber", erwiderte Herbert, „bevor die es aus der Zeitung erfahrn."

„Der Ferdi sagte nicht, dass schon ein Reporter dort gewesen ist", antwortete Gundel nachdenklich. „Aber ja, du hast recht. Ich muss mich beeilen."

Gundula Krämer legte auf.

„Wette, dass des heut nix wird, mit de Frühstücksbrötchen bei der Gundel?" Herbert grinste.

Mittwoch / 11:05 Uhr

Mit Bedacht lenkte Harald den fabrikneuen Dienstwagen über das heikle Pflaster aus teils großen, groben Steinen und vorbei an der *Lüschebank*, die in die Reste der Stadtmauer eingelassen war.

Wie die Bank zu dem kuriosen Namen kam, erfuhren Harald Weinert und seine Lebenspartnerin Marion Haus von Polizeihauptkommissar Josef Maier, während einer persönlichen Stadtführung.

Nach der Überlieferung, so Maier, warteten in früheren Zeiten, die älteren Fischersleute auf der Bank auf die Rückkehr ihrer Söhne und natürlich auf deren Ausbeute. Dabei erzählten sie ihre ganz eigenen Fang-Geschichten und schmückten diese natürlich aus; bedeutete: es wurde kräftig Fischerlatein gesponnen – also enorm geflunkert.

Selbstverständlich, so versicherte Josef Maier damals zwinkernd, darf dort auch heute immer noch ungestraft gelogen werden. Der Spruch über der Bank lädt ja gerade dazu ein.

Hier kannst du lügen, bis sich die Balken biegen

Ein klein wenig abgeändert würde sich der Spruch gut in unseren Verhörräumen machen, überlegte Harald ironisch und fuhr weiter auf dem asphaltierten Mainuferweg zum Fundort der Leiche.

„Unsere Kollegen sind schon fleißig bei der Arbeit", stellte Nicole fest, als sie sich auf dem Mainuferweg dem Fundort der Leiche näherten.

Die beiden Fahrzeuge der Kriminaltechniker parkten auf dem asphaltierten Weg, direkt hinter den Streifenwagen der Seligenstädter Polizei.

„Stell dich ebenfalls hinter die Polizeifahrzeuge", schlug sie vor. „Man kann nie wissen, wie feucht der Untergrund der Wiese tatsächlich ist. Es wäre ein gefundenes Fressen für unsere Kollegen, wenn wir da nicht mehr rauskämen."

Nicole machte Lars, der direkt hinter ihnen fuhr, ein Zeichen, damit er ebenfalls auf dem Asphalt bleiben sollte – aber zu spät. Er hatte einen ebenfalls neuen Ford Focus ergattert und rollte damit gerade auf die Mainauen.

Das Gebiet rund um den Turm war durch ein Plastikband abgesperrt. Ebenso die seitlich am Turm entlangführende Treppe und der größte Teil der oberen linksseitig angrenzenden Altstadtmauer.

Am Fundort nahmen die Kollegen der Spurensicherung, zusätzlich zu den Aufnahmen mit ihren Spezialkameras auch, nach althergebrachter Methode, die Abdrücke der Schuhspuren, unter Zuhilfenahme von flüssigem Kunststoff.

Auf dem restlichen Teilstück, oberhalb der Mauer, drängten sich mehrere Schaulustige, die die Polizeiaktion mit ihren Handys filmten. Auch ein Vertreter der Presse witterte eine Sensationsstory und hielt seine Profikamera direkt auf die Beamten der Spurensicherung.

„Frau Wegener. Hallo, Harald." Josef Maier, der Leiter der Seligenstädter Polizeidienststelle, kam auf die Kriminalkommissare zu. „Man glaubt es nicht, schon wieder ein Mord in unserem schönen Städtchen."

Nicole und Harald nickten grüßend und Lars, der jetzt hinzukam, reichte Maier die Hand. „Josef."

„Wo genau wurde die Tote gefunden?", frage Nicole.

„Dort oben, direkt an der Ecke des Turms." Maier deutete auf die Stelle zwischen einem mit Graffiti-Tags beschmierten Trafohäuschen und der Turmmauer. „Er wurde vor etwa 20 Minuten ins Rechtsmedizinische Institut gebracht."

„Ja, die Kollegen vom Dauerdienst haben mich unterrichtet", bestätigte Nicole. „Weiß man schon etwas über die Todesursache?"

„Äußere Anzeichen eines gewaltsamen Todes konnte der Notarzt, nach der ersten Beschauung, nicht feststellen. Heißt … keine Strangulations- oder Würgemerkmale und auch keine Einstichwunden. Allerdings zeigten sich erste Todesflecken an den Armen. Demnach könnte das Opfer hierher transportiert worden sein.

Dort befindet sich ein Anwohnerparkplatz. Wie ihr seht, haben wir das Gelände ebenfalls weiträumig abgesperrt."

Maier schaute in die Runde. Schließlich blieb sein Blick an Nicole hängen.

„Meiner bescheidenen Meinung nach denke ich, dass der Fundort nicht der Tatort ist. Selbst bei uns würde es auffallen, wenn ein Mann, in der Tracht einer Frau durch die Straßen spaziert."

„Habe ich was an den Ohren, oder hast du gerade von einem Mann gesprochen?", fragte Harald.

Der Dienststellenleiter nickte. „Ja, ein Mann in der Seligenstädter Tracht der Frauen, sagte ich. Wurde euch das nicht mitgeteilt?"

„Nein. Das wussten wir noch nicht." Nicoles Stimme war anzumerken, dass sie über die mangelhafte Information seitens des Kollegen vom Kriminaldauerdienst ganz und gar nicht erfreut war.

„Das ist allerdings eine Überraschung", murmelte Harald und dachte gleichzeitig: *Das gibt Ärger.*

„Ich höre mal, was die Kollegen der Spurensicherung für

uns haben", verkündete Lars und enteilte mit langen Schritten der zunehmend eisigen Atmosphäre.

„Oh. Da ist wohl etwas schiefgegangen", äußerte Maier „Tut mir leid, hätte ich Ihnen gleich ..."

„Ist nicht Ihre Schuld", presste Nicole über ihre Lippen. *Das wird ein Nachspiel haben, liebe Kollegen*, setzte sie gedanklich nach.

„Es handelt sich um einen etwa 70-jährigen Mann. Bedauerlicherweise hatte er keinen Ausweis oder sonstige Papiere bei sich, anhand dessen wir ihn hätten identifizieren können; auch kein Handy oder sonstige persönliche Dinge."

Der Leiter der Polizeistation Seligenstadt schaute einen Augenblick, in Gedanken versunken, über die Mainauen. Dann sagte er: „Ich denke, der Mann wurde hier bewusst hingelegt, sozusagen zur Schau gestellt. Ich meine ... die *Seligenstädter Tracht*, sogar die passende Perücke hatte er auf und dann noch die besonders auffällige Schminke. Sehr merkwürdig, das Ganze."

„Wo bekommt man denn eine solche Tracht her?", wollte Nicole wissen. „Hat die jedes Mitglied des Trachtenvereins zu Hause im Schrank?"

„Einen Trachtenverein gibt es hier nicht, wohl aber einem Heimatverein, dessen Mitglieder bei Veranstaltungen ihre Tracht zur Schau tragen", antwortete Maier. „Aber, das wissen Sie ja bereits. Und ja, manch einer wird wohl schon seine eigene Tracht im Schrank hängen haben. Die meisten Kostüme werden im Fundus des Heimatvereins aufbewahrt – schon wegen der fachgerechten Lagerung. Damit, wenn sie alle paar Jahre benötigt werden, in gutem Zustand sind."

„Wer betreut diesen Fundus?"

„Kann ich Ihnen auf Anhieb nicht sagen. Ich lasse Ihnen Namen und Adresse raussuchen."

„Gut. Wer hat die Leiche gefunden?"

„Ferdinand Roth. Sie erinnern sich ... letztes Jahr? Das Ehepaar aus dem Klosterhof? Ferdinand Roth und seine Frau Bettina? Sie waren kurzzeitig des Einbruchs in die Klosterapotheke verdächtig und des Mordes an Sebastian König, der in den Mühlrädern zu Tode gekommen war."

Nicole brauchte keine zwei Sekunden, um sich den Fall wieder vor Augen zu führen.

In wenigen Sätzen gab Josef Maier die Aussage Ferdinand Roths wieder.

„Demnach hat er den Fundort verunreinigt?", stellte Nicole verärgert fest.

„Er versicherte mir, dass er wirklich sehr vorsichtig zugange gewesen sei", gab Josef Maier an. „Außer natürlich, dass seine Schuhabdrücke bei der Leiche zu finden sind."

„Weshalb rief er nicht gleich die Polizei?"

„Er hatte sein Handy zu Hause gelassen."

Nicole schaute zu den Häusern hoch. „Was ist mit den Bewohnern? Hat irgendwer etwas gesehen oder gehört?"

„Meine Mitarbeiter befragen gerade die Nachbarschaft. Nach Aussage des Notarztes ist der Mann seit ungefähr ..." Josef Maier schaute auf eine Armbanduhr, „18 Stunden tot, plus minus eine oder zwei Stunden."

„Also schon gestern am späten Nachmittag, zwischen 17 und 18 Uhr", rechnete Nicole flugs nach. „Demnach könnten Sie mit Ihrer Annahme recht haben und der Tote wurde irgendwann in der Nacht hierher transportiert. Stellt sich die nächste Frage … wo war er in der Zwischenzeit?"

Lars kam die Treppe am Turm herab.

„Die KTU fand Schuhabdrücke im feuchten Erdreich, rund um den Platz wo die Leiche lag und das hier lag zwischen den Rockfalten der Tracht."

Er hielt eine Plastiktüte hoch, in der sich ein Blatt Papier befand. Nicole nahm die Tüte und drehte sie so, dass sie den Text auf dem Zettel lesen konnte.

Überzeugungen sind gefährlichere Feinde der Wahrheit als Lügen

„Was soll das denn?"

„Das ist ein Zitat von Friedrich Nietzsche", klärte Maier sie auf. „Es wird immer deutlicher, dass die Fundstelle explizit gewählt wurde und wir es hier mit keinem *normalen* Mord zu tun haben – eher mit einer ganz persönlichen Abrechnung."

„Sieht ganz so aus", stimmte Harald zu. „Warum bist du eigentlich nicht bei der Kriminalpolizei?"

„Mir reichen die Krimis im Fernsehen", erwiderte der Polizeihauptkommissar ernst.

Polizeikommissar Berthold Bachmann und eine jüngere Polizistin mit langen, zu einem Zopf geflochtenen, braunen Haaren bewegten sich auf die Gruppe zu.

Der Unterschied zwischen den beiden hätte nicht größer sein können. Während der 56-jährige Bachmann in behäbigem Gang herantrabte, näherte sich seine durchtrainierte Kollegin mit federnden Schritten.

„Polizeikommissarin Sarah Senger", stellte Maier die

etwa Mitte 20-jährige vor.

Berthold Bachmann hob grüßend die Hand. „Hallo".

Der Anblick der jungen Kollegin zauberte Lars sofort ein begeistertes Lächeln ins Gesicht.

„Hansen, Kripo Offenbach. Meine Chefin, Frau Wegener und Kollege Weinert."

Seine Hand schnellte nach vorne.

„Angenehm." Sarah Senger lächelte kokett zurück. „Also, ich meine, unter diesen Umständen. Aber ist ja euer täglich' Brot, wenn ich das mal so sagen darf."

„Naja, eh ... nicht nur", beeilte sich Lars stolpernd zu antworten. „Zum Glück gehört Mord nicht ausschließlich zu unserer täglichen Arbeit. Wir kümmern uns auch um Waffen- und Branddelikte im K11."

„Sarah, also Frau Senger, möchte später zur Kripo. Vielleicht ist ja bei euch demnächst was frei?"

Bachmann grinste schelmisch. Er hatte sofort bemerkt, dass Lars Hansen mal wieder *hin und weg* war.

Mit einem Räuspern unterbrach Josef Maier das Geplauder. „Dann legen Sie mal los, Frau Senger. Haben Sie irgendwelche relevanten Zeugen ausfindig machen können?"

„Leider nein. Aus der Seniorenresidenz, dort vorne", sie zeigte zum Gebäudekomplex für „Betreutes Wohnen", „kann der Mann nicht sein. Dort ist, nach Angaben der Verwaltung, niemand abgängig."

„Woher wissen die das so genau?", grätschte Maier dazwischen. „Werden die Senioren mit der Stechkarte kontrolliert?"

„Das nicht", lachte Polizeikommissarin Senger und schüttelte den Kopf. „Ich sprach mit einem Pfleger, der täglich ins Haus kommt. Der sagte mir, dass die meisten der Einwohner, nur mit Gehhilfe unterwegs seien, wenn überhaupt. Und mitten in der Nacht, sowieso nicht."

Josef Maier nickte. „Verstehe."

„Von den Anwohnern auf dieser Seite", Sarah Senger machte eine Armbewegung zur linken Seite des Turms, „hat weder irgendwer etwas gehört noch gesehen. Allerdings trafen wir nicht alle Bewohner an, weil manche schon zur Arbeit sind. Sollen wir uns jetzt die rechte Seite vornehmen? Oder wollen Sie selbst ...?"

Die Frage richtete die junge Kommissarin an Nicole.

„Machen Sie ruhig weiter. So voller Eifer die Klinken zu putzen, habe ich bei meinen Mitarbeitern schon lange nicht mehr gesehen."

„Bin ja auch schon eine Zeitlang bei dem Verein", gab Harald zu seiner Verteidigung zurück.

„Ich habe schon so viele Türgriffe und Klingel angefasst, dass meine Finger schon keine Papillarlinien mehr aufweisen", äußerte Lars, grinsend.

„Dann brauchen Sie ja nichts zu befürchten, sollten Sie mal lange Finger machen", konterte Sarah Senger kess.

„Trotzdem könnte ich euch helfen", bot Lars sich an.

„Wolltest du dich nicht um die Recherchen kümmern?", bremste Harald den Einsatzeifer seinen Kollegen.

Josef Maiers Mundwinkel zuckten. „Gut, dann ab mit euch", forderte er seine Mitarbeiter auf.

„Hier sind die Fotos von dem Toten", lenkte Harald erneut

die Aufmerksamkeit auf sich. „Haben mir die Kollegen gerade aufs iPad geschickt."

„Sieht echt bizarr aus. Kommt Ihnen der Mann bekannt vor?", richtete Nicole sich an Josef Maier.

Der schürzte die Lippen und runzelte die Stirn. „Ich weiß nicht recht, ... mit all der Schminke ...?"

„Ok. Vielleicht fällt es Ihnen ja noch ein. Ich schaue mich oben auf dem Parkplatz um."

Alles andere hätte Harald und Lars auch gewundert. Nicole machte sich immer gern ihr eigenes Bild, egal was sie an Material von der Spurensicherung erhielt.

Oben angekommen wurde sie von Kriminaloberkommissar Kai Schmitt von der Kriminaltechnik begrüßt.

„Hallo. Schön Sie zu sehen. Seltsam mit dem Zettel, meinen Sie nicht auch? Vielleicht haben Sie es diesmal mit einem poetischen Mörder zu tun."

„Der fehlt noch in meiner Sammlung." Nicole lachte. „Darf ich mich hier etwas umsehen?"

„Na klar", sagte Kai Schmitt ging zu seinem Kombi und holte einen weißen Overall hervor. „Aber, nur in dieser scharfen Bekleidung."

So schnell wie möglich schlüpfte Nicole in den Schutzanzug und spazierte über den Parkplatz. Zwischen den abgestellten Fahrzeugen hatten die Kollegen der Spurensicherung wohl schon alle Gegenstände eingesammelt; jedenfalls sah es sauber aus.

Ob sie auch darunter nachgesehen haben?

Nicole kniete sich auf das harte Pflaster. Sofort fielen ihr eine zusammengequetschte Getränkedose und eine zerknüllte, vermutlich leere Zigarettenschachtel ins Auge und ... ein kleines rotes längliches Objekt. Sie legte sich flach auf den Boden. Nach zwei Versuchen hielt sie einen Lippenstift in der Hand und rappelte sich wieder auf.

Ich muss mehr Sport treiben, stellte sie fest.

„Könnte die Farbe zu unserem Opfer passen?", sprach sie Kai Schmitt an, drehte den Lippenstift aus dem Gehäuse und reichte ihm das eventuelle Beweisstück.

„Möglich wär's. Wo haben Sie das gefunden?"

„Unter einem der Fahrzeuge."

***

So sehr der Mann sich auch bemühte, konnte er nicht verstehen was dort unten gesprochen wurde. Als der in Zivil gekleidete Beamte seinem Kollegen eine Plastiktüte zeigte, in der sich ein DIN-A4-Blatt befand – das konnte er deutlich erkennen – war er zufrieden. Der Hinweis war gefunden.

Er hatte genug gesehen und beschloss sich zurückzuziehen. Die schlanke Polizistin mit den braunen, zu einem Zopf geflochtenen Haaren, kam nun bedrohlich nahe, ihr wollte er keinesfalls über den Weg laufen.

Ausgerechnet sie hier?

So unauffällig wie nur möglich, löste er sich aus dem Pulk der Neugierigen und schlenderte durch die Mohrmühlgasse in Richtung Marktplatz, überquerte diesen und lief durch die enge Sackgasse zur Parkfläche hinter dem Bürgerhaus „Zum Riesensaal". Dort stieg er in einen anthrazitfarbenen Golf und tippte in sein Mobiltelefon: ALLES KLAR. BIS HEUTE ABEND. VERGISS DAS GELD NICHT.

Von den 5000 Euro, die er heute Abend erhalten würde, musste er zwar die Hälfte seinem Kumpel abgeben, aber das störte ihn nicht sonderlich.

Die 10 Mille, die er bereits von Hagemann abkassiert hatte, lagen längst sicher in einem Bankschließfach.

Er lächelte, als er an das Treffen mit Hagemann in dem Hanauer Café dachte und er ihm die Zeitung mit der fetten Schlagzeile

Heinz Hagemann – ehemaliger Staatsanwalt – erhält das Bundesverdienstkreuz

auf den Tisch knallte.

Dann das Gesicht des ehrenwerten Herrn Staatsanwalt, als er ihm sagte, wohin er sich die verdammte Auszeichnung stecken könne, wenn die Öffentlichkeit erfahren würde, was für ein Schwein er in Wirklichkeit war. Wie leicht es doch war, den ehemaligen Staatsanwalt, der früher mit strengen Worten rücksichtslos Leben und Familien zerstörte, *mundtot* zu machen.

Fast insgesamt 10 Jahre seines Lebens hatte ihm der *Hartgesottene* geraubt; 1000 Euro pro Jahr. Es war nur gerecht! Im Nachhinein gesehen, war es eigentlich zu wenig. Aber immerhin. Dass Hagemann keinen Schimmer hatte, von wem die *eigentliche* Drohung kam, machte die Sache umso lustiger.

Zuerst wurde Hagemann eine Nuance blasser. Dann erklärte er zornig, dass die Öffentlichkeit einem ehemaligen Staatsanwalt wohl mehr Glauben schenken würde, als einem Schwerverbrecher, der sein halbes Leben hinter Gittern verbracht hätte.

Seine Meinung änderte sich schnell, als er das Foto betrachtete, auf dem er – in nicht ganz so vorteilhafter Bekleidung – abgelichtet war.

Nun hatte der Alte die Hosen wirklich gestrichen voll. Keine Spur mehr von Überheblichkeit. Die pure Angst starrte aus den dunklen, stechenden kleinen Augen und der stets arrogante Gesichtsausdruck formte sich zu einer vor Angst gelähmten, hässlichen Maske.

Trotzdem kam er, beim Übereichen des Umschlags, mit der lächerlichen Drohung daher: *Das war das erste und das letzte Mal.* Dann trank er seinen Kräutertee.

Der erste Teil des Plans war simpel. Der zweite Teil entwickelte sich dann doch zu einem Problem. An der Dosis konnte es nicht liegen. Er hatte sich strikt an die Anweisung gehalten. Ein Milligramm Succinylcholin pro Kilogramm Körpergewicht. Der Schätzung nach wog Hagemann 80 Kilo – entsprach also 80 Milligramm und demnach 80 Tropfen; genau passend.

Zwar lief der Alte noch zum Parkdeck, wo er seinen Citroën abgestellt hatte, sackte aber dort, bevor er einsteigen konnte, zusammen.

Sicher hätte er Heinz Hagemann dort einfach liegenlassen können. Aber, dann hätte er die 5000 Euro, die er für den *Spezialauftrag* erhalten sollte, in den Wind schreiben können.

Hagemann *musste* zu seinem *Date* gebracht werden. Das war der eigentliche Auftrag! Den konnte er aber, wie der Versuch den ehemaligen Staatsanwalt in seinen Wagen zu hieven zeigte, nicht alleine umsetzen.

Mittwoch / 12:45 Uhr

Den Topf mit einer ordentlichen Restportion *Schnüsch* stellte Herbert auf die Terrasse. Nicole und Andy würden den leckeren Eintopf schon finden. Wenn es um fertig gekochtes Essen ging, hatten die beiden die Nase eines Spürhundes. Danach machten er und Helene sich auf den Weg zu den Roths.

Kaum, dass sie den Klosterhof überquert hatten, in dem Bettina und Ferdinand in einem der Häuser der ehemaligen Benediktinerabtei wohnten, wurde auch schon die Haustür aufgerissen.

„Gut, dass ihr kommt." Bettina schob die beiden quasi ins Wohnzimmer. „Wollt ihr einen Kaffee, oder lieber etwas Stärkeres?"

„En Kaffee deit sichtlich got. No Middach trinken wi ok immer en Kaffee", erwiderte Helene sichtlich angespannt und deshalb in charmantestem Plattdeutsch.

Seit Ferdinands Anruf und der Information, dass er eine Leiche gefunden hatte, kribbelte es mächtig in Helenes Bauch. Sie konnte es kaum abwarten, nähere Einzelheiten zu erfahren.

„Und der derf ruhig stark sein", ergänzte Herbert schmunzelnd.

Noch während Helene und Herbert sich auf der Couch niederließen, fragte Herbert aufgeregt: „Jetzt erzähl halt. Wir sind schon gespannt, wie ein Flitzeboge."

„Wie schon gesagt, habe ich, also eigentlich hat unsere Lizzy den Toten gefunden."

Wie aufs Stichwort stürmte die kleine Spaniel-Dame die Treppe vom ersten Stock ins Wohnzimmer herunter. Offensichtlich hatte sie gerade ihrem Mittagsschlaf gehalten.

In ihrer Freude wusste sie nicht wen sie zuerst begrüßen sollte, Helene oder Herbert. Letztlich sprang sie aufs Sofa und drängte sich zwischen beide.

„Miss Lizzy! Runter", forderte Ferdinand in scharfem Ton.

Ein vorsichtiger Hundeblick schwenkte zwischen Helene und Herbert hin und her. Die Sache war klar; Lizzy blieb.

Mit in Falten gelegter Stirn tadelte Ferdinand: „Ihr macht meine Erziehungsmaßnahmen zunichte. Also, wie ich schon am Telefon erzählte, gingen Lizzy und ich am Main entlang. Plötzlich sauste sie los und blieb erst wieder am Wehrturm stehen und bellte wie verrückt. Als ich ankam, sah ich weshalb.

Zuerst dachte ich, es handele sich um eine Frau, die Hilfe brauchte – schon wegen der Seligenstädter Tracht. Also rief ich, bekam aber keine Antwort. Einen Augenblick lang war ich auch geneigt zu glauben, es könnte sich auch um eine Puppe handeln. Also stieg ich die paar Meter hoch. Oben angekommen stellte ich dann aber fest, es war tatsächlich ein Mensch, der da in der Ecke am Turm saß. Ich sprach die Person noch einmal an. Doch auch jetzt reagierte sie nicht. Daraufhin legte ich meine Finger an die Halsschlagader und bemerkte, dass die Person tot war.

Noch mehr aber irritierte mich, dass ich Bartstoppeln fühlte. Also hob ich das Gesicht der Person kurz an. Da erkannte ich mit Gewissheit … es war ein Mann."

„Weshalb zieht sich jemand Frauekleidung an und setzt sich zum Sterbe ausgerechnet an den Turm? Warum überhaupt sich die Müh mache, dort hochzuklettern, wo gleich unte e Bank steht? Des gibt für mich alles kein Sinn. Es sei denn ...?" Herbert schnellte vom Sofa hoch. „Der is net selber dort hochgekraxelt."

„Was bedeutet, dass der Mann getötet wurde", führte Bettina Herberts Gedankengänge weiter.

Die vier sahen sich bestürzt an.

„Also haben wir es mit einem Mord zu tun!", brachte Helene es auf den Punkt. „Aber was soll die Verkleidung? Wollte der Täter damit etwas ganz Bestimmtes zum Ausdruck bringen?"

„Interessanter Ansatz. Ist dir der Mann vielleicht bekannt vorgekomme?", bedrängte Herbert Ferdinand.

Der wiegte nachdenklich mit dem Kopf. „Ja und nein. Ich bin mir nicht sicher. Der war so stark geschminkt, dass ich sein Gesicht nicht genau erkennen konnte."

„Geschminkt? Wie meinst de des jetzt?"

„Make-up meine ich, wie eine Frau, aber etwas zu viel davon. Und das auch nicht so kunstvoll, als dass man ihn für einen Transvestiten hätte halten können. Versteht ihr, was ich meine?"

„Transvestiten?", wiederholte Helene mit Augen, so groß wie 1-Euro-Stücke während sich in Herberts Kopf Saltos vollzogen.

„Naja ... sieht man doch ab und zu im Fernsehen," setzte Ferdinand nach.

Unter Bettinas undefinierbarem Blick hatten seine Wangen einen rosa Ton angenommen.

„Ich glaube der Kaffee ist durch", sagte sie nun und eilte in die Küche. Helene folgte ihr.

„Trotzdem ergibt des für mich keinen Sinn. Ist dir denn gar nix an dem Mann bekannt vorgekomme?", bohrte Herbert nach.

Ferdinand stützte die Ellenbogen auf die Knie und blickte Herbert ernst an. „Ehrlich. Ich hatte wirklich den Eindruck ihn zu kennen. Aber, ich war mir halt nicht sicher und deshalb habe ich auch gegenüber der Polizei nichts gesagt."

„Und? An wen denkst du?"

Ferdinand zog tief die Luft ein und stieß sie hörbar wieder aus.

„Der Mann erinnerte mich an den Hagemann. Du weißt schon, der ehemalige Staatsanwalt, den alle nur den *Hartgesottenen* nennen, weil er immer die Höchststrafen forderte. Soweit mir bekannt ist, besitzt er ein Haus, hier in Seligenstadt; irgendwo in der Nähe des Krankenhauses. Ob er dort noch immer wohnt, weiß ich natürlich nicht."

„Des rauszufinde, dürfte des geringste Problem sein", warf Herbert ein. „Dafür gibt's das Internet."

„Es wurde auch schon mal gemunkelt, dass Hagemann sich bestechen ließ, was die Höhe der Strafe anging", fuhr Ferdinand fort. „Aber, beweisen konnte man es ihm nie. Irgendwann ist er dann zum Darmstädter Landgericht gewechselt, bis er vor einigen Jahren in Pension ging. Seitdem hörte man nur noch von ihm, wenn er mal wieder in den höchsten Tönen gelobt wurde, für seine gemeinnützige Arbeit."

„Ja. Jetzt, wo du es sagst, kann ich mich auch erinnern", sinnierte Herbert. „Wenn des wirklich der Hagemann is, dann könnt es doch sein, dass sich jemand rächen wollte?"

„Jetzt? Nach all den Jahren?" Ferdinand schüttelte den Kopf.

„Sprecht ihr von Heinz Hagemann, dem ehemaligen Staatsanwalt? Wir haben gerade mit halbem Ohr mitgehört. Ist er vielleicht der Tote? Wenn ja, dann könnte das ein Grund für seinen Tod sein."

Bettina legte die Zeitung, die Ferdinand heute Morgen mitgebracht, aber noch nicht hingesehen hatte, auf den Tisch.

Heinz Hagemann – Staatsanwalt a. D. erhält das Bundesverdienstkreuz

Die Schlagzeile prangte unübersehbar auf der zweiten Seite und das Foto zeigte einen Mann mit weißen, leicht welligen kurzen Haaren und einem markanten Gesicht. Die ausgeprägten Wangenknochen und die kleinen stechenden Augen deuteten auf einen starken Charakter hin. Insgesamt machte der Mann den Eindruck, dass er keinen Widerspruch duldet.

„Das könnte er sein", sagte Ferdinand. „Wenn ich mir die Schminke wegdenke ...? Ja, das ist er!"

„Ich weiß, dass der ehemalige Staatsanwalt nicht jedem gleichermaßen angenehm gewesen sein soll", bestätigte jetzt auch Helene Ferdinands vorherige Angaben. Ebenfalls belegte sie, dass er *Der Hartgesottene* genannt wurde.

„Mein Friedel sprach einmal davon."

Helene ertappte sich erneut, dass sie ihren verstorbenen Mann noch immer ab und zu mit *Mein Friedel* betitelte und warf Herbert einen unsicheren Blick zu. Der aber schmunzelte nur verständnisvoll.

„Wenn ihr mich fragt", ihre Stimme klang nun wieder fest, „war irgendwer *damit* überhaupt nicht einverstanden." Sie tippte mit ihrem Zeigefinger auf den Artikel und holte anschließend ihr Handy aus ihrer Tasche.

„Wen willst de jetzt anrufe?", fragte Herbert. „Doch net etwa die Frau Hagemann und frage, ob ihr Ehemann noch lebt?"

„Sag mal, bist du jetzt dun im Kopp? Ich rufe niemanden an, schon gar nicht eine Frau, die womöglich gerade ihren Mann verloren hat", erwiderte Helene kopfschüttelnd und rollte mit den Augen. „Ich will nur unsere ersten Eindrücke festhalten, damit wir nichts vergessen. Wir sind ja nu man nich mehr die Jüngsten."

Sie betätigte den Button *Sprachaufnahme*.

„Das bedeutet jetzt aber nicht, dass ihr schon wieder so eine Kriminalnummer abzieht?"

Ferdinand schwenkte mit seinem Zeigefinger zwischen Helene und Herbert hin und her.

Herbert lächelte. „Wir wisse wer des Opfer is, und was hält uns davon ab, uns e bissje zu erkundige. Wenn ihr wollt, könnt ihr uns helfe."

„Wir? Auf gar keinen Fall!" Ferdinand schüttelte energisch den Kopf. „Wir haben vom letzten Mal noch genug und wollen nichts mit der Polizei zu tun haben. Mir hat es schon gereicht, dass Josef Maier mich, heute Morgen, so seltsam ..."

„Aber sicher machen wir mit", hörte Ferdinand die begeisterte Stimme seiner Bettina neben sich.

Er starrte sie mit offenem Mund an. Nicht nur, dass sie jetzt, ähnlich wie Helene, eine flotte Kurzhaarfrisur trug und ihre Kleidung der aktuellen Mode angepasst hatte. Bettina hatte sich auch sonst total verändert. Sie lachte oft und viel und wirkte rundum glücklich und zufrieden. All das gefiel ihm natürlich. Aber sich in eine Mordermittlung der Polizei einzumischen, ging dann doch *etwas* zu weit.

Deshalb sagte er: „Ich meine, darüber müssen wir nochmal in Ruhe reden."

„Was gibt es da zu reden", entgegnete Bettina. „Du hast den Toten gefunden und weißt um wen es sich handelt. Also, warum können wir nicht ein bisschen rumfragen?"

„Sieht ganz so aus, als wärst du überstimmt", wandte Herbert sich Ferdinand zu. „Na dann, auf gute Zusammenarbeit." Herbert hob seine Kaffeetasse.

Einige Minuten später, er und Helene wollten sich gerade verabschieden, klingelte das Telefon der Roths.

Sobald Ferdinand den Hörer abgenommen hatte, drangen lautstark verschiedene Stimmen durch die Leitung.

„Hallo!", rief Ferdinand, um sich Gehör zu verschaffen. „Wer ist dran?"

„Ja siehst de des dann net? Isch hoab gedacht', dass des uf dene neumodische Telefone zu sehe is, wer do jetzt orifft."

„Sepp, bist du es?", fragte Ferdinand verblüfft.

„Aja, klar. Jetzt loss doch emol doi Griffel do weg."

„Was?"

„Noa, net du, Ferdi. Isch moan die zwaa annern, den Schorsch und die Gundel. Dauernd misse die uf dene Taste von dem Ding rumdricke, wo mer des Telefon drufflescht. Deshalb muss isch unbedingt emol mit dem Herbert redde. Der is doch bei euch, odder?"

„Ja, Helene und Herbert sind gerade bei uns."

„Siehst de, isch hab's doch gesacht, dass die beim Ferdi und der Bettina sin", quiekte Schorsch im Hintergrund.

„Sepp, was gibt's", fragte Herbert. Er hatte Ferdinand, der irritiert auf den Hörer starrte, diesen aus der Hand genommen.

„Warum brüllst du so, dass einem die Ohrn abfalle?"

„Das liegt an dem neuen Telefon, das der Sepp bekommen hat. Er kann's aber nicht bedienen", hörte Herbert Gundels Stimme.

„Nadirlich kann isch des bediene", brüllte Sepp zurück. „Isch bin ja net bleed. Ihr habt nur alles verstellt und jetzt kann jeder heern, was isch redd, so laut is des. Herbert, kannst de net emol schnell vorbeikomme? Du kennst disch doch aus, in dem neumodische Zeusch."

Aufgrund des hohlen Echos hatte Herbert bereits eine Idee, um welches Problem es sich handeln könnte.

„Ich komm' gleich. Aber tut mir ein Gefalle … bringt euch bis dahin net gegeseitig um, gell."

„Soweit ich des verstande hab, hat der Sepp ein neues Festnetztelefon bekomme", erklärte Herbert den anderen „und des auf „Lautsprechen" gestellt und jetzt kriegt er des net mehr rückgängig gemacht."

Herbert schüttelte seinen Kopf. „Mit dem erlebt mer jeden Tag was Neues. Heut Vormittag hab ich ihn doch zu seiner Wassergymnastik gefahrn und ..."

„Ach ja", unterbrach Helene. „Du wolltest mir etwas erzählen, als du nach Hause kamst. Was hat er denn jetzt schon wieder angestellt?"

Herbert schnaufte und fuhr sich mit beiden Händen durchs Gesicht. „Ihr wisst doch, dass der Sepp ständig auf seinem neue Seniorenhandy rumdaddelt?"

Helene, Bettina und Ferdinand nickten.

„Kaum, dass er im Auto gesesse is, fummelte er schon in seiner Hosetasch nach dem Handy. Des konnt er natürlich net greife, weil er ja schon angeschnallt war. Also, hab ich den Gurt nochmal aufgemacht und als er des Ding endlich in de Finger hatte, wieder angeschnallt. Dann hat er mich während der ganz' Fahrt gelöchert, dass er jetzt unbedingt seinen Enkel, den Leon, anrufe müsste. Ich hab ihm klargemacht, dass der Leon jetzt ganz bestimmt net ans Telefon gehe kann, weil er um die Zeit in der Schul is. Des hat er dann wohl eingesehe. Jedenfalls war erst mal Ruh'. Aber, in der Umkleidekabine im Krankehaus hat er wieder damit angefange."

„Warst du mit drin, in der Kabine?", fragte Helene beunruhigt.

„Um Gottes Wille, nein. Ich hab nur des Gepiepse gehört und wie er rumgebrummelt hat. Ich bin dann raus, in den Garte. Aber auf einmal war in der Schwimmhalle plötzlich de Teufel los.

Der Sepp hat rumgebrüllt – *moi Handy, moi Handy* und irgendwas mit *verklage* hab' ich verstande. Erst als die junge Frau, die die Wassergymnastik leitet, aufgeregt auf mich zu gerannt kam und mir erzählte, dass des Handy von Herrn Richter in den Pool gefallen sei, hab ich die ganz Aufregung verstande."

„Und, bist du nach Sepps Telefon getaucht?", neckte Ferdinand, mit einem breiten Grinsen im Gesicht.

„Ja, bist de noch ganz gescheit? Da muss der Sepp schön warte, bis die des Wasser wieder ablasse. Aber kaputt is des allemal. Is er aber selber dran schuld. Was muss der Depp des Telefon auch mit zur Wassergymnastik nehme."

Herbert schnaufte laut. „Je älter der werd, desto schlimmer werd's mit dem. Ich kann die Elfi immer besser verstehe."

Mittwoch / 15:00 Uhr

„Hallo Martin", grüßte Nicole den Leiter der Rechtsmedizin, Dr. Martin Lindner. Seinen Kollegen, darunter auch Victor Laskovic, nickte sie zu.

Harald hob die Hand zum Gruß.

„Die Staatsanwaltschaft lässt mal wieder auf sich warten", sagte der Doc, mit einem Stirnrunzeln in Richtung der großen Uhr an der Wand über dem Eingang. „Ich würde vorschlagen, wir fangen schon mal an. Ich habe mittlerweile noch zwei weitere Kunden, die meine Aufmerksamkeit wollen."

Er zeigte zum Nebenraum mit den Kälteboxen. Dann

schaltete er das Aufnahmegerät ein und schlug die Plane zur Hälfte über dem Toten zurück, der vor ihnen auf dem kalten Stahltisch lag.

„Es handelt sich um einen etwa 70 Jahre alten Mann, mit einer Körpergröße von 1 Meter 70 bei einem Gewicht von 82 Kg. Der Leichnam ist in einem, für sein Alter, guten Allgemeinzustand. Der Tod trat zwischen 17 und 20 Uhr am Dienstagabend ein. Wegen fehlender Personalien wurde eine Identifizierung anhand des Zahnapparates angeordnet. Der Mann war, bis auf die Schuhe, mit einer Frauentracht bekleidet, inklusiv Perücke. Bei der Schminke handelt es sich um Theaterschminke. Die Farbe auf den Lippen des Toten passt farblich zu dem von Frau Wegener aufgefunden Lippenstift." Dr. Lindner lächelte Nicole kurz zu. „Eine DNS-Analyse ist veranlasst."

Durch ein Kopfnicken gab er seinem Kollegen, Viktor Laskovic zu verstehen, mit der Sektion zu beginnen. Gleichzeitig atmeten Nicole und Harald noch einmal tief durch. Es half ja nichts. Mindestens ein ermittelnder Beamter musste der Obduktion beiwohnen; so lautete die Vorschrift.

Viktor Laskovic hatte den sogenannten Ypsilon-Schnitt noch nicht ganz ausgeführt, da stürmte ein zirka 30-jähriger Mann, in einem feinen Zwirn, wie Harald sofort mit Kennerblick feststellte, durch die Tür.

„Guten Tag. Entschuldigung die Verspätung. Ich bin der Neue, eh ... ich meine der neue Staatsanwalt. Felix Heller, mein Name. Ich komme in Vertretung von Staatsanwalt Falk von Lindenstein. Er ist leider verhindert."

Und ein Abbild von Lindensteins, ging es Harald durch den Kopf. *Nur jünger.*

„Warum tragen Sie keinen Schutzanzug?", wurde er sofort vom Doc angeblafft. „Sofort raus mit Ihnen."

Erschrocken schaute der junge Mann in die Runde.

„Kommissar Harald Weinert", stellte Harald sich vor. „Meine Kollegin, Kommissarin Nicole Wegener. Kommen Sie mit."

Harald führte Felix Heller auf den Flur, wo er auf ein Regal zeigte, in dem weiße Schutzanzüge lagerten. „In der Beziehung versteht der Doc keinen Spaß."

Wieder zurück im Sektionsraum, wurde der junge Staatsanwalt einem Ganzkörperscan seitens des Rechtsmediziners unterzogen und, als dieser zu dessen Zufriedenheit ausfiel, an den Sektionstisch gewunken.

„Das sind Dr. Martin Lindner, Leiter der Gerichtsmedizin und sein Kollege, Dr. Viktor Laskovic", setzte Harald die Vorstellung der Anwesenden fort.

Seit 8 Monaten hatte Viktor Lascovic seinen Doktortitel in der Tasche.

„Unser Vorgesetzter, Dr. Ludwig Lechner, lässt sich ebenfalls, wegen dringender Termine, entschuldigen."

„Ich habe schon gehört, dass Herr von Lindenstein Unterstützung erhalten soll", äußerte Nicole lächelnd. „Ich hätte nur nicht gedacht, dass er Sie gleich ins kalte Wasser werfen würde."

„Na dann wollen wir mal keine Zeit mehr verlieren", beendete Viktor Laskovic die Plauderei und setzte erneut das Skalpell an.

Nach und nach entnahm er dem Toten die Organe, legte sie auf eine Waage und dokumentierte seine Arbeit mit den entsprechenden Informationen. Währenddessen richtete der *Doc* seine Aufmerksamkeit dem Schädel des Toten zu.

Besonders glücklich sah Felix Heller nicht gerade aus, auch wenn die Bedeutung seines Vornamens etwas anderes aussagte. Die Kriminalbeamten ahnten, was gleich passieren würde … und sollten recht behalten.

Nach dem Einsetzen der elektrischen Säge nahm das Gesicht des Staatsanwalts eine ungesunde Blässe an, dann wurde er leichenblass, im wahrsten Sinne des Wortes.

„Raus!", dröhnte die Stimme des Doc durch den Raum. „Ich will hier keine Verunreinigung meines Arbeitsplatzes."

Felix Heller drehte sich auf dem Absatz um, eine Hand auf seinen Mund gepresst und eilte noch schneller hinaus, als er vor einigen Minuten hereingestürmt war.

„Mann, Mann, Mann, was ist mit der heutigen Jugend los?", brummte der Doc verärgert.

Eine knappe Stunde später verließen auch die Kriminalkommissare die Sektionsräume. Auf dem Weg zu ihrem Fahrzeug atmeten sie erst einmal durch.

Die Luft an der dicht befahrenen Straße in der Kennedyallee war zwar auch nicht die beste, aber immer noch belebender, als die formaldehydgeschwängerte in den Sektionsräumen.

Der junge Staatsanwalt, noch immer einen Grünstich im Gesicht, lehnte an seinem schwarzen Audi A4 Sportline.

Wie kann sich ein junger Staatsdiener einen solchen Wagen leisten, fragte sich Nicole stirnrunzelnd.

Als hätte Felix Heller ihre Gedanken gelesen, sagte er: „War ein Geschenk von meinem Vater; sozusagen zum Karrierestart. Den habe ich jetzt aber mächtig vermasselt." Er lachte gequält.

„Es tut mir leid, dass ich mich derart blöd benommen habe. Das war ganz und gar unprofessionell. Ich hoffe, es bleibt bei diesem einen Ausrutscher. Ansonsten werde ich den Beruf wechseln müssen."

Es hörte sich mehr als eine Frage, als eine Feststellung an.

„Sie haben es erfasst", erwiderte Harald auch sogleich. Setzte aber sofort nach. „War nur Spaß. Ist jedem von uns am Anfang so gegangen."

„Dennoch war es fies von Herrn von Lindenstein", sagte Nicole. „Ich werde mal ein ernstes Wörtchen mit ihm reden müssen."

„Oh, bitte nicht." Felix Heller hob abwehrend beide Arme. „Womöglich informiert Herr von Lindenstein geradewegs meinen Vater und das möchte ich ganz und gar nicht."

Sein beinahe flehender Blick richtete sich auf die Kriminalbeamten.

„Dann mache ich Ihnen ein Angebot, das Sie nicht ablehnen können", erwiderte Nicole.

Die unausgesprochene Frage – *Was kommt jetzt?* – stand Felix Heller im Gesicht geschrieben, während Harald innerlich grinste.

„Ich könnte jetzt einen starken Kaffee vertragen und Sie laden uns dazu ein, Herr Heller. Ich kenne ein nettes Café, ganz in der Nähe. Dabei informieren wir Sie darüber was die Obduktion ergeben hat. Und, so erfährt niemand von Ihrem ... Ausrutscher."

Felix Heller sah auf seine Armbanduhr, eine Rolex der oberen Preisklasse. „15 Uhr 55", murmelte er und nickte. „Das lässt sich machen. Aber nur unter der Bedingung, dass ein Cappuccino nicht als Bestechung ausgelegt wird?"

Die Farbe war in sein Gesicht zurückgekehrt und er lächelte unbeholfen.

„Jetzt hat er kapiert, wie der Hase hier läuft", sagte Harald lächelnd. „Ich rufe nur noch schnell Lars an." Er entfernte sich einige Schritte.

Wenig später unterbrach er, die allem Anschein nach, angeregte Unterhaltung zwischen Nicole und Heller.

„Es gibt Neuigkeiten. Wir haben eine Zeugin, Berta Zöller, 84 Jahre. Sie sah gestern Nacht ein helles Auto auf dem Parkplatz, oberhalb des Fundortes unserer Leiche. Fahrzeugtyp und Nummernschild konnte die Frau zwar nicht erkennen, nur dass der Wagen beigefarben war. Sie meinte aber, es handelte sich um ein älteres Modell.

Ihrer Beschreibung nach könnte es ein Citroën gewesen sein; ist aber nur eine Vermutung von mir. Zudem sagte die Dame aus, dass ein dunkel gekleideter Mann etwas „Langes", genauso drückte sie sich aus, aus dem Kofferraum herausgehoben hätte und damit die Treppe neben dem Turm runtergegangen sei. Was das gewesen war konnte sie aber auch nicht sehen. Der geöffnete Kofferraumdeckel versperrte ihr die Sicht."

„Um welche Uhrzeit?", fragte Nicole knapp.

„Soll um etwa 23 Uhr 30 gewesen sein."

Nicole nickte. „Könnte zeitlich hinkommen. Setze dich doch bitte gleich mit Josef Maier in Verbindung. Er möchte heute Abend nochmals die Anwohner befragen lassen, die heute Morgen nicht anzutreffen waren."

„Ok." Harald betätigte eine Kurzwahltaste seines Handys.

Mittwoch / 15:10 Uhr

Als Herbert erneut an diesem Tag am Haus von Sepp ankam, hörte er schon auf dem Weg zur Haustür eine lautstarke Auseinandersetzung zwischen Elfi und ihrem Vater.

Hauptsächlich hörte er Elfis Stimme, die zwischen Wut und den Tränen nahe hin und her schwang. Sie schien mit ihren Nerven am Ende.

Herbert eilte durch das immer offene Gartentor zur Terrasse und betrat die Küche durch die ebenfalls offene Terrassentür.

„Tach", sagte er kurz. „Mein Gott, was is en hier los? Mer hört euch ja bis zum Marktplatz."

Sepp saß am Küchentisch und schaute mit hochrotem Kopf auf. Auf seinem Gesicht zeigten sich Scham aber auch Trotz. Elfi stand zitternd, ebenfalls mit rotglühenden Wangen, vor ihm.

„Gut, dass du kommst, Herbert. Ich weiß nicht mehr weiter."

Zur Unterstreichung ihrer Hilflosigkeit schwang sie die Arme in die Luft.

„Was is en los? Ich wollt eigentlich nur ..."

„Heute Morgen verliert er sein Handy", fiel Elfi Herbert

72

ins Wort, „und dann das."

Herbert folgte ihrer Kopfbewegung zu der zerstörten Telefonstation, die Sepp krampfartig in seinen Händen hielt, als wolle er sie nie mehr wieder loslassen.

„Es wird jeden Tag schlimmer. Keine Minute kann man ihn alleine lassen, ohne dass er Unsinn macht."

„Is mir halt runnergefalle", brummelte Sepp Richter vor sich hin und senkte wieder seinen Kopf. „Kann doch mal passiern. Isch wollt des ja aach widder zusammeklewe."

Elfi schnaufte. „Aber doch nicht mit Sekundenkleber! Bist du von allen guten Geistern verlassen?"

„Was?", rief Herbert, gleichermaßen fassungslos. „Du hast des Telefon mit Sekundekleber zusammeklebe wolle?"

„Hot ja aach geklappt. Nur moi Finger babbe do jetzt aach dro", antwortete Sepp kleinlaut.

„Ich habe den Notarzt verständigt", seufzte Elfi. „Die müssten jeden Moment eintreffen. Ich wollte nicht *so* mit dem Vadder vor die Tür, wegen der Nachbarschaft."

Herbert wusste genau, wen Elfi mit *Nachbarschaft* meinte, vermutete aber, dass ein Krankenwagen, direkt vor der Haustür, die gleiche die Aufmerksamkeit erregen würde.

In diesem Augenblick klingelte es und Elfi eilte an die Haustür. Nach einem kurzen Stimmengemurmel – Herbert vermutete, dass Elfi die Leute auf ihren Einsatz vorbereitete – betraten zwei stämmige Sanitäter, der eine etwas größer als der andere, die Küche.

„Guten Tag Herr Richter. Na, dann wollen wir mal", äußerte der kleinere.

„Auch wenn Sie sehr an Ihrem Telefon hängen", sagte der andere. „Jetzt müssen Sie loslassen. Wir gehen auch ganz behutsam vor. Tut kaum weh."

Erschrocken sah Sepp zu den beiden auf. Den Blick würde Herbert so schnell nicht wieder vergessen und Sepp, so hoffte er, nicht die Angst, die ihm im Gesicht abzulesen war.

Nach einer Viertelstunde und etlichen Schweißperlen auf Sepps Stirn war die Prozedur überstanden.

„So, Herr Richter. Jetzt haben Sie es geschafft. Hat doch gar nicht wehgetan, oder?", äußerte der größere.

Ohne eine Antwort von Sepp abzuwarten fuhr er fort: „Die Verbände sollten Sie aber in spätestens zwei Tagen erneuern lassen. Am besten Sie kommen zu uns ins Krankenhaus. Dann haben wir vielleicht auch ihr Handy aus dem Pool gefischt. Allerdings mit der Wassergymnastik wird das die nächsten Tage nichts."

„Des muss aach net soi", brummelte Sepp.

Elfi begleitete die Sanitäter hinaus.

„Du hast ihr net erzählt, dass des mit dem Telefon die andere zwei warn?"

Sepp schüttelte den Kopf. „So wie die Elfi druff is, tät die dene bestimmt Hausverbot erteile. Und du sechst aach nix. Dass mer uns do verstehe!"

„Schön, dass ihr euch wenigstens versteht", sagte Elfi, zurück in der Küche. Zum gefühlten zehnten Mal seufzte sie. „Ich verstehe nichts mehr, und will auch nichts mehr verstehe. Zum Glück kommt der Leon so in einer Stunde. Der Bub ist mit seinen 12 Jahren wesentlich vernünftiger, als du mit deinen 92."

„Was, der kommt heut schon?", fragte Sepp.

„Ja. Wieso passt dir das nicht?"

„Was soll des jetzt widder heiße? Nadirlich passt mir des. Isch bin immer froh, wenn der Bub kimmt. Warum host de mir des net gesacht?"

„Wollte ich vorhin. Aber, deine Bastelei kam dazwischen." Elfi blitzte ihren Vater gereizt an.

„In seiner Schule ist ein Darmvirus im Umlauf", wandte sie sich Herbert zu. „Und weil sowieso bald die Herbstferien beginnen, hat die Schulleitung alle Kinder, die noch nicht betroffen sind, freigestellt. Nur, Leons Eltern müssen diese Woche noch arbeiten. Deshalb bleibt er die nächsten Tage bei uns."

„Isch hab Schmerze. Isch brauch a Tablette", murmelte Sepp und schielte zu seiner Tochter.

„Ich auch. Ich habe Kopfschmerzen", entgegnete Elfi und stapfte ins obere Stockwerk.

„Du machst aber auch Sache", sagte Herbert, nachdem Elfi gegangen war.

„Du jetzt net aach noch. Isch hab's ja kapiert. Des war bleed."

„Des war net nur blöd; des war saublöd", stimmte Herbert zu. „Wo sind eigentlich die Gundel und der Schorsch?"

„Die hawe sich gleich aus em Staub gemacht, nachdem isch do festgebabbt war. Dene werd isch ebbes verzählte, wenn die sisch widder blicke losse; des kannst de mer glawe."

Mittwoch / 16:05 Uhr

Lars hatte gerade begonnen einige der Aufnahmen vom Fundort der Leiche an die Glaswand, die ihre Büros voneinander trennte, anzubringen, als sein Handy vibrierte.

Er hastete zu seinem Schreibtisch und konnte gerade noch verhindern, dass das Telefon, das er mal wieder achtlos zu nahe an den Rand der Tischkante gelegt hatte, die Schwerkraft ausprobieren konnte.

„Hi, Harry. Na gut amüsiert, bei den Leichenfledderern?"

„Ja, doch, war recht unterhaltsam", ging Harald auf die flapsige Bemerkung seines Kollegen ein, konnte sich aber noch im letzten Moment zurückhalten, den misslungenen Auftritt des jungen Staatsanwalts preiszugeben. Stattdessen informierte er Lars über die noch nicht allzu spektakulären Erkenntnisse der Obduktion.

„Nicht gerade viel", kommentierte der dann auch prompt. „Aber, auch bei mir ist nichts Neues zu vermelden."

„Ich setze mich noch mit der Polizeidienststelle in Seligenstadt in Verbindung", sagte Harald. „Vielleicht gibt es dort neue Erkenntnisse. Wir kommen so in etwa einer oder eineinhalb Stunden zurück."

„Aha. Und, was treibt ihr solange, während ich hier schufte?"

„Wir gehen jetzt einen Kaffee trinken. Also bis später."

Bevor Lars noch irgendeine Bemerkung loslassen konnte, hatte Harald das Gespräch beendet.

„Kaffeetrinken? Dann werde ich mir auch einen Wachmacher holen", murmelte Lars vor sich hin, verließ das

Büro und rannte, immer zwei Treppenstufen auf einmal nehmend in die Kantine.

Dort angekommen, schnappte er sich am Eingang eine Tageszeitung, zwinkerte der charmanten Bedienung hinter dem Tresen zu und bestellte einen doppelten Espresso. Beim Anblick der leckeren Schinkenbrötchen, mit einem Klecks Fleischsalat versehen, knurrte sein Magen und erinnerte ihn an das verpasste Mittagessen. Also orderte er auch noch zwei Brötchen und setzte sich an einen Fensterplatz.

Lars hatte die Angewohnheit, eine Zeitung zuerst von hinten nach vorne durchzublättern. Deswegen fiel ihm der Bericht über die bevorstehende Verleihung des Bundesverdienstordens an einen Staatsanwalt a. D., mit Namen Heinz Hagemann erst ins Auge, als er die Tageszeitung zum zweiten Mal und diesmal intensiver von vorne nach hinten studierte.

Nicht der Bericht als solcher weckte sein Interesse, mehr das Foto des Anwärters auf die Auszeichnung.

Den kenne ich doch, nur woher?

Sekundenlang starrte Lars auf das Foto und zermarterte sich den Kopf. Dann traf es ihn wie ein Blitz.

Das gibt's doch nicht.

Hastig schlürfte er seinen noch heißen Espresso und verbrannte sich prompt den Gaumen. Mit unter dem Arm geklemmter Zeitung und dem zweiten Schinkenbrötchen in der Hand spurtete er aus dem Speisetempel.

Im Büro legte er die Wurstsemmel achtlos auf seinen Schreibtisch und begann sogleich die Tastatur seines PCs zu malträtieren.

Nach nur wenigen Klicks landete er auf der Seite des Landgericht Darmstadt. Einige Sekunden später blickte er in das markante Gesicht von Staatsanwalt a.D. Heinz Hagemann.

Der geht auch zum Lachen in den Keller, schoss Lars der Gedanke durch den Kopf.

Der Mann mit den ausgeprägten Wangenknochen und den dunklen stechenden kleinen Augen war ihm auf Anhieb unsympathisch.

Mittwoch / 16:20 Uhr

Der wird von Tag zu Tag anstrengender. Herbert stöhnte. *Oh, Äppelkuche?*

Der Duft aus der Küche besserte schlagartig seine Laune.

„Helene!"

„Ich bin hier oben." Helenes glockenhelle Stimme kam aus dem oberen Stockwerk. „Setz bitte schon mal Kaffee auf. Ich habe einen Apfelkuchen gebacken."

In der Küche war der Tisch bereits gedeckt und mittig stand ein ofenfrischer Apfelkuchen. Herbert schaute zur Küchentür, brach am Rand ein kleines Stück ab und steckte es sich in den Mund.

„Mm."

Nachdem er Wasser und Kaffeepulver in die Maschine gefüllt hatte, ging er die Treppe hinauf und fand Helene vor dem Computer.

„Ich habe schon mal angefangen zu recherchieren", sagte sie, ohne sich umzudrehen.

Herbert beugte sich über ihre Schulter und versenkte dabei sein Gesicht in ihrem Nacken. „Was hast du gefunde?", brummte er.

„Noch nicht sehr viel. Bis jetzt nur ein paar Informationen über den Staatsanwalt Heinz Hagemann aus dem Landgericht Darmstadt."

Helene drehte sich mitsamt ihrem Bürosessel Herbert zu. „So lange warst du ja auch nicht weg."

„Mir is es wie e Ewigkeit vorgekomme. Ich sag dir, der wird von Tag zu Tag anstrengender", wiederholte Herbert seine vorherigen Gedanken.

„Konntest du Sepps Telefon wieder in Ordnung bringen?"

„Dazu bin ich gar net erst gekomme."

„Warum, was ist passiert?"

Herbert nahm auf dem zweiten Bürostuhl Platz.

„Wie ich vermutet hatte, war der Sepp nur auf den Lautsprecherknopf gekomme und hat net mehr gewusst, wie des rückgängig gemacht werde kann. Nach dem Radau, den wir im Hintergrund gehört habe, müsse sich die Gundel, der Schorsch und der Sepp um die Station gestritte habe und die is dabei wohl runtergefalle und war kaputt. Des Schlimmste is, dass der Sepp versucht hat, des Gehäuse wieder zu klebe – mit Sekundenkleber und …"

„Was … mit Sekundenkleber?"

Herbert nickte. „Seine Finger hat er halt gleich mit angeklebt."

„Grundgütiger!", rief Helene.

„Halb so schlimm", winkte Herbert ab. „Die Sanitäter warn schon da und habe seine Fingerchen wieder vom Rest getrennt; hat aber a Viertelstund gedauert. Jetzt hat er acht von zehn Finger verbunde und sitzt rum und jammert."

„Die arme Elfi." Helene seufzte. „Wenigstens habe *ich* einige gute Neuigkeiten." Sie zeigte auf den Bildschirm.

„Schau mal hier. Das ist Friedhelm Hanke, Richter am Darmstädter Landgericht, bis zu seiner Pensionierung 1998. Ist aber leider schon verstorben.

Heinz Hagemann arbeitete, wie wir schon wissen, dort als Staatsanwalt und eng mit ihm zusammen."

„Wie bist du denn auf den gestoße?"

„Genauso wie du immer vorgehst habe ich zuerst den Namen des Opfers – Heinz Hagemann – eingegeben und mich dann durchgearbeitet. Dabei stieß ich auf diesen Richter."

„Mein großes Mädche." Herbert küsste Helene in den Nacken. „Aber bitte, lass uns nachher zusamme weitermache. Jetzt muss ich mich erst mal erhole und des geht am beste mit einem Stück frische Äppelkuche."

Sie gingen beide nach unten in die Küche und Helene schenkte den mittlerweile durchgelaufenen und dampfenden Kaffee in die bereitstehenden Tassen.

„Ich glaube, wir haben Mäuse", sagte sie mit einem schelmischen Blick auf den Kuchen.

„Dann habe die en gute Geschmack" Herbert schnitt sich ein großes Stück ab.

„Jetzt steht der Sepp aber ohne Telefon da", nahm Helene wieder das Thema auf. „Was ist, wenn ihm etwas passiert und er Hilfe braucht?"

„Momentan kann er sowieso net telefoniern. Wie soll en des gehe, mit dene bandagierte Finger? Aber, mach dir da mal keine Gedanke. Die Elfi hat gesagt, dass nachher der Leon kommt und für a paar Tage hierbleibt. Der passt schon auf seinen Opi auf."

Helene nickte. „Sag mal, du hast doch noch alte Handys. Könntest du nicht eines davon ... ich meine ... vielleicht wenn du eine Karte besorgst ...?"

Herbert seufzte. „Ja, is ja gut. Wenn du mich so anguckst, mit deine große blaue Auge ... kann ich ja net anders."

Mittwoch / 16:40 Uhr

Harald hielt Lars eine Tüte unter die Nase, aus der es nach Schinkenbrötchen duftete.

„Danke, aber du kommst zu spät."

Lars deutete auf seinen Schreibtisch. Dort vollzog sich zeitgleich die Scheidung zwischen Wurstsalat und Schinken und die Mayonnaise überlegte gerade eine Dreierbeziehung mit der darunterliegenden Serviette und der Tischplatte einzugehen.

Angewidert verzog Nicole ihr Gesicht.

Dessen ungeachtet fuhr Lars fort. „Ich habe unser Opfer identifiziert. Heinz Hagemann, Staatsanwalt a.D. wohnhaft in Seligenstadt." Er nahm die Zeitung zur Hand und referierte den Artikel.

„Bundesverdienstorden für Staatsanwalt a.D. Heinz Hagemann. Der 1947 geborene Baden-Württemberger startete seine Kariere in Seligenstadt am Ortsgericht, bevor er zum Landgericht Darmstadt wechselte. Von seinen Kollegen geachtet, von Straftätern gefürchtet

(Hagemann forderte immer die Höchststrafe), stand für ihn Gesetz und Ordnung stets an oberster Stelle. Auch nach seiner Pensionierung stellte Heinz Hagemann seine Arbeitskraft und seine Erfahrungen seinen Mitmenschen zur Verfügung. Wenn einer diese Auszeichnung verdient, dann dieser ehrenwerte Mann.

Der Sermon geht so weiter." Lars legte die Zeitung beiseite. „Mutter Teresa scheint ein ganz kleines Licht, gegen diesen Supertypen. Aber, worauf ich eigentlich hinaus will ist: Vielleicht war nicht jeder von Heinz Hagemanns humaner und sozialer Seite überzeugt und der Meinung, dass der Mann diese Auszeichnung *nicht* verdient hätte. Zumindest lese ich zwischen den Zeilen, dass er als Staatsanwalt seine Machtbefugnisse bis aufs Äußerste ausreizte und bestimmt nicht mit jedem *Gut Freund* war."

„Zumindest nicht bei den Verbrechern, die er hinter Gitter geschickt hat, könnte ich mir vorstellen", stimmte Harald zu.

„Auch wenn er die krassesten Strafen forderte", entgegnete Nicole, „liegt es doch letztlich am Urteil des Richters."

„Richtig, Boss."

Lars klickte in die untere Leiste seines Computers und holte die Dateien, die er dort zwischengelagert hatte, zum Vorschein.

„Auch hier habe ich etwas Feines vorzuweisen. Seht euch das an. Jedes Mal, wenn Staatsanwalt Hagemann die zulässigen Höchststrafen durchsetzen konnte, hatte ein Richter namens Friedhelm Hanke den Vorsitz … ein ehemaliger

Unteroffizier. Auch er war für seine strengen Urteile bekannt, wie aus den Unterlagen hervorgeht. Ich würde meinen ... ein eingespieltes Team."

„Na gut. Man könnte sagen, Hagemann war ein harter Hund", replizierte Nicole. „Aber, warum sollte ihn jemand deswegen und erst jetzt, nachdem er schon lange im Ruhestand ist, töten? Ich nehme mal an, darauf willst du hinaus?"

„Genau", antwortete Lars. „Ich dachte mir, mit dieser Auszeichnung, die Hagemann erhalten sollte, ist das Fass übergelaufen, wie man so sagt. Irgendwer zog die Reißleine. Vielleicht jemand der jetzt erst seine Strafe abgesessen hat."

„Gar nicht so verkehrt." Harald nickte nachdenklich.

„Dann fangen wir mit den schweren Jungs an, die Hagemann für längere Zeit hinter Gitter brachte und die nun wieder auf freiem Fuß sind. Einen anderen Ansatz haben wir zurzeit sowieso nicht", schlug Nicole vor und setzte sogleich nach.

„Trotzdem, vergesst nicht, erfahrungsgemäß ist der Mörder im unmittelbaren Umfeld des Opfers zu suchen. Nachdem jetzt die Identität zu 95% feststeht, kümmert euch um die Familienverhältnisse, Freunde, Bekannte und so weiter. Die Vereine nicht zu vergessen, in denen er tätig war. Ach ja, ganz wichtig, der Richter. Wie war noch sein Name?"

„Friedhelm Hanke", antwortete Lars, wie aus der Pistole geschossen. „Aber den können wir von der Liste der Verdächtigen streichen. Der hat sich bereits 1998 von dieser schönen Erde verabschiedet."

Nicole nickte. „Dann rufe ich den Doc an. Vielleicht liegen die Ergebnisse des Zahnabgleichs schon vor und wir haben die absolute Bestätigung, dass unser Opfer Heinz Hagemann ist. Nicht, dass ich an deinen Recherchen zweifeln würde, Lars", fügte sie hinzu.

Gleichzeitig deutete sie auf seinen Schreibtisch. „Beseitige die Schweinerei, bevor dort ein Biotop entsteht."

Lars rollte mit den Augen, holte aber sofort eine Rolle Küchenpapier aus seiner Schublade.

„Verdammt!", fluchte er, keine drei Sekunden später.

„Was ist los?", fragte Harald. „Hat sich die Mayonnaise schon in die Tischplatte geätzt? Oder hast du dir den Daumen in der Schublade eingezwängt?"

„Dass ich nicht sofort daran gedacht habe", murmelte Lars und wühlte hektisch in den Mappen der unerledigten Fälle, die noch immer hinter ihm auf dem Schrank lagen.

„Hier ist es. Der Fall des vermissten Jungen aus Seligenstadt. Das ... kann ... kein ... Zufall sein!"

„Was meinst du?"

Mit wenigen Schritten stand Harald neben seinem Kollegen. Das erste was er sah, war das Foto, rechts oben an der ersten Seite. Es zeigte einen Jungen mit einem auffällig zarten Gesicht mit graublauen Augen.

Jeder für sich, überflogen die Kommissare, den Text.

Der 17-jährige hieß Daniel Hagemann, Sohn von Heinz und Maria Hagemann, wurde am 18. Oktober 2001 als vermisst gemeldet und zwar von seiner Mutter. Tagelang suchte die Polizei fieberhaft die Umgebung ab. Schließlich wurde die Kriminalpolizei eingeschaltet, weil man ein Sexualverbrechen, einen Mord oder auch beides nicht ausschließen konnte. Aber alle Anstrengungen – auch der Einsatz von Spürhunden – blieben erfolglos.

„Wieso hat nur die Mutter den Jungen als vermisst gemeldet? Wieso stehen da nicht die Namen beider Elternteile?", stellte Harald mehr sich selbst die Frage.

„Ja, ist allerdings merkwürdig", stimmte Lars ihm bei.

„Was ist merkwürdig?" Nicole hatte sich hinter ihren Mitarbeitern postiert. „Habt ihr etwas gefunden?"

„Allerdings. Hier, die Vermisstenanzeige eines Jungen aus Seligenstadt, Oktober 2001", setzte Harald seine Chefin in Kenntnis.

„Welche Vermisstenanzeige?"

„Ein ungelöster Vermisstenfall; ist scheinbar zwischen die unaufgeklärten Mordfälle gerutscht. Ich wollte Andy die Akte schon zurückbringen, aber dann kam uns der aktuelle Mord dazwischen."

„Und warum stöbert ihr zwei jetzt darin herum? Was hat das mit unserer Leiche zu tun?"

„Unserem Genie ist die Namensgleichung aufgefallen", schmunzelte Harald.

„Der Vermisste, damals 17-jährige heißt Daniel Hagemann und unser Opfer – Heinz Hagemann. Klingelt's?"

Lars sah Nicole herausfordernd an. Als diese nichts sagte, fuhr er fort: „Er ist … oder war Hagemanns Sohn. Er wurde, fast auf den Tag genau, vor 21 Jahren als vermisst gemeldet. Allem Anschein nach aber nur von seiner Mutter. Die Unterschrift des Vaters, Heinz Hagemann, fehlt auf der Anzeige. Das macht uns stutzig.“

„Dafür könnte es verschiedene Gründe geben“, warf Nicole ein. „Möglicherweise ein Versehen. Vielleicht war er an dem Tag, als sein Sohn verschwand, gar nicht zu Hause. Und die Unterschrift wurde dann vergessen. Oder er wollte seine Stellung als Staatsanwalt nicht ausnutzen. Ist das denn so wichtig?“

Harald zuckte mit den Schultern. „Wenn meine Tochter verschwinden würde, egal in welchem Alter, würde ich alle Hebel in Bewegung setzten, um sie zu finden. Und, wenn meine Position als Kriminalbeamter mir dabei hilfreich wäre, würde ich die ohne zu zögern einsetzen.“

„Da gebe ich Harry recht. Auch, wenn ich keine Kinder habe – jedenfalls nicht wissentlich“, Lars grinste, „finde ich das Verhalten des Staatsanwalts schon sehr merkwürdig. Ich glaube eher, dass in dieser Familie etwas ganz und gar nicht stimmte. Oder sogar etwas verheimlicht werden sollte.“

Nicole wiegte nachdenklich den Kopf. „Könnte natürlich auch sein. Wir fragen seine Witwe danach. Wir müssen ihr sowieso mitteilen, dass ihr Ehemann Opfer eines Gewaltverbrechens wurde. Der Zahnabgleich hat es bestätigt. Es handelt sich definitiv um Heinz Hagemann.“

„Ok. Wer überbringt die Botschaft?“, fragte Harald.

„Lars und ich übernehmen das. Ich bleibe dann auch gleich in Seligenstadt. In der Zwischenzeit kannst du dich tiefer in die familiäre Situation der Familie graben. Ich sehe doch, wie es hinter deiner Denkerstirn brodelt. Ach, und wenn du und Andy schon dabei seid den Staub der letzten Jahre aufzuwühlen, schaut, ob in dem Zeitraum eine unbekannte männliche Leiche aufgefunden wurde; sagen wir mal vorerst im Radius von 200 Kilometern."

„Woher weißt du, dass ich ...?" Harald schüttelte seinen Kopf. „Wieso frage ich eigentlich noch."

Mittwoch / 17:05 Uhr

Mit federnden Schritten rannte Kriminalkommissar Harald Weinert die Treppen hinunter in die Katakomben, wie die Asservatenkammer des Offenbacher Polizeipräsidiums scherzhaft genannt wurde, aber so rein gar nichts mit einer Gruft, im herkömmlichen Sinn, zu tun hatte.

Im Büro von Andreas Dillinger spendeten zwei große, bodentiefe Fenster reichlich Tageslicht und gaben den Blick auf einen gepflegten Rasen und Begrünung in Form von Büschen und Sträuchern frei. In den hinteren Räumlichkeiten, die nur durch Neonlampen beleuchtet wurden und keine Fenster hatten, war es zweifellos weniger heimelig.

„Hallo Andy. Ich brauche deine Hilfe", rief Harald Weinert, kaum, dass der Summer ertönte und er die Tür geöffnet hatte.

Andy saß an seinem Schreibtisch, blickte auf und zwang sich ein Lächeln ab. „Womit kann ich den Bekämpfern der Kriminalität dienen?"

„Es geht um diesen Vermisstenfall." Harald legte die Akte von Daniel Hagemann auf Andys Schreibtisch. „Woher wusstest du, dass der Vermisste der Sohn von unserem neuesten Opfer ist? Und warum so geheimnisvoll?"

„Wie ... eh, wie kommst du an die Akte?"

Harald runzelte die Stirn. „Na, die hast du uns doch untergejubelt."

Andreas Dillinger schüttelte den Kopf.

„Nicht? Verstehe ich nicht."

„Ich verstehe es noch weniger", entgegnete Andy. „Ich habe nur festgestellt, dass die Akte verschwunden ist. Das war vor etwas mehr als einer Stunde. Seitdem durchsuche ich sämtliche Regale."

„Verschwunden?", wiederholte Harald. „Wie kann so etwas passieren und weshalb gerade diese Akte?"

„Das könnte tatsächlich mit eurem aktuellen Mordfall zu tun haben. Als ich vorhin kurz in der Cafeteria war, habe ich den Artikel über die bevorstehende Auszeichnung von Staatsanwalt Heinz Hagemann gelesen. Ich dachte noch so – guck an, auch nach seiner Pensionierung macht er Schlagzeilen. Dann ... ich weiß nicht wieso, kam mir blitzartig der Vermisstenfall „Daniel Hagemann" in Erinnerung. Du weißt, ich habe eine Art Elefantengedächtnis."

Das konnte Harald nur bestätigen. Wann immer alte Unterlagen für einen aktuellen Fall benötigt wurden, brauchte Andy nur ein paar Anhaltspunkte, um die entsprechenden Beweisstücke in den Unmengen an hier lagernden Unterlagen zu finden.

„Wegen der Namensgleichung und aus lauter Neugier wollte ich einfach mal in die Akten sehen", fuhr Andy fort.

„Aber, als ich sie aus dem Regal holen wollte, wo sie ordnungsgemäß hätte sein sollen, war sie verschwunden; einfach weg.

Zuerst konnte ich mir keinen Reim darauf machen. Dann erinnerte ich mich an einen seltsamen Vorfall, letzte Woche und hatte so eine Vermutung, der ich auf den Grund gehen wollte. Schließlich kann es mich den Job kosten, wenn Beweisstücke aus meinem Archiv abhandenkommen."

„Du sprichst in Rätseln, mein Freund", erwiderte Harald.

„Ich glaube, es war letzten Dienstag, da kam eine uniformierte Kollegin – ich hatte sie zuvor noch nie gesehen – mit einem Beschluss der Staatsanwaltschaft zur Akteneinsicht in einem Vergewaltigungsfall. Ich konnte aber die Akte nicht finden und dachte an einen Zahlendreher bei der Angabe des Aktenzeichens; kann ja mal vorkommen. Allerdings hatte ich eine ganze Weile in den hinteren Regalreihen gesucht und die Kollegin war in dieser Zeit alleine hier vorne. Verstehst du jetzt?"

Harald schüttelte den Kopf. „Nicht so richtig."

„Harald! Es kann nur die Polizistin gewesen sein. Sie hat die Akte entwendet."

Harald zog tief die Luft ein. „Wieso sollte sie das tun? Kann es nicht doch sein, dass du vielleicht, versehentlich, die ...?"

„Ich sagte dir doch, dass ich alles sehr gründlich abgesucht habe. Und, wenn ich gründlich sage, meine ich auch gründlich. Aber nichts." Andy streifte mit der Hand durch seine dichten dunkelbraunen Haare.

„Du führst doch aber Buch darüber, an wen du Unterlagen

herausgibst. Dann müsste doch eine Unterschrift ..."

„Nur, wenn ich tatsächlich Akten aushändige. So aber ... habe ich keine Akte herausgegeben. Ich kann mich nur daran erinnern, dass die junge Frau sehr attraktiv war, etwa 25 Jahre, 1 Meter 70 groß und sie hatte lange braune Haare, zu einem Pferdeschwanz gebunden."

„Zumindest hast du sie dir genau angesehen, wie mir scheint", neckte Harald und entlockte Andy damit ein kleines Lächeln.

„Lara, nein Laura. Ja, Laura Simon. Ich bin mir sicher, das ist ihr Name; zumindest gab sie den mir gegenüber an."

„Dann lass uns doch gleich mal in den Personalakten nachschauen."

Andy schüttelte den Kopf. „Habe ich bereits versucht ... keine Befugnis."

„Ich aber", entgegnete Harald und klopfte auf die Tastatur von Andys Computer ein.

„Eine Laura Simon ist in den Personalakten nicht geführt", lautete Sekunden später seine ernüchternde Auskunft.

„Das gibt es doch nicht. Ich bin mir ganz sicher, dass Laura Simon auf dem Schreiben stand", beharrte Andy.

„Dann ist der Name vermutlich ebenso falsch, wie das Formular zur Aushändigung der Akte", stellte Harald sachlich fest.

„Wie konnte mir das nur passieren? Ich werde den Vorfall sofort melden."

„Warum? Die Akte ist doch wieder da und keiner, außer

uns beiden, weiß etwas davon. Oder hast du mit noch jemandem darüber gesprochen?"

Andy verneinte.

„Dann schlage ich vor, wir behalten das erst einmal für uns. Nur Nicole sollten wir, bei Gelegenheit, einweihen. Schon deshalb, weil sich jemand ja wohl auch unbefugt in unseren Büros rumgetrieben hat. Aber das hat noch Zeit.

Momentan ist sie mit Lars unterwegs zur Ehefrau unseres Opfers. Ach ja, das sollte ich dir mitteilen: Sie bleibt dann auch gleich in Seligenstadt und erwartet dich zum Abendessen."

Harald Weinert schaute auf die große Bahnhofsuhr an der seitlichen Wand. „Bis dahin haben wir noch genügend Zeit zum eigentlichen Grund meines Hierseins zu kommen. Ich muss mich durch Hagemanns Arbeitsleben, als auch durch sein Privatleben wühlen und könnte dabei deine Hilfe gebrauchen, falls du etwas Zeit hast."

„Ja, schon. Aber ist das Nicole recht?"

„Unser *Boss* hat sogar vorgeschlagen, dich einzubeziehen." Haralds Grinsen war das eines kleinen Jungen, der einem Erwachsenen etwas abgeluchst hatte, das er eigentlich nicht bekommen sollte.

„Aber lass uns dazu nach oben gehen. In unserem Büro stehen uns mehr als ein Computer zur Verfügung; ist effektiver und das Büro sieht nicht so verwaist aus und ..."

„Ist ja schon gut", beendete Andy Haralds schon beinahe verzweifelten Versuch, der Unterwelt zu entkommen.

„In erster Linie interessiert uns, welche schweren Jungs Hagemann während seiner Karriere hinter Gitter gebracht hat und die nun wieder auf freiem Fuße wandeln und sich womöglich rächen wollen. Sein privates Umfeld sollten wir auch nicht außer Acht lassen. Ebenso die früheren Kollegen; sei es in seiner Zeit in Seligenstadt, als auch am Landgericht Darmstadt.

Harald wies Andy den Arbeitsplatz von Lars zu.

„Unser Kleiner konnte schon Einiges über Hagemann recherchieren. Die Ausdrücke liegen hier."

Andy überflog den Text, während Harald sich erneut der Vermisstenakte von Daniel Hagemann widmete.

„Karate! Kaum zu glauben, wenn man das zarte Gesicht sieht. Er hat so etwas feminines an sich."

Harald hielt Andy die Seite mit dem Foto des damals 17-Jährigen entgegen. „Kann es nicht doch eine Entführung mit anschließendem Mord gewesen sein?"

„Auch wenn der Junge nicht so aussieht. Karate ist ein Kampfsport, den er, schau, hier steht es", Andys Zeigefinger ging zu der Zeile in dem Protokoll, „schon mehr als drei Jahre ausführte. Glaube mir, der hätte sich bestimmt gewehrt.

Mich macht aber etwas ganz anderes stutzig. Laut Daniels Lehrern und auch nach Aussage seiner Mutter, Maria Hagemann, waren Daniel und sein Freund, ein gewisser Oliver Krug, die besten Freunde. Würdest du", wandte Andy sich an Harald, „nicht deinem besten Freund erzählen, wenn du von zuhause weglaufen willst und vor allem warum?"

„Glaube schon", stimmte Harald zu.

„Seine Mutter sagte aus, dass keinerlei Kleidungsstücke in Daniels Schrank fehlten. Auch hätte er, in der Schule, nie

Geld bei sich gehabt und an sein Sparbuch wäre er nicht herangekommen. Das, so stellte die Polizei damals auch fest, gut verwahrt im Tresor seines Vaters lag. Ich meine … die Jungs waren in einem Alter, in dem man doch schon darüber nachdenkt, wie man ohne Geld auskommen soll."

„Sollte man annehmen", pflichtete Harald ebenfalls bei. „Wenn ich dich richtig verstehe, willst du damit andeuten, dass die beiden diesen Schritt zusammen geplant haben?"

Statt einer Antwort senkte Andy erneut seinen Kopf in die Unterlagen. „Laut seinen Lehrern ist Daniel pünktlich in der Schule angekommen und verließ diese auch wieder mit seinem Freund, Oliver Krug. Anschließend, so Oliver Aussage, wollte Daniel zur Karatestunde."

„Er hätte also mehr als eine oder eineinhalb Stunden Zeit gehabt zu verschwinden ohne, dass jemand etwas bemerkt hätte", spann Harald den Faden weiter.

„Was ich überhaupt nicht nachvollziehen kann ist, dass Heinz Hagemann nicht alle Hebel in Bewegung gesetzt hat, um seinen Sohn zu finden. Ich meine …"

„Mit dieser Eingebung bist du nicht alleine", unterbrach ihn Harald. „Lars warf den Gedanken auch schon in den Raum."

„Ich meine", fuhr Andy unbeirrt fort, „wenn ich mir vorstelle, dass mein Sohn, wenn ich einen hätte ..."

„Was nicht ist, kann ja noch werden", wurde er von Harald erneut unterbrochen.

„Glaube ich kaum." Andy lachte. „Also, wenn mein Kind von einem auf den anderen Tag verschwinden würde, dann würde ich doch alle mir zur Verfügung stehenden Mitteln nutzen um die Suche voranzutreiben. Als Staatsanwalt hatte Hagemann doch mehr Möglichkeiten als ein Normalbürger. Aber die Suche wurde, nach nur wenigen Wochen eingestellt und wie es aussieht, ohne Widerspruch von Seiten der Hagemanns. Ich sage dir, in dieser Familie lief etwas absolut nicht rund."

Der schiefe Blick, den Andy Harald zuwarf, erinnerte ihn stark an Nicoles Blicke, wenn sie so ein *Bauchgefühl* hatte.

„Wenn du so guckst, erinnerst du mich an Nicole", sagte Harald dann auch prompt. „Ihr werdet euch immer ähnlicher."

„Schön", erwiderte Andy. „Dann stimmt es was der Volksmund sagt; dass bei einer guten Partnerschaft manche Eigenheiten auf den jeweils anderen abfärben."

„So, sagt das der Volksmund?" Haralds Mundwinkel zuckten. „Aber, ich denke du hast recht. Es könnte sein, dass Oliver seinem Freund geholfen hat und vielleicht Kleidung, Geld, et cetera irgendwo deponiert hatte."

Mittwoch / 17:00 Uhr

„Guck mal", Herbert griff in seine Jackentasche. „Ich hab dir e Handy mitgebracht. Is eins von meine alte und net es neueste Model. Damit kommst de aber erst mal über die Runde, bis die Elfi dir e neues kauft."

Neugierig kam Leon näher und betrachtete Herberts Handy. „Cool. So eins habe ich neulich bei uns auf dem Trödelmarkt gesehen."

„Ich hab doch gesagt, es ist nicht das neueste Modell",

entgegnete Herbert mit leicht säuerlicher Miene.

„Entschuldigung Herr Walter." Leon senkte den Kopf. „Ich wollte ihr Handy nicht schlecht reden. Haben Sie noch mehrere davon?"

„So drei oder vier. Wieso?"

Plötzlich erinnerte sich Herbert an eine ähnliche Reaktion eines Jugendlichen vor einigen Jahren und lächelte. „Scheint wohl wieder hip zu sein?"

„Was? Ach so ja. Sie meinen die Teile sind wieder gesucht", erwiderte Leon und Herbert nickte.

„Ich hab dir auch gleich a Telefonkarte eingesetzt und mit 20 Euro aufgelade", wandte er sich wieder Sepp zu. „Den Vertrag musste ich halt auf mich abschließe, sonst wär des net gegange, wege der Unterschrift."

Mit skeptischem Blick betrachtete Sepp das Mobiltelefon und dachte: *Eischentlich schee vom Herbert, dass der sich so kimmert. Awer, des is aach so en Techniknarr. Vielleicht hot der do e Wanze oigebaut und kann heern, mit wem ich telefonier.*

Die Vorstellung, Herbert könnte seine Gespräche belauschen, verunsicherte Sepp. Auf der anderen Seite wusste er nicht, wann Elfi wieder in der Stimmung wäre, ihm ein neues Telefon zu kaufen. Außerdem, wenn Leon das Handy schon *cool* befand, was sollte er dagegen haben?

„Und, was sagst du?", fragte Herbert nach.

„Macht des aach Bilder? Des brauch isch unbedingt. Mir zwaa", Sepp wedelte mit seinen bandagierten Fingern zwischen sich und Leon hin und her, „schicke uns dauernd Bilder und so was. Stimmt's Leon?"

Leon nickte.

„Klar, kannst de damit auch fotografieren", bestätigte Herbert.

Jetzt grinste Sepp zufrieden. „Du musst mir awer noch zeische, wie des funktioniert. Des soll ja bei jedem von dene Dinger annerster soi, gell Leon?"

„Und ich hab schon gedacht, du traust mir net."

Listig schaute Herbert seinen Nachbarn an und Sepp zuckte, wie bei einem Dummen-Jungen-Streich erwischt, zusammen.

„Nadirlich trau isch dir. Was glaabst de dann von mir?"

Sepp nahm das Mobiltelefon entgegen, als sei es eine sakrale Reliquie, was vornehmlich aber seinen verbundenen Fingern geschuldet war.

Mittwoch / 17:05 Uhr

Im zweiten Kreisverkehr nach der Autobahnabfahrt bog Nicole rechts in die Straße, in der das Haus der Hagemanns stand und fand auch einen geeigneten Parkplatz. Heute wäre sie gerne noch einmal um den Block gefahren um das Unvermeidliche für einige Minuten hinauszuschieben.

Trotz all der Jahre, in denen sie schon öfter mit dieser unerfreulichen Aufgabe konfrontiert worden war, machte sich noch immer ein ungutes Gefühl in ihrer Magengegend breit.

Wie würde die Witwe, die noch nicht wusste, dass sie ab sofort eine war, auf den plötzlichen Tod ihres Ehemanns reagieren?

Ein stummer Zusammenbruch wäre das Schlimmste was

passieren konnte. Dann bestünde für Nicole und Lars erst einmal keine Chance auf ihre dringlichen Fragen eine Antwort zu erhalten. Sie hätten lediglich eine unheilvolle Nachricht überbracht und müssten unverrichteter Dinge wieder abziehen.

Oder aber ein kurzer heftiger Nervenzusammenbruch? Für ihre Ermittlungen wäre es jedenfalls hilfreicher. Nicole hatte festgestellt, dass insbesondere Frauen sich nach dem ersten Schock schnell wieder im Griff hatten; sich sogar für ihre außer Kontrolle geratene Emotion entschuldigten. Die anschließende Befragung war dann meistens erfolgreich.

„Da ist wohl niemand zuhause", machte Lars seine Chefin auf die offenstehende Garage, in der kein Auto stand, aufmerksam.

„Vielleicht haben die Hagemanns überhaupt kein Auto und nutzen die Garage anderweitig; soll vorkommen", widersprach Nicole. „Zumindest stehen dort zwei Fahrräder. Gehen wir's an."

Das Haus der Hagemanns, vermutlich in den Siebzigern erbaut, machte einen gepflegten Eindruck. Das Gras im Vorgarten war nach Wimbledon-Art kurz geschnitten und die Edeltanne stand exakt, kerzengerade zwischen den beiden Fenstern der Vorderfront.

Ein kleines, bronzefarbenes Namensschild auf dem mit braungelben Klinkern versehenen Pfosten gab Auskunft darüber, dass hier Heinz und Maria Hagemann wohnten.

Nicole setzte ihren Zeigefinger auf den Klingelknopf. Schrill bohrte sich das blecherne Geräusch in jeden Winkel im Haus. Dennoch summte weder ein Türöffner, noch ließ sich eine Menschenseele blicken. Ein erneuter Versuch blieb ebenfalls erfolglos.

„Niemand zu Hause. Sagte ich doch." Lars machte Anstalten wieder zum Auto zurückzugehen.

Dann aber hörten die Beamten hinter dem Haus ein Schaben und Kratzen. Nicole beugte sich über das niedrige Türchen der Einfriedigung aus silberfarbenem Metall und drückte den inneren Türgriff.

„Ist das nicht widerrechtliches Betreten?", fragte Lars mit in Falten gezogener Stirn.

Kommentarlos ging Nicole weiter zu dem schmiedeeiserenen Tor, das genau in die, im Halbrund gemauerte Umrahmung passte und den vorderen vom hinteren Teil des Grundstücks trennte.

Wie sie feststellte, war dieses abgeschlossen, weshalb sie durch das Gitter blickte.

Eine Frau mit kurzen grauen Haaren, häufte mit einem Rechen Blätter zusammen.

„Hallo! Frau Hagemann?", rief Nicole. „Bitte, nicht erschrecken. Wir sind von der Polizei. Können wir Sie einen Moment sprechen?"

Die Frau hob den Kopf, drehte sich um und kam zügig auf die Beamten zu. „Polizei? Was wollen Sie hier und wie kommen Sie hier herein?"

„Wir haben geklingelt, aber niemand hat geöffnet", antwortete Lars.

„Aha. Und dann kommen Sie einfach so, mir nichts dir nichts, auf unser Grundstück? Das ist Hausfriedensbruch;

auch wenn Sie von der Polizei sind. Verschwinden Sie sofort oder ich rufe meinen Mann."

„Frau Hagemann. Darüber ... also über Ihren Mann, wollten wir mit Ihnen reden", erwiderte Nicole und hielt ihren Polizeiausweis hoch.

Fast wäre Lars herausgerutscht: *Kein Grund zur Aufregung*. Was natürlich völliger Humbug gewesen wäre. Stattdessen sagte er: „Können wir uns vielleicht, ohne diese Tür zwischen uns, unterhalten?"

Frau Hagemann taxierte Nicole und Lars noch einmal mit einem skeptischen Blick, öffnete aber dann die Gartentür mit einem Schlüssel, den sie aus ihrer Schürze holte.

„Kommen Sie." Sie ging voraus zur Terrasse. „Ich will sehen, wo mein Mann ist. Bitte."

Ihre Geste deutete an, die Kriminalbeamten möchten auf den Gartenmöbeln Platz nehmen.

„Frau Hagemann ..."

Nicole fasste Lars am Ärmel und schüttelte den Kopf.

„Heinz!"

Maria Hagemann verschwand im Inneren des Hauses. Ihr Rufen wie auch ihre Schritte verrieten, dass sie in den oberen Stock ging. Nach kurzer Zeit kam sie zurück und sah die Beamten ungläubig an.

„Er ist nicht hier. Mein Mann ist nicht hier. Ich dachte, er liegt noch im Bett, was an und für sich schon ungewöhnlich wäre, denn er ist ein Frühaufsteher. Aber sein Bett ist unberührt."

Frau Hagemann eilte in die Küche. „Genauso wie sein Frühstück. Ich verstehe das nicht."

Nicole und Lars folgten ihr und bemerkten, wie sie hastig etwas vom Tisch nahm und in der Tasche ihrer Schürze verschwinden ließ.

„Wie kommt es, dass Sie die Abwesenheit Ihres Mannes nicht bemerkt haben?", erkundigte sich Lars.

„Ach wissen Sie, mein Mann ist fast jeden Abend bei irgendeiner Versammlung, in einem seiner vielen Vereine, in denen er tätig ist und kommt entsprechend spät heim. Wir haben deshalb getrennte Zimmer", fügte Maria Hagemann hastig hinzu.

„Dann haben Sie Ihren Ehemann also gestern Abend zum letzten Mal gesehen?", fragte Nicole.

„Eh was? Nein. Eigentlich gestern beim Mittagessen. Danach ist er weggefahren. Ich weiß nicht wann er zurückgekommen ist. Ich war in meinem Zimmer. Das geht zum Garten hinaus. Außer der Klingel höre ich da nichts."

„Beim Abendessen haben Sie Ihren Mann nicht vermisst?", forschte Nicole weiter.

„Abends isst Heinz immer auswärts, mit irgendwelchen Leuten aus seinen Vereinen."

„Bei welchem Verein oder Versammlung war Ihr Mann gestern?"

„Ach, was weiß ich denn? Ich frage schon lange nicht mehr nach. Vielleicht liegt sein Terminkalender oben auf dem Schreibtisch, falls er ihn nicht mitgenommen hat."

Die Gleichgültigkeit in der Stimme der Frau war für die Beamten nicht zu überhören.

Plötzlich fragte Maria Hagemann: „Ist etwas passiert? Ja, sicher ist etwas passiert, sonst wären Sie nicht hier."

Nicole holte tief Luft. „Frau Hagemann. Ihr Mann wurde heute Morgen tot aufgefunden. Wir können ein Gewaltverbrechen nicht ganz ausschließen."

Weder brach Maria Hagemann in Tränen aus, noch schrie sie auf. Sie sank lediglich auf einen Küchenstuhl, griff dann nach der Tasse, die wohl für ihren Mann dort stand und schenkte sich, aus der ebenfalls bereitstehenden Thermoskanne, Kaffee ein.

„Möchten Sie auch?", richtete sie mechanisch die Frage an die Kriminalbeamten.

„Nein, danke", sagte Nicole und setzte sich ebenfalls an den Tisch.

„Ihr Mann wurde am ehemaligen Wehrturm am Mainufer gefunden, in Höhe der Hospitalstraße."

Die merkwürdige Bekleidung erwähnte sie erst einmal nicht. „Wissen Sie, was er dort wollte?"

„An der Mulaule? Warum dort?" Zuerst schüttelte Maria Hagemann den Kopf, dann traf die Beamten ein leerer Blick. Anschließend trat Stille ein.

„Frau Hagemann. Sie erwähnten gerade einen Terminkalender."

„Ja, natürlich." Es kam wieder Leben in die Frau. „Kommen Sie."

Nicole und Lars folgten Frau Hagemann die Treppe in den ersten Stock hinauf, in das Büro ihres Mannes.

Hatten die Kommissare eine verstaubte, aus den Siebzigern stammende Möblierung wie im Untergeschoss erwartet, so wurden sie enttäuscht. Der gesamte Raum bestand zum Großteil aus Regalen und Schränken aus einem bekannten schwedischen Möbelhaus. Nur eine Vitrine im Biedermeierstil, in der, dem Anschein nach, wertvolle Bücher aufbewahrt wurden, zierte eine Seitenwand.

Frau Hagemann ging schnurstracks auf den Schreibtisch zu, auf dem ein großer PC-Bildschirm fast den gesamten Platz einnahm. Auf der restlichen Fläche lagen streng nebeneinander Block, Stifte, ein Locher und eine Heftmaschine und besagter Terminkalender.

Ohne selbst einen Blick hineinzuwerfen, reichte Frau Hagemann ihn an Nicole weiter.

Am Dienstag, dem 17. Oktober 2017, waren insgesamt drei Termine, in sorgsamer, gut lesbarer Handschrift eingetragen.

10:30 Uhr – Bank

16:00 Uhr – O. K.

19:00 Uhr – Golf Klub

„Hier steht, Ihr Mann hatte gestern Morgen einen Termin bei der Bank. Wissen Sie, um was es da ging?"

Maria Hagemann schüttelte den Kopf. „Um die Bankgeschäfte kümmerte sich Heinz immer selber."

„Was bedeutet O. K.?", richtete Nicole erneut die Frage an die jetzige Witwe und deutete auf den Eintrag.

Die zuckte mit den Schultern und machte auch sonst nicht den Eindruck als würde es sie interessieren, womit ihr Ehemann sich die Zeit vertrieb.

Wenn Hagemann zwischen 17 und 20 Uhr nicht mehr am Leben war, konnte er den letzten Termin, 19 Uhr im Golf

Klub, nicht mehr wahrgenommen haben. Wohl aber den um 16 Uhr mit O. K., überlegte Nicole.

„Hatte Ihr Ehemann Feinde?", fragte sie geradeheraus.

Frau Hagemann gab einen undefinierbaren Ton – es hörte sich beinahe wie ein Lachen an, aber auch wieder nicht – von sich.

„In der Zeitung steht, Ihr Mann sollte den Bundesverdienstorden erhalten. Könnte es sein, dass ihm jemand diese Auszeichnung neidet? Ich meine, ist vielleicht irgendwer dagegen?"

Zum ersten Mal zeigte Maria Hagemann eine emotionale, wenn auch nur kurze, Regung. Sie umklammerte die Schreibtischkante so stark, dass ihre Handknöchel weiß wurden und starrte sekundenlang stumm aus dem Fenster, das zur Straßenseite hinausging.

Dann drehte sie sich zu den Beamten um und sagte mit fester Stimme: „Ich fürchte, ich kann Ihnen nicht helfen. Mein Ehemann und ich hatten nicht mehr viele Gemeinsamkeiten, im letzten ... in letzter Zeit. Deshalb weiß ich auch nicht, ob er Neider hatte oder, wie Sie es ausdrücken wollen ... ihm irgendjemand die Auszeichnung missgönnte. Am besten fragen Sie die Leute, mit denen er ständig beisammen war. Die Adressen dürften auch in dem Buch stehen. Nehmen Sie es gerne mit."

Das ließ sich Nicole nicht zweimal sagen und steckte den Terminkalender in ihre Handtasche.

„Den Computer brauchen Sie doch bestimmt auch?

„Eh ... ja, danke, Frau Hagemann", erwiderte Lars. „Die Festplatte des Rechners würde uns schon genügen."

„Obwohl Heinz nie wirklich über seine Arbeit geredet hat, kenn ich mich ein bisschen in der Polizeiarbeit aus", erklärte Maria Hagemann, als sie Lars' überraschten Gesichtsausdruck sah.

„Und ja, gewiss waren ihm damals nicht alle wohl gesonnen. Hauptsächlich die, die er für lange Zeit ins Gefängnis brachte; was nicht verwunderlich ist, oder?"

Maria Hagemann lachte freundlos auf. „Aber, das ist schon so lange her. Wieso sollte jetzt ...?" Dann machte sie eine einladende Handbewegung. „Schauen Sie sich ruhig hier um. Falls Sie doch noch einen Kaffee möchten … ich bin unten."

Sie ging aus dem Zimmer und zog leise die Tür hinter sich zu.

„Ich hätte ja alles erwartet", sagte Nicole, „aber nicht das."

„Vielleicht steht die Frau ja auch nur unter Schock."

Nicoles Stirnrunzeln verriet Lars, dass sie nicht wirklich daran glaubte und er eigentlich auch nicht.

„Allerdings denke ich, dass sie etwas vor uns verbergen will. Hast du gesehen, dass sie ganz fix, als wir in die Küche kamen, etwas in ihre Schürze steckte?"

Lars nickte. „Was es war, konnte ich aber nicht sehen. Du glaubst aber doch nicht, dass sie ihren Mann ermordet hat?"

„Für irgendwelche Annahmen ist es noch zu früh", entgegnete Nicole. „Aber wenn … dann hatte sie einen Helfer. Einen über 1 Meter 70 großen und zirka 80 Kg schweren Mann aus einem Kofferraum zu heben und die Treppe am Turm hinunterzutragen, dazu braucht es schon einige Kraft.

Frau Hagemann ist meines Erachtens etwas über 1 Meter 60 groß und dürfte zwischen 60 und 65 kg wiegen."

Nicole durchsuchte die, seltsamerweise – sie hatte es fast erwartet – nicht abgeschlossenen Schubladen des unter dem Schreibtisch stehenden Metallcontainers. Fand darin aber nur Kopierpapier und Farbpatronen für den Drucker, sowie Klarsichtfolien und allerlei andere Dinge für Büroarbeiten; alles sorgfältig sortiert und gestapelt.

Sie drehte sich den Fotos an der Wand über der Biedermeierkommode zu. Ausnahmslos Aufnahmen von Vereinsveranstaltungen, vermutlich zu irgendwelchen feierlichen Anlässen. Kein einziges Foto, auf dem Hagemann mit seiner Frau zu sehen war, geschweige denn eines von Daniel, seinem Sohn. Auch unten, im Wohnzimmer hatte Nicole keine Familienfotos gesehen.

Inzwischen hatte Lars sich die, nach dem Alphabet im Regal einsortierten, Ordner vorgenommen. Wie schon auf den Ordnerrücken ersichtlich, handelte es sich um Unterlagen von Vereinen und Gesellschaften. Lars blätterte gelangweilt darin herum und sagte: „Der Mann war äußerst penibel, was seine Ablage betrifft. Hätte genauso gut Finanzbeamter sein können."

„Die Spurensicherung fand vor Ort kein Handy und hier sehe ich auch keins. Bei all seinen Tätigkeiten musste er doch erreichbar sein."

„Fragen wir die Ehefrau", schlug Lars vor, schnappte sich die inzwischen ausgebaute Festplatte und ging vor Nicole die Treppe hinab.

„Ja, Heinz besaß ein iPhone", bestätigte Maria Hagemann. „Das hatte es immer bei sich. Ebenso wie die Hausschlüssel und seine Brieftasche. Da war er sehr eigen. Wenn Sie es nicht gefunden haben, wird der Täter wohl alles an sich genommen haben. Oje, dann muss ich wohl sofort das Schloss austauschen lassen."

„Das wird das Beste sein, Frau Hagemann", bestätigte Lars und wunderte sich erneut. *Wie kann die Frau, in einer solchen Situation so logisch denken?*

„Können Sie uns bitte die Nummer des Handys Ihres Mannes geben? Vielleicht haben wir Glück und wir können es orten."

„Auswendig weiß ich die nicht. Da müsste ich in meinem Notizbuch nachschauen. Einen Moment."

Erneut ging Maria Hagemann in den ersten Stock und kam nach kaum zwei Minuten wieder zurück.

Die Sache mit Hagemanns Bekleidung schwirrte Nicole noch immer im Kopf herum. Jetzt wollte sie es wissen.

„Hatte Ihr Mann, außer den Vereinsaufgaben noch andere Hobbys? War er vielleicht in einer Theatergruppe, oder hatte er etwas mit dem Heimatverein zu tun?"

„Heinz?! Keinesfalls. Wieso fragen Sie?"

„Nun, weil ..., weil Ihr Ehemann in der historischen Seligenstädter Tracht der Frauen gefunden wurde."

Nicole zeigte Frau Hagemann das Foto auf ihrem Handy. „Können Sie sich das erklären?"

Maria Hagemann schüttelte den Kopf, lachte dann hysterisch auf und bekam einen Hustenanfall. „Bitte, entschuldigen Sie. Aber, das ist ..., das ist absolut absurd."

„Besitzen Sie eine solche Tracht?"

„Ja, sie hängt in einem Schrank auf dem Dachboden. Ich war schon seit Jahren nicht mehr dort oben. Sie glauben doch nicht, dass ...? Bitte, ich zeige sie Ihnen."

Auf dem Speicher angekommen, öffnete Maria Hagemann einen alten Kleiderschrank.

„Das gibt es doch nicht. Sie ist nicht mehr da."

Sie blätterte durch die, auf Bügel hängende Kleidung. Danach bückte sie sich und durchwühlte auf dem Boden stehende Kartons.

„Hier fehlen auch aussortierte Hosen und Pullover von Daniel, die ich zur Kleidersammlung bringen wollte, dann aber vergessen hatte, als er ... nachdem er fortgelaufen war."

Noch immer kniend drehte sie sich zu dem Kriminalbeamten um. „Was bedeutet das?"

„Vermutlich handelt es sich um Ihre Tracht, in der ihr Ehemann gefunden wurde", sagte Lars halblaut.

„Um genau festzustellen, ob es sich tatsächlich um das gleiche Kleidungsstück handelt, benötigen wir von Ihnen eine DNS-Probe. Wenn Sie damit einverstanden sind, schicken wir einen Mitarbeiter der Kriminaltechnik vorbei."

Maria Hagemann nickte träge. Scheinbar in Gedanken stieg sie vor den Beamten die Treppen hinab.

„Geben Sie mir bitte Bescheid, falls Ihnen neue Erkenntnisse vorliegen?", sagte sie an der Haustür.

Neue Erkenntnisse? Schon wieder diese Ausdrucksweise, wunderte sich Lars erneut.

„Ja, sicher. Und, falls Ihnen noch etwas einfällt, rufen Sie uns bitte an."

Nicole reichte Maria Hagemann ihre Visitenkarte. „Ach, hätte ich fast vergessen. Welchen Wagen fährt Ihr Mann?"

„Einen alten Citroën. Wieso? Der steht in der Garage."

Lars schüttelte den Kopf. „Die Garage ist offen, aber kein Auto weit und breit."

Maria Hagemann stürzte an den Beamten vorbei und aus dem Haus. „Das verstehe ich jetzt nicht. Heinz fuhr immer mit dem Fahrrad zu seinen Vereinsabenden. Aber sein Fahrrad steht hier, neben meinem."

„Wir veranlassen die Fahndung nach dem Wagen", versprach Nicole. „Wenn Sie uns Modell und Kennzeichen geben?"

Sobald die Beamten auf der Straße und aus Maria Hagemanns Blickfeld verschwunden waren, holte sie ihr Handy aus der Schürze.

„Die Polizei war gerade hier", tippte sie auf die Mailbox. „Sie sagten dein Vater ... Heinz wurde ermordet und er hätte meine Seligenstädter Tracht angehabt. Ich kann mir das nicht erklären. Sein Wagen und sein Handy sind auch verschwunden. Die Polizei sucht jetzt danach. Ich verstehe das alles nicht. Du hast doch nichts damit zu tun, oder? Ruf mich bitte an oder schicke mir eine Nachricht, damit ich weiß, dass es dir gut geht."

Ihr Finger zitterte, als sie den roten Punkt auf dem Mobiltelefon drückte. In ihrem Kopf spielten sich die wirrsten Szenarien ab.

Nein, ganz bestimmt hat er nichts damit zu tun. Wie unter Trance stehend räumte sie das unbenutzte Frühstücksgeschirr zurück in den Schrank und ging wieder in den Garten.

Mittlerweile hatte sich die Sonne durch die Wolkendecke gedrückt. Es würde noch einmal ein schöner Tag werden.

Bevor der Herbst endgültig Einzug hält, muss das Laub weg, dachte Maria Hagemann und machte sich wieder an die Arbeit.

Mittwoch / 17:50 Uhr

Die Aufnahme, ein Schnappschuss, von dem sie nicht einmal wusste, zeigte eine Frau, die viel Leid ertragen hatte. Sie war alt geworden. Falten rund um die Lippen und auf den Wangen, auf der Stirn. Alles nur wegen IHM.

War es wirklich die richtige Entscheidung gewesen, damals?

Die Frage wiederholte sich jeden Tag aufs Neue, ebenso wie der Traum, der fast jede Nacht wiederkehrte.

Die Tür kracht gegen den Schrank. Wütend, mit hochrotem Kopf und Augen, aus denen Blitze schießen, steht er plötzlich im Zimmer. Schallende Ohrfeigen, die auf den Wangen brennen. Das Reißen des Stoffes, bis das Kleid in Fetzen auf dem Boden liegt. Er rafft es auf, wirft es aus dem Fenster in den Garten.

Sie steht im Türrahmen, zitternd, leichenblass, zu keiner Bewegung fähig, während er brüllt: Ich werde das nicht zulassen. Ich werde es aus dir herausprügeln! Du wirst meinen guten Ruf nicht in den Dreck ziehen. Eher bringe ich dich um.

Ein schneller Sprung unter die dicke Daunendecke, der

Zufluchtsort, unter dem man sich verstecken und die Wahrnehmung ausblenden kann. Doch wie lange? Die Hände verkrampfen sich in das Leinen. Es wird stickig, die Luft knapp, kein Ein- und Ausatmen bringt Erleichterung für die brennenden Lungen. Der Schweiß brennt in den Augen, läuft an den Wagen herab, verbindet sich mit dem Salz der Tränen, die lautlos ihren Weg über den Hals zu dem schmalen Brustkorb fortsetzen. Das Zittern wird immer heftiger. Dann ihr Schrei und der dumpfe Schlag. Für den Moment ist es totenstill. Ganz behutsam hebt sich die Decke. Dann das kaum hörbare Flüstern. Komm heraus.

Ein kleiner Stofffetzen auf dem Fußboden, sonst nichts. Nichts erinnert an das soeben stattgefundene Geschehen. ER ist fort.

Der seelische Schmerz ist bis heute geblieben. Ebenso der Traum. Bis gestern Nacht. Zum ersten Mal seit 20 Jahren, ein erholsamer Schlaf, ohne diese schrecklichen Bilder.

Jetzt ist endlich Schluss damit! Ich lebe mein Leben so, wie ich es will! So, wie Gott es für mich vorgesehen hat. DEIN Gott, den DU immer nur als Rechtfertigung für all deine Handlungen missbraucht hast, alle und jeden. Damit ist jetzt Schluss. Endgültig! Du kannst mir nichts mehr anhaben.

Er ballte die Fäuste. Das Messgerät am Handgelenk piepste. Ein Blick auf das liebevolle Gesicht auf dem Foto genügte und Blutdruck und Herzfrequenz normalisierten sich.

Bald werden wir uns wiedersehen. Nicht mehr nur Briefe schreiben oder hin und wieder ein Telefonat, wenn ER nicht

zuhause ist. Spazieren gehen, einen Kinobesuch oder ein-
fach mal nur zusammen einen Kaffee trinken. Vielleicht
würde sie...? Nein, nichts überstürzen. Erst einmal abwar-
ten.

Einerseits war die Freude übermächtig, sie endlich, nach
so vielen Jahren wieder in die Arme schließen zu dürfen.
Andererseits war da auch Angst.

Wie wird sie reagieren, wenn sie mich wiedersieht? Sieht,
wie ich jetzt bin?

Die Mailbox kündigte eine Nachricht an. Das Display
zeigte eine vertraute Nummer. Gedankenübertragung?

Weniger erfreulich war die Mitteilung:

HEINZ WURDE ERMORDET.

Er ist tot? Warum? Er darf doch nicht tot sein. Leiden
sollte er, so wie ich gelitten habe, so wie sie *litt in all den*
Jahren. Erkennen sollte er, dass er keine Macht mehr über
uns hat. War alles umsonst?

Angespannt wischten seine Finger über das Display und
fanden schnell in den Kontakten die gewünschte Rufnum-
mer.

„ER ist tot!"

„Was? Wie kann ...? Das wusste ich nicht."

„Wieso ist er tot? Er darf nicht tot sein. Er sollte nicht tot
sein. Hohn und Spott sollte er erfahren. Er sollte leiden. Ich
verstehe das nicht. Wieso?"

„Bitte, rege dich nicht auf. Ich werde das klären ... noch
heute. Vertraue mir. Wie geht es *dir*? Das ist viel wichtiger.
Bist du in Ordnung? Wirst du wirklich morgen entlassen?"

„Ja, mir geht es gut. Ich vermisse dich. Kommst du heute

noch vorbei?"

„Nein, schaffe ich heute nicht mehr. Aber morgen bin ich da. Versprochen. Ich hole dich ab. Ich fahr dich nach Hause und umsorge dich und dann reden wir. Alles wird gut; du wirst schon sehen. Und nun ruh dich aus. Ich muss jetzt los. Bis morgen. Alles wird gut. Ich liebe dich."

Mittwoch / 18:10 Uhr

Einerseits war Elfi froh, dass ihr Vater Sepp sich so gut mit seinem Enkelsohn Leon verstand und sie und Gerald ein paar Stunden für sich hatten. Andererseits war sie nervös.

Seitdem Herbert Walter, der immer ein Auge auf Sepp gehabt hatte, vor mehr als einem Jahr zu Helene gezogen war, traute sich Elfi abends kaum mehr aus dem Haus. Schon tagsüber machte sie sich Sorgen, was ihr Vater anstellen könnte, während sie in einer Schulküche ihrer Arbeit nachging.

Kurz nach dem Tod ihrer Mutter 1991, hatte sie ihre Vollzeitarbeit in einer Arztpraxis in einen Halbtagsjob umgemodelt, damit sie mehr für ihren Vater da sein konnte. Seit dem Tag, an dem Wasser durch die Decke tropfte, weil Sepp vor dem Fernseher eingeschlafen war und die vollgelaufene Badewanne vergessen hatte, blieb sie ganz zu Hause.

Das aber passte Sepp so gar nicht. Er fühlte sich beobachtet und bevormundet. Die ständig angespannte Situation brachte Elfi dazu, wenigstens wieder stundenweise zu arbeiten – aber eben mit dauernder Sorge im Hinterkopf.

„Je älter der Vadder wird, umso einfallsreicher wird er,

was den Unsinn angeht, den er anstellt. Die Sache mit dem Telefon heute, war der Gipfel", sagte sie jetzt zu Gerald und nippte an ihrem Glas Rotwein.

Sie saßen in einer gemütlichen Ecke im „Bistro Turmschänke", eine Karaffe Rotwein vor sich auf dem Tisch. Seit ewig langer Zeit waren sie nicht mehr hier gewesen.

„Jetzt entspann dich mal", versuchte Gerald seine Frau zu beruhigen. „Es wird schon nichts passieren. Leon passt schon auf. Außerdem sind es nur ein paar Meter bis zu unserer Wohnung."

Elfi nickte, versuchte wirklich abzuschalten. Dennoch fragte sie sich, war es vernünftig die Verantwortung für ihren 91-jährigen Vater einem 12-jährigen Jungen zu überlassen – und sei es nur für ein paar Stunden?

„Ach, schau mal, wer da kommt." Gerald zeigte zur Eingangstür und winkte gleichzeitig.

Nach einer kurzen Sondierung, sahen Bettina und Ferdinand Gerald winken und kamen an den Tisch.

„Das ist aber schön, euch hier zu treffen", sagte Bettina und Ferdinand fügte in lustigem Ton hinzu: „Habt ihr *frei* bekommen oder euch davongeschlichen?"

„Weder noch", erwiderte Elfi. „Unser Neffe, der Leon, ist für ein paar Tage zu Besuch."

„Aha, dann ist der Sepp ja unter bester Aufsicht."

„Viel kann er sowieso nicht anstellen, nachdem seine Finger verbunden sind", setzte Gerald nach.

„Der Herbert hat's erwähnt, als er vorhin anrief", erwiderte Ferdinand und musste sich ein Lachen verbeißen. „Er kommt aber auch auf Ideen."

„Ja, das kannst du laut sagen." Elfi seufzte.

„Kommt, setzt euch doch zu uns", bot Gerald an und zeigte auf die zwei noch freien Sessel. „Ich hole noch zwei Gläser. Ihr trinkt doch Rotwein? Oder wollt ihr lieber etwas anderes?"

„Gerne", erwiderte Bettina und Ferdinand sagte: „Rotwein ist immer eine gute Wahl."

Als Gerald mit den Gläsern zurückkam, drehte sich das Gespräch um Heinz Hagemann; wie sollte es auch anders sein. Das Ereignis war alles andere als alltäglich und machte die Runde in der Stadt.

Auch die örtlichen Zeitungen hatten bereits ausgiebig darüber berichtet und das Foto veröffentlicht, das den ehemaligen Staatsanwalt in der Seligenstädter Frauentracht am Wehrturm sitzend zeigte.

Schockiertes Raunen, abgelöst durch Spekulationen, was dies wohl zu bedeuten hatte, wie auch Hohn und Spott und andere Anzüglichkeiten, belebten die Gespräche.

„Was haltet ihr von der ganzen Sache?", stellte Ferdinand die Frage an Elfi und Gerald.

„Mich darfst du nicht fragen", sagte Gerald. „Ich kannte den Mann nicht. Aber, der Sepp", er lachte, „kann euch bestimmt einige Geschichten, die quasi unter dem Tisch gehandelt werden, erzählen."

Bettina nickte. „Gute Idee. Das werden wir Helene und Herbert vorschlagen."

„Sagt bloß nicht, dass die beiden schon wieder *ermitteln*?"

„Na klar, und wir sind dabei", antwortete Bettina spontan.

Stolz fügte sie hinzu: „Mein Ferdi hat die Leiche doch gefunden."

„Was? Du hast den Toten gefunden?", fragte Elfi etwas zu laut nach, weswegen sich die Köpfe dreier älterer Damen blitzartig in ihre Richtung bewegten.

Ferdinand nickte seufzend. „Und, mein Eheweib ist durch nichts davon abzubringen, zusammen mit Herbert und Helene zu *ermitteln*." Er zeichnete Anführungszeichen in die Luft.

„Den Ärger, den wir letztes Jahr mit der Polizei hatten, war wohl nicht genug." Ein strenger Blick traf seine Gattin, um sofort, mit einem Schmunzeln, nachzusetzen: „Dann muss ich wohl oder übel mitmachen. Hab's ja mal versprochen – *In guten, wie in schlechten Zeiten.*"

Die Sirenen von Polizei und Krankenwagen ließen die vier und auch die anderen Gäste erschrocken zusammenzucken. Ganz in der Nähe verstummte dann der Lärm und alle fragten sich, was da wohl schon wieder passiert war.

Mittwoch / 18:50 Uhr

Nach etlichen Ermahnungen, was Sepp unterlassen und Leon tun sollte, falls etwas Unvorhergesehenes eintreten würde, hatten Elfi und Gerald endlich das Haus verlassen.

Sicherheitshalber schaute Sepp hinter der Gardine, bis er die beiden nicht mehr sehen konnte. Dann nickte er Leon zu. Der holte eine mittelgroße Pappschachtel aus seinem Rucksack und baute in Windeseile das Fluggerät zusammen.

Sepp konnte es kaum erwarten. Leon hatte ihm bereits am Telefon erzählt, dass es sogar mit einer Kamera ausgestattet sei und super Fotos machen würde.

Zwar wurde es schon langsam dunkel, dennoch wollten die beiden die Drohne unbedingt noch heute ausprobieren.

„Es ist nicht so einfach. Du musst höllisch aufpassen, wohin du sie steuerst", erklärte Leon und schaltete das Steuergerät ein. Einige Augenblicke später surrte die Drohne über dem Rasen in die Höhe.

„Wie weit kannst de damit fliesche?", wollte Sepp wissen.

„So zirka 100 bis 120 Meter – Luftlinie."

„Do kennt mer doch mal gucke, was de Schorsch grad so treibt, odder?"

„Klar." Leon ließ die Drohne höher steigen und lenkte sie über die Hecke zum Nachbargrundstück.

„Un wo seh isch jetzt die Bilder?", fragte Sepp.

„Auf meinem iPad; liegt auf dem Tisch. Brauchst nur mit deinem Finger in die Mitte zu tippen."

„Des is ja net zu fasse, was heutzudaach so alles zu mache is", murmelte Sepp vor sich hin und lief, so schnell es ihm möglich war, die wenigen Stufen hoch zur Terrasse.

Dort ließ er sich schnaufend auf einem der Stühle nieder und griff nach Leons iPad. Mit seinem umgewickelten Zeigefinger berührte er mittig den Bildschirm und prompt konnte er verfolgen, wohin sich das Fluggerät bewegte.

Die Bilder waren *astrein*, wie Leon sagen würde und so groß, dass Sepp nicht mal seine Brille brauchte. Gerade flog die Drohne über Schorschs Terrasse; von Schorsch allerdings keine Spur und, dass in der Küche kein Licht brannte, konne man auch erkennen.

„Und? Cool, stimmt's Grandpa?", rief Leon.

Seit einiger Zeit nannte er Sepp nicht mehr Opi, sondern Grandpa. Klänge *cooler*, meinte er.

Sepp war es recht, wie alles was Leon machte, Hauptsache er ließ ihn an seinem Leben teilhaben, solange er es noch einigermaßen konnte.

„Un ob des cool is", rief Sepp zurück. *Jetzt noch en Schnaps un die Welt is in Ordnung,* fügte er in Gedanken hinzu. Aber, solange Leon bei ihm wohnte, musste er den Alkohol drosseln. Schließlich sollte sein Enkel seinen Opa gut in Erinnerung behalten, falls er doch irgendwann einmal sterben sollte.

„Moije derf isch des awer mol fliesche."

„Klar, Grandpa."

Leon steuerte die Drohne höher, überflog jetzt das Grundstück von Herbert Walter und senkte das Fluggerät über dessen Zen-Garten ab.

In diesem Moment scheppterte es. Zwei Augen blickten erschrocken in die Kamera und Sepp, ebenso erschreckt zurück.

„Jesesmaria."

„Was ist Grandpa?", rief Leon.

Blitzschnell ließ er das Fluggerät wieder nach oben steigen und setzte es vorsichtig auf dem Rasen seines Großvaters ab. Er rannte zu Sepp.

„Ja, was war jetzt des? Do hot mich was ogeguckt."

„Lass mal sehen." Leon nahm Sepp das iPad aus der Hand und ließ die Aufnahme von Anfang an laufen. „Vielleicht ein Marder oder ein Waschbär."

„En Waschbär? Jetzt willst de misch awer veräppele?"

Leon schüttelte den Kopf. „Bei uns in der Stadt gibt es sie wirklich und ich meine nicht die im Zoo, sondern freilaufende. Die räumen nachts die Mülltonnen aus und veranstalten jedes Mal einen Heidenlärm … genau wie eben. Außerdem hinterlassen sie eine riesige Sauerei. Warte, ich vergrößere das Bild."

Leon tippe und wischte ein paar Mal auf dem Bildschirm herum. „Den kennen wir doch, oder Grandpa?" Leon grinste.

„Woher soll ich en Waschbär kenne?" Misstrauisch schaute Sepp seinen Enkel an und dann auf das iPad.

„Des gibt's doch net. Leon, des glaabt uns koan Mensch."

„Grandpa." Leon zeigte auf die vergrößerte Aufnahme.

„Wir haben Beweise, die halten vor jedem Gericht stand."

Mittwoch / 19:00 Uhr

Der Mann, den Florian Altwein suchte, saß an einem der hinteren Tische. Während er sich auf ihn zu bewegte bestellte er, bei einem vorbeieilenden Kellner, ein Altbier.

Am Tisch angekommen, setzte er sich, zog wortlos einen Umschlag aus seiner Lederjacke und schob ihn seinem Gegenüber zu. Der schaute flüchtig hinein und steckte ihn ebenso stumm unter seinen dunklen Sweater. „Lief alles wie am Schnürchen."

„Das würde ich so jetzt nicht behaupten. Der Alte sollte

nur eine gehörige Abreibung erhalten, ist aber jetzt mause-
tot."

„Eh … woher weißt du …?"

„Spielt keine Rolle. Wie konnte das passieren? Ich hatte
dir genaue Anweisungen gegeben."

Florian Altwein hob hastig abwehrend die Hände. „Nein,
ich will es nicht wissen. Damit habe ich nichts zu tun. Das
geht ganz alleine auf deine Kappe."

„Der Alte ist einfach zusammengebrochen, direkt vor seinem Wagen, auf dem Parkdeck. Vielleicht war die Dosis ja
doch zu hoch – keine Ahnung. Möglich, dass deine Berech-
nungen falsch waren. Er war auch nur ohnmächtig, nicht tot,
als er zusammensackte." Der Blick des Mannes flackerte.
„Nur, konnte ich ihn dort ja nicht so liegen lassen. Aber ich
schaffte es nicht alleine, den Alten in den Wagen zu heben,
deshalb musste ich einen Kumpel um Hilfe bitten. Der
macht das aber nicht umsonst, wenn du verstehst? Ah, da
kommt mein Essen."

Als der Kellner wieder außer Hörweite war, schnaubte
Florian Altwein: „Was für ein Kumpel? Du hast jemandem
davon erzählt? Was soll das?"

„Keine Sorge. Das geht schon klar. Der singt nicht. Wir
sind … eh alte Bekannte und er kann Geld ebenso gut gebrauchen wie ich. Aber ich dachte, wenn er mir schon geholfen ..."

„Denk nicht mal dran. 5000 waren vereinbart. Alles andere ist deine Sache." Mit einem eiskalten Blick schaute
Florian Altwein den Mann an. „Ich kann nur hoffen, dass
euch niemand gesehen hat."

„Bin ja kein Anfänger", kam die prompte Antwort. Dass er selber gar nicht vor Ort war, verschwieg er.

„Aber eins würde mich noch interessieren. Was sollte das mit dem Zettel?"

„Geht dich nichts an. Ich rate dir und deinem *Kumpel* ebenfalls, die Schnauze zu halten. Das Foto! Pronto!"

„Kommt sofort."

Nach wenigen Klicks reiste das Foto, das Heinz Hagemann in Frauentracht am Wehrturm zeigte, von einem auf das andere Handy.

„Kommt bloß nicht auf dumme Gedanken", bläute Florian Altwein seinem Gegenüber nochmals ein. Er trank einen kräftigen Schluck Altbier, das der Kellner, zusammen mit dem Essen gebracht hatte. Warf dann einen 5-Euro-Schein auf den Tisch und ging.

Am Parkplatz an der Mainfähre stieg er in seinen SUV und verweilte einige Minuten hinter dem Steuer, seine Gedanken ordnen.

Ich wusste, dass es ein Fehler ist, sich mit dem einzulassen. Aber egal, ist die Sache gelaufen. Jetzt heißt es nach vorne schauen.

Dann setzte er zurück und fuhr langsam die große Maingasse entlang und über den Freihofplatz.

Der Mann, mit dem er sich gerade getroffen hatte, kam aus der Gaststätte die Treppe herab. Er hatte sein Handy am Ohr, weshalb er abgelenkt war und ihn nicht sah.

„Der hat nicht mal mit der Wimper gezuckt. Das war's. Jeder 2500 Tausend. Mehr Kohle ist nicht drin. Was? ... Nein, da mache ich nicht mit. Auf gar keinen Fall!"

Die Kapuze tief über den Kopf gezogen, steckte der Mann das Handy in seine Hosentasche und eilte durch die Freihofgasse zum Marktplatz. Von dort waren es nur einige Meter bis zu dem Parkplatz, auf dem er sein Auto abgestellt hatte.

Auf halbem Weg durch die schmale Sackgasse, prallte er unsanft mit einer Person zusammen, die plötzlich aus einem Hauseingang heraustrat.

„Mann, pass doch auf. Verdammt – was?"

Augenblicklich spürte er ein Brennen in seiner linken Körperseite. Ungläubig starrte er auf den Schaft des Messers, das dort herausragte. Er schlug rückseitig gegen die Hauswand und sackte in sich zusammen. Gerade noch realisierte er, wie flinke Hände seine Kleidung durchsuchten.

Das raue Lachen, das von dem Kerl ausging, ließ ihn frösteln. Oder war es die Kälte, die seinen gesamten Körper erfasste?

„Du Schwein." Seine Stimme gehorchte ihm nicht mehr. Dann wurde es schwarz vor seinen Augen.

Irgendwann kam er wieder zu sich. Waren es Sekunden, Minuten oder gar länger, die er ohnmächtig in der engen Gasse gelegen hatte? Jedes Zeitgefühl war ihm abhandengekommen.

Er rappelte sich auf. Höllische Schmerzen in seiner linken Seite machte jede Bewegung zur Tortur. Er drückte die Hand auf die schmerzende Stelle, die wie Feuer brannte. Etwas Warmes lief durch seine Finger. Trotz der dürftigen Beleuchtung in der Gasse, registrierte er, dass er stark blutete.

Du elende Schwein. Das wirst du büßen.

Mittwoch / 19:55 Uhr

„Ja, was is en da draußᵉ los?"

Herbert öffnete die Tür und er und Helene traten hinaus auf den Balkon.

Der Lärm kam näher und näher. Binnen Sekunden wimmelte es auf dem kleinen Parkplatz von Krankenwagen und Polizeifahrzeugen. Man konnte sein eigenes Wort nicht mehr verstehen und dank der blinkenden, grellen Lichter auch kaum etwas sehen.

Mit zusammengekniffenen Augen blickten die beiden auf das Tohuwabohu direkt vor ihrer Haustür.

„Grundgütiger", rief Helene.

Sie klammerte sich an das Balkongeländer und beugte sich weiter nach vorn, konnte aber trotzdem nichts erkennen. Jetzt gingen auch in den umliegenden Häusern die Fenster auf und bald darauf auch einige Türen.

„Ist das nicht der Herr Bachmann und der Herr Lehmann?" Helene zeigte auf die beiden Polizeibeamten, die auf etwas zueilten, was zwischen zwei geparkten Autos lag.

„Sieht aus, als ob da jemand liegt", sagte Herbert aufgeregt. „Da is auch der Josef. Ob die schon wieder e Leiche gefunde habe? Komm, lass uns auch mal nachgucke."

Hintereinander eilten die beiden die Treppe hinunter und durch die Haustür. Doch auf der ersten Stufe der Haustürtreppe hielt Helene ihren Herbert zurück.

„Ich glaube, das ist keine gute Idee. Die Polizei hat uns im Visier."

Jetzt begegnete auch Herbert dem Blick des Dienststellenleiters der Polizeistation, Josef Maier.

Der schaut aber verdammt ernst. Ach, jetzt kommt der auch noch her.

„'n Abend, Helene, Herbert. Da liegt ein schwerverletzter Mann. Habt ihr irgendetwas gesehen?"

Die beiden schüttelten gleichzeitig die Köpfe.

Im Zwielicht der schwindenden Helligkeit des Tages und der blinkenden Rundumbeleuchtung von Polizei- und Krankenwagen – erfreulicherweise waren die ohrenbetäubenden Sirenen mittlerweile abgestellt – wirkte Maiers Gesicht geradezu gespenstig.

„Des tut uns leid", sagte Herbert. „Aber wir warn grad so in unser Reche ..."

„Ja, wir haben ein neues Rechenspiel entdeckt", wurde er hurtig von Helene unterbrochen. „Da waren wir ganz abgelenkt."

„Ja, richtig", stimmte Herbert zu.

„Schade", sagte Josef Maier. „Jetzt hättet ihr vielleicht wirklich etwas zur Klärung einer Straftat beitragen können."

Was soll jetzt die Bemerkung? Wir habe doch schon immer zur Klärung beigetrage, dachte Herbert leicht pikiert. „Was is en passiert?"

„Keine Leiche, Herbert", kam die Antwort von Maier. „Jedenfalls noch nicht. Ob der Mann die Messerattacke überlebt, steht aber noch in den Sternen."

„Erstochen? Oh, mein Gott."

„Nicht erstochen, niedergestochen", wurde Helene vom

Polizeihauptkommissar korrigiert. „Hoffen wir mal, dass er durchkommt. Ansonsten haben wir es wirklich erneut mit einem Mord zu tun."

„Wer is es denn?", fragte Herbert.

„Ja, wie denn? Er wird gerade erstversorgt. Siehst du doch", entgegnete Josef Maier gereizt.

„Das Auto gehört aber nicht hierher", äußerte plötzlich eine männliche Stimme hinter Maiers Rücken.

Der drehte sich ruckartig um, wobei sein ausgedehnter Bauchumfang die hagere, etwa 1 Meter 70 große Person anrempelte und damit leicht ins Schwanken brachte.

„Wer sind Sie und warum schleichen Sie sich von hinten an mich heran? Das kann ich überhaupt nicht leiden."

Josef Maier blickte streng auf den Mann herab. Spontan machte dieser einige Schritte zurück, gab aber dennoch mit fester Stimme Auskunft über seine Person.

„Mein Name ist Lutz Georg. Ich habe Sie angerufen. Meine Frau und ich wohnen dort in dem Haus gegenüber." Er deutete auf das Haus, in dem Gerda und Gottlieb Winkler früher lebten.

Die beiden hatten, vor etwa zwei Jahren, die zuweilen geräuschvolle Innenstadt verlassen, im Vertrauen darauf, in einem Neubau in der Nähe der evangelischen Kirche ruhiger wohnen zu können. Diese Hoffnung wurde jedoch letztes Jahr, zumindest für einen kurzen Zeitraum, durch lautstarke drogen- und alkoholgeschwängerte Partys, in ihrer unmittelbaren Nachbarschaft, zunichtegemacht.

„Wir haben den Mann beobachtet wie der sich zu dem Auto geschleppt hat", setzte Lutz Georg seinen Bericht fort.

„Meine Frau sagte noch: *Der ist bestimmt total betrunken.*"

„Um welche Uhrzeit ist das gewesen?"

„Das war um 19 Uhr 36. Ich weiß das so genau, weil die Sendung im *Ersten*, Sie wissen schon, „Wer weiß denn sowas?", noch nicht ganz zu Ende war."

Josef Maier schüttelte den Kopf. „Nein, weiß ich nicht. Aber, bitte erzählen Sie weiter."

„Ludmilla, also meine Frau, schloss gerade das Fenster, weil es abends ja doch schon kalt wird. Da hat sie gesehen, wie der Mann angeschwankt kam. Als der dann auch noch gegen das Auto gefallen ist, hat meine Frau nach mir gerufen. Ich meine ... also betrunken ist eine Sache, aber dann noch Autos demolieren ...? Da musste ich doch gleich bei Ihnen anrufen. Hätte ja sein können, dass der sich aus dem Staub macht und der Besitzer des Wagens auf dem Schaden sitzenbleibt. Ich bin dann auch gleich rausgegangen und habe nachgeschaut. Es handelte sich um ein fremdes Fahrzeug, das hier überhaupt nicht hergehört ... mit Frankfurter Kennzeichen."

Wie auf eine Belobigung hoffend, sah Lutz Georg zu Josef Maier auf. Als dieser nichts erwiderte, fuhr er fort: „Dann habe ich gesehen, dass der Mann verletzt ist und stark blutete und habe natürlich auch noch einen Krankenwagen gerufen. Man ist ja kein Unmensch.

Aber dadurch weiß ich jetzt nicht wer gewonnen hat."

„Wie? Ach so ja. Das ist bedauerlich", brummte Polizeihauptkommissar Maier. „Sie müssen morgen zu uns kommen, um Ihre Aussage schriftlich zu Protokoll zu geben."

Lutz Georg nickte beflissentlich. „Ja, sicher."

Im Beobachte stehe die neue Nachbarn den Winklers in nix nach, dachte Herbert. *Muss an dem Haus liege.*

„Wir wären jetzt soweit", rief der Notarzt.

Der Schwerverletzte wurde gerade in den Krankenwagen geschoben und Maier machte sich sofort auf den Weg dahin. Gleich danach setzte das Martinshorn wieder ein und der Rettungswagen fuhr zügig davon.

„Josef!", rief Hauptkommissar Berthold Bachmann nach seinem Vorgesetzten. „Hier ist eine Blutspur. Sie führt in die Sackgasse."

„Hans, du sicherst hier", befahl Josef Maier seinem Kollegen Hans Lehmann. „Am besten sperrst du jetzt alles mit einem Band ab. Berthold und ich gehen der Spur nach."

Im Schein ihrer Taschenlampen folgten die Polizeibeamten der Blutspur. Schon nach wenigen Metern hatten sie den möglichen Tatort gefunden. Die große Blutlache auf dem Kopfsteinpflaster konnte nichts anderes bedeuten, als dass der Mann hier niedergestochen worden war.

„Dann hat er sich doch tatsächlich noch bis zum Parkplatz geschleppt." Bachmann schwenkte den Strahl seiner Taschenlampe durch die enge Gasse.

„Hm, sieht so aus", bestätigte Maier. „Das bedeutet, wir müssen auch diese Gasse absperren und die Anwohner bitten, in ihren Wohnungen zu bleiben, bis alle Beweise gesichert sind."

Zum Glück wohnten nicht allzu viele Leute in der Sackgasse und Berthold Bachmann musste auch niemanden aus dem Bett klingeln. Die Leute schauten sowieso schon neugierig durch die geöffneten Fenster.

Allerdings hielt sich die Begeisterung in Grenzen, als Bachmann erklärte, dass sie ab sofort keinen Schritt aus dem Haus machen dürften. Nicht, bevor die Spurensicherung ihre Arbeit beendet hatte.

„Falls des länger dauert, misst ihr uns awer mit Lebensmittel versorge", rief einer der Anwohner.

Soweit kommt's noch, dachte Bachmann und sagte: „Bestimmt nicht sehr lange. Die SpuSi ist schon unterwegs. Morgen früh könnt ihr wieder eure Brötchen holen."

Dass die Spurensicherung noch nicht einmal benachrichtigt worden war, es sei denn sein Kollege hätte das zwischenzeitlich erledigt, verschwieg er.

„Berthold, komm mal her", forderte Maier seinen Mitarbeiter auf. „Hier liegt was."

Berthold Bachmann ging in die Hocke und rollte eine kleine Glasflasche unter Zuhilfenahme seiner Taschenlampe so, dass er das Etikett lesen konnte.

„Succinylcholin steht da drauf. Was ist das?"

„Keine Ahnung. Eintüten ", befahl Josef Maier.

Bachmann entnahm seiner Jackentasche eine Plastiktüte und stülpte sie über die Glasflasche. „Hier sind auch noch Zigarettenstummel. Die Marke kann ich nicht erkennen."

„Ebenfalls ab in die Tüte. Übergib das alles der Spurensicherung, sobald die eintreffen. Die hast du doch schon informiert? Die Kriminalwache hoffentlich auch?"

Bachmann nickte, senkte den Kopf und wiederholte den Vorgang der Beweissicherung mit einer neuen Plastiktüte.

Sobald sein Chef außer Sicht- und Hörweite war zückte er sein Handy und holte Versäumtes sofort nach.

***

„Wir haben uns noch nicht kennengelernt", wandte sich Helene an Lutz Georg. „Mein Name ist Helene Wagner und das ist mein Lebenspartner, Herbert Walter."

Sie streckte dem bis dato unbekannten Nachbarn ihre Hand entgegen, der sie zögernd ergriff. „

Lebenspartner?", wiederholte er. „Sie sind demnach nicht verheiratet?" Er sah von Helene zu Herbert.

„Nee, sin mer net", bestätigte Herbert mit fester Stimme. „Ist ja heutzutag kein Problem mehr, oder?"

„Nein, nein. Natürlich nicht."

„Sagen Sie, Herr Georg. Konnten Sie sonst noch etwas beobachten?", erkundigte sich Helene.

Lutz Georg verneinte. „Warum fragen Sie?"

„Ach nur so. Ist das dort der Wagen des Mannes, der mit dem Frankfurter Kennzeichen?"

„Ja", stimmte der Nachbar zu. „Der stand auch schon am Montagabend dort und heute wieder. Deshalb hatten wir ja auch ein Auge drauf, meine Ludmilla und ich. Für uns An-wohner sind eh zu wenige Parkplätze vorhanden und dann steht da auch noch ein fremdes Fahrzeug, und so lange. Das ist doch nicht in Ordnung, oder was meinen Sie?", gab Lutz Georg abermals, diesmal mit unwilligem Gesichtsausdruck seine Meinung kund.

Herbert schätzte den schmächtigen Mann mit der Halb-glatze, der labberigen hellgrauen Flanellhose und dem dun-kelgrauen Sweater auf etwa Mitte 50, hätte dafür aber nicht seine Hand ins Feuer gelegt. Aus keinem erkennbaren Grund fragte er sich, wie dessen *bessere Ehehälfte* wohl aussehen mochte.

Vermutlich das genaue Gegenteil.

„Sie sage, der Wage stand am Montag auch schon dort?", fragte er nochmals nach.

Lutz Georg nickte.

Herbert ging einige Schritte nach vorn und prägte sich das Kennzeichen sowie den Autotyp ein.

Dunkler Golf, älteres Baujahr, F-HK-460

„Lutz, wo bleibst du denn?"

Eine Frau in hellem Hausanzug eilte heran und blieb, nach Atem ringend, vor der Dreiergruppe stehen. „Der Film hat schon angefangen."

„Ich komm ja schon, mein Sternchen. Ich habe mich gerade mit unseren Nachbarn unterhalten, Helene Wagner und Herbert Walter."

Sternchen? Wieder einmal bestätigte sich Herberts Intuition. Das Sternchen war eine zirka 50-jährige Frau mit ungebändigten braunen Haaren, etwa so groß wie ihr Ehemann, aber um einiges fülliger.

„Ach, *Sie* sind das?" Ludmilla Georg hatte ihren normalen Atemrhythmus wieder erreicht. „Ich habe schon von Ihnen gehört. Auch, dass Sie der Polizei oftmals *behilflich* sind. Da macht Ihnen der Anblick einer Leiche ja nichts mehr aus. Das sind Sie ja schon gewohnt."

Nach Herberts Geschmack zog Ludmilla Georg den Ausdruck *behilflich* zu sehr in die Länge.

„Schön, dass wir uns mal kennenlernen. Schade, dass es

gerade in einer solchen Situation sein muss."

Schade, dass überhaupt, hätt net sein müsse, schoss es Herbert durch den Kopf.

„Naja, irgendwann triff es halt jeden einmal", setzte Ludmilla Georg noch einen obendrauf.

„Der Mann lebt noch", informierte Helene ihre Nachbarin.

„Ach ja? Na Gott sei Dank. Ich habe den Mann aus der Sackgasse kommen gesehen, müssen Sie wissen", plapperte Ludmilla fröhlich weiter. „Naja, wenn man von gehen reden kann. Ich dachte mir noch so, der ist sturzbesoffen; so wie der geschwankt ist. Ich konnte ja nicht wissen, dass dem ein Messer im Bauch steckt. Als er dann vor dem Auto zusammengebrochen ist, habe ich nach Lutz gerufen. Der ist dann auch gleich raus, nachgucken. Lutz, mein Held!"

Trotz der fortgeschrittenen Dunkelheit meinte Herbert einen eigenartigen Glanz in den Augen von Frau Georg zu erkennen.

Koppkino abstelle, befahl er seiner geistigen Bildgebung.

Währenddessen plauderte Ludmilla Georg flott weiter. „Ich bin aber gleich hinterher, weil da noch ein anderer Mann ankam. Ich dachte, vielleicht ist das ja der Mörder und mein Lutz wäre dem genau in die Arme gelaufen."

„Der Mann ist nicht tot", erinnerte Helene erneut die aufgeregte Frau, um augenblicklich nachzufragen: „Wie … da war noch ein Mann?"

Ludmilla Georg nickte. „So ein gedrungener mit Kapuze über dem Kopf. Deshalb konnte ich sein Gesicht nicht sehen. Aber, er hatte etwas von einem Gorilla an sich, die Haltung und der Gang, wenn Sie verstehen, was ich meine? Er bückte sich zu dem Mann, der vor dem Auto lag. Dann aber, anstatt ihm zu helfen, lief er wieder nach links, zurück in die Mauergasse, woher er auch gekommen war."

Das ist ja interessant. Ludmilla-Sternchen wurde Herbert ein klitzekleines bisschen sympathischer.

„Vielen Dank auch, Frau Georg."

„Bitte, gerne Ludmilla. Wir sind ja Nachbarn und da hilft man sich halt."

Ludmilla hakte sich bei ihrem Mann unter. „Jetzt müssen wir aber. Nach all der Aufregung tut ein Pilcher-Film jetzt gut, oder Lutz?"

Lutz, der Held, nickte.

Die Reflexion, die sich in Herberts Kopf abspielte, als er den beiden hinterher sah – Dschungelbuch, End-Szene, Baghira und Balu verschwinden Arm in Arm singend im Urwald – hatte so rein gar nichts mit der heiteren Filmszene zu tun.

Ich muss des lasse. Des bekomm ich net so schnell wieder aus dem Kopp.

„Was ist mit dir?", fragte Helene.

„Äh, nichts. Ich brauch jetzt einen Schnaps."

Mittwoch / 20:20 Uhr

Was war das? Maria Hagemann schaltete den Fernseher leiser. *Macht sich da jemand an der Haustür zu schaffen? Heinz kann es nicht sein, der hat doch immer seinen Schlüssel dabei.*

Ein Hagemann hat Disziplin. Ein Hagemann lässt sich nicht gehen. Auf einen Hagemann kann man sich immer verlassen.

Warum dachte sie gerade jetzt an die Belehrungen, die Heinz Hagemann versuchte seinem Sohn einzubläuen, manchmal auch mit einer Ohrfeige, nur damit aus ihm ein richtiger Mann wird – ein Hagemann.

Dann fiel ihr ein, dass sie noch am Nachmittag das Schloss hatte austauschen lassen, weil ... Heinz ja tot war und der Täter vermutlich im Besitz des Hausschlüssels. Hatte nicht aber auch Daniel noch immer einen Schlüssel? Vielleicht machte er sich, nach ihrer Nachricht, dermaßen große Sorgen, dass er ...

Wäre es möglich?

Jetzt dröhnte die blecherne Klingel durchs ganze Haus. Wer immer auch vor der Tür stand war beharrlich.

Maria Hagemann ging in die Gästetoilette. Durch die Gardine konnte sie die Gestalt nicht genau erkennen, die vor dem Tor stand; zumal es schon fast dunkel war. Auch schützte die tief ins Gesicht gezogenen Kapuze den Besucher vor ungebetenen Blicken.

Der festen Überzeugung, dass es nur Daniel sein konnte, lief Maria Hagemann in den Flur.

„Einen Moment", rief sie, grapschte den neuen Schlüssel vom Garderobenschränkchen und schloss die Tür auf.

Seit über 20 Jahren hatte sie ihren Sohn nicht mehr gesehen. Trotzdem wusste sie sofort, dass dieser breitschultrige, bullige Mann, der jetzt vor ihr stand, keinesfalls Daniel sein konnte.

„Wer sind Sie und was wollen Sie ...?"

„Halt die Klappe. Rein mit dir."

Der Mann schubste Maria Hagemann grob durch den Flur ins Wohnzimmer.

„Geld her, alles was hier im Haus ist."

„Ich ... ich ... habe nur ... ein bisschen Wirtschaftsgeld hier", stammelte Maria Hagemann.

„Glaube ich dir nicht. Du wirst schon noch reden. Ich habe Zeit." Der Mann lachte rau und furchteinflößend. „Hinsetzen!"

Aus seiner Hosentasche zog er einige Kabelbinder und fesselte damit Maria Hagemann an Händen und Füßen an einen Küchenstuhl.

„Wo ist die Knete? Je eher du redest, umso schneller ist das hier vorbei."

„Ich habe kein Geld hier."

Maria Hagemann rechnete damit, dass der Mann sie jetzt schlagen würde oder gar schlimmeres.

Aber das tat er nicht.

19. Okt. 2017 / Donnerstag 08:20 Uhr

Nicoles ehemaliger kleiner Esstisch hatte seit letztem Jahr einen Platz in ihrem Büro gefunden. Trug jetzt offiziell den Titel *Konferenztisch* und quoll gerade über mit Kartons und Aktenmappen zum aktuellen Fall.

Die relevanten Informationen hafteten an der Glaswand und waren mit roten und grünen Pfeilen und Linien verbunden. Doch eine Struktur, geschweige denn den Ansatz einer Erkenntnis, konnte man noch nicht feststellen. Weswegen Dr. Ludwig Lechner, der wie immer eine zeitnahe – hieß, im besten Fall eine sofortige Lösung erwartete – nun mit Fragezeichen in den Augen die bekritzelte Scheibe und desgleichen seine Ermittler ansah.

Aber weder Harald und Lars schon gar nicht, unternahmen einen Versuch, dem Ersten Kriminalhauptkommissar zu erläutern, wie dieser Wirrwarr zusammenpassen könnte. Stattdessen schenkten sie ihre ganze Aufmerksamkeit ihrer Chefin.

Nachdem Nicole ihren Vorgesetzten zum Stand der Ermittlungen unterrichtet hatte, zog dieser, leicht ungehalten, wieder von dannen. Natürlich nicht ohne den, von den Kommissaren erwarteten Kommentar: „Das ist ja noch nicht viel", sowie dem Hinweis: „Ich erwarte schnellste lückenlose Aufklärung!"

„Ihr habt es gehört, Jungs", sagte Nicole schmunzelnd, sobald sich die Tür hinter dem Dienststellenleiter des K11 geschlossen hatte.

„Die Botschaft hört' ich wohl, allein mir fehlt die Erleuchtung", rezitierte Harald in abgewandelter Form Johann Wolfgang von Goethe.

„Apropos Erleuchtung. Hat unser großer Profiler schon eine Erklärung für die Nietzsche-Zeilen, die bei dem Toten gefunden wurden?"

„Wie oft noch. Ich bin kein Profiler. Ich habe lediglich einen Abschluss in Psychologie. Außerdem heißt es in Europa Fallanalytiker", belehrte Harald seinen Kollegen zum x-ten Mal.

Dann sagte er: „Aber ja, lieber Lars, ich habe eine vorläufige Auslegung; jedenfalls im Ansatz."

„Ach, und die lautet?"

Nun wurde auch Nicole hellhörig.

„Ich bin, genau wie Josef Maier und auch Andy der Meinung, dass uns der Täter durch das Nietzsche-Zitat etwas Bestimmtes mitteilen will. Die Art und Weise, wie Hagemann sein Amt als Staatsanwalt ausübte, deutet auf eine krankhafte Besessenheit hin und auf Hagemanns grundsätzliche Einstellung.

Ich bin der festen Überzeugung, dass der Mann etwas ganz Unangenehmes zu verbergen hatte und mit der Macht des harten Vollstreckers der Justiz zu kaschieren versuchte. So in der Art: Werfe genügend Dreck auf deinen Nachbar, damit der eigene nicht zu sehen ist.

Nehmen wir mal an, der Mörder wusste, was mit dem ehrenwerten Staatsanwalt oder dessen Familie nicht stimmte und war der Meinung, dass es jetzt an der Zeit wäre, dass die Öffentlichkeit erfahren sollte, welch *Geistes Kind*,", Harald malte mit Zeige- und Mittelfingern Anführungszeichen in die Luft, „Hagemann in Wirklichkeit gewesen war. Ganz bestimmt war dieser Artikel in der Zeitung der ausschlaggebende Faktor. Das bedeutet, Opfer und Täter kannten sich näher."

„Also fällt meine Theorie mit dem rachsüchtigen Knastbruder unter den Tisch?", warf Lars dazwischen.

„Nicht zwingend. Vielleicht kommt ja beides in Betracht. Andy und ich sind unzählige Akten durchgegangen, die in Hagemanns Amtszeit fielen. Fakt ist, wenn Richter Hanke beteiligt gewesen war, gab es Höchststrafen. Das hattest du ja schon ermittelt."

Harald nickte Lars zu. Dieser machte eine angedeutete Verbeugung.

„Drei der Verurteilten, die Hagemann noch im Gerichtssaal mit Konsequenzen gedroht hatten", fuhr Harald fort, „wurden nach mehreren Jahren Gefängnis in den letzten sechs Monaten entlassen. Zwei sind in Norddeutschland gemeldet und kommen laut deren Bewährungshelfer – das konnten wir bereits klären – ihrer Meldepflicht nach. Muss natürlich nicht zwingend bedeuten, dass sie total aus dem Raster fallen. Norddeutschland liegt nicht am anderen Ende der Welt.

Im näheren Umkreis bleibt ein Frank Gerke, 36 Jahre alt, saß wegen schwerer Körperverletzung mit Todesfolge 6 ½

Jahre in der JVA in Preungesheim. Seit seiner Entlassung am 28. September 2017 ist er in Offenbach-Bieber gemeldet. Festnetzanschluss negativ, Mobiltelefon ebenfalls. Meldet sich aber auch regelmäßig bei seinem Bewährungshelfer. Der machte allerdings auf mich einen … nun sagen wir mal … etwas unsoliden Eindruck."

„Dann sollten wir bei Herrn Gerke mal vorstellig werden und fragen, wo und wie er seine neugewonnene Freiheit verbringt."

„Auf jeden Fall", stimmte Nicole Lars' Vorschlag zu.

Unterdessen hatte Harald sich auf einen der beiden verbliebenen Sessel gesetzt. Die von jedermann geliebte Couch musste wegen dem *Konferenztisch,* zwecks Platzmangels weichen.

Nun stützte Harald die Ellenbogen auf die Lehnen und kreuzte die Finger.

„Zweifellos war Hagemann ein Kontrollfreak und ein Bestimmer. Bedenkt man seine vielen ehrenamtlichen Tätigkeiten in Vereinen und Organisationen, bei denen er auch oft den Vorsitz innehatte, muss man davon ausgehen, er wollte, dass die Leute ihn bewunderten, zu ihm aufblickten. Gerade, als er nicht mehr das Amt des Staatsanwalts innehatte. Das jedoch zeugt von einem Mangel an Selbstachtung."

Lars rollte mit den Augen. „Jetzt komm' mir nicht wieder mit deinem: „Er hatte bestimmt eine schlimme Kindheit. Meine Kindheit war auch nicht gerade prickelnd, trotzdem bin ich ..."

„Zum Glück für dich bei der Polizei gelandet", witzelte

Harald, „und auch noch auf der *guten* Seite. Aber ernsthaft. Neurobiologische Studien belegen, dass soziale Ausgrenzung für solche Menschen eine existenzielle Bedrohung darstellt. Haben sie selbst dann auch noch einen Flecken auf ihrer reinen Weste ... umso schlimmer. Sie meinen nur wertvoll zu sein, wenn sie Erfolg haben. Ansonsten fühlen sie sich krank oder werden aggressiv. Man nennt es auch eine Narzisstische Persönlichkeitsstörung."

„Na gut. Nachdem wir jetzt einen Crashkurs in Sachen Psychologie erhalten haben, wie hilft uns das weiter?"

„Wir müssen Hagemanns Geheimnis herausfinden", erwiderte Harald, ohne auf die ironische Bemerkung seines Kollegen einzugehen.

„Könnte es wahr sein, wie Josef Maier es andeutete, dass der Sohn, Daniel Hagemann, schwul gewesen war oder ist? Habt ihr, Andy und du, eine unbekannte Leiche, auf die die Beschreibung passen könnte, ausgraben können?", richtete Nicole nun die Frage an Harald.

Sie hatte sich die ganze Zeit im Hintergrund gehalten, überließ es den Jungs, sich die Bälle zuzuspielen, bis sie das, was in ihrem Kopf herumschwirrte in einen einigermaßen geordneten Konsens zu fassen bekam.

So wie jetzt.

Als Harald verneinte, fuhr sie fort: „Mich macht noch immer die Bekleidung, in der unser Opfer gefunden wurde, stutzig."

„Die, wie wir zwischenzeitlich wissen, nicht aus dem Fundus des Heimatvereins stammt, vermutlich aber Frau Hagemann gehörte", warf Lars ein.

Keine 15 Minuten, nachdem sie Seligenstadt verlassen hatten, teilte Josef Maier mit, dass es keinerlei Hinweise darauf gab, dass eine Tracht aus dem Fundus entwendet worden sei. Im Gegenzug setzte Nicole ihn davon in Kenntnis, dass das Kleidungsstück sehr wahrscheinlich aus Maria Hagemanns Besitz stammt und ein DNS-Test dies nur noch beweisen müsste.

„Bleiben wir zuerst mal bei Hagemann", webte Harald weiter an seiner Theorie, „Angenommen Hagemann hatte eine, von der Norm und, was noch schlimmer ist, von seiner eigenen Moralvorstellung abweichende Andersartigkeit, hätte das, wenn es je herausgekommen wäre, für einen Mann in seiner Position den Ruin bedeutet."

„Ach, du meinst Hagemann selbst wäre vielleicht schwul gewesen? Das wäre allerdings drollig", lachte Lars.

„Drollig?" Nicole bedachte ihren Mitarbeiter mit einem undefinierbaren Blick.

„Nein", intervenierte Harald. „Das meine ich nicht. Ich wage mich mal ganz weit aus dem Fenster und sage: Es könnte sein, dass er ein Faible für feminine Kleidung hatte. Das würde diese Frauentracht begreiflich machen, in die ihn jemand steckte. Was wiederum bedeutet, dass irgendwer davon wusste."

„Aber Frau Hagemann betonte ausdrücklich, dass ihr Ehemann absolut nichts mit Kostümierung und dergleichen zu tun haben wollte", entgegnete Lars.

„Das ist es ja gerade", pochte Harald auf seiner Theorie. „Hagemann wollte auf gar keinen Fall in eine Situation kommen, in der er sich womöglich *wohl* fühlte."

Abermals zeichnete Harald Gänsefüßchen in die Luft.

„Versteht ihr? Es hätte doch sein können, dass er sich durch irgendwelche Gestik verriet."

„Das ist wirklich weit, sehr weit hergeholt", wandte Nicole ein. „Selbst, wenn es stimmen sollte, weshalb ihn deshalb umbringen ... und warum erst jetzt? Warum überhaupt? Dem Täter müsste doch eher daran gelegen gewesen sein, Hagemann zu Lebzeiten an den Pranger zu stellen. Post mortem würden lediglich die Hinterbliebenen gebrandmarkt."

„Da stimme ich dir zu", erwiderte Harald. „Vielleicht war es so auch nicht geplant."

In Nicoles Büro klingelte das Telefon und sie eilte zu ihrem Schreibtisch.

„Martin? Du hast etwas für uns?"

„Nein und ja", sagte die Stimme am anderen Ende der Leitung. „Hier ist Viktor, und ja, ich habe etwas für euch."

„Hallo Viktor, schieß los."

„Erstens: Die Leichenflecke, die nun deutlich hervortreten, lassen keinen Zweifel zu, dass der Tote auf einem rauen Filzteppich, ähnlich, wie er in einem Auto im Kofferraum zu finden ist, längere Zeit gelegen hat. Fasern an der Kleidung beweisen das ebenfalls.

Zweitens: Die Kollegen haben an der historischen Tracht, besser gesagt am Halstuch, zwei verschiedene DNS-Spuren festgestellt. Eine davon konnten wir dem Toten zuordnen. Ähnlich verhält es sich ..."

„Sorry, dass ich dich unterbreche. Eine der biologischen Spuren könnte Maria Hagemann gehören, der Witwe des

Opfers. Wir gehen davon aus, dass es sich um ihre Tracht handelt. Ich wollte dich sowieso bitten einen deiner Mitarbeiter bei ihr vorbeizuschicken, damit ein Abgleich vorgenommen werden kann. Sie weiß Bescheid."

„Gut. Werde ich veranlassen. Nun zu den Schuhabdrücken. Zum einen sind es Sportschuhe der Größe 46 mit einem wabenförmigen Profil; zum anderen, ebenfalls Sportschuhe, aber Größe 43 und das Laufprofil ist in verschieden große Quadrate unterteilt und einer Längslinie, mittig."

„Bei einem der Abdrücke dürfte es sich vermutlich um Ferdinand Roths Schuhe handeln, den Finder der Leiche", unterbrach Nicole den Kollegen der Forensik erneut. „Am besten schickst du die Fotos beider Profile zur Polizeistation in Seligenstadt. Polizeihauptkommissar Maier kann seine Leute einen Abgleich vornehmen lassen", schlug Nicole vor. „Danke, Viktor."

Sie wollte schon auflegen, aber Viktor Laskovic brüllte in den Hörer: „Stopp! Ich bin noch nicht fertig. Du weißt doch, das Beste hebe ich mir immer bis zum Schluss auf."

Nicole konnte das Grinsen beinahe durch den Hörer sehen. „Jetzt mach's nicht so spannend."

„Drittens: An der Lippenstifthülse konnten wir keine Fingerabdrücke feststellen. Aber die DNS beweist, dass es sich um den gleichen Lippenstift handelt mit dem die Lippen des Toten bemalt wurden. Und, last but not least … euer Mordopfer hatte eine erhebliche Dosis Succinylcholin im Blut. Zusammen mit einem blutverdünnenden Medikament, welches er wegen seiner Herzschwäche einnehmen musste – eine absolut tödliche Verbindung."

„Ein Unfall? Oder wurde ihm das Mittel absichtlich verabreicht?"

„Das herauszufinden, meine liebe Nicole, ist eure Aufgabe. Wir liefern euch nur die Fakten."

„Seine Ehefrau erwähnte nichts von einer Herzkrankheit."

„Habt sie bestimmt nicht danach gefragt", entgegnete der Rechtsmediziner. „Weshalb auch?"

Nein, haben wir nicht, musste Nicole sich eingestehen. „Es lag demnach eine Herzschwäche vor?"

„Ja. Hagemann hatte vor einigen Jahren einen kleinen Herzinfarkt. Sicher wurde ihm entweder Digitalis oder ein analoges Medikament verordnet. Ich gehe mal davon aus, dass er vom Zusammenspiel verschiedener Arzneien Bescheid wusste und garantiert kein zusätzliches Medikament eingenommen hat. Zumal Succinylcholin ein Präparat zur Narkoseeinleitung in der Anästhesie eingesetzt wird und zur Lähmung der Muskulatur führt. Heißt, bewusstseinsklare Personen sind zwar wach, können sich aber nicht bewegen oder atmen und ersticken. Warum sollte jemand sich das antun? Zudem hat kein „Normalo" zu diesem Medikament Zugriff, um deine nächste Frage zu beantworten."

„Um jemanden widerstandslos transportieren zu können, wäre es aber geradezu ideal", folgerte Nicole. „Wurde ihm das Medikament oral verabreicht oder hat man es ihm gespritzt?"

„Wir konnten keine Einstichwunde entdecken. Also würde ich sagen, er hat es geschluckt."

Dr. Viktor Laskovic machte eine klitzekleine Pause und wartete, ob die Kommissarin noch eine Frage hätte. Hatte sie nicht, weshalb er sagte: „Dann war's das fürs erste. Ihr bekommt natürlich noch den schriftlichen Bericht. Viel Glück."

„Jaaa danke, Viktor."

In Gedanken war Nicole bereits bei der wiederholten Befragung von Maria Hagemann, die sie diesmal, so schwor sie sich, nicht mit Samthandschuhen anfassen würde.

„Das Narkosemittel muss Hagemann von jemand verabreicht worden sein, der dicht an ihn herankam", setzte sie ihre Mitarbeiter von den Neuigkeiten in Kenntnis. „Mir fällt da spontan seine Ehefrau ein. Deshalb werden wir ihr erneut einen Besuch abstatten.

Lars, du kommst mit mir und du Harald, nimmst dir bitte den Terminkalender von Hagemann vor. Ich kam gestern Abend nicht mehr dazu. Wir hatten ungebetenen Besuch. Ein ganz besonderer Fall von Vandalismus und Mundraub."

„Ist etwa bei euch eingebrochen worden?", fragte Lars und Harald schaute besorgt.

„Ich denke eher, dass wir es mit einem vierbeinigen Räuber zu tun haben, der allerdings eine riesige Schweinerei zurückließ. Andy tippt auf einen Marder oder auch einen Waschbären. Auf jedem Fall hat er unser leckeres Abendessen vertilgt und den Rest über unsere Terrasse verteilt."

„Vielleicht solltest du die Spurensicherung einschalten."

„Daran hatte ich auch schon gedacht", ging Nicole lachend auf Lars 'Vorschlag ein. „Aber ich möchte, dass sie ihre Kapazitäten auf unseren Fall beschränken.

Andy fragte mir gestern Abend übrigens Löcher in den Bauch. Ich glaube, er hat wieder Blut geleckt. Vielleicht wäre es jetzt an der Zeit, dass er seine „Katakomben" verlässt und wieder am aktuellen Geschehen teilnimmt."

Ich denke eher, dass er sich noch immer den Kopf über den Einbruch zerbricht, aber noch nicht mit dir darüber reden wollte, dachte Harald, sagte aber: „Marion und ich haben uns auch über den Mord unterhalten."

„Ach? Dann kommt die Fallanalyse von ihr?"

„Nein, Herr Kollege", entgegnete Harald auf Lars' Anspielung. „Aber auch sie kam zu dem gleichen Resultat, dass die Maskerade Hagemanns, wie auch das Zitat einen tieferen Hintergrund hätten."

„Wie geht es Marion eigentlich?", wollte Nicole wissen. „Ist es ihr nicht langweilig, so den ganzen Tag alleine zu Hause?"

Harald schüttelte den Kopf. „Unsere Tochter hält uns beide auf Trab. Die Zähne sind noch immer nicht ganz durch."

„Ihr wolltet es ja nicht anders." Lars lachte. „Da müsst ihr jetzt durch."

„Stimmt! Genau wie die Zähne." Harald schaute stolz auf das Foto auf seinem Schreibtisch, auf dem seine beiden Frauen ihn anstrahlten. Die eine mit blendend weißen Zähnen; die andere mit zwei in der unteren und zwei in der oberen Reihe.

Donnerstag / 08:50 Uhr

In der Nacht hatte Florian Altwein nicht gut geschlafen. Er wälzte sich hin und her und fand keine Ruhe. Wenn er dann wirklich für eine gewisse Zeit schlief, ereilten ihn Alpträume.

Immer wieder sah er das Bild des in der Seligenstädter Frauentracht am Turm sitzenden Hagemann vor sich. Doch blieb der Unmensch in seinem Traum nicht sitzen. Er bewegte sich, versuchte aufzustehen und drohte mit der Faust in seine Richtung. Sein Mund öffnete sich, formte mit unnatürlichen Bewegungen lautlose Wörter. Schlimmer aber war das abscheuliche Lachen. Es verfolgte Florian noch, als er, länger als sonst, unter der Dusche stand.

Ausgiebig ließ er das heiße Wasser über sich laufen, in der Hoffnung, die schrecklichen Bilder und das Lachen dadurch vertreiben zu können. Mit aller Macht lenkte er seine Gedanken in eine andere Richtung – auf die Zukunft und irgendwann hatte er es wirklich geschafft.

Die Tickets für Mauritius lagen bereit. In zwei Wochen würden sie in ein neues Leben starten, am Strand oder unter einem schattigen Pavillon mit einem Longdrink in der Hand.

Vielleicht war es sogar gut, dass Hagemann tot war. Keiner hätte mit Sicherheit sagen können, wie seine Reaktion tatsächlich ausgefallen wäre. Hätte er sich wirklich einschüchtern lassen?

Florian wischte den angelaufenen Spiegel frei.

Das Gesicht, das ihm entgegenblickte, wirkte blass und

abgespannt. Spätestens in einer halben Stunde würde er ihr gegenüberstehen. Dann musste er stark sein, musste sich zusammenreißen und Ruhe ausstrahlen.

Er griff zu der Make-up-Tube – ihrer Make-up-Tube – und legte eine dünne Schicht auf sein glatt rasiertes Gesicht. Danach zog er sich sorgfältig an und stieg in den Lift, der ihn direkt von der Penthouse-Wohnung in die Tiefgarage brachte.

Auf dem Weg vom luxuriösen Neubaugebiet Mainz-Hartenberg in die Klinik, kaufte er noch schnell einen Blumenstrauß – rote Rosen und weiße Lisianthus, mit etwas grünem Beiwerk.

Er fuhr erst gar nicht in das angrenzende Parkhaus der Klinik, sondern stellte den SUV im großzügigen Eingangsbereich des Gebäudes ab. Sollte er eine Strafe wegen nichterlaubten Parkens erhalten, war ihm das heute so was von egal.

Schnurstracks ging er auf die Fahrstühle zu, wollte gerade auf den Knopf drücken, als er eine bekannte Stimme hinter sich hörte.

„Habe ich mich so sehr verändert, dass du mich nicht mehr erkennst?"

Oh ja. Das hast du, dachte Florian und nahm diese zarte Frau, mit den schulterlangen blonden Haaren, sanft in die Arme.

„Ich möchte mit dir frühstücken. In einem gemütlichen Café, in aller Öffentlichkeit. Oder hast du schon ...?"

„Nein, aber fühlst du dich in der Lage?" Florian lächelte. „Was für eine dumme Frage. Du siehst wie das blühende

Leben aus; im Gegensatz zu mir. Ich habe nicht gut geschlafen heute Nacht und die Nächte davor und ..."

„Pst."

Der Zeigefinger auf seinen Lippen, bedeutete ihm still zu
sein.

„Das erzählst du mir alles, wenn wir zu Hause sind. Entschuldige, wenn ich am Telefon so ruppig war. Es kam einfach alles zusammen. Die neue Situation und dann ... Ich
hatte nicht damit gerechnet, dass er ... Verstehst du? Vielleicht ist es gut so, wie es gekommen ist. Wer weiß, ob er
sich wirklich hätte einschüchtern lassen. Aber, darüber unterhalten wir uns später. Komm. Ich habe einen Mordshun-
ger."

Florian fiel ein Stein vom Herzen. Alles deutete darauf
hin, dass nun wirklich eine gemeinsame Zukunft, ohne Hindernisse vor ihnen liegen würde.

Donnerstag / 09:30 Uhr

*Na, wenn des jetzt net professionell aussieht, dann weiß
ich auch net.* Herbert trat einen Schritt zurück und betrachtete sein Whiteboard, das er auf dem Tresen, der Nicoles
ehemalige Küchenzeile vom Wohnzimmer getrennt hatte,
aufgestellt hatte.

Oben mittig prangte, mit einem roten Magneten befestigt,
das Lichtbild von Heinz Hagemann … eine ziemlich neue
Aufnahme anlässlich einer Festivität des Golf-Klubs vor einem Jahr. Darunter, pyramidenförmig Fotos, Zeitungsaus-

schnitte und Informationen, deren Helene im Internet habhaft geworden war oder die sie auf andere Weise zusammengetragen hatten.

„Nicoles Begeisterung würde sich in Grenzen halten", hörte er Helenes Stimme hinter sich. „Gute Arbeit, min Jung."

„Die Struktur is vorhande", erwiderte Herbert. „Jetzt gilt's die richtige Antworte zu finde. Wo setze wir an? Hast du eine Idee?"

„Weshalb gerade diese Bekleidung?", grübelte Helene. „Es gibt auch die männliche Seligenstädter Tracht. Nach allem, was wir über den Mann wissen, wird er sich wohl kaum selbst das Kleid übergezogen haben. Für mich sieht es nach einer Inszenierung aus."

„Wo du recht hast, hast du recht", stimmte Herbert zu. „Aber auch der Turm muss etwas bedeute! Die Mulaule gehörte früher zur Stadtbefestigung. Wenn ich des richtig in Erinnerung hab, is der Wehrturm aber auch eine Zeitlang als Gefängnis benutzt worde. Des wär zumindest schon mal eine Verbindung zum Beruf vom Hagemann."

„Lass mich mal." Helene setzte sich auf den zweiten Bürostuhl und schob Herbert mitsamt seinem ein Stück beiseite. Seinen nicht allzu großen Protest ignorierte sie.

„Verdammicht. Das gibt es doch nicht. Ich gebe Mulaule und Seligenstadt ein und was kommt? Das Einhardhaus, die Wasserburg und das Palatium."

Brachial hieb sie auf die Tastatur ein. „

Ah, hier, unter profane Bauwerke. Wer kommt denn auf diese Idee? Nu kiek di dat an. Ein einziges Foto und zwei

Sätze. Aber, ja. Der Wehrturm wurde tatsächlich für einige Zeit als Gefängnis benutzt; hier steht's."

Helene schürzte ihre Lippen und klopfte mit Zeige- und Mittelfinger darauf herum.

„Wir müssen mehr über die Hagemanns herausfinden. Mein Gefühl sagt mir, dass da etwas ganz und gar nicht stimmt. Kennst du vielleicht jemanden, der was über die Familie erzählen kann? Vielleicht jemand aus den Vereinen, in denen er tätig war?"

Herbert schaute auf die Tafel. „Hier, im Gesangverein. Da kenne ich ein paar."

„Gesangverein? Ich wusste gar nicht, dass du singen kannst", neckte Helene.

„Kann ich auch net. War immer nur inaktives Mitglied", brummte Herbert.

„Also passiv. Ist auch besser so, mein Brummbär."

„Nenn mich net immer Brummbär. Hier, beim TGS war der auch dabei. Da kenn ich auch den eine oder andere. Beim Golf-Klub muss ich aber passe. Und mit dem Parteigedöns hab ich eh nix am Hut."

„Wir müssen effizienter an die Sache rangehen. Ich schlage vor, wir bilden Zweiergruppen. Du und Ferdinand kümmert euch um die Vereine und Bettina und ich besuchen die Gundel. Sie war jahrelang im Heimatverein tätig und kennt sowieso Gott und die Welt. Womöglich weiß sie auch Dinge über die Hagemanns."

„Die Aufteilung is aber net so ganz gerecht. Ich mein, wir telefonieren uns die Finger wund und ihr habt nur ... "

„Ihr könnt gern zur Gundel und wir telefonieren."

„Eh … nein. Des passt schon", stimmte Herbert, nach kaum dem Bruchteil einer Sekunde, zu.

„Gut, Herr Kommissar. Wir schauen dann auch gleich beim Sepp vorbei. Ich bin sicher, der hat auch noch ein paar alte Geschichten auf Lager. Du weißt schon, solche Dinge, die nicht an die Öffentlichkeit gelangen sollten."

„Der hat sich doch aus der Kriminalistik zurückgezoge; hat er jedenfalls letztes Jahr getönt", entgegnete Herbert.

„Er soll nicht aktiv mitarbeiten", berichtigte Helene. „Er soll nur sein Langzeitgedächtnis anstrengen."

„Na damit hat er bestimmt keine Probleme. Der wärmt doch ständig alte Geschichte auf und erzählt die dann jedem der se hörn will oder auch net."

„Ach, du bist heute wieder ein wahrer Schatz, mein Brummbär."

Helene drückte Herbert einen Kuss auf die Wange.

„Wenn ich schon en telefonische Rundumschlag mache, kann ich doch auch mal den Lars anrufe? Wir wisse noch immer net an was der Hagemann jetzt wirklich gestorbe is."

„Nix da." Helene wedelte wild mit den Armen. „Wenn Nicole das herausbekommt dann kriegt er nur Ärger. Außerdem brauchen nicht *wir* die Polizei bei unseren Ermittlungen, sondern die brauchen *uns*. Wundert mich sowieso, dass Nicole sich noch nicht hat blicken lassen um uns inoffizielle Informationen zu entlocken. Warum drehen wir den Spieß nicht einfach um?"

Helene schmunzelte spitzbübisch. „Ich habe auch schon eine Idee. Ob Nicole und Andy der Schnüsch geschmeckt hat?"

Donnerstag / 09:50 Uhr

Mit festem Schritt ging Nicole ging direkt zur Haustür, wo sie Ihren Zeigefinger permanent auf der Klingel hielt. Dennoch blieb der Erfolg aus. Nichts tat sich.

„Was jetzt?", fragte Lars.

„Wir versuchen es später noch einmal. Irgendwann muss die Frau ja mal anzutreffen sein. Eine telefonische Vorladung wäre auch noch eine Option."

Sichtlich genervt eilte sie, Lars' voraus, zurück zum Wagen. „Lass uns zur Polizeidienststelle fahren. Vielleicht hat Josef Maier Neuigkeiten."

Kurz vor dem Bahnübergang kündigte rechtseitig der Straße ein rotes Warnlicht an, dass Zugverkehr unmittelbar bevorstand. Unbeeindruckt davon schoss ein mutiger Autofahrer gerade noch über die Gleise, dann senkten sich auch schon die Schranken.

Eine gefühlte Ewigkeit tat sich nichts. Nicole trommelte unruhig auf dem Lenkrad herum, währenddessen Lars durch den Seitenspiegel jetzt den Zug erblickte, der sich gerade gemütlich vom Bahnsteig weg in Bewegung setzte. Nach weiteren endlos scheinenden Sekunden hoben sich die Schranken.

„Sie haben ihr Ziel erreicht", murmelte Lars auf dem Parkplatz vor der Polizeidienststelle.

Der junge Polizist hinter der Glasscheibe blickte fragend, sobald die beiden durch die massive Eingangstür kamen. Woraufhin die Kriminalkommissare ihre Ausweise gegen die Scheibe am Empfang pressten.

„Kripo Offenbach", ließ Lars ihn zusätzlich, laut und deutlich wissen. „Wir müssen mit Ihrem Chef, Josef Maier, reden."

„Einen Moment bitte." Der Polizist hastete leicht angespannt davon.

Nur Augenblicke danach führte Josef Maier die Beamten in sein Büro. „Ich wollte gerade bei euch im Präsidium anrufen. Die schriftliche Aussage der Zeugin Frau Berta Zöller, die den hellen Wagen gesehen hat liegt jetzt vor. Aber, zusätzliche Details konnte sie nicht beisteuern und weitere Zeugen konnten auch nicht ermittelt werden. Ein älterer Mann hatte Autotüren schlagen gehört; das war aber auch alles. Gesehen hat er nichts. Wenn ihr ... eh ... Sie möchten, drucke ich die Angaben aus."

„Lassen wir den Unsinn", entgegnete Nicole. „Ist viel zu kompliziert."

Josef Maier zuckte zusammen. „Was? Wie bitte?"

„Meine beiden Mitarbeiter duzen Sie bereits." Nicole streckte Josef Maier die Hand entgegen. „Nicole."

Noch immer etwas verdutzt schauend ergriff der Dienststellenleiter die Hand der Kriminalbeamtin.

„Josef. Und ich dachte schon, ich hätte etwas falsch gemacht." Er lachte etwas unbeholfen.

„Jetzt hat sie dich in ihren Fängen. War nur eine Frage der Zeit", sagte Lars. „Glaub bloß nicht, dass du jetzt den Ritterschlag erhalten hast. Im Gegenteil. Jetzt kann sie dich genauso zusammenstauchen wie uns."

Ganz langsam drehte Nicole Lars ihren Kopf zu. „Darüber sprechen wir noch", grummelte sie.

„Siehst du? Genau das meinte ich." Lars grinste.

„Also Josef, hast du sonst noch etwas für uns?", fragte Nicole.

„Ja, der Schuhabdruck. Der mit dem wabenförmigen Profil und der Größe 46 gehört zu Ferdinand Roth. Darum hat sich Frau Senger gestern Abend noch gekümmert. Bei dem anderen tappen wir noch im Dunkeln."

„Sag' mal Josef, was weißt du über das Opfer, Heinz Hagemann? Aus den Akten geht hervor, dass er als Staatsanwalt am Darmstädter Landgericht tätig war und wohl ein *harter Hund* gewesen sein muss, wie man so sagt." Nicole sah ihren Seligenstädter Kollegen gespannt an.

„Nun ja, das stimmt wohl", antwortete Josef Maier zögernd. „Deshalb hatte er den Spitznamen *Der Hartgesottene*. Wer Hagemann in die Fänge ging, der hatte nichts zu lachen und eine harte Strafe zu erwarten. Vornehmlich, wenn Richter Hanke mit von der Partie war. Die beiden tickten quasi auf einem Level … hatten extreme moralische Vorstellungen und Ansprüche, und sich vorgenommen die Welt zu retten."

„Soweit waren wir auch schon", warf Lars ein. „Irgendwelche internen Gerüchte?"

Josef Maier nickte „Nun … es ging das Gerücht, dass der Hagemanns Sohn – ich meine Daniel hieß der Junge –, nicht so *ganz* der Moralvorstellung seines strengen Vaters entsprochen hätte. Aber, bitte nagelt mich jetzt nicht fest, in wie weit das zutraf und in welcher Weise; schwul oder, dass er hinter den Mädchen her war, also das Gegenteil …"

„Ein Grund mehr, Frau Hagemann nochmals zu befragen", entschied Nicole.

Josef Maier begleitete die Kriminalbeamten gerade zum Ausgang, als der junge Polizist, der am Empfang saß, ihnen entgegen schoss.

„Herr Maier. Das Krankenhaus rief gerade an. Oliver Krug – Sie wissen, die Messerstecherei von heute Nacht – der wäre jetzt vernehmungsfähig. War wohl doch nicht so schwer verletzt, wie angenommen. Außerdem konnte ich ermitteln, dass der anthrazitfarbene Golf mit dem Kennzeichen F-HK-4601 auf Heidemarie Krug, seine Mutter zugelassen ist, wohnhaft in Frankfurt-Hausen. Die Auswertung der am Tatort gefundenen Spuren steht dagegen noch aus. Ebenso die Untersuchung der DNS auf dem Fläschchen. Laut der KTU müssten wir morgen ein Ergebnis bekommen. Soll ich einen Kollegen zu Krug ins Krankenhaus schicken?"

„Nein, Danke. Ich kümmere mich selbst drum und sagen Sie Kommissar Bachmann Bescheid. Er wird mich begleiten."

Der junge Polizist nickte eifrig und verschwand wieder.

„Eine Messerstecherei?", erkundigte sich Nicole.

„Ja. Direkt auf dem Parkplatz vor dem Haus von Helene Wagner. Ich dachte, Sie ... eh ... du wüsstest bereits davon?"

„Was? Nein!"

„Wir wissen noch immer nicht was genau passiert ist", setzte Maier die Kriminalbeamten in Kenntnis. „Der Mann lag blutüberströmt auf besagtem Parkplatz. Schleppte sich wohl noch zu seinem Wagen, also dem seiner Mutter, wie sich jetzt herausstellt. Die Tat selbst muss sich aber in der kleinen Seitengasse, die zum Marktplatz führt, ereignet haben. Wir haben entsprechende Blutspuren gefunden aber keine Tatwaffe.

Zeugen sahen, dass der Mann durch die Sackgasse herangetorkelt kam und auf dem Parkplatz vor dem Wagen mit Frankfurter Kennzeichen zusammenbrach. Auch das spricht dafür, dass dem Mann in der Sackgasse aufgelauert worden war."

„Wer waren diese Zeugen?" Nicoles in Falten gelegte Stirn ließ erahnen, wen sie im Verdacht hatte.

„Nein", antwortete Josef Maier schmunzelnd. „Diesmal haben Helene und Herbert nichts gehört oder gesehen. Ich hatte den Eindruck, sie waren selbst ganz überrascht."

Bedeutet aber nicht, dass sie sich aus den Ermittlungen raushalten, ging es Nicole durch den Sinn. „Trotzdem schadet es nicht, den beiden auf den Zahn zu fühlen. Ich muss mich sowieso noch für den Eintopf bedanken, der uns leider vor der Nase weggeputzt worden ist."

„Wie muss ich das verstehen?"

„Musst du nicht, Herr Kollege", erwiderte Nicole mit einem Lachen. „Wahrscheinlich haben wir einen sehr hungrigen Marder oder ein ähnliches Tier in unserem Garten, der Helenes Eintopf ebenso sehr mag, wie wir. Außerdem kümmert sich Andy bereits um die *Fahndung*. Er will heute Abend eine Kamera ..."

In diesem Moment klingelte ihr Handy.

Wenn man vom Teufel spricht.

„Hallo, Helene. Was kann ich für dich tun?" säuselte sie. „Heute Abend? Ja, das passt gut ... Nein, mach dir keine Mühe ... Ja, den Topf bringen wir mit ... So um 20 Uhr, denke ich ... Wir uns auch. Tschüss."

Nicole steckte ihr Handy zurück in ihre Jacke.

„Einladung zum Abendessen?", erkundigte sich Lars.

„Ja. Die wollen etwas von mir, hundertpro."

Nicole schmunzelte.

Donnerstag / 10:10 Uhr

Seit mehr als zwei Stunden klingelte, immer mal wieder, das Telefon. Aber Maria Hagemann war nicht in der Lage, den Anruf entgegenzunehmen. Ebenso wenig war es ihr möglich die Tür zu öffnen um den Besucher, der mehrmals geläutet hatte, hereinzulassen.

Dem Mann im Obergeschoss schien es egal zu sein. Er wühlte sich weiter durch Schubläden und Schränke, wie Maria Hagemann hörte.

Natürlich hatte sie sich gewehrt. Aber gegen diesen stämmigen Kerl mit den muskulösen Armen, hatte sie keine Chance. Er hatte sie geschüttelt und gewürgt. Trotzdem konnte sie ihm nicht das geben, was er wollte. Die Kombination vom Safe war ihr nun mal nicht bekannt. Sie wusste auch nicht ob sich Geld darin befand oder sonstige Wertsachen – oder auch nur irgendwelche Unterlagen, die Heinz Hagemann für so wichtig erachtete, dass er sie wegschloss.

Der Mann glaubte ihr nicht. Warum er überhaupt vermutete, dass sie Geld oder Wertsachen besitzen könnte, war

Maria Hagemann ebenfalls schleierhaft. Wusste er vielleicht von den 5000 Euro, die sie im Laufe der Jahre heimlich vom Haushaltsgeld abgezwackt hatte? Aber woher? Hatte Heinz es doch bemerkt und ihr den Mann auf den Hals gehetzt, um ihr Angst einjagen? Zugetraut hätte sie es ihrem Ehemann.

Schließlich knebelte der Mann sie mit einem Küchenhandtuch und durchwühlte stundenlang und in aller Ruhe das ganze Haus, vom Keller bis zum Dach.

Schubladen knallten auf den Boden, Glas und Porzellan splitterte. Aus lauter Frust hatte er sogar die Polsterung der Couch kreuz und quer im Wohnzimmer verteilt, aber glücklicherweise nicht aufgeschlitzt.

Nun hörte sie ihn die Treppe herunterpoltern. In seiner Hand hielt er ihre Schmuckschatulle. Viel war nicht drin. Nur eine Perlenkette und ein paar Ohrringe, die Heinz ihr, am Anfang ihrer Ehe, zum Geburtstag geschenkt hatte. Seit Jahren hatte sie den Schmuck nicht mehr getragen.

Jetzt ist es vorbei. Jetzt bringt er mich um, dachte Maria Hagemann. *Er muss mich umbringen. Ich kenne ihn nicht, aber ich habe sein Gesicht gesehen und könnte ihn jederzeit identifizieren.*

Dieses breite Gesicht mit den eng beieinanderstehenden dunklen stechenden Augen, den kurzen dunklen Haarstoppeln auf dem fast kahlen Kopf, der auf den breiten Schultern, kaum ohne Hals saß, würde sie nie mehr vergessen. Genauso wenig wie die Tätowierung – eine Schlange und ein Schwert auf dem rechten Unterarm.

Sie hatte keine Angst vor dem Tod im Allgemeinen, bedauerte es aber, ihren Sohn nicht noch einmal gesehen zu haben; jetzt, da er sie hätte besuchen können, wann immer er wollte.

Der Mann machte einen Schritt auf Maria Hagemann zu, bedachte sie aber nur mit einem verächtlichen Blick und ging. Sie hörte die Haustür hinter ihm zuschlagen.

Sie sah auf die Uhr. Es war kurz nach Zehn. Beinahe zwölf Stunden waren vergangen, seit sie, gestern Abend, ohne nachzudenken die Tür geöffnet hatte.

Wie dumm ich doch war, schimpfte sie sich.

Der Kopf tat ihr weh und der Kabelbinder schnitt mit jeder Bewegung tiefer in ihre Haut. Ihre Füße fühlten sich an, als wären sie dick geschwollen, ansonsten aber taub und ihr Mund war ausgetrocknet. Lange würde sie das nicht mehr aushalten und die Chance, dass irgendwer sie finden und befreien würde, war verschwindend gering.

Nun bedauerte sie, dass sie seit Jahren keinerlei Kontakt mit ihren Nachbarn hatte und es deshalb auch niemand kümmerte, wer in ihrem Haus ein- und ausging.

Damals hatte Heinz allen verboten nach Daniel zu fragen und so zogen sich alle immer mehr zurück.

Ihr Blick schweifte über das Chaos, das dieser brutale Mensch hinterlassen hatte, und plötzlich wurde sie zornig. Eine ungeheure Wut erfasste sie. Nein! Sie würde es nicht zulassen, dass ihre neu gewonnene Freiheit so schnell wieder zu Ende sein sollte. Jetzt, da sie endlich ihr Leben so leben konnte, wie *sie* es wollte.

Entschlossen ruckelte sie mit dem Stuhl, an den sie gefesselt war, Zentimeter für Zentimeter, näher an den alten Konsolentisch auf dem das Telefon stand. Er stammte noch aus den Siebzigern, war aus Sperrholz gefertigt, mit Resopal überzogen und die Kanten mit einer Aluminiumschiene eingefasst, die sich im Laufe der Jahre gelöst hatte. Wenn man nicht aufpasste, konnte man sich an der hervorstehenden scharfen Metallkante schneiden.

Jetzt schien es Maria Hagemann die einzige Lösung, um sich von dem Küchentuch in ihrem Mund zu befreien.

Als sie endlich das Kleinmöbel erreicht hatte rannen ihr Schweißperlen über das Gesicht und in die Augen. Sie blinzelte sie weg und presste ihre Wange an das Metall. Nach mehreren vorsichtigen Bewegungen spürte sie, dass sich das Küchenhandtuch an dem abstehenden Metall festhakte.

Mittlerweile war sie vollkommen in Schweiß gebadet. Trotzdem zog sie, nun noch umsichtiger, an dem Stück Stoff.

Bitte, hilf mir Herr, schickte Maria Hagemann ein Stoßgebet zum Himmel.

Donnerstag / 10:15 Uhr

„Jetzt mach dir doch kein Kopf", sagte Herbert zum x-ten Mal. „Natürlich hast du Spurn hinterlasse, als du dort hochgeklettert bist. Der Mörder aber auch. Deshalb muss die Polizei die verschiedenen Abdrücke vergleichen. So kann sichergestellt werde, welche vom Mörder stammen."

„Genau das habe ich ihm auch gesagt." Bettina stellte die

Teekanne auf den Tisch. „Er hat trotzdem Angst verdächtigt zu werden, einen um die Ecke gebracht zu haben."

„Bettina!" Ferdinand schaute erschrocken und Herbert wusste nicht recht, ob wegen Bettinas Ausdrucksweise oder der unerwünschten Verdächtigung.

„Wenn die Polizei dich im Verdacht hätt, wärst du schon längst im Präsidium in Offebach, oder zumindest beim Josef auf de Wache", setzte Herbert nach und schob sein iPad ans Kopfende des neuen Esstischs.

Die Küchenmöbel aus den Siebzigern, auch der Schrank, an dem Ferdinand so sehr hing, alles war verschwunden; hatte Platz machen müssen für moderne, helle Holzmöbel. Ebenso spiegelte die neue Wohnzimmereinrichtung den kompletten Neubeginn im Leben von Bettina und Ferdinand.

Wenn Bettina sich etwas in den Kopf gesetzt hat, dann macht sie keine halben Sachen, hatte Ferdinand sich Herbert gegenüber geäußert. *Nur bei unserem Schlafzimmer habe ich mich durchsetzen können. Fragt sich aber wie lange noch.*

Nachdem alle eine Tasse Tee vor sich stehen hatten, klappte Herbert das iPad auf. Einen Tastendruck später erschien sein Whiteboard auf dem Bildschirm.

„Guckt mal. Ich hab schon mal e bissje was zusammengetrage." Er tippte mit drei Fingern auf das Display und vergrößerte durch Schieben derselben die Aufnahme. „Besser seht ihr das natürlich in Natura."

„Kein Wunder, dass die arme Frau Hagemann immer so verbittert dreinschaut, kaum ein Wort über die Lippen bringt und auch sonst sehr eingeschüchtert wirkt", konnte sich Bettina nicht mehr zurückhalten, als sie das Foto des überheblich schauenden Heinz Hagemann erblickte.

„Er sieht wirklich nicht besonders sympathisch aus, eher herrisch", stimmt Helene ihr zu. „Kennst du sie näher ... ich meine Frau Hagemann?"

„Naja, was heißt näher? Ich treffe sie ab und zu auf dem Markt, oder auch mal beim Einkaufen im Supermarkt. Aber mehr, als ein paar nette Worte haben wir nicht gewechselt."

„Wie hast du das so schnell alles ermitteln können?" wollte Ferdinand von Herbert wissen.

„Das war mein Helenchen", antwortete Herbert stolz.

„Ferdi, wir kaufen uns auch so ein iPad."

„Wir haben einen Laptop."

„Der ist total veraltet", schmetterte Bettina den schwachen Protest ihres Ehemanns nieder.

„Hast du schon jemanden aus den Vereinen erreiche könne?"

„Nur den Vize vom TGS", antwortete Ferdinand auf Herberts Frage. „Der jammerte auch gleich los, dass sie nicht wüssten, wie es jetzt weitergehen soll, nachdem ihr Vorsitzender, auf gar so grausliche Weise sterben musste."

„Wieso auf grausliche Weise? Wir wisse überhaupt noch net, wie der gestorbe is, oder?"

„Ich denke, er meinte auch eher, in welchem Zustand. Trotzdem geht in Stadt herum, dass der Hagemann erstochen worden wäre."

„Das mit dem Erstechen verwechseln die Leute gewiss mit der Messerstecherei gestern Abend vor unserem Haus", schloss Helene die Vermutung als absurd aus. „Oder hast du Blut an der Kleidung gefunden?", wandte sie sich Ferdinand zu.

Der verneinte. „Auch keine Einstichwunde. Aber, ich habe den Toten ja auch nicht genau untersucht."

Ähnlich einer Wahrsagerin stierte Ferdinand nachdenklich in seine Teetasse. „Erwürgt worden ist er aber auch nicht. Entsprechende Spuren hätte ich gesehen. Und er hatte keine Einblutungen in den Augen, die auf Luftmangel hinweisen würden. Dagegen war sein Gesicht, trotz der Schminke fahl – leichenblass, wenn ihr so wollt. Aber er war ja auch schon vor mehreren Stunden gestorben."

„Was meinst du damit? Kannst du sagen, wie lange er schon tot war?" Helenes weit aufgerissenen Augen hingen an Ferdinands Lippen.

„Nun ja. Ich würde behaupten, mindestens 12 bis 14 Stunden, bevor wir ihn gefunden haben."

Ferdinand warf einen Blick auf die jetzt schlafende Hündin.

„Das würde bedeuten", Bettina zählte unter Zuhilfenahme ihrer Finger, „dass Hagemann bereits am Dienstag, spät nachmittags, verstorben sein muss; so in etwa gegen 17 oder 18 Uhr."

„Warum hast du uns des net schon früher erzählt?" Herberts leichter Vorwurf war nicht zu überhören. „Jetzt müsse wir von einem ganz anderen Zeitfenster ausgehe."

„Um 17 Uhr ist es noch recht hell. Ich meine, da müsste es doch irgendwem aufgefallen sein, wenn ein Mann in Frauentracht am Turm sitzt", überlegte Bettina laut.

„Also könne wir davon ausgehe, dass er um die Zeit noch net dort war, wo du ihn am nächste Morgen gefunde hast", spann Herbert die Denkübungen weiter und Helene folgerte: „Demnach ist der Fundort nicht der Tatort. Stellen sich folgende Fragen: Wo war Hagemanns Leiche zwischenzeitlich? Wer hat ihm die Frauentracht angezogen, ihn geschminkt und, vermutlich irgendwann in der Nacht, zu dem Turm transportiert?"

Bettina hing aufgeregt an Helenes und Herberts Lippen, die das weitere Vorgehen im Fall **„Mulaule"** erörterten. Die Mimik in Ferdinands Gesicht wirkte eher zurückhaltend.

„Wir müssen die Bewohner in der Nähe der Mulaule befragen", folgerte Helene. „Irgendwer hat immer irgendwas gesehen, auch mitten in der Nacht. Zudem wohnen in der Gegend viele ältere Leute, die nachts nicht schlafen können."

„Wie kommst du da drauf? Wir sind auch net mehr die Jüngste und könne gut schlafe?"

„Bei uns ist das etwas anderes", wedelte Helene mit erhobenen Händen Herberts Einwand ab.

„Du willst aber jetzt net so e Art Schellekloppe veranstalte und frage ob einer gesehe hat, wie jemand eine Leiche auf em Buckel transportiert hat?"

„So etwas in der Art, aber eleganter", stimmte Helene Herberts Bemerkung zu. „Dass Hagemann mit einem Auto zu dem Fundort gebracht worden ist, steht wohl außer Frage. Auch dürfte es eine Weile gedauert haben, bis der Täter den Körper die Treppe am Turm runter und auf der anderen Seite wieder hinaufgetragen hat, um ihn dort so zu positionieren, wie er gefunden wurde."

„Jetzt lass uns bitte net dumm sterbe. Wie hast du dir des mit dem Aushorche von de Leut' vorgestellt?" Herbert sah seine Helene herausfordernd an.

„Denn pass man got op. Heute ist ein schöner Herbsttag. Viele gehen am Main spazieren – die sonnigen Stunden ausnutzen. Genau das machen wir heute Nachmittag auch und dabei ..."

„rede wir mit den Leutchen", vollendete Herbert ihren Satz. „Jetzt hab ich's kapiert. Is se net super?"

Stolz schwang in seiner Stimme.

„Hab ja auch von der Besten gelernt." Helene lächelte. „Und, vor unserem nachmittäglichen Spaziergang schauen Bettina und ich noch kurz bei Gundel vorbei und anschließend bei Sepp."

„Muss das sein?" Bettina verzog das Gesicht.

„Ja, wat mut, dat mut.", entgegnete Helene aufgeregt, was sich an ihrer norddeutschen Wortwahl wiederspiegelte. „Wir brauchen Informationen, egal woher."

„Na gut", stimmte Bettina zu. „Wobei das mit dem Sepp eine weitaus bessere Idee ist; hat auch der Gerald gemeint. Ach, das haben wir ganz vergessen zu erzählen. Gestern Abend trafen wir, in der Turmschänke, zufällig auf Elfi und Gerald. Natürlich haben wir auch über den Hagemann gesprochen und Gerald meinte auch, wir sollten Sepp fragen. Der hätte bestimmt einige alte Geschichten auf Lager."

„Siehst du", wandte Helene sich Herbert zu. „Genau wie ich gesagt habe."

„Hm", brummte Herbert.

„Sagt mal, die Messerstecherei, gestern Abend vor eurem Haus? Was war da eigentlich los?"

„Ein junger Mann wurde wohl in der Sackgasse niedergestochen und hat sich noch bis zum Parkplatz geschleppt, wo sein Auto stand. Gott sei Dank hat er überlebt. Er liegt jetzt im Krankenhaus", antwortete Herbert auf Bettinas Frage.

Abwechselnd berichteten er und Helene von dem Geschehen und ihren neuen Nachbarn, die ihren Vorgängern in Sachen „nachbarliche Aufmerksamkeit" in nichts nachstanden.

Ferdinand hörte nur mit halbem Ohr zu. Der Gedanke, dass er und Bettina in einen realen Mordfall ermitteln, musste erst einmal von seinem Gehirn verarbeitet werden.

Donnerstag / 10:25 Uhr

In dem gesamten verfluchten Haus hatte er nichts wirklich Wertvolles gefunden, ganz zu schweigen von Knete. Für nichts und wieder nichts hatte er sich die ganze Nacht um die Ohren geschlagen. Falls doch Geld im Tresor gewesen sein sollte, so kam er da nicht dran. Er war nun mal kein Safeknacker und die Alte wusste die Kombination wirklich nicht; das sah er in ihrem Gesicht. Er hatte schon so manche zum Reden gebracht und kannte die Mimik – wusste, wann er angelogen wurde.

Alles war schief gegangen, seit er wieder aus dem Knast raus war. Dabei hatte er konkrete Pläne. Ab ins Ausland, am liebsten in die Karibik. Doch, auch wenn er nicht das große Rechengenie war, wusste er, dass die 5000 Euro, die er dem kleinen Scheißer abgenommen hatte, bei weitem nicht ausreichen würden und der Schmuck der Alten war auch nicht viel wert.

In Juwelen & Co. kannte er sich aus. Der Typ, mit dem er vor seinem erneuten Knastaufenthalt rumhing hatte ihm alles beigebracht. Es lief gut, jahrelang, bis der ihn bei den Bullen an die Wand nageln wollte. Ab da hatte der Kerl seinen Wohnsitz 6 Fuß unter der Erde. Ihm selbst hatte es 6 ½ Jahre wegen schwerer Körperverletzung mit Todesfolge eingebracht.

Sein Pflichtverteidiger war zwar eine Nullnummer, trotzdem hätte er ein milderes Strafmaß erzielen können, wären da nicht Staatsanwalt Heinz Hagemann und sein Vasall, Richter Friedhelm Hanke gewesen.

Seit sich die Tore der JVA in Preungesheim hinter Frank Gerke geschlossen hatten, sann er auf Rache.

Ebenso sein Zellennachbar, Oliver Krug, der wegen Vergewaltigung und schwerer Körperverletzung zu insgesamt 8 Jahre verurteilt worden war, wovon er bereits 2 ½ Jahre verbüßt hatte.

Sie beide verband das gleiche Problem – Staatsanwalt Hagemann und Richter Hanke.

In den folgenden Jahren ihres, von den Steuerzahlern gesponserten, Knastaufenthalts schmiedeten sie Pläne, wie sie es Hagemann und Hanke heimzahlen würden.

Die meisten Ideen – eigentlich alle – kamen von seinem Zellennachbarn, der sich richtig in die Sache hineinsteigerte.

Knebeln und fesseln und tagelang in einem Keller oder in

einer einsamen Waldhütte festsetzen. Einfach zusammenschlagen und auf einer Müllkippe abladen. Mit Steinen an den Füßen in irgendeinem Gewässer versenken.

Dummerweise starb der Richter, bevor sie wieder ungesiebte Luft atmen durften. Blieb der Staatsanwalt, der mittlerweile pensioniert, friedlich seinen Ruhestand genoss, wie Oliver herausfand.

Nach ihrer beider Entlassung, trat aber erst einmal Funkstille ein und Gerke dachte schon, Krug der kleine Scheißer, wie er ihn gedanklich nannte, hätte nur mal wieder heiße Luft gelabert.

Seiner Meinung nach redete er sowieso schon immer zu viel. Anstatt einem Haftgenossen ordentlich eins in die Fresse zu geben, quasselte der ihn beinahe ins Koma. Aber, und auch das musste Gerke ihm zugestehen, ersparte er sich und ihm dadurch oft Ärger mit den Knastbullen.

Dann der Anruf von Oliver. Zuerst hatte Gerke den Verdacht, sein ehemaliger Zellennachbar sei stockbesoffen oder bekifft, oder beides. Hatte der kleine Scheißer dem Hagemann tatsächlich das Licht ausgeblasen und brauchte jetzt seine Hilfe, zwecks Entsorgung der Leiche?

Die Aussicht auf fünf Mille, die Oliver ihm anbot, falls er sofort seinen Arsch in Bewegung setzte, bedurften keiner weiteren Überredung. Dass Krug ihn reinlegen und ihm nur 2 ½ Tausend geben wollte, traf ihn dann doch sehr. Wieder einmal versuchte einer ihn übers Ohr zu hauen. Da sah er rot.

Nun saß Gerke im Restaurant der Autobahnraststätte „Weiskirchen" und überlegte wie es weitergehen sollte.

Aber das mit dem Überlegen war so eine Sache – es verursachte ihm stets Kopfschmerzen. Das war schon immer so.

Er selbst war davon überzeugt, dass es daran lag, dass er als Kind, wenn er den Mund aufmachte um etwas zu sagen, von seinem Stiefvater mindestens eine Ohrfeige bekommen hatte und sein Gehirn dadurch öfter gegen die Schädeldecke geprallt war; egal was der Psychoheini im Knast ihm weismachen wollte.

Aber, er hatte sich gerächt. Nun saß der Alte, nur noch dumm aus der Wäsche glotzend, in seinem Sessel und bekam nicht mehr viel mit, von dem was um ihn herum geschah.

Die Erinnerung daran zauberte Gerke ein hämisches Grinsen ins Gesicht.

Ein Bruch in ein Juweliergeschäft? überlegte er nun, verwarf den Gedanken aber wieder. Das bedurfte Organisation und Zeit. Beides hatte er nicht. Zudem war konstruktive Planung auch nicht gerade seine Stärke. Das hatten immer andere übernommen. Er war fürs Robuste zuständig.

Also ein schneller Banküberfall.

Nach den Juweliergeschäften erregten Geldinstitute, als zweite Option, stets seine Aufmerksamkeit. Sie übten eine unerklärbare Anziehungskraft auf ihn aus. Weshalb sein Augenmerk, bei einem *Streifzug* durch Seligenstadt, auf eine Sparkasse und eine Bank, in Stadtmitte, gerichtet waren.

Aber, die Parkmöglichkeiten, sowie der dichte Verkehr in den engen Straßen könnten sich ungünstig auf einen schnellen Abgang auswirken. Obendrein stellte der Bahnübergang mit seinem ständig pendelnden Zugverkehr ein weiteres Hindernis dar.

Sobald man sich, egal von welcher Seite, diesem verkehrsreichen Knotenpunkt näherte, blinkten die seitlich der Straße stehenden roten Alarmlichter und die Schranken senkten sich.

Immer!

Wenn man Pech hatte und ein Passant – die rannten blitzschnell aus dem Zug zur Bahnschranke, auch das hatte er herausgefunden – auf die Fußgängerampel drückte, verlängerte sich die Wartezeit um gefühlte fünf bis zehn Minuten.

Die innerstädtische Sparkasse, als auch die Bank fielen also weg. Blieb die Sparkasse, kurz vor der Stadtausfahrt.

Die Autobahnverbindungen sind gut. Ob die alte Karre das aushält? Auf alle Fälle muss ich erst einmal tanken, sonst komme ich nirgendwo mehr hin.

Gerke massierte sich die Schläfen. Die verdammten Kopfschmerzen – es fing schon wieder an.

„Ihnen gehört doch der Oldtimer da draußen?"

„Was? Wie?"

„Der Citroën da vorne."

Der Mann, älteren Jahrgangs, zeigte auf Hagemanns Wagen. „Ein schönes Auto. Wissen Sie, ich interessiere mich für Oldtimer. Trotzdem ..."

„Der ist nicht zu verkaufen", knurrte Gerke.

„Nein, Sie verstehen mich falsch. Es ist nur ..." Der Mann war sichtlich eingeschüchtert. „Ich möchte jetzt weiterfahren und Ihr Wagen ..., nun ja, versperrt mir den Weg, Wenn Sie also bitte so freundlich wären ...?"

Gerke war nicht aufgefallen, dass er zwei Fahrzeuge, eines davon das des Mannes, zugeparkt hatte. Normalerweise hätte es ihn nicht geschert. Er hätte nicht einmal reagiert. Aber derzeit wollte er keinerlei Aufmerksamkeit erzeugen.

„Muss sowieso noch tanken", brummte er.

An den Zapfsäulen, stand er vor einer weiteren Herausforderung. Brauchte dieser „Jung-Oldtimer" eine besondere Art von Sprit oder tat es auch Normalbenzin? Er wollte nicht, dass die Kiste plötzlich den Geist aufgab, wenn er flüchten musste … nur wegen dem falschen Benzin.

Um sicherzugehen, fragte er in der Tankstelle nach.

„Gehört einem Freund von mir. Ich will nichts verkehrt machen, sonst gibt's Ärger."

Der Angestellte schaute kurz durch die verschmutzte Scheibe des Verkaufsraums nach draußen. „Ist es der dort?"

„Sehen Sie sonst noch einen alten Citroën?"

Ein frostiger Blick, dann die Antwort: „Super-Plus. Da tun Sie dem alten *Schätzchen* was Gutes und der Umwelt auch."

Ob das so stimmte? Gerke musste sich darauf verlassen, wobei ihm die Umwelt ziemlich egal war. Jedenfalls sprang das alte *Schätzchen*, randvoll betankt, sofort wieder an.

Kurz hinter dem Kreisverkehr, zurück in die Stadt, berichtete der Nachrichtensprecher im Radio über eine Messerattacke, auf einem Parkplatz im Ortskern von Seligenstadt.

Der Überfall ereignete sich gestern um zirka 19 Uhr 30. Das Opfer wurde in der örtlichen Klinik notoperiert und ist außer Lebensgefahr. Vom Täter fehlt jede Spur.

Mögliche Zeugen möchten sich bitte die der Polizei melden.

Der Scheißkerl hat überlebt? Das kann doch nicht wahr sein. Wenn der singt. Jetzt muss ich auch noch in dieses scheiß Krankenhaus, den Kerl endgültig kalt machen.

Wütend schlug Gerke aufs Lenkrad. Dann fühlte er die Knarre unter seiner Lederjacke und wurde augenblicklich ruhiger.

Nein. Besser ich zieh das mit der Bank durch und dann ab durch die Mitte. Der kleine Scheißer kann dann singen, wie eine Nachtigall.

Langsam fuhr Gerke an der Sparkasse vorbei um kurz danach in einer Seitenstraße zu drehen. Dann lenkte er den Wagen wieder auf die Frankfurter Straße und parkte ihn auf dem Seitenstreifen, direkt vor der Sparkasse. Er stellte den Motor ab und zündete sich eine Zigarette an.

Der Besucherstrom in und aus dem Gebäude hielt sich um fünf vor halbzwölf, wie ihm die Uhr am Eingang verriet, in Grenzen. Beste Voraussetzungen.

Rein, raus und ab durch die Mitte.

Gerke warf einen letzten kurzen Blick in die Gegend, drückte seine Zigarette im Aschenbecher aus und verließ den Wagen. Den Schlüssel ließ er vorsichtshalber im Zündschloss stecken. Dann schlenderte er lässig in Richtung des Geldinstitutes … *sein Geld abheben.*

Donnerstag / 10:55 Uhr

„Schau mal, das Tor zum Garten steht auf. Das war vorhin noch nicht so. Merkwürdig. Ich hatte nicht den Eindruck, dass Frau Hagemann eine leichtsinnige Frau ist. Da stimmt etwas nicht!"

Bevor Lars dem etwas entgegensetzen konnte, stürmte Nicole entschlossen in den hinteren Gartenbereich und zur Terrasse.

„Das sieht nach einem Einbruch aus", stellte sie, nach einem Blick durch die Terrassentür, fest. Die verstreut am Boden liegenden Polster und herausgerissenen Schubladen ließen nur diesen Schluss zu.

„Los. Ich gebe dir Rückendeckung", sagte Nicole und zog ihre HK P 30 aus dem Holster. Unterdessen versuchte Lars die Terrassentür aufzuhebeln. Er brauchte mehrere Anläufe. Dann, endlich gab die Tür nach.

Das Aufbrechen hatte einigen Lärm verursacht, weshalb Nicole und Lars – auch er nun mit gezogener Waffe – umso wachsamer den Raum betraten. In der angrenzenden Küche fanden sie Maria Hagemann, an der Wange blutend und an einen Küchenstuhl gefesselt.

Nicole legte den Zeigefinger an ihre Lippen.

„Keine Bange", krächzte Frau Hagemann; es war ihr tatsächlich gelungen sich von dem Küchentuch in ihrem Mund zu befreien: „Der Kerl ist abgehauen."

Nicole und Lars befreiten die Frau von ihren Fesseln.

„Ich benachrichtige die SpuSi", sagte Lars.

Maria Hagemann erwiderte: „Ich denke, das ist nicht nötig. Sie werden keine Fingerabdrücke finden. Der Mann trug schwarze Lederhandschuhe."

„Trotzdem könnten unsere Kollegen irgendwelche Spuren sicherstellen", bestand Nicole auf die Spurensicherung. „Haben Sie den Mann erkannt, der Sie überfallen hat?"

Maria Hagemann verneinte. Ebenso Nicoles Frage nach einem Notarzt.

„Können Sie den Mann vielleicht beschreiben?", ließ die Kriminalkommissarin nicht locker. „Größe, Haarfarbe, Statur. Hatte er irgendwelche markanten Merkmale?"

„Er war zirka 1 Meter 75 groß und kräftig, aber nicht dick, eher muskulös. Mitte 30 würde ich schätzen. Einen fast kahlen Kopf, dunkle kurze Haarstoppel, ein breites Gesicht mit eng beieinanderstehenden dunklen Augen und breiten Schultern. Und, er hatte eine auffällige Tätowierung am rechten Unterarm … eine Schlange, die sich um ein Schwert schlängelte."

Als Nicole irritiert schaute, fügte Maria Hagemann an: „Er hatte seine Lederjacke ausgezogen und die Ärmel des Kapuzenshirts hochgeschoben. Es war dunkelgrau und roch unangenehm nach Schweiß. Zudem trug er eine schwarze Jeans, die schon bessere Zeiten gesehen hatte."

„Das konnten Sie sich alles merken? Trotz der bedrohlichen Situation, in der Sie steckten?" Nicole war beeindruckt.

„Ich hatte schon immer eine gute Beobachtungsgabe und außerdem ausreichend Zeit. Dagegen fehlt es mir wohl an Menschenkenntnis." Die letzten Worte klangen traurig.

„Ein Kaffee täte mir jetzt gut. Möchten Sie auch? Außerdem habe ich seit gestern Abend nichts gegessen."

„Gerne", rief Lars vom Flur aus. Er hatte mit halbem Ohr zugehört, während er telefonierte.

Sechs tiefgefrorene Brötchen verließen den Eisschrank und landeten im Backofen; Butter, Wurst und Käse, sowie Tassen und Teller auf dem Tisch.

Etwas später langten Maria Hagemann sowie auch Lars gierig zu. Nicole indessen interessierte sich mehr für das, was Frau Hagemann – sie wurde immer gesprächiger – zwischen den einzelnen Bissen erzählte.

„Ich weiß auch nicht, warum ich ..., vielleicht war ich einfach nur durcheinander, wegen ... wegen der ganzen Sache mit Heinz. Normalerweise öffne ich niemanden nach 20 Uhr, wenn mein Mann nicht im Haus ist. Heinz hatte es mir schlichtweg verboten", setzte sie sinnierend nach.

„Er war schon immer sehr bestimmend und duldete keinerlei Widerspruch. So war das von Anfang an und ich war es nicht anders gewohnt. Unser Vater war genauso, und wir alle kuschten; mein Bruder, ich und unsere Mutter. Vater arrangierte auch die Hochzeit zwischen Heinz und mir. War in unserem Dorf – wir kommen beide aus dem Baden-Württembergischen – nicht unüblich – schon gar nicht zu der Zeit."

Maria Hagemann trank einen Schluck Kaffee, bevor sie weitersprach.

„Ein Jurist mit der Ambition zum Staatsanwalt war so ganz nach Vaters Geschmack, und ich muss gestehen, mir hat es auch imponiert; jedenfalls am Anfang. Naja, ich war halt ein junges, naives Ding. Aber schon in den ersten Jahren unserer Ehe habe ich erkannt, welch ein Tyrann Heinz sein konnte. Das änderte sich kurzzeitig, als Daniel auf die Welt kam. Da waren wir schon fünf Jahre verheiratet und ich glaubte, es lag daran, dass ich so lange kein Kind bekommen konnte. Aber kaum, dass unser Sohn laufen konnte, fiel mein Mann wieder in sein altes Verhaltensmuster zurück.

Wenn Daniel etwas herunterwarf oder auch nur quengelte, wie Kinder das nun mal tun, schrie er ihn an und später dann, als er ..."

Maria Hagemann hielt plötzlich inne und Nicole kam es vor, als hätte sie sich im letzten Augenblick gebremst, etwas auszuplaudern, was sie nicht wollte.

Stattdessen sagte sie: „Als Daniel älter wurde, erhielt er schon mal die eine oder andere Ohrfeige von seinem Vater."

„War Ihr Mann gewalttätig?"

„Gewalttätig? Nein, das nicht. Gegen mich hat er nie die Hand erhoben, wenn Sie das damit andeuten wollen. Er hatte andere Methoden jeden nach seiner Pfeife tanzen zu lassen."

Noch heute dachte Maria mit Grauen an den Nachmittag, als Heinz früher als üblich nach Hause kam.

„Was meinen Sie?", erkundigte sich Lars, den letzten Bissen kauend.

„Heinz war ein hervorragender Rhetoriker. Er konnte Leute mit Worten manipulieren. Das lag ihm im Blut, wie man so sagt." Sie seufzte. „Für Daniel war das besonders schwer. Er hielt es nicht mehr aus. Er wollte endlich so sein,

175

wie ... er wollte endlich frei sein."

„Frei sein? Was meinen Sie damit?" Nicole schaute äußerst interessiert.

„Ach, nur so. Jungen im Teenageralter wollen halt vieles ausprobieren, anders sein als die Eltern. Das ist doch normal. Dann spielen auch noch die Hormone verrückt und ... naja, so ist es halt."

„Ist denn in den Tagen oder auch Wochen, vor Daniels Verschwinden, irgendetwas Außergewöhnliches vorgefallen?", forschte Nicole weiter. „Ich meine, von zuhause wegzulaufen ist für einen Siebzehnjährigen schon eine sehr bahnbrechende Entscheidung."

„Nein!", kam die ziemlich schnelle Antwort. „Es ist nichts Außergewöhnliches geschehen."

Nicole betrachtete die ungefähr 60-jährige Frau. Die tiefen Falten um ihren Mund und auf der Stirn zeugten von Kummer und Leid. Trotzdem wollte sie nicht lockerlassen. Auch wenn sie, wie es ihr schien, dadurch in eine tiefe Wunde stechen würde.

„Wieso sehe ich hier nicht ein einziges Foto von ihrem Sohn?"

„Heinz verbrannte alle Fotos von Daniel, nachdem die Suche abgebrochen wurde", antwortete Maria Hagemann verbittert.

Offenbar wusste sie bis heute nicht, dass die Suche, aufgrund der Intervention ihres Ehemannes eingestellt worden war.

Frau Hagemann stand langsam auf und öffnete eine der unteren Türen des Küchenschranks. Aus einer Dose, mit der

Aufschrift **Backpulver** entnahm sie eine Fotografie und reichte sie Nicole.

Das Foto hatte, im Lauf der Zeit, die Form des Behältnisses angenommen, sodass Nicole die Aufnahme mit beiden Händen festhalten musste, damit sie nicht wieder zusammenrollte.

„Das ist das einzige Foto, das ich von Daniel noch habe. Oliver, sein damaliger Freund, brachte es mir, zwei Monate nachdem ... Rechts, das ist mein Daniel. Heinz befand sich damals in Saarbrücken."

Die leicht verblichene schwarz-weiß Aufnahme zeigte zwei Jungen, etwa im Alter von 15 Jahren, nur mit Badehosen bekleidet, auf einer Decke sitzend. Beide hatten sie einen Arm um die Schulter des anderen gelegt und lachten in die Kamera.

Der Junge, auf den Maria Hagemann zeigte, machte, trotz seines Lachens, insgesamt einen traurigen Eindruck. Während der andere beinahe rebellisch wirkte.

„Der Freund Ihres Sohnes, dieser Oliver, standen sie sich sehr nahe?", wollte Nicole wissen.

„Ja schon. Aber Heinz verbot Daniel, sich mit ihm zu treffen. Aber ich denke, Daniel hielt sich nicht daran. Sie trafen sich sowieso jeden Tag in der Schule. Das konnte selbst sein Vater nicht verhindern.

Oliver war ... nun, er stammte aus schwierigen Familienverhältnissen. Sein Vater hatte nur gelegentlich Arbeit und trank auch gerne mal einen über den Durst. Deshalb war das Geld immer knapp und irgendwann wurde Oliver bei einem Diebstahl erwischt und zu einer 3-monatigen Jugendstrafe verurteilt. Obwohl Olivers Anwalt Sozialstunden angeboten hatte, lehnte der Richter ab. Das haben die Krugs meinem Mann sehr übelgenommen. Er war der Staatsanwalt in dem Prozess, verstehen Sie? Sie waren der Meinung, dass er sich für Oliver hätte einsetzen können, wenn er es nur gewollt hätte."

Maria Hagemann trank einen weiteren Schluck Kaffee, bevor sie weitersprach.

„Als der Junge aus der Haft zurückkam, war er aggressiv und gewalttätig. Jahre später wurde er dann auch wegen Körperverletzung und Vergewaltigung zu einer langjährigen Gefängnisstrafe verurteilt."

Maria Hagemann sprach offen, aber auch emotionslos, wie Nicole feststellte. Trotzdem sagte ihr Bauchgefühl: *Die Frau verheimlicht etwas.*

„Was macht Sie eigentlich so sicher, dass ihr Sohn noch lebt? Haben Sie einen Hinweis darauf? Immerhin sind einige Jahre ..."

Das Klingeln an der Tür befreite Maria Hagemann von einer Antwort. Hektisch steckte sie das Foto wieder zurück in die Dose.

Im Flur wies Lars die Kollegen der KTU mit kurzen Sätzen in das Geschehene ein.

„Haben Sie jemanden, eine Freundin oder Nachbarin, wo Sie heute Nacht bleiben können?", erkundigte sich Nicole.

„Wie, wo ich bleiben kann? Ich bleibe natürlich hier in unserem Haus – in meinem Haus!", erwiderte Maria Hagemann, jetzt wieder mit erstaunlich fester Stimme.

„Sie können mich jederzeit anrufen, sollten Sie Hilfe

brauchen. Ich wohne nicht allzu weit entfernt."

„Das ist wirklich nett von Ihnen, Frau Wegener. Aber, machen Sie sich keine Sorgen um mich. Das brauchen Sie wirklich nicht. Seit Jahren hat sich niemand mehr um mich gesorgt", sagte Maria Hagemann, mehr zu sich selbst. „Ich werde heute Nacht alles gut zusperren und niemanden hereinlassen."

„Ach, Frau Hagemann, noch eine kurze Frage. War Ihr Mann herzkrank? Musste er Medikamente einnehmen?"

„Ja. Er hatte vor einigen Jahren einen kleinen Herzinfarkt. Natürlich war das nach seiner Pensionierung. Solange er im Staatsdienst war, wäre es für ihn unverantwortlich gewesen, krank zu sein."

Der ironische Unterton entging den Beamten nicht.

„Wieso fragen Sie?"

„Wo bewahrte Ihr Mann seine Tabletten für gewöhnlich auf?", erkundigte sich Lars.

„Keine Tabletten. Heinz nahm Tropfen und die hatte er immer bei sich. Er traute keinem und niemandem, auch mir nicht. Ich hätte ihm das Zeug ja unters Essen mischen können." Maria Hagemann lachte kurz und hart auf.

„Bitte verzeihen Sie. Jetzt halten Sie mich gewiss für herzlos. Aber ich kann keine Trauer über den Tod meines Ehemannes empfinden … noch nicht. Es hat sich wohl zu viel angesammelt, in all den Jahren. Zudem hatte ich in den letzten Stunden viel Zeit zum Nachdenken. Alles kam wieder hoch. Vielleicht bin ich aber auch einfach nur übermüdet und die Trauer stellt sich irgendwann doch noch ein."

Maria Hagemann selbst glaubte nicht dran und Nicole

ebenfalls nicht. „Sagt Ihnen Succinylcholin etwas?", fragte sie schon vor der Haustür stehend.

„Nein", antwortete die Witwe von Heinz Hagemann kopfschüttelnd.

***

Jeder seinen eigenen Gedanken nachhängend stiegen die Beamten in den Wagen. Die Stille hielt auch dort zunächst noch an, bis Lars sagte: „Ich weiß nicht recht was ich von der Frau halten soll. Einerseits finde ich sie total taff, so wie sie das alles wegsteckt. Andererseits ist sie mir ..."

„Sag jetzt nicht unheimlich", stichelte Nicole. „Ich denke, das bin *ich* schon."

„Nicht unheimlich ... aber … ach ich weiß auch nicht. Ich weiß nur, dass mich irgendetwas stört." Lars legte den Sicherheitsgurt an.

„Oliver."

„Was? "

„Der Schulfreund von Daniel, Oliver Krug. Frau Hagemann sprach gerade noch von ihm und zeigte uns ein Foto. Hast du nicht zugehört?", fragte Nicole vorwurfsvoll. „Mir ist so, als hätte ich den Namen heute schon einmal gehört, nur in einem anderen ... Sag mal, bist du jetzt beleidigt?"

Scheinbar eingeschnappt guckte Lars durch die Frontscheibe, um sich dann plötzlich mit der flachen Hand an die Stirn zu schlagen. Eine Angewohnheit, die, wie Nicole feststellte, sich in letzter Zeit öfter bei ihm zeigte.

„Na klar. Oliver Krug. Den Namen nannte der junge Polizist im Zusammenhang mit der Messerstecherei vor Helenes Haus."

180

„Richtig! Soll der nicht hier im Krankenhaus liegen?"

„Ja, ich glaube schon; soweit ich zugehört habe."

„Ist ja gut." Nicole schmunzelte. „Sorry."

„So unleidlich bist du eigentlich sonst nur, wenn wir einen Mörder nach drei oder vier Tagen noch immer nicht dingfest gemacht haben. Heute sind gerade mal eineinhalb Tage, seit dem Leichenfund vergangen. Ich frage mich, wie wird das Ende der Woche aussehen?"

„Das willst du nicht wirklich wissen", konterte Nicole und tippte auf ihrem Handy die Nummer von Josef Maier ein.

Nach einigen kurzen Sätzen, in denen sie dem Polizeihauptkommissar die Gründe für ihr Interesse an Oliver Krug darlegte, beendete sie das Gespräch und sagte: „Wir fahren zum Krankenhaus. Ist gleich hier um die Ecke. Josef und sein Kollege befragen Krug gerade zu dem Vorfall. Besser gesagt – sie versuchen es. Bis jetzt ohne Erfolg. Angeblich kennt Oliver Krug den Mann nicht, der ihn überfiel.

***

Maria Hagemann überlegte lange. Dann setzte sie eine Nachricht ab. Er sollte nur wissen, dass es ihr gut ging. Vielleicht würde er heute noch zurückrufen – vielleicht sie sogar besuchen? Sie hoffte es sehr. Jetzt, wo niemand mehr zwischen ihnen stehen konnte, konnte sie es kaum erwarten ihren Daniel wiederzusehen.

Donnerstag / 11:00 Uhr

Die Gasse – der Stich – heiß – raue Wand – kalter Boden. Schwindel – Kälte – Dunkelheit.

Stück für Stück kam die Erinnerung zurück. Wie ein Film lief sie in seinem Kopf ab.

Dieser Mistkerl wollte mich abschlachten. Wo ist dieses verdammte Schwein? Und, wo zum Henker, bin ich?

Oliver Krug tastete zu der Stelle, wo das Messer in seinen Körper eingedrungen war. Anstatt einer offenen Wunde fühlte er einen enganliegenden Verband.

Argwöhnisch öffnete er seine Augen, anfangs nur zu Schlitzen, dann weiter. Das erste, was er sah war ein Fernsehgerät an der Wand gegenüber; darunter ein Tisch und zwei Stühle. Durch die zur Hälfte, zugezogenen Gardinen fiel ein Strahl Sonnenlicht, sodass er das Möbel, das neben dem Bett stand, in dem er lag als Beistellschrank erkannte, wie in Krankenhäusern allgemein gültig.

Ich bin im Krankenhaus.

Ein Seufzer der Erleichterung kam über seine Lippen. Er hatte sich schon in einem dunklen Keller vermutet, in den ihn dieser hirnlose Psycho gebracht hatte, um ihn verrecken zu lassen. Ähnlich wie sie es sich für Hagemann ausgedacht hatten.

Eigentlich war es seine Idee gewesen, wie alles, was etwas mit Denkvermögen zu tun hatte, von ihm kam. Der Dummkopf war lediglich fürs Grobe zu gebrauchen. Zu mehr reichten seine geistigen Fähigkeiten nicht. Wie oft hatte er diesem Einfallspinsel im Knast den Arsch gerettet und ihn vor weiteren Monaten hinter Gittern bewahrt.

Und das ist nun der Dank dafür. Ich werde dich fertigmachen, sobald ich hier wieder raus bin. Darauf kannst du dich verlassen, du Dreckschwein!

Oliver Krug ballte die Fäuste. *Wo sind meine Klamotten? Durst. Ich brauche etwas zu trinken.*

Er wollte nach dem Becher greifen, der auf dem Beistelltisch stand, aber etwas hinderte ihn daran.

Ein Schlauch? Was soll das denn?

Eine gelblichweiße dünne Plastikschlange ging von seinem Arm zu einem Infusionsbeutel, der auf einem Ständer, rechts von ihm hing. Bevor er noch darüber nachdenken konnte, was das zu bedeuten hatte, ging die Tür auf.

Ein Arzt, gefolgt von uniformierten Polizisten, betrat das Zimmer.

Die Bullen? Hatten die den Kerl etwa erwischt? Egal.

Er würde auf jeden Fall schweigen.

Der größere – Oliver schätzte ihn auf zirka 1 Meter 80 und etwa um die 60 Jahre, machte einen ernsten Eindruck und schob einen unübersehbaren Bauch vor sich her. Der andere, schmälere und auch etwas kleinere, in ähnlichem Alter, hatte ein undefinierbares Lächeln in seinem breiten Gesicht.

Guter Bulle, schlechter Bulle, folgerte Oliver.

„Ich bin Doktor Fliege", stellte sich der Arzt vor, der jetzt an sein Bett trat, um sogleich die übliche und in Krankenhäusern wohl obligatorische Frage loszuwerden: „Wie geht es Ihnen, Herr Krug?"

Passt. Mach mal die Fliege, dann geht es mir besser,

dachte Oliver, fragte aber: „Wann kann ich hier raus? Außerdem habe ich Durst."

„Oh, da fühlt sich jemand schon wieder ganz stark." Der Arzt lachte gekünstelt väterlich und reichte ihm den Becher. „So ist es aber nicht. Sie haben eine schwere Stichverletzung.

Was du nicht sagst – ich war dabei.

„Gott sei Dank nicht lebensbedrohlich. Es wurden keine inneren Organe beschädigt", fuhr Dr. Fliege fort. „Zwei Zentimeter weiter links und sie hätten jetzt keine Milz mehr. Deshalb müssen Sie schon noch ein wenig bei uns bleiben. Aber, ich schätze, wenn alles gut verheilt, können wir Sie in ungefähr einer Woche aus unserer Obhut entlassen. Danach entscheidet allerdings die Polizei, wie es mit Ihnen weitergeht."

Das Lächeln auf dem Gesicht des Arztes wirkte jetzt unentspannt, stellte Oliver fest. *Träum weiter. In ein paar Stunden mach ich die Fliege.* Die Wortspielerei gefiel ihm.

„Bitte, meine Herren. Ich lasse Sie kurz allein. Aber, denken Sie daran, Herr Krug braucht, trotz allem, Ruhe."

„Keine Sorge, Herr Doktor. Wir werden auf Ihren Patienten achten, wie schon die ganze Zeit", sagte der Stämmigere der beiden.

„Die ganze Zeit? Was soll das denn heißen?"

Oliver Krug richtete sich, soweit das möglich war, in seinem Bett auf.

„Wie Sie unschwer erkennen, sind wir von der Polizei. Mein Name ist Maier und das ist mein Kollege Bachmann. Was mein Kollege damit sagen wollte ist, dass vor der Tür eine Wache steht."

Das war natürlich eine Finte. Josef Maier hatte nicht das Personal um einen Wachposten vor Oliver Krugs Zimmer zu postieren. Er hoffte lediglich, ihn damit aus der Reserve locken zu können.

Mittlerweile wussten die Polizeibeamten, mit wem sie es hier zu tun hatten und, dass Oliver Krug kein unbeschriebenes Blatt war und erst seit kurzer Zeit wieder auf freiem Fuß. Deshalb glaubten sie nicht an einen normalen Überfall und schon gar nicht an einen Zufall.

„Wir wollen doch nicht, dass der, der Sie angriff, es erneut versucht", fügte Bachmann lächelnd hinzu.

„Nun erzählen Sie mal, Herr Krug, was gestern Abend passiert ist und wer Sie niedergestochen hat", fragte Maier.

„Ich habe keine Ahnung, wieso dieser Typ mich angegriffen hat und ich weiß auch nicht wer er ist", antwortete Oliver. „Ich wollte nur zu meinen Wagen."

„Ein anthrazitfarbener Golf mit dem Frankfurter Kennzeichen F-HK-4601?" Berthold Bachmann blätterte in seinem Notizheft.

„Genau. Ich hoffe, ihr habt ihn nicht abgeschleppt, weil die Parkzeit abgelaufen ist." Krug grinste schief.

Polizeikommissar Bachmann ging nicht auf die Äußerung ein und auch Josef Maier erwähnte nicht, dass der Wagen nun auf dem Polizeiparkplatz stand, nachdem die KTU ihre Arbeit beendet hatte.

„Das Fahrzeug ist auf eine Heidemarie Krug zugelassen?", stellte Bachmann stattdessen die eher rhetorische Frage.

„Ist meine Mutter. Ich leihe mir ihr Auto ab und zu aus. Kann mir keinen eigenen Wagen leisten."

„Was wollten Sie in Seligenstadt?", fragte nun Josef Maier.

„Was soll die beschissene Frage? Ist es jetzt schon verboten herumzufahren?"

„Beantworten Sie doch einfach die Frage, Herr Krug."

„Ich war in einer Kneipe, was essen."

„Allein, oder haben Sie sich mit jemanden getroffen? Wir wissen, dass Sie in Seligenstadt aufgewachsen sind. Deshalb würde es mich nicht wundern, wenn Sie sich nach Ihrer Haftentlassung, mit einem alten Freund getroffen haben."

„Stelle fest, ihr wisst bestens Bescheid. Brauche ich ja nichts mehr zu sagen."

„Haben Sie sich nun mit einem alten Freund getroffen? Ja oder nein und wenn ja, wie ist sein Name?", erhöhte Bachmann den Druck.

„Nein! Ich – war – alleine. Geht das in eure verdammten Schädel?", schrie Oliver genervt. „Vielleicht hatte ich einfach nur Heimweh", ergänzte er und schaute demonstrativ in Richtung des Fensters.

„Um welche Uhrzeit und in welcher Gaststätte?", hakte Bachmann nach, ohne von seinem kleinen Notizbuch aufzuschauen, in das er fleißig Krugs Angaben notierte.

„Was weiß ich. Muss so gegen 19 Uhr gewesen sein. Irgendwo in der Nähe der Kirche."

„Keine Sorge, Herr Krug, das bekommen wir heraus."

Josef Maiers Blutdruck stieg merklich an. Das Vibrieren des Handys in seiner Jackentasche kam ihm da gerade recht.

„Frau Wegener", informierte er Berthold Bachmann. „Ich geh' da mal kurz nach draußen."

„Hallo Frau Wegener ... eh, Nicole", sagte er aus dem Zimmer gehend. „Was kann ich für dich tun? ... Ja, wir sind noch im Krankenhaus. Vernehmen gerade den Krug ... Ach, das ist ja interessant ... Na klar können wir das. Danke für die Info. Bis gleich vor dem Eingang."

Zurück im Krankenzimmer stellte Maier sich vor das Bett und stützte seine Unterarme auf dem Bettgestell am Fußende ab. „Succinylcholin."

„Hä, was?", fragte Krug.

„Wir haben an dem Ort, an dem Sie angegriffen wurden ein Behältnis gefunden mit der Aufschrift Succinylcholin. Das ist ein starkes Narkosemittel. Es verursacht Lähmungen. Bei nicht ordnungsgemäßer Dosierung kann es auch zu Atemnot und zum Herzstillstand führen."

Maier meinte, ein Flackern in Oliver Krugs Augen zu sehen.

Deshalb hat es den Alten umgehauen.

„Danke für die Info. Was hat das mit mir zu tun?"

„Sie waren früher mit Daniel Hagemann befreundet?" Der Polizeihauptkommissar richtete sich wieder zu seiner vollen Größe auf.

„Daniel? Eh ... ja, wieso? Das ist schon eine Ewigkeit her. Er verschwand am 17. Oktober 1996."

Guck an, er kann sich noch genau erinnern. „Stimmt!" bestätigte Maier. „Dass Sie sich so exakt an das Datum erinnern können? Erstaunlich!"

„Bin ja noch nicht dement", entgegnete Oliver trotzig.

„Und, wie Sie soeben sagten, waren Daniel und ich Schulfreunde."

„Ich denke mal, dann ist Ihnen Daniels Vater, Heinz Hagemann bestimmt auch noch in Erinnerung?", stellte Josef Maier seine nächste Frage, wobei er Oliver Krug genau im Auge behielt. „Immerhin war er, als Staatsanwalt, mit verantwortlich, dass Sie zu einer Jugendstrafe verurteilt wurden, als Sie 16 Jahre alt waren."

„Ja und? Steht alles in meiner Akte. Die haben Sie ja wohl genauestens studiert, wie es aussieht. Was wollen Sie überhaupt von mir? Was hat das jetzt mit dem Überfall auf mich zu tun?"

„Sagen Sie es uns."

„Ach, ihr könnt mich mal. Scheißbullen. Ich weiß nicht, wer mich niedergestochen hat und jetzt verschwinden Sie."

„Hagemann ist tot, Herr Krug."

„Ja und?" Oliver bemühte sich um einen gelangweilten Gesichtsausdruck, fuhr aber im nächsten Moment aus der Haut.

„Das ist doch nicht euer Ernst, oder? Wollt ihr mir jetzt einen Mord anhängen? *Ich* bin das Opfer!"

„Niemand hat von Mord gesprochen."

„Hab nix damit zu tun", brummte Oliver Krug, wohl wissend, dass er gerade einen Fehler gemacht hatte.

„Werden wir sehen. Womit Sie definitiv nichts zu tun haben, ist der Überfall auf Frau Hagemann, gestern Nacht. Denn zu der Zeit lagen Sie bereits hier im Krankenhaus", setzte Maier nach, in der Hoffnung auf eine Reaktion, die auch prompt kam.

„Was? Frau Hagemann wurde überfallen?"

Der Polizeihauptkommissar stellte fest, dass Krug tatsächlich erschrocken war, aber nicht wirklich überrascht.

„Können Sie sich vorstellen, wer das gewesen sein könnte?", bohrte er deshalb nach. „Ihr Komplize vielleicht? Der Mann, mit dem Sie sich getroffen haben?"

Oliver Krug wandte erneut seinen Kopf von den Beamten ab.

„Komm Berthold. Überanstrengen wir Herrn Krug nicht. Vielleicht fällt ihm bis morgen eine bessere Geschichte ein."

Fast schon an der Tür, drehte Josef Maier sich noch einmal um. „Welche Zigarettenmarke rauchen Sie?"

„Ich rauche überhaupt nicht. Hab's mir im Knast abgewöhnt."

Donnerstag / 11:15 Uhr

Noch mehr als ihre gestrige Nachricht ängstigte ihn die jetzige SMS.

Überfallen? Warum sollte jemand sie überfallen? Hatte es womöglich mit *seinem* Tod zu tun, oder war es lediglich ein Zufall?

Der Mann wollte Geld. Aber sie hatte keine größere Summe im Haus. Und, als er nichts fand, außer ein wenig Schmuck, wäre er wieder verschwunden. Allerdings hätte er das ganze Haus auf den Kopf gestellt.

Die Polizei hätte sie gefunden und befreit und es ginge ihr gut, schrieb sie.

Wer könnte das gewesen sein und weshalb? Es ist doch alles vorbei. Endgültig – ER ist tot.

Natürlich war es so nicht geplant ... aber nun mal passiert. Ein Unfall. Ein *Zusammentreffen unvorhersehbarer Umstände*; so hatte Florian es ausgedrückt – und es stimmte.

Keiner hatte gewusst, dass *ER* einen Herzinfarkt gehabt hatte und deshalb ein blutverdünnendes Medikament einnahm, das im Zusammenhang mit Succinylcholin zum Tod führte.

Seit er von zuhause weggelaufen war, hatte er *IHN* aus seinem Leben gestrichen. Auch hatte er nie versucht, etwas über *IHN* zu erfahren, und seine Mutter vermied es über *IHN* zu berichten.

Dann brachte Florian diesen Zeitungsausschnitt, den er vier Tage zuvor erhalten hatte. Daniel war schockiert. Er las den Artikel immer und immer wieder.

Ausgerechnet diesem Mann, der seine scheinheilige Moral nur deshalb hinausposaunte, damit sein eigener Lebenswandel im Dunkeln blieb, sollte am 1. November 2017 das Bundesverdienstkreuz verliehen werden?

Das durfte nicht passieren! Florian war der gleichen Meinung und gestand, bereits entsprechende Maßnahmen ergriffen zu haben, in der Hoffnung, dass Daniel damit einverstanden wäre.

Die Art der Bloßstellung des ehrenwerten Staatsanwalts a.D. fand Daniel mehr als einfallsreich und ganz und gar passend. Es entlockte ihm sogar ein kurzzeitiges Lächeln. Nur mit der Wahl des *Vollstreckers* hatte er Bedenken; wusste er doch, was Heinz Hagemann ihm in seiner Jugend angetan hatte und dessen Auswirkungen sich durch seine Straftaten widerspiegelten.

Auch für Daniel stand außer Frage, dass Heinz Hagemann einen Großteil Schuld daran trug. Deshalb konnte er sich gut vorstellen, dass diese *harmlose* Art der Vergeltung nicht ganz der Rache entsprechen könnte, die Oliver sich womöglich in den Jahren hinter Gittern ausgedacht hatte.

Aber vielleicht brauchte es erst gar nicht so weit zu kommen. Eine letzte Chance wollte er dem Mann noch geben.

Noch am gleichen Tag schrieb Daniel einen Brief an den Mann, der laut seiner Geburtsurkunde, sein Vater war und steckte ihn zusammen mit dem wöchentlichen Brief an seine Mutter in den Umschlag.

Ob sie ihn lesen würde oder auch nicht, war ihm egal. Zum Teil hoffte Daniel es sogar.

Mit einer Antwort von *IHM*, rechnete er nicht wirklich. Dass Heinz Hagemann dazu nicht mehr in der Lage war, erfuhr er erst durch die SMS seiner Mutter.

Die Frage – hatte Oliver IHN getötet? – schoss ihm durch den Kopf.

Oliver hatte in den letzten Jahren einige Straftaten begangen – die schlimmste war die Vergewaltigung von Madeline Senger. Aber war er auch ein Mörder?

Daniel hätte seine Hand dafür nicht ins Feuer gelegt. Fest stand für ihn aber, dass sein ehemaliger Schulfreund nichts mit dem Überfall auf seine Mutter zu tun hatte. Die beiden hatten sich immer gemocht. Und, auch sie gab ihrem Ehemann eine ... zumindest Teilschuld ... an Olivers späterem kriminellen Absturz.

Aber wer dann?

Bevor er mit seiner Mutter telefonieren und sich überzeugen konnte, ob es ihr wirklich gut ginge, musste er das klären. Das konnte er nur, indem er mit Oliver sprach, dessen Telefonnummer er aber nicht hatte. Deshalb wählte er die Nummer von Heidemarie Krug.

Obwohl er schon seit Jahren nicht mehr mit ihr in Kontakt stand, war ihre Telefonnummer noch immer in seinem Handy gespeichert.

„Hallo Frau Krug. Hier ist Daniel", meldete er sich unsicher. Ob sie sich überhaupt noch an ihn erinnerte?

„Daniel? Welcher Daniel?"

Unklar drang die Stimme von Heidemarie Krug an sein Ohr. Ob verschlafen oder gar betrunken, hätte er nicht unterscheiden können.

„Der Schulfreund von Oliver. Erinnern Sie sich?"

Nach einem Moment der Stille dann: „Daniel! Ich glaub's nicht. Du hast aber schon lange nichts mehr von dir hören lassen. Lass mich überlegen – seit 7 oder sind es schon 8 Jahre? Wie geht es dir?"

„Danke, Frau Krug. Mir geht es gut; und Ihnen?"

„Naja, geht so. Das Leben ... jeden Tag ein Kampf. Aber, was soll man machen?"

Wieder herrschte Stille. Nur ein Seufzen und das gluckernde Geräusch, wenn Flüssigkeit in ein Glas geschenkt wurde.

„Frau Krug, kann ich mit Oliver sprechen?"

„Das würde ich auch gerne, wenn ich wüsste, wo er wäre." Ein erneuter Seufzer kam durchs Telefon. „Seit

Dienstagabend habe ich nichts mehr von ihm gehört."

„Was? Seit Dienstag?" *Der Tag an dem ...*

„Haben Sie nicht versucht ihn anzurufen?"

„Na klar. Aber, sein Handy ist ausgeschaltet. Hab ihm auf die Mailbox gesprochen. Hoffentlich ist dem Jungen nichts passiert. Immer, wenn er mit diesem Kerl unterwegs ist, habe ich kein gutes Gefühl. Er hat doch mein Auto."

„Welcher Kerl?", reagierte Daniel blitzschnell.

„Frank heißt dieser ungehobelte Mensch. Frank Gerke. Die beiden kennen sich aus dem Gefängnis. Seit Oliver entlassen wurde hängen die ständig zusammen. Der ist nicht gut für Oliver. Der bringt ihn nur wieder auf die schiefe Bahn. So etwas spürt eine Mutter, kannst du mir glauben."

„Frau Krug, geben Sie mir die Handynummer von Oliver? Vielleicht habe ich ja mehr Glück als Sie und er geht ran."

Donnerstag / 11:30 Uhr

Auf dem Rückweg durch die Flure des Krankenhauses informierte Josef Maier seinen Kollegen über das Gespräch mit Nicole.

„Die KTU konnte keine Fingerabdrücke auf der kleinen Flasche feststellen, aber DNS auf den Zigarettenkippen. Was fehlt ist die Gegenprobe, deshalb meine Frage an Krug, der jetzt ausgeschlossen werden kann."

„Josef. Ich weiß ... Personalmangel, aber ..."

„Was ist los, Berthold? Raus mit der Sprache."

„Vielleicht hängt der Tod von Hagemann mit der Messerstecherei zusammen", setzte Bachmann erneut an. „Vielleicht hat der Krug den Hagemann eigenhändig ins Jenseits befördert, aus Rache; oder er weiß wer es gewesen ist und wurde deshalb niedergestochen. Vielleicht waren sie auch zu zweit und der andere versucht ..."

„... es erneut", beendete Maier die Gedankenfolge seines Mitarbeiters. „Das sind viele *Vielleicht*. Aber, du könntest recht haben und wir sollten kein Risiko eingehen. Also Überwachung. Mal sehen, wen ich abstellen kann. Vielleicht meldet sich einer der Kollegen freiwillig." Der Polizeihauptkommissar schmunzelte. „Schon wieder ein Vielleicht."

Mittlerweile waren sie am Ausgang und stießen auf Nicole und Lars. Abwechselnd berichteten Maier und Bachmann von dem soeben mit Oliver Krug geführten Gespräch.

„Es dürfte kein Problem sein herauszufinden, ob Krug sich in einer der Gaststätten am Freihofplatz mit jemandem traf", sagte Maier. „Er sagte es wäre so gegen 19 Uhr gewesen. Um diese Zeit ist noch nicht allzu viel los und ein Kellner erinnert sich."

„Wir haben gerade darüber gesprochen", griff Bachmann seinem Chef vor, „dass die Messerstecherei und Hagemanns Tod und vielleicht sogar das Verschwinden von Hagemanns Sohn in irgendeiner Weise zusammenhängen. Auf die Frage nach seinem damaligen Freund, Daniel, wusste Krug genau, dass er ihn am 17. Oktober 2001 zum letzten Mal gesehen hätte."

„Der 17. Oktober? Das ist doch der Tag, an dem Hagemann getötet wurde."

„Stimmt genau. Eben deshalb." Berthold Bachmann nickte Lars zu.

„Auch sprach Krug gleich von Mord, als wir sagten, dass Hagemann ums Leben gekommen sei, obwohl wir nichts in der Art von uns gegeben hatten", fuhr Josef Maier fort. „Die Presse hat, nach unseren Anweisungen, ebenfalls nichts in der Art berichtet und an Zufälle glaube ich schon lange nicht mehr. Wir werden ihn morgen nochmal befragen."

„Ach, und noch was … Krug raucht nicht", sagte Bachmann. „Heißt, die Zigarettenkippen stammen nicht von ihm."

„Etwas Neues von Hagemanns Wagen?", wandte Nicole sich an Josef Maier.

Der verneinte.

„Verdammt! Die Schuhe, Krugs Schuhe, neben seinem Bett." Bachmann rannte los, um einige Minuten später, etwas kurzatmig, zu berichten: „Leider keine Übereinstimmung."

Die Enttäuschung stand ihm im Gesicht.

„Wäre ja auch zu schön gewesen", sagte Maier.

Sein Handy klingelte.

„Hans, was gibt's? … Noch, hier vor dem Krankenhaus … Ein Überfall? … Gibt es Verletzte? … Gut. Wir sind unterwegs."

„Was ist los?", erkundigte sich Lars.

„Ein Banküberfall auf unsere Sparkasse", teilte Josef Maier mit. „Eine Person verletzt. RTW ist veranlasst."

Die Polizeibeamten rannten zum Parkplatz.

Berthold Bachmann sprang hinter das Steuer, während

sein Vorgesetzter Blaulicht und Sirene einschaltete.

Mit Vollgas steuerte Bachmann den Polizeiwagen vom Klinikparkplatz und dann, mit bestimmt 70 km/h, durch die verkehrsberuhigte Tempo 30-Zone im Trieler Ring.

Donnerstag / 11:40 Uhr

Zeitgleich mit dem Polizeiwagen, in dem Hans Lehmann nebst der jungen Kollegin Sarah Senger saß, trafen Josef Maier, Berthold Bachmann sowie Nicole und Lars vor der Sparkasse ein.

Vor dem Eingang hatte sich längst eine Menschentraube gebildet, weshalb der Polizeihauptkommissar sich den Weg *freibrüllen* musste.

„Aus dem Weg. Ist der Täter noch in der Bank?"

Die Leute starrten ihn nur entsetzt an, während Lars' Hand automatisch den Weg zu seiner Dienstwaffe fand.

Nicole konnte ihn im letzten Augenblick mit den Worten: „Lass gut sein", davon abhalten, einen Schuss in die Luft abzufeuern.

Daraufhin folge ein gehauchtes: „Der ist weg. Gott sei Dank", von einer blonden jungen Frau, deren Lippen heftig zitterten.

„Und, unser gesamtes Geld ist auch weg", schnaubte der Mann neben ihr.

„Sind Sie Angestellte der Sparkasse?", fragte Maier.

Die beiden schüttelte die Köpfe.

„Berthold, sorge dafür, dass niemand die Bank betritt."

Josef Maier ging in das Gebäude, gefolgt von Hans Lehmann und der jungen Polizistin sowie Nicole und Lars.

„Polizei. Alles in Ordnung!", rief er den verängstigten Angestellten zu.

Sie standen, gedämpft redend, um einen, vor den Schreibtischen am Boden liegenden, Mann herum.

Eine Frau kniete neben dem Verletzten und drückte ein Handtuch auf dessen blutende Wunde im linken Schulterbereich.

„Das sind Kollegen von der Kriminalpolizei", wies Maier mit einer Kopfbewegung zu Nicole und Lars, die gerade ihre Waffen zurück in die Halfter steckten.

Draußen fuhr der Notarztwagen vor.

„Alles safe. Ihr könnt rein", hörten die Beamten den Kollegen Bachmann sagen und schon rasten eine Notärztin und zwei Sanitäter in das Gebäude.

Die Bankangestellten zogen sich sofort zwei Schritte zurück. Nur die, neben dem Mann auf dem Boden kauernde Frau presste noch immer das mittlerweile blutdurchtränkte Handtuch gegen dessen Schulter.

„Sie können jetzt loslassen", sagte einer der Sanitäter und zog die Frau mit sanfter Gewalt weg von dem Verletzten. Sie stand sichtlich unter Schock.

„Kann mir jemand sagen, wer der Mann ist und was genau hier passiert ist?", fragte Maier mit lauter Stimme.

„Das wissen wir nicht", kam zögernd die Antwort einer etwa Mitte 30-jährigen Frau in schwarzen Jeans und weißer Bluse. „Er hatte die Kapuze tief in sein Gesicht gezogen und es ging alles so schnell."

„Eh was?" Dann begriff Maier. „Nein, ich meinte nicht den Täter. Ich spreche von dem Verletzten, hier."

„Das ist unser stellvertretender Bezirksstellenleiter, Thomas Frisch", antwortete die Frau, die die Erstversorgung vorgenommen hatte.

Mit noch immer zitternder Hand umklammerte sie ein Glas Wasser und versuchte dieses, ohne den Inhalt zu verschütten, an ihre Lippen zu bringen.

Es gelang ihr nicht ganz. Einige Wasserspritzer landeten auf ihrer schwarzen Kostümjacke. Im Gegensatz zu ihrer weißen, jetzt mit dem Blut ihres Chefs besprengen Bluse, wahrscheinlich ihr kleinstes Problem.

„Wie kam es zu der Verletzung? Oh, sorry, Josef." Lars hob entschuldigend die Hände. „Reine Gewohnheit – dein Spielplatz."

„Kein Problem. Bin für jede Hilfe dankbar. Wenn ihr die Leute draußen vielleicht ...?"

„Na klar", sagte Nicole. „Dafür schicken wir dir Herrn Bachmann rein."

Bevor Lars irgendeine Frage an die vor der Bank stehenden Leute stellen konnte, wollte ein Herr wissen, wann und ob er überhaupt heute hier noch Geld abheben könnte. Seine Frau warte dringend auf die Einkäufe, die er erledigen sollte, wozu er aber halt auch Geld bräuchte. Ansonsten müsste er zu der Filiale in der Innenstadt fahren.

Lars schlug ihm vor, die Einkäufe mit seiner Bank- oder Kreditkarte zu zahlen. „Geht heute in jedem Supermarkt", fügte er hinzu.

Ja, so weit käme es noch, dass er für normale Einkäufe

seine Bankkarte benutzte, polterte der Mann los. Falls er sie mal wirklich benötigen würde, wäre sie dann unbrauchbar, wegen der Kratzer.

Lars blickte den Mann eine Sekunde lang an, als käme er von einem anderen Stern. Dann sagte er: „Wenn das so ist, sollten Sie wirklich zu einer anderen Bank fahren. Zuvor muss ich aber noch Ihre Zeugenaussage aufnehmen."

Wie immer, gingen die Aussagen, bezüglich Kleidung, Größe und Alter des Täters deutlich auseinander. In einem aber waren alle Augenzeugen sich einig: Der Mann floh in einem hellen Citroën, älteren Baujahrs, mit schrägverlaufendem Heck und Offenbacher Kennzeichen in Richtung Kreisverkehr.

„Es ist ein Oldtimer, ein Citroën CX 25 GTI Automatik, vermutlich aus den Jahr 1985."

Der Mann, der Lars' Vorschlag, mit seiner Kreditkarte zu bezahlen soeben noch verärgert als unzumutbar einstufte, drängte sich nun neben ihn.

„So einer fährt hier öfter in Seligenstadt herum. Ich weiß nur nicht, wem der gehört."

***

„So, nun erzählen Sie mir mal", sprach Maier eine großgewachsene, schlanke Frau mit kurzen dunklen Haaren an. Ihr Äußeres – sie trug ein dunkelgraues Kostüm mit einer rosafarbenen Bluse –, sowie ihre ganze Haltung, machte auf ihn einen kompetenten Eindruck. Ganz so, wie Josef Maier es von einer Bankangestellten erwartete. Darin war er etwas altmodisch. „Frau ...?"

„Schröder, Ursula."

„Also, Frau Schröder."

„Naja, es ging alles sehr schnell. Der Mann kam reinge-rannt, fuchtelte mit einer Waffe herum, gab zwei Schüsse in die Luft ab und verlangte Geld. Das Ganze dauerte nicht länger als drei … höchstens zwei Minuten. Wir kamen über-haupt nicht dazu den Alarm auszulösen; erst als der Mann schon wieder draußen war.

Viel konnte ich ihm sowieso nicht geben, nur die 7000 Euro, die das Ehepaar Leipold gerade einzahlen wollten. Heutzutage hat doch keine Bank das Geld einfach so her-umliegen; das weiß doch eigentlich jeder. Danach bemerk-ten wir erst, dass Herr Frisch verletzt hier vorne am Boden lag."

„Sagten Sie nicht gerade, dass der Bankräuber in die Luft schoss?", fragte Berthold Bachmann.

„Wir können uns das auch nicht erklären", sagte die Frau in der Jeans. „Vielleicht ein Querschläger?"

Suchend schaute Josef Maier zu den Wänden und an die Decke. Auf den ersten Blick konnte er nichts erkennen. „Berthold, wir brauchen die KTU."

Polizeikommissar Bachmann zückte sein Mobiltelefon und ging vor die Tür.

„Der Filialleiter wurde vielleicht nur versehentlich durch einen Querschläger verletzt", informierte er Lars, der einem eventuellen Zeugen sein Handy unter die Nase hielt, um dessen Aussage festzuhalten.

„Konnte jemand sagen, ob der Täter in einem Auto geflo-hen ist?"

„Besser noch", bestätigte Lars. „Es soll sich um einen hellen Citroën ..."

„Gib das bitte sofort an Josef weiter", wurde er von Bachmann unterbrochen. „Der leitet gerade die Fahndung nach dem unbekannten Bankräuber ein."

Lars spurtete in den Kassenraum und hörte Maier in sein Handy sprechen: „Es handelt sich um einen muskulösen Mann, Mitte Dreißig, etwa 1,70 bis 1,75 Meter groß, dunkle Hose, dunkle Kapuzenjacke. Vermutlich ist er im Besitz eines Wagens, Marke und Kennzeichen leider ungekannt."

„Moment Josef", rief Lars. „Es ist ein heller Citroën, vermutlich ein Oldtimer, mit dem amtlichen Kennzeichen OF-HH-1947 und der Mann flüchtete in Richtung Kreisverkehr."

„Hast du gehört?", fragte Maier seinen Gesprächspartner am anderen Ende. „Ok. Der Überfall ereignete sich vor zirka 15 Minuten. Ich schätze, der wollte schleunigst auf die Autobahn. Sag den Kollegen von der Autobahnpolizei Bescheid. Sie sollen die Augen aufhalten", ordnete er an und beendete das Gespräch.

„Ein CX 25 GTI. Für ein Fluchtfahrzeug nicht so richtig geeignet. Zu auffällig und, meiner Meinung nach, auch zu langsam. Ich kenne mich etwas mit Oldtimern aus." Josef Maier lächelte Lars zu. „Ein heimliches Hobby von mir. Leider kann ich mir das im Moment aus Zeitgründen nicht leisten, vielleicht, wenn ich in Pension gehe."

„Was ihr nur alle an den alten Rostbeulen findet? Der Herbert hängt auch sehr an seinem alten Schätzchen."

Unverständnis lag in Lars' Stimme.

Im gleichen Moment ereilte ihn ein Gedankenblitz und er schlug sich mal wieder mit der flachen Hand an die Stirn. „Dass ich nicht eher ... kann das sein ...? Nicole!"

Er rannte quer durch die Leute, packte seine Chefin am Arm und zog sie zur Seite.

„Sag mal geht's noch?" Nicole blitzte ihn aus ihren graublauen Augen ärgerlich an.

„Der Wagen vom Hagemann", flüsterte Lars in Nicoles Ohr. „War das nicht ein beiger Citroën, älteren Baujahrs?"

Nicole begriff sofort. „Du meinst doch nicht Hagemanns Wagen ...? Das wäre ja ein merkwürdiger Zufall."

„Aber ja. Genau das meine ich. Irgendwie hängt mal wieder alles zusammen. Wir müssen es nur noch auseinander friemeln."

„Auseinander friemeln?" Nicole sah ihren Kollegen mit hochgezogenen Augenbrauen an. „Super Ausdrucksweise für unsere Arbeit. Übrigens kannst du mich jetzt loslassen. Ich laufe nicht weg. Versprochen."

„Oh. Sorry." Erst jetzt fiel Lars auf, dass er Nicole noch immer am Ärmel festhielt. „Ich übermittele Harald mal kurz die Zeugenaussagen, damit der Gute auch etwas zu tun hat."

„Mach das. Ich will noch etwas nachprüfen", erwiderte Nicole und betrat erneut den Kassenraum, wobei sie den Leuten des Rettungsdienstes auswich, die den verletzten Bezirksstellenleiter zum Notarztwagen transportierten.

„Wie geht es ihm", fragte sie im Vorbeigehen.

„Er hatte Glück", antwortete die Ärztin. „Nur ein Streifschuss."

Nicole wandte sich einer der Bankangestellten zu. „Besitzt ein Herr Heinz Hagemann bei Ihnen ein Konto?"

Die Frau sah sie pikiert an: „Darüber darf ich Ihnen keine Auskunft geben. Das fällt unter das Bankgeheimnis."

„Ich sag's auch niemandem weiter", flüsterte Nicole mit erstem Gesicht. „Wir ermitteln in dem Mordfall am Mainufer. Sie haben bestimmt davon gehört?"

„Ja, ja, natürlich. Aber, dennoch muss ich erst unseren Bezirksleiter ..."

„Das dürfte im Moment etwas schwierig sein", fiel Nicole ihr ins Wort. „Ich möchte auch nur wissen, ob Herr Hagemann am Montag Geld von seinem Konto abgehoben hat und wieviel."

„Warten Sie einen Augenblick. Ich frage Frau Schröder."

Die Frau stöckelte auf ihren High Heels zu ihrer Kollegin. Einige Sekunden lang tuschelten die beiden miteinander, wobei sie immer wieder Blicke in Nicoles Richtung warfen. Schließlich kam Frau Schröder auf Nicole zu.

„Sie verstehen, dass wir nicht so einfach irgendwelche Daten von unseren Kunden ausplaudern dürfen, auch wenn sie dahingeschieden sind." Sie seufzte.

Dahingeschieden? Fast hätte Nicole geschmunzelt, beherrschte sich aber im letzten Augenblick.

„Wie ich Ihrer Kollegin schon sagte, möchte ich nur wissen, ob Herr Heinz Hagemann bei Ihnen ein Konto unterhält und ob er am Montag Geld abgehoben hat. Wir können uns natürlich auch einen Gerichtsbeschluss zur Konteneinsicht beschaffen. Das würde aber unsere Ermittlungen unnötig in die Länge ziehen."

Nach einem nachdenklichen Augenblick, bekam Nicole die gewünschte Auskunft.

„Herr Hagemann hatte am Montag um 10 Uhr 30 einen Termin mit Herrn Frisch, unserem Bezirksstellenleiter. Die beiden zogen sich in Herrn Frischs Büro zurück. Was dort besprochen wurde entzieht sich meiner Kenntnis. Aber, bevor Herr Hagemann ging, hob er noch 10.000 Euro von seinem Privatkonto ab."

„Sein Privatkonto?"

„Ja. Herr Hagemann besaß ein privates und ein Gemeinschaftskonto, von dem auch seine Frau bis zu einer gewissen Summe Geld abheben kann."

Interessant. Hatte Frau Hagemann wohl vergessen zu erwähnen. Nicole bedankte sich bei Frau Schröder und eilte zurück zu Lars. „Telefonierst du noch mit Harald?"

Lars nickte.

„Wir brauchen einen Gerichtsbeschluss zur Konteneinsicht von Heinz Hagemann. Er soll sich sofort darum kümmern."

„Hagemann hatte in dieser Sparkasse ein Konto, stimmt's? Wieder so ein Zufall", hänselte Lars, nachdem er das Gespräch mit seinem Kollegen beendet hatte.

„Nicht nur eins. Ein privates und ein Gemeinschaftskonto, wie mir Frau Schröder, unter dem Mantel der Verschwiegenheit, berichtete. Von dem Privatkonto hob Hagemann am Dienstag 10.000 Euro ab. Fragt sich für was?"

„Jedenfalls nicht für den Golf-Klub. Harald sprach mit einem der Vorsitzenden. Der bestätigte, dass am Dienstagabend eine Sitzung für 19 Uhr angesetzt war. Unter anderem sollte besprochen werden, wie Hagemanns bevorstehende Auszeichnung, auch im Klub, gebührend bejubelt werden könnte.

Ausgerechnet da und zum allerersten Mal, wäre Hagemann nicht erschienen. Auf Haralds Nachfrage, warum niemand sich über sein Wegbleiben erkundigt hätte, wurde ihm mitgeteilt, dass man angenommen hatte, es wäre Heinz Hagemann wohl peinlich gewesen."

Lars stieß hörbar Luft aus seinen Lungen. „Hagemann und peinlich? Nach allem, was wir bis jetzt über den Mann wissen, dürfte diese Kombination nicht wirklich zutreffen."

„Ist alles in die Wege geleitet", teilte Josef Maier den Kriminalbeamten mit. „Die Fahndung zu Hagemanns Wagen geht jetzt auch über die regionalen Sender."

„Gute Idee", stimmte Nicole zu.

„Meint ihr, es macht Sinn, vor Krugs Krankenzimmer einen Kollegen zu postieren?", richtete Maier die Frage an die Kriminalkommissare.

„Wieso? Hast du Bange, er könnte türmen oder sein Angreifer könnte erneut versuchen, ihn zu töten?", fragte Lars zurück.

„Vielleicht beides. Berthold und auch ich", Maier sah seinen Kollegen an, „haben so ein Gefühl, dass der Überfall auf ihn in irgendeiner Weise mit dem Tod von Hagemann zusammenhängt. Wenn das stimmen sollte, dann ..."

„Kann ich das übernehmen?"

Unbemerkt stand plötzlich Sarah Senger bei den Beamten. „Ich habe um 16 Uhr Schluss."

„Sie wollen Ihren Feierabend opfern?" Lars grinste. „Was sagt Ihr Freund dazu?"

„Wie reagiert Ihre Freundin auf Ihre Überstunden?"

Nicole schmunzelte. „Touché", flüsterte sie Lars ins Ohr.

Donnerstag / 12:20 Uhr

Genötigt durch einen im Verkehrsfunk gemeldeten Unfall und demzufolge einem Stau auf der A3 in Richtung Aschaffenburg hatte Frank Gerke die Autobahn, kurz nach dem Seligenstädter Kreuz wieder verlassen.

Nicht sicher, ob der alte Citroën eine Überlandfahrt von mehreren Kilometern durchhalten würde, entschied er sich abzuwarten, bis eine freie Fahrt in Richtung Süden – bedeutete, nach München – wieder möglich war.

Auf einem Waldparkplatz ... er hatte keine Ahnung wo er sich gerade befand ... zündete er sich eine Zigarette an. Dabei fiel sein Blick auf den Umschlag auf dem Beifahrersitz. Er öffnete ihn und zählte seine Beute.

Verdammte Scheiße. Gerade mal 7000 Euro.

Verärgert hieb er erneut aufs Lenkrad. Im gleichen Moment öffnete sich die Klappe des Handschuhfachs und Hagemanns iPhone und Geldbörse rutschten heraus.

Ob er es riskieren konnte die Kreditkarte zu benutzen, überlegte er. Dann fiel ihm ein, dass man zur Geldauszahlung, die PIN brauchte. Er durchsuchte Hagemanns Geldbeutel, fand aber keinen Hinweis auf eine Geheimnummer.

Was dachtest du denn? schimpfte er sich selbst. *Der Kerl war alles, nur nicht blöd.*

Gerke stieg aus, warf den Zigarettenstummel auf den Waldweg und ging ein paar Schritte. Vor lauter Zorn trat er gegen einen direkt am Weg liegenden Ast. Dieser flog in hohem Bogen in die Luft, kam aber wie ein Bumerang zurück und traf ihn hart am Kopf. Gerke taumelte. Sekunden später tanzte ein kläffender schwarzer Köter vor ihm herum.

Von weitem hörte er den Ruf: „Pascha!"

Gerke schwankte zurück zum Auto. Wie zum Spott plärrte es aus dem Radio: *Who let the dogs out?* (Wer ließ die Hunde los?)

Bildete er sich das nur ein oder hatte sich alles gegen ihn verschworen? Die Schmerzen waren auf jeden Fall keine Einbildung und ein Blick in den Rückspiegel verriet ihm, dass er an der Stirn blutete.

Vergeblich suchte er im Handschuhfach nach einem Papiertaschentuch. Auch in den Taschen seiner Lederjacke wurde er nicht fündig. Stattdessen erstastete er die Pistole und wie immer, gab sie ihm ein Gefühl der Sicherheit.

„Halt die Schnauze, oder ich knall dich ab!", schrie er den pausenlos bellenden Hund an.

Gerke wollte gerade seine Waffe ziehen, als ein etwa 65-jähriger Mann schnaufend angerannt kam. Entsetzt schaute er von Gerke zu seinem Hund.

„Pascha. Was hast du gemacht? Oh, mein Gott, Sie bluten. Das hat Pascha noch nie gemacht."

Gerke winkte ab. „Hat nix mit Ihrem Köter zu tun."

„Ich muss doch sehr bitten. Pascha ist ein reinrassiger Rottweiler. Etwas mehr Höflichkeit könnte nicht ..."

Der Mann sah das Geld auf dem Beifahrersitz und die Pistole, die halb aus Gerkes Lederjacke gerutscht war.

Gleichzeitig schmiss Gerke sich hastig hinters Lenkrad, schlug die Tür zu und brauste mit durchdrehenden Reifen zurück auf die Straße. Im Rückspiegel sah er den verdatternden Mann seinem Hund über den Kopf streicheln und den eigenen dabei schütteln.

Nach wenigen Kilometern wies ein Autobahnschild zur A3 hin. Trotzdem der Verkehrsfunk noch immer „Stau zwischen Aschaffenburg und Hösbach nach einem Unfall" meldete, entschloss Gerke sich zurück auf die Autobahn zu fahren.

Wenn ich *im Stau stehe, dann kommen die Bullen auch nicht weiter*, dachte er und reihte sich ungehindert in den zwar dichten aber fließenden Verkehr ein.

Er wunderte sich noch, dass er freie Fahrt hatte, während auf der Gegenspur die Fahrzeuge in Dreierreihen im Schritttempo dahinkrochen. Dann ging ihm ein Licht auf.

Die nächste Hinweistafel bestätigte seine Befürchtung.

Köln – Frankfurt – Hanau

Verdammte Scheiße! Das kann doch nicht wahr sein! Warum hatte diese Scheißkarre auch kein Navi?

Erneut musste das Lenkrad für seinen Wutanfall herhalten.

Eingekeilt zwischen LKWs auf der rechten Spur und links vorbeirasenden Fahrzeugen, näherte sich Gerke wieder dem Seligenstädter Dreieck, von dem er, vor nicht einmal 30 Minuten abgefahren war.

Mehr noch, als über das nicht vorhandene Navigationsgerät, ärgerte er sich über sich selbst. Er besaß keinen gut funktionierenden Orientierungssinn – auch so ein Manko, mit dem er klarkommen musste – und weshalb er auch nie das Fluchtauto hatte fahren dürfen.

Selbst in der Haftanstalt hätte er sich verirrt. Zu seinem *Glück* fungierten die Aufseher als Eskorte und achteten darauf, dass keiner ihrer Schutzbefohlenen auf dem Rückweg in seine Zelle *abhandenkam*.

Nun aber war er auf sich alleine gestellt. Keine Karte – die hätte ihm aber auch nicht wirklich geholfen, und die Autobahnschilder konnte er zurzeit wegen der LKWs, die ihm teilweise die Sicht versperrten, auf die Schnelle nicht erkennen. Kaum, dass er sich versah, befand er sich auf der Ausfahrt Seligenstadt.

Auf dem Pendlerparkplatz rechtseitig der Landesstraße hielt Gerke. Frustriert starrte er durch die Frontscheibe, als eine Meldung aus dem Autoradio seine Aufmerksamkeit erregte:

Die Polizei bittet um Ihre Mithilfe. Vor ungefähr zwei Stunden wurde die Sparkassenfiliale in Seligenstadt überfallen, weshalb die Polizei um Ihre Mithilfe bittet. Gesucht wird ein etwa 35 Jahre alter Mann, muskulös und zirka 1 Meter 75 groß. Er trägt dunkle Jeans und eine schwarze Lederjacke, darunter ein dunkelgraues Kapuzenshirt. Vermutlich ist der Täter in einem hellen Citroën, älteren Baujahres mit dem Kennzeichen OF-HH-1947 unterwegs. Der Mann ist bewaffnet und gefährlich. Deshalb bittet die Polizei keine eigenmächtigen

Handlungen vorzunehmen, sondern das nächste Polizei-revier zu benachrichtigen.

Mist. Ich muss die Kiste loswerden, aber wo? Na klar, die Raststätte. Da stehen genügend Karren rum.

Er drehte den Zündschlüssel. Der Motor jaulte auf, sprang aber nicht an. Er versuchte es erneut. Wieder nichts. Blind vor Wut drehte er den Schlüssel hektisch hin und her. Erfolglos. Der Motor verfiel in asthmatisches Husten, dann in Klopfen.

Das Klopfen kam aber, wie Gerke feststellte, von Fingerknöchel, die an die Seitenscheibe hämmerten.

Ein ebenso bulliger Typ wie er selbst, jedoch mit erheblich mehr Tätowierungen an den Armen beugte sich zu ihm herab. „So wird das nichts."

„Was?" Gerke leierte die Scheibe ein Stück herab. *Wo kommt dieser Kerl auf einmal her?*

„Sie sollten mit Ihrem Schätzchen sanfter umgehen. Hat immerhin schon einige Jährchen auf em Buckel", sagte der Tätowierte. „Kenne mich mit Oldtimern aus."

„Gehört einem Freund", wiederholte Gerke seine, bereits an der Raststätte, angewandte Ausrede.

Im gleichen Augenblick ereilte ihn ein, wie er fand, genialer Gedanke. Er öffnete die Tür, stieg aus und sah sich um und entdeckte einen Jeep Chevrolet.

„Vielleicht kannst du ja besser mit dem „Schätzchen" umgehen", sagte Gerke und grinste.

Der Tätowierte nickte, beugte sich in den Citroën und wollte die Motorhaube entriegeln. In diesem Moment knallte sein Kopf auf das Lenkrad und eine Faust landete zusätzlich in seinem Gesicht. Er fiel quer über die Vorder-sitze.

Sekunden später rollte ein grauer Chevrolet Blazer Jimmy K5 "Custom" vom Pendlerparkplatz auf die A3 in Richtung Aschaffenburg – Würzburg.

Donnerstag / 12:50 Uhr

Benommen und verwirrt schaute Jan Möller in die Gegend. Was war passiert? Warum hatte er höllische Kopfschmerzen und weshalb lag er quer auf den Vordersitzen eines Autos, das nicht sein eigenes war?

Er setzte sich auf und fühlte die Beule an seiner Stirn.

Zum Glück keine Platzwunde, ging es ihm, beim Blick in den Rückspiegel, durch seinen dröhnenden Kopf.

Torkelnd stieg er aus dem Wagen. Als nächstes bemerkte er, dass sein Auto verschwunden war. Augenblicklich wurde er sauer. Sowohl auf diesen Arsch, der jetzt mit seinem SUV unterwegs war, noch mehr aber auf sich selbst. Wie konnte er nur so blöd sein, auch noch den Schlüssel stecken zu lassen?

„Das hast du jetzt von deiner Hilfsbereitschaft. Wird dir hoffentlich eine Lehre sein", grummelte er vor sich hin und suchte in der Hosentasche nach seinem Handy.

Während er auf die Polizei wartete, setzte er sich wieder in den Citroën, diesmal auf die Beifahrerseite. Und, wie einem inneren Zwang nachgehend, öffnete er das Handschuhfach. Vielleicht gab es ja einen Hinweis auf diesen elendigen Kerl.

Er schwor sich, wenn er ihn je in die Finger bekäme, würde er ihm eine Abreibung verpassen, die der sein Leben lang nicht mehr vergessen würde.

Er kramte die üblichen Dinge, wie eine Parkscheibe, einen Eiskratzer und eine Tüte in der die Bonbons, aufgrund jahrelanger Vernachlässigung, eine eigene, enge Beziehung eingegangen waren. Aber auch ein ziemlich neues iPhone und eine Geldbörse. Bargeld war nicht vorhanden, wie er feststellte, dafür Kreditkarten und Ausweispapiere, ausgestellt auf einen Heinz Hagemann.

Ich wusste doch, dass ich den Wagen kenne. Aber, wie kommt dieser Typ, zu Hagemanns Fahrzeug?

Nun wollte Jan Möller es genau wissen. Er zog den Schlüssel aus dem Zündschloss, ging um den Wagen herum, öffnete den Kofferraum und fand – Herrenklamotten. Eine graue Stoffhose, ein weißes Hemd und eine graue Stoffjacke. Die Kleidung passte genau zu dem Hagemann, den er kannte.

Nur wo ist er? Was geht hier ab?

Bevor er genauer darüber nachdenken konnte, hörte er Sirenen und fünf Sekunden später bremste ein Polizeiwagen neben ihm. Zwei Beamte sprangen heraus.

„Haben Sie uns angerufen?", fragte der ältere der beiden.

Die Frage wurde von Jan Möller bejaht.

„Und wo ist das Opfer?"

„Na ich bin das Opfer. Ich wurde überfallen und mein Wagen wurde geklaut."

„Aber, das ist doch der Wagen …"

„Mein Kollege will sagen, hier steht doch Ihr Auto",

wurde Polizeikommissar Alexander Murnau von seinem Kollegen Hans Lehmann unterbrochen.

Könnte auf den Bankräuber, als auch auf den Mann passen, der auf dem Rastplatz gesehen wurde, besann sich Polizeioberkommissar Hans Lehmann auf die Personenbeschreibung.

„Das ist nicht mein Wagen. Der Typ, der mich überfallen hat, ist mit meinem Auto abgehauen."

„Verstehe ich das richtig? Sie wurden von jemandem überfallen, der Ihr Auto gestohlen hat und seins dafür hiergelassen hat?"

„So ungefähr."

Hans Lehmann machte seinem Kollegen ein Zeichen. Der postierte sich, die Hand an der Waffe, in einigem Abstand zu dem Mann.

„Wie heißen Sie?", fragte Lehmann.

„Jan Möller. Ich bin Gebrauchtwagenhändler aus Offenbach."

„Ihren Ausweis bitte, Herr Möller. Und bitte, ganz langsam."

Obwohl Jan Möller nur einmal und in seiner Jugend mit der Polizei zu tun hatte, wusste er sofort was hier Sache war. Gemäß der Aufforderung zog er seine Geldbörse aus seiner Hose, fummelte seinen Personalausweis hervor und überreichte ihn dem Polizisten.

„Sie können mir ruhig glauben. Ich sage die Wahrheit. Ich bin wirklich überfallen worden. Ich habe sogar eine Beule hier …"

Weiter kam Jan Möller nicht.

In der Sekunde, als er die Hand hob, um den Beamten seine Kopfverletzung zu zeigen, hatte ihn der jüngere der beiden im sogenannten „Polizeigriff" auf den Boden gedrückt.

„Das ist jetzt nicht euer Ernst?", fauchte Möller, wobei ihm einige Sandkörner zwischen die Zähne kamen.

„Herr Möller. Nach diesem Wagen wird gefahndet. Er wurde zu einem Banküberfall benutzt und, die Beschreibung des Täters passt ziemlich genau auf Sie."

„Wie bitte? Ich soll eine Bank überfallen haben?" Mittlerweile stand Jan Möller wieder auf seinen Füßen und spuckte die restlichen Sandkörner aus. „Mein Geschäft läuft zwar momentan nicht *so* gut. Aber, so schlecht geht's mir jetzt auch nicht, dass ich deshalb eine Bank überfalle. Außerdem bekäme ich jederzeit einen Kredit. Können Sie gerne nachprüfen."

Lehmann kontaktierte sofort die Polizeistation und ließ Jan Möllers Ausweispapiere und Wohnanschrift kontrollieren.

Nach einer Minute sagte er: „Alex, lass den Mann los. Er ist nicht der Gesuchte."

Dann wandte er sich an Möller: „Entschuldigen Sie bitte. In den letzten Tagen stehen wir alle etwas unter Strom. Soviel *Action* sind wir hier nicht gewohnt."

Jan Möller klopfte sich den Sand von Jeans und Lederweste, unter der das kurzärmlige Shirt seine muskulösen Oberarme nicht wirklich verbergen konnte.

„Die Beschreibung des Bankräubers und auch das Auto, in dem er geflohen ist", Lehmann zeigte zum Citroën,

„schien, auf den ersten Blick, alles zu passen."

„In dem Wagen ist euer Bankräuber geflohen?"

Jan Möller konnte sich ein Grinsen nicht verkneifen. „Ein Oldtimerfan ist er jedenfalls nicht; so wie er mit dem Fahrzeug umgegangen ist."

„Er hat ihn gestohlen", gab Lehmann zu.

„Was wird nun? Geben Sie eine Fahndung nach meinen SUV raus?", fragte Jan Möller.

„Selbstverständlich. Mein Kollege kümmert sich sofort darum."

Lehmanns Kopfbewegung zu seinem Kollegen Murnau sagte eindeutig: *Entschuldige dich bei dem Mann.* Was Alexander Murnau auch direkt, mit hochroten Backen, tat. Dann erkundigte er sich nach Autotyp und Kennzeichen von Möllers Wagen.

„Trotzdem müssten Sie ... also, Sie müssten mit auf die Dienststelle kommen, um die Anzeige zu protokollieren und zu unterschreiben."

„Kein Problem", erwiderte Jan Möller. „Weiß ja sowieso nicht, wie ich von hier wegkommen soll. Wenn's noch en einigermaßen guten Kaffee bei euch gibt ..."

„Den bekommen Sie selbstverständlich", versprach Lehmann. „Und, nochmals Entschuldigung."

„Schwamm drüber. Ach, bevor ich's vergesse. Im Handschuhfach des Citroën s habe ich einen Ausweis und eine Geldbörse gefunden, liegt beides auf dem Beifahrersitz und im Kofferraum ist Männerkleidung. Vielleicht hilft's euch."

Dass er den Besitzer des Fahrzeugs kannte, wollte Möller den Polizisten nicht sofort auf die Nase binden.

„Sie haben das angefasst?", fragte Lehmann in scharfem Ton, um sofort wieder versöhnlich nachzulegen: „Naja, woher sollten Sie wissen ..."

„Wenn's Ihnen hilft, können Sie gerne meine Fingerabdrücke mit denen vergleichen, die Ihre Leute von der SpuSi finden."

„Sie wollen freiwillig Ihre Fingerabdrücke abgeben?", fragte Murnau erstaunt.

„Die habt ihr schon", antwortete Jan Möller lachend. „Als Jugendlicher habe ich ein paar, naja sagen wir mal, ungesetzliche Dinge gemacht. Bin also quasi aktenkundig. Waren aber nur unerlaubte Graffitis; keine Schwerverbrechen", setzte er nach, als er Lehmanns hochgezogene Augenbrauen sah.

„Handschuhe", brüllte Lehmann gerade noch rechtzeitig, bevor sein Kollege Murnau nach der Geldbörse griff. „Du weißt doch, wie pingelig die von der Mordkommission sind."

„Habe ich richtig gehört? Mordkommission?"

Nun war Jan Möller doch etwas verunsichert.

„Eh ... ja. Der Wagen gehörte einem Mordopfer."

„Was? Herr Hagemann ist ermordet worden?"

„Woher wissen Sie den Namen?" Lehmann wurde hellhörig. „Kannten Sie Herrn Hagemann?"

„Also gut. Ja, ich kenne, also kannte Herrn Hagemann", gab Jan Möller zu. „Er brachte seinen Wagen immer in unsere Werkstatt. Ich handele mit Oldtimern und repariere sie natürlich auch. Ich dachte gleich, dass mir das Auto bekannt vorkommt. Was wird jetzt mit dem alten Schätzchen?"

Jan Möller schaute etwas betreten drein. „Bitte, verstehen Sie mich jetzt nicht falsch. Das mit Herrn Hagemann tut mir natürlich leid. Aber, naja. Ich bin auch Geschäftsmann."

„Nun, zuerst wird sich die Kriminaltechnik den Wagen vornehmen und dann gehört er Hagemanns Witwe, nehme ich an", beantwortete Alexander Murnau die Frage. „Oder, was meinst du, Hans?"

„Stopp!", schrie Hans Lehmann seinen Kollegen an.

Alexander Murnau erstarrte in seiner Bewegung.

„Was ist los?"

„Nur einen Moment bitte, Alex." Lehmann richtete sein Handy auf seinen Kollegen und machte Aufnahmen, wie dieser wie ein Flamingo auf einem Bein, vor dem Fahrzeug balancierte. Dabei schmunzelte er und dachte: *Die Fotos würden sich gut bei der nächsten Weihnachtsfeier machen.*

Liebend gerne hätte Lehmann seinen Kollegen noch eine Weile in dieser Pose stehen gesehen, wollte es aber auch nicht übertreiben.

„So, schon vorbei. Jetzt machst du einen großen Schritt über den Schuhabdruck."

„Schuhabdruck? Du willst mich doch nur …"

Murnau schaute nach unten. Auf dem feuchten Erdboden was ein wunderschöner Abdruck zu sehen.

„Passt vielleicht zu dem, der bei Hagemanns Leiche gefunden wurde", erwiderte Lehmann. „Das Profil könnte stimmen. Erstaunlich, den noch so jungfräulich vorzufinden. Zeigen Sie doch gleich mal Ihre Sohlen", forderte er Jan Möller auf. „Nur, damit wir Sie endgültig entlasten können."

„Nee passt nicht", stellte er fest, als Möller ihm die Unterseite seiner Sneakers entgegenstreckte.

„Wir müssen sofort den Vergleich der Abdrücke vornehmen, sobald wir zurück sind."

„Kannst du auch jetzt schon."

Sein Kollege Murnau holte sein Handy aus seiner Jackentasche. Nach ein paar „Klicks" präsentierte er die Fotos der beiden Profilspuren, die von den Kriminaltechnikern an die Seligenstädter Polizei, zwecks Spurenabgleich, geschickt worden waren.

„Voilà. Die gleiche wabenförmige Lauffläche."

Lehmann nickte. „Anzunehmen, dass der Mann, der Sie überfallen hat", wandte er sich Möller zu, „auch Hagemanns Mörder ist."

„Und, vermutlich auch der, der die Bank überfallen und Hagemanns Witwe gefesselt hat", setzte Murnau nach.

„Mannomann." Jan Möller schüttelte den Kopf. „Scheint so, als ob der Kerl, den ihr sucht, innerhalb kürzester Zeit Verbrechen sammelt, wie andere Leute Payback Punkte."

„Ja, wenn wir den zu fassen bekämen, hätten wir einen großen Fisch an Land gezogen", erwiderte Lehmann.

„Ich hätte da noch einen Vorschlag, wie ihr den Kerl, der meinen SUV *ausgeliehen* hat, schneller finden könnt."

„Ach, und wie?"

„Ich habe ein GPS-Ortungssystem in meinen Wagen eingebaut; falls ihn einer mal mopst."

Donnerstag / 13:50 Uhr

„Lass uns in die Kantine gehen. Ich habe Hunger", schlug Nicole vor, als Lars den Dienstwagen in die Tiefgarage lenkte.

Gleichzeitig wischte sie auf ihrem Handy herum.

„Andy. Wir gehen in die Kantine. Kommst du auch oder hast du schon gegessen? ... Prima, bis gleich."

„Harry hätte bestimmt auch nichts dagegen. Der Ärmste sitzt schon den ganzen Morgen mutterseelenalleine im Büro."

Kaum, dass Harald sich meldete, sagte sie: „Hi Harald, wie sind zurück und Lars hat Sehnsucht nach dir. Treffen wir uns in der Kantine? Andy kommt auch ... Ok."

„Geht's noch?" Lars machte mit einer Hand eine Schei-benwischerbewegung vor seinen Augen und stieg aus. In dem Moment raste ein schwarzer Sportwagen hinter den Beamten vorbei. Erschrocken blickten sie hinterher.

„Falk von Lindenstein", erkannte Lars.

Auf dem für den Staatsanwalt markierten Parkplatz ange-kommen, riss dieser die Tür seines funkelnagelneuen Audi A8 auf und schuppste sie mit Schwung wieder zu. Zu hören war nur ein leises „Plopp".

„Stopp! Warten Sie auf mich." Seine tiefe Stimme hallte durch die betonierte Autoabstellfläche. Im Sprint, auf die Beamten zu, verriegelte er seinen Wagen durch einen Knopfdruck.

„Zackig unterwegs, Herr Staatsanwalt", konnte Lars nicht an sich halten.

„Oh, sorry. Frau Wegener, Herr Hansen. Ich habe es wirklich sehr eilig. Hoffentlich habe ich Sie nicht zu sehr erschreckt?"

„So leicht haut's uns nicht aus den Sock ... "

„Keine Sorge, Herr von Lindenstein", wurde Lars von Nicole unterbrochen. „In welches Stockwerk möchten Sie denn?"

„Ins gleiche wie Sie, verehrte Frau Wegener. Ich muss zu Herrn Dr. Lechner. Bin schon spät dran."

„Bitte sehr." Nicole gestikulierte dem Staatsanwalt den Vortritt in den inzwischen eingetroffenen Fahrstuhl. „Wir wollen vorab in die Kantine", sagte sie und drückte den Knopf „Parterre" und danach „2. Etage".

„Ich weiß zurzeit nicht wo mir der Kopf steht. Vielleicht haben Sie es gehört, Frau Kleinschmidt hat sich krankgemeldet ... ein grippaler Infekt. Sie war noch nie krank." In der Stimme des Staatsanwalts lag ein klitzekleiner Vorwurf. „Und die Vertretung", Falk von Lindenstein seufzte, „reinweg eine Katastrophe. Von einer Teilzeitagentur – wenn Sie verstehen…? Bringt alle meine Termine durcheinander."

Hat's den Vorzimmerdrachen des Staatsanwalts endlich auch mal erwischt, freute sich Lars insgeheim. Laut sagte er: „Nächste Woche ist Ihr Fels in der Brandung bestimmt wieder einsatzbereit und hält Ihnen die unliebsamen Kriminalleute vom Hals."

„Danke, Herr Hansen. Ich kann es nur hoffen. Eh ... sorry. So war das nicht gemeint."

Falk von Lindenstein lächelte gequält.

„Ein Glück, dass Herr Heller mir wenigstens zur Seite

steht. Er nimmt mir wirklich eine Menge Arbeit ab. Sie haben ihn ja doch schon kennengelernt. Welchen Eindruck machte er auf Sie; ich meine, bei der Autopsie?"

„Ich fand, er hielt sich ganz tapfer", sagte Nicole.

„Ach ja?"

Die Tür des Lifts öffnete sich und die Kriminalbeamten traten aus der Kabine. Bevor von Lindenstein noch weiter nachbohren konnte schloss sich die Tür wieder.

„Fels in der Brandung? Was sollte das jetzt?"

„Ich wollte unseren Staatsanwalt nur ein bisschen aufbauen", grinste Lars.

„Ich würde sagen, du hast ihn eher aus der Fassung gebracht."

„Und du hast über unseren jungen Staatsanwalt nicht *ganz* die Wahrheit gesagt, oder? Wenn ich Harry richtig verstanden habe, dann bekam Felix Heller nicht viel mit, von der Obduktion."

„Ach? Konnte die Plaudertasche den Mund mal wieder nicht halten", erwiderte Nicole. „Von Lindenstein muss nicht alles wissen und, soweit mir bekannt ist, drückt sich ein gewisser Lars Hansen auch mal gerne um diese Aufgabe."

Lars verzog das Gesicht.

„Na Kleiner, schon wieder Hunger?" Harald Weinerts Hand landete unsanft auf Lars' Schulter. „Hab die Treppe genommen. Bewegung tut gut", erklärte er sein unvermitteltes Auftauchen.

„Ach, da kommt auch schon Andy." Nicole ging auf ihren

Lebensgefährten zu. „Komm, mal sehen was der kulinarische Speisetempel um diese Uhrzeit noch so zu bieten hat."

Sie hakte sich bei Andy unter und dirigierte ihn zur Theke.

Nachdem sich alle mit Nahrung versorgt hatten, suchten sie sich einen ruhigen Tisch in einer Ecke.

„Bei euch war ja ganz schön was los", fing Harald das Gespräch an. „Erst der Überfall auf die Witwe unseres Opfers und dann auch noch ein Banküberfall."

Er steckte sich ein großes Stück Schnitzel in den Mund, kaute und genoss es sichtlich, während Andy seine Tortellini einmal quer durch den Teller schob, ohne zu essen.

„Übrigens haben wir schon die Genehmigung zur Einsicht in Hagemanns Bankdaten", setzte Harald seine Kollegen in Kenntnis. Ging diesmal wirklich schnell. Liegt vielleicht an von Lindensteins Verstärkung, Felix Heller."

„Ich denke, es liegt eher daran, dass die Kleinschmidt krank ist und deshalb nicht mauern kann", warf Lars ein.

„Ach? Die Kleinschmidt ist krank? Dass ich das noch erleben darf." Harald lachte.

„Und, wie steht es mit der finanziellen Situation Hagemanns", erkundigte sich Nicole und biss herzhaft in ihre Frikadelle, die sie zuvor reichlich mit Soße ummantelt hatte.

„Hagemann hat ein kleines Vermögen auf der Bank liegen, und nicht nur bei der hiesigen Sparkasse", informierte Harald seine Kollegen über seine Ermittlungen und spülte mit einem Schluck Spezi den größten Teil seines bereits verzehrten Schnitzels runter.

„Auch bei der HypoVereinsbank in Aschaffenburg besitzt

er ein gut gefülltes Konto", fuhr er danach fort. „Und in Aktien machte er ebenfalls reichliche Gewinne. Insgesamt besteht sein Vermögen etwas über mehr als 500.000 Euro; die letzten Zinsen noch nicht eingerechnet. Frau Hagemann kann einen auf *Lustige Witwe* machen."

Lars pfiff durch die Zähne.

„Vorausgesetzt, sie erbt alles", warf Nicole ein. „Auch möglich, dass Hagemann einige seiner Vereine bedacht hat. Bestimmt existiert ein Testament. Wir sollten uns drum kümmern."

„Dann fuhr er so ne alte Kiste?" Lars' ganzes Unverständnis lag in diesem kurzen Satz. Zusätzlich schüttelte er mit dem Kopf und widmete sich wieder seinem Hamburger.

„Vielleicht liebte er einfach Oldtimer", entgegnete Harald. „Genau wie Herbert. Der würde sein *altes Mädchen* auch nicht weggeben."

„Ist der Wagen von Hagemann inzwischen aufgetaucht?", wollte Nicole wissen.

„Ach so, ja ... wie man's nimmt." Harald säuberte seinen Mund mit der Serviette. „Ein Tankstellenangestellter vom Rastplatz „Weiskirchen" hat sich gemeldet, nachdem er die Fahndung im Radio gehört hatte. Er meinte, es könnte der Wagen gewesen sein, der heute Vormittag an der Tanke stand. Das wäre so gegen viertel nach elf Uhr gewesen. Vom Zeitablauf her könnte es passen, sowie auch die Beschreibung. Der Mann erkundigte sich nach dem richtigen Benzin, weil es sich angeblich um den Wagen eines Bekannten handeln würde. Die Angaben der Personenbeschreibung sind übrigens zu 95% identisch mit denen, die

Frau Hagemann von dem Mann angab, der sie überfallen hat."

„Wohin der Mann wollte, konnte der Angestellte nicht sagen?" Nicole zermatschte mit der Gabel die letzte Kartoffel in der Soße und wischte damit ihren Teller aus.

Harald verneinte und lehnte sich satt und zufrieden im Stuhl zurück. Auch Lars hatte seinen Burger verschlungen und streichelte seinen Bauch liebevoll. „Ein Nachtisch wäre jetzt nicht schlecht."

„Wirst du denn niemals satt?", fragte Harald.

„Doch, nach einem Nachtisch", konterte Lars.

„Was ist los?", wandte Nicole sich an Andy, der noch immer vor seinem fast vollen Teller saß. „Schmeckt es dir nicht?"

Er zuckte zusammen. „Nein, nicht wirklich. Ich muss euch etwas sagen. Es geht um die Akte des vermissten Daniel Hagemann."

„Tja. Das war wirklich ein Zufall, dass gerade *die* unter die ungeklärten Mordfälle geriet." Lars lachte.

„Wahrscheinlich kein Zufall und *ich* war es nicht, der euch die Akte *untergejubelt* hat."

Andy schaute die drei Kommissare der Reihe nach an. Sein Blick blieb hilfesuchend bei Harald kleben.

„Die Akte wurde Andy entwendet", sprang dieser ihm auch gleich zu Hilfe. „Wir konnten bis jetzt noch nicht herausfinden, von wem. Wir wissen nur, dass es sich um eine junge Frau in Polizeiuniform handelt. Sie kam mit einem vermutlich gefälschten Beschluss für eine Akteneinsicht in einer Vergewaltigungssache zu Andy, und während er eine

Weile damit beschäftigt war in den hinteren Regalen danach zu suchen ..."

„muss die Frau, sie nannte sich Laura Simon, die Akte entwendet haben", klinkte Andy sich wieder ein. „Anders kann ich mir das nicht vorstellen."

„Der Name ist allerdings in der Personalabteilung nicht bekannt", sagte Harald. „Ich habe mich sofort erkundigt."

„Die junge Frau war etwa 25 Jahre alt und ungefähr 1 Meter 70 groß, hatte lange braune und zu einem Zopf geflochtene Haare."

„Wenigstens hast du sie dir genau angeschaut", knurrte Nicole, wurde aber sofort wieder sachlich. „Wie lange warst du mit der Suche nach dieser nicht vorhandenen Akte beschäftigt?"

„Höchstens 5, maximal 7 Minuten. Weshalb fragst du?"

„Wenn es wirklich die Frau gewesen sein sollte, ..."

„Sie muss es gewesen sein!", unterbrach Andy Nicole heftig.

„Ich glaube dir ja. Worauf ich hinaus will ist, dass sie sich in deinen Räumlichkeiten ausgekannt haben muss. Anders ausgedrückt, sie muss schon einmal hier gearbeitet haben."

„Wenn die junge Dame schon mal in den Katakomben gearbeitet hat, dann müsste Andy sie doch kennen", warf Harald ein, als sei Andreas Dillinger nicht anwesend. „So sehr kann sich ein Mensch doch nicht verändern. Wie lange arbeitest du schon dort unten?", wandte er sich nun wieder seinem Freund zu.

„Seit Anfang 2000. In dieser Zeit hatte ich weder Polizeianwärter – auch keine Anwärterinnen", er grinste Nicole schief an, „noch Praktikanten in meinem Refugium."

„Na also", triumphierte Nicole. „Das grenzt die Suche doch ein. Finde heraus, wer vor 2000, entweder als Anwärter oder Praktikant, Zutritt zum Archiv hatte."

„Das übernehme ich", bot Harald sich an. „Diskret und unauffällig. Muss ja nicht jeder mitbekommen, dass eine Akte aus unserem „Fort Knox" verschwunden ist; zumal sie sich wieder in unserer Obhut befindet; also, eigentlich nie weg gewesen war."

„Die Sache ist nur ..." Andy massierte sein Bein, obwohl er seit Monaten kaum noch Schmerzen hatte. Es war mehr eine jahrelange vertraute Angewohnheit, die ihn hin und wieder willkürlich ereilte, wenn er nervös wurde. „Diese Frau schleicht sich heimlich in eure Büroräume ... was schon mal merkwürdig, wenn nicht sogar als kriminell zu bezeichnen ist und legt dann auch noch die Akte zwischen die anderen ungeklärten Fälle. WARUM? Was interessiert sie so am Verschwinden von Daniel Hagemann?"

„Wir werden sie fragen, wenn wir sie haben", antwortete Nicole emotionslos und streckte sich. „Los Jungs. Wir haben noch eine Menge Arbeit vor uns."

„Andy, ist dir eine Sarah Senger bekannt?"

Lars' Frage kam dermaßen unerwartet sodass alle drei Kriminalbeamte in ihren Bewegungen, sich von den Stühlen zu erheben, geradezu erlahmten. Auch ließ sie, im ersten Augenblick, nicht wirklich einen Zusammenhang mit der vorherigen Thematik erkennen.

„Was? Eh ... nein, sagt mir nichts", antwortete Andy.

„Deine Beschreibung von der Polizistin ... sie könnte genau auf Sarah Senger passen."

„Die spukt dir ja ganz schön im Kopf herum", feixte Harald.

Unwillig schüttelte Lars denselben. „Ich frage mich die ganze Zeit, weshalb sie sich freiwillig gemeldet hat, diesen Oliver Krug zu bewachen. Es mag ja sein, dass sie engagiert ist. Trotzdem, irgendetwas stört mich daran. Ich weiß nur noch nicht was. Aber, das bekomme ich heraus."

Er eilte zur Desserttheke, schnappte sich ein Stück Tiramisu und einen Joghurt, legte einen 5-Euro-Schein auf die Theke und rannte hinaus.

Sechs Augenpaare verfolgten die Aktion.

„Was ist mit ihm?", stellte Andy die Frage, die im Raum schwebte.

Donnerstag / 14:10 Uhr

Auch, wenn sich das Verhältnis zwischen Gundula Krämer und ihrer Schwägerin Bettina seit letztem Sommer wesentlich verbessert hatte, fanden die wenigen Besuche nur einseitig und zwar von Gundel statt. Umso erstaunter war sie nun, Bettina und Helene vor ihrer Tür zu sehen.

„Ach Gottchen, hättet ihr doch angerufen. Jetzt habe ich keinen Kuchen."

„Wir kommen auch nicht zum Kaffeetrinken", erwiderte Helene. „Wir könnten deine Hilfe gebrauchen."

„Meine Hilfe? Ach du liebe Zeit. Ist etwas passiert; mit Ferdinand? Ist er verhaftet worden?"

227

Ernsthaft besorgt sah Gundel ihre Schwägerin an.

„Nein. Wie kommst du jetzt darauf? Bei uns ist alles in Ordnung."

„Na, ich dachte nur, weil der Ferdinand doch die Leiche gefunden hat."

„Ja, eben … gefunden. Das bedeutet nicht zwangsläufig, dass er mit dem Tod von Hagemann etwas zu tun hat", entgegnete Bettina scharf. „Du hast hoffentlich nichts Derartiges in die Welt hinausposaunt?"

„Aber nein. Wo denkst du hin? Ich bin doch keine Tratsche."

„Könnten wir vielleicht …?" Helene machte eine Kopfbewegung in Richtung Hausflur.

„Ach ja, natürlich. Tschuldigung." Gundel trippelte voran. „Aber einen Tee kann ich euch doch anbieten?"

„Vielleicht einen Kaffee?", schlug Helene vor, in Erinnerung an Herbert Ermahnung: – *Trinkt bloß keinen Tee bei de Gundel und esst keinen Kuchen und schon gar keine Plätzjer.*

Bei Kaffee besteht wohl kaum Gefahr, vermutete auch Bettina. Mittlerweile hatte sie ebenfalls Kenntnis über Gundels mit Cannabis versetzten Kekse und setzte sich demonstrativ neben Helene auf die Eckbank. Die Zeremonie des Kaffeekochens hatten die beiden Frauen damit perfekt im Auge.

„Ihr habt bestimmt so neumodische Kaffeeautomaten und wisst schon gar nicht mehr, wie eine normale Maschine funktioniert, oder weshalb seht ihr mir genau auf die Finger?"

„Ich schaue nur, dass du nicht zu viel Kaffeepulver rein-kippst. Sonst kann ich heute Nacht nicht schlafen", erwiderte Helene.

„Ach, du auch? Keine Bange. Das ist entkoffeinierter und Bio noch dazu", erklärte Gundel stolz. „Ich kaufe nur noch Bio-Waren. Ist doch alles verseucht heutzutage. Man kann kaum noch jemandem trauen."

„Wem sagst du das." Bettina und Helene wechselten einen Blick.

„Was wollt ihr wissen?", griff Gundel den Grund des überraschenden Auftauchens ihrer Besucher auf. Nebenbei stellte sie drei Gedecke unterschiedlichen Designs auf den Tisch.

„Oh, Sammeltassen", rief Bettina aus. „Die habe ich schon seit Jahren nicht mehr gesehen."

„Sind von eurer Mutter", antwortete Gundel. Ein argwöhnischer Ausdruck erschien auf ihrem Gesicht. „Zu jedem Geburtstag schenkte sie mir ein Gedeck, obwohl sie wenig Geld hatte. War schon eine gute Frau, eure Mutter." Zu ihrer eigenen Bestätigung nickte sie.

„Ja, das war sie", bestätigte auch Bettina. „Schön, dass du die Gedecke so in Ehren hältst."

Gundel nickte. „Bestimmt geht es um den Mord an der Mulaule, oder? Was soll ich tun?"

„Was sagt dir der Name, Heinz Hagemann?", begann Helene, froh darüber, dass die Sache mit den Sammeltassen nicht eskalierte. „Er war Staatsanwalt."

Gundel legte den Zeigefinger auf ihre Lippen. „Ach, meinst du den *Hartgesottenen*?"

„So wurde er wohl von einigen genannt. Was weißt du über ihn oder seine Familie?", hakte Helene nach.

„Was hat das jetzt mit der Toten zu tun?", stellte Gundel die Gegenfrage.

„Die Tote war ein ER und hieß Heinz Hagemann", klärte Bettina ihre Schwägerin auf, wobei sie sich ein Schmunzeln nicht verkneifen konnte. Diesmal war Gundula Krämer nicht auf dem Laufenden, was den Dorfklatsch anging.

„Was … der? Aber ... aber, die ... eh, der hatte doch die Frauentracht an, oder stimmt das nicht?"

„Doch, das ist richtig. Deshalb wollen wir auch mehr über Hagemann und seine Familie erfahren. Also ...?"

Bettina schaute ihre Schwägerin auffordernd an.

„Naja, was kann ich euch da erzählen?" Gundel fingerte am Griff ihrer Kaffeetasse entlang. „Eh ... ich meine, man will ja auch nicht als Tratsche dastehen. Außerdem ist das alles schon so lange her." Sie sah ihre Gäste fast entschuldigend an.

„Nun ja, den Spitznamen der *Hartgesottene* hatte Hagemann nicht von ungefähr. Jeder wusste, was der für ein Stinkstiefel war. Nur keiner getraute sich etwas gegen ihn zu sagen oder zu unternehmen. Naja – jetzt wohl schon."

Ein klein wenig zu fest schlug Gundel die Kühlschranktür zu und stellte ein Milchkännchen auf den Tisch. „Das hat er nun davon", presste sie zwischen ihren Lippen hindurch.

„Kannst du dir einen Reim darauf machen, weshalb Hagemann in der Seligenstädter Tracht der Frauen gekleidet war?", ließ Helene nicht locker.

Gundel starrte einen Moment gedankenverloren in die

Gegend. Bevor sie antworten konnte, klingelte es an der Tür. Sie rannte zuerst ans Fenster, um zu sehen wer da störte.

„Der Sepp und der Schorsch. Was wollen die denn?"

Sobald Gundel die Haustür geöffnet hatte hörten Helene und Bettina aufgeregtes Gemurmel, konnten aber nicht verstehen was gesprochen wurde. Augenblicke später schlurften Sepp und Schorsch in Gundels Küche.

„Host de en Tee fer uns?", fragte Schorsch sogleich und ließ sich auf den erstbesten Stuhl fallen.

„Heute gibt's nur Kaffee", antwortete Gundel und schielte in Richtung Helene und Bettina.

Offensichtlich verstand Sepp den Hinweis und fragte: „Ihr seid bestimmt weeche der Leiche do, die de Ferdi gestern gefunne hot? Gibt's schon was Neues?"

„Die Leiche ist ein Mann, keine Frau", beeilte sich Gundel ihre soeben gewonnene Neuigkeiten bekanntzugeben.

„Was, en Mann?", riefen Sepp und Schorsch zugleich.

„Ja, isch denk, die hat die Selischstädter Tracht oa?" Sepp schaute verwirrt.

„Siehst de", erwiderte Schorsch mit gegen Sepp erhobenem Zeigefinger, „isch hoab dir schon emol gesacht, des hot heutzudaach nix mehr zu bedeute. Die Fraue ziehn Hose o und die Mannsbilder laafe im Rock rum. Alles is dorschenanner in dere Welt."

Er seufzte und strich dabei über seine Glatze.

„Des seechst de ewe efters" maßregelte ihn Sepp. „Stimmt ebbes net mit dir?"

„Mit mir stimmt alles. Mit de annern stimmt ebbes net.

Friher host de schon von weitem gesehe, ob der e Fraa odder en Mann entgeeschekimmt. Awer heutzudaach ..."

„Heutzudaach siehst de nur schlechter", unterbrach ihn Sepp. „Dest de der mol a neu Brill kaafe. Awer dozu bist de ja zu geizisch."

„Des seecht grad de Richtische. Isch muss moi paar Flöh halt zusammenhalte, fer moi Beerdischung. Wenn misch de Schlaach trifft, will isch e ordentlich Leichefeier mit allem was dezugeheert, und isch will net verbrennt wern. Des saach isch der jetzt und hier, unner Zeusche."

„Wieso mir? Du bist doch net mehr ganz bei Trost", winkte Sepp ab und schüttelte den Kopf. „Moanst de, ich tät mich um doi Beerdischung kimmern?"

„Wer sonst? Isch hoab immer geglaabt du bist moin Freund", brummte Schorsch und zog eine Schnute.

„Awer, weil mer grad debei sin", fuhr Sepp unbeirrt fort. „Wer is en des jetzt, den de Ferdi do gefunne hot?"

„Heinz Hagemann, der ehemalige Staatsanwalt", antwortete Gundel.

„Was? *De Hartgesottene*? Hot den vielleicht oaner von dene, die der hinner schwedische Gadine gebracht hot, jetzt abgemurkst?"

Helene zuckte mit den Schultern. „Möglich. Was weißt du über Hagemann? Kennst du jemanden, der seinetwegen ins Gefängnis kam?"

„Isch?" Sepp richtete seinen Oberkörper auf. „A woher. Isch hab mit so em Gesocks nix zu tu gehabt und üwer den Hagemann misst du doch eher Bescheid wisse. Doin Friedel war doch bei de Polizei. Hot der net amol was von dem verzählt?"

„Des durft der doch gar net", äußerte Schorsch, bevor Helene etwas erwidern konnte. „Der *Hartgesottene* hot doch den ganze Polizeiapperat unner seiner Fuchtel gehabt. Do hot koaner was saache zu getraue. Erst später, wie der dann nooch Darmstadt ans Gericht gegange is, do is e bissje was dorschgesickert."

„Und was? Jetzt erzähl schon." Bettina rutschte unruhig auf ihrem Platz hin und her.

„Noja, die Leut hawe halt verzählt, dass do was net gestimmt hawe soll, mit soim Sohn. Was genaues waas mer awer net."

Schorsch legte eine Pause ein, wie er das immer tat, wenn er sein Wissen einem interessierten Publikum kundtuen durfte. Und wie stets, fuhr er abrupt fort, wenn keiner es erwartete; wie auch jetzt.

„Der Mehwald Fritz, der newedroa gewohnt hot, also, als der noch gelebt hot … der is jetzt aach schon, och wart amol … ich glaab fufzeh Johr is des jetzt her, seit der gestorwe is. Also, der hot mir mol verzählt, dass der Hagemann so laut gebrillt hätt, das die ganz Nachberschaft zusammegelaafe wär. Un, was soll ich euch saache … a paar Daach später, war de Daniel, also soin Sohn, verschwunne un is nie mehr widder ufgetaucht."

„Wusste Herr Mehwald auch um was es ging, bei dem Streit?"

„Noa, des net", antwortete Schorsch auf Bettinas Frage. „Nur, dass die Maria, also dem Hagemann soi Fraa, dann uf

em Rase Kleider ufgesammelt hot. Des wär so ganz untypisch gewese, also fer die Maria."

„Untypisch?", unterbrach Sepp erstaunt. „Was soll en des
jetzt haase?"

„Aja. Halt net normal, weil die Maria immer so pikobello
war und wahrschoinlich aach noch is. Bei der fliescht die
Wäsch bestimmt net uf em Rase rum."

„So richtig weiter hilft uns das aber nicht."

Bettina schlürfte vorsichtig an ihrem Kaffee, stellte fest,
dass er keinen unüblichen Geschmack hatte und trinkbar
war.

„Wer wohnt denn noch in der Nachbarschaft der Hagemanns? Ich meine, jemand der damals dort wohnte und auch
jetzt noch am Leben ist?" Helenes Blick kreiste von Sepp
zu Schorsch und dann zu Gundel.

Für den Moment breitete sich meditative Stille in Gundels
Küche aus. Helene und Bettina konnten beinahe hören, wie
es in den Gehirnwindungen der drei knackte und blitzte.

Schorsch erleuchtete sie als erster. „Isch moan direkt do
newedro oder aach oans, zwaa Häuser weiter, wohnt der
Wittisch Franz. Der hot domols aach im Gesangveroi mit-
gesunge, genau wie de *Hartgesottene*."

„Stimmt!", bestätigte Sepp. „Isch kann mich erinnern,
dass der immer en Ton zu hoch oder aach zu tief gebrummt
hot und mir den ganze Kram dauernd wiederhole musste."

Plötzlich schlug er mit der Faust auf den Tisch, dass die
Sammeltassen klirrten. „Menschenskind. Dass mir des net
friher oigefalle is. Kannst du disch nett aach dro erinnern,

Schorsch, dass der *Hartgesottene* den Wittisch amol so runnergebutzt hot, dass der tief beleidischt wochelang net widder in die Gesangstund gekomme is?"

Schorsch nickte. „Jetzt kimmt mer's aach widder. Der war domols schon de Owermaschores von dem Gesangveroi. Isch moan de *Hartgesottene*, also de Wittisch. Moanst de, dass de Wittisch Franz den Hagemann deshalb ums Eck gebracht hot?"

Schorsch kratzte sich nachdenklich am Bart.

„Noa, nadirlisch net", entgegnete Sepp. „Außerdem is des schon Johre her. Isch hoab misch nur grad dro erinnert, dass der immer uffbrausend war, also der *Hartgesottene*."

„Ich habe das Gefühl, dass das Verschwinden von Daniel – so hieß doch der Sohn der Hagemanns?", schickte Helene das Gespräch wieder in die richtige Richtung – Sepp und Schorsch nickten, „und der Streit von damals irgendwie zusammenhängen. Wir müssen unbedingt herausfinden, um was es bei dem Streit ging. Wollt ihr uns dabei helfen?"

„Klar", stimmte Schorsch sofort zu. „Awer wie solle mer des mache?"

„Indem ihr mit Franz Wittig redet", antwortete Helene. „Fragt nach dem Streit von damals und an was er sich sonst noch erinnern kann. Alles ist wichtig."

„Un wie solle mer do hie komme? Des is ganz schee weit, bis do naus."

„Ich fahr euch", bot Helene sich sofort an. „Um 16 Uhr hole ich euch ab."

„Heute?", rief Gundel.

„Natürlich heute. Je schneller wir an Informationen herankommen, desto besser. Die ersten Stunden sind entscheidend. Aber wenn du etwas anderes …?"

„Isch fahr net mit", verkündete Sepp. „Isch bleib beim Leon."

Helene fiel ein Stein vom Herzen.

„Mir schon." Schorsch nickte Gundel zu. „Mir hawe schon emol gud zusamme ermittelt. Waast de des noch, vor zwaa Johr, uff em Friedhof, beim Kapellche?"

„Des kann mer so oder so sehe. Moin Flachmann hoab isch bis heut noch net widder", maulte Sepp.

„Herrje. Wie lang muss ich mer des noch oaheern?"

„Also, dann bis 16 Uhr", beendete Helene kurzerhand die Reiberei. „Und seid pünktlich."

„Awer, moant ihr net des wär e bissje komisch, wenn mir jetzt uff oa mol beim Franz vor de Dier stehe?", gab Schorsch zu bedenken. „Mir hawe uns mindestens schon seit a paar Johr net gesehe. Vielleicht lebt er üwerhaupt net mehr."

„Jetzt mach emol en Punkt", rief Sepp empört. „Nadirlich lebt der Wittisch Franz noch. Und, der freut sich bestimmt, wenn er mol widder oan aus de alt Garde sieht. Isch tät ja mitkomme, awer ihr wisst ja, de Leon is do."

Dass der Leon nur vorgeschoben und nicht der eigentliche Grund war, weshalb Sepp sich vor einem Wiedersehen mit Franz Wittich drückte, stand auf einem anderen Blatt.

Vielleicht denkt der aach gar net mehr do dro, oder der is vielleicht sogar schon net mehr klar im Kopp.

„Ihr kennt em ja en scheene Gruß von mir ausrichte."

236

Donnerstag 14:20 Uhr

Leise vor sich hin murmelnd, saß Lars hinter seinem Bildschirm – quasi abgetaucht, als Nicole und Harald das Büro betraten.

„Ich erkundige mich bei Frau Hagemann, ob sie etwas von einem Testament weiß", sagte Nicole und ging in ihr Büro.

Während sie Büro telefonierte, nahm sich Harald Hagemanns Finanzunterlagen vor. Stutzig machten ihn die regelmäßigen monatlichen Kontobewegungen von insgesamt 3000 Euro.

Eine Überweisung in Höhe von 1500 Euro ging, seit genau einem Jahr, auf das Konto seiner Frau.

Ein Taschengeld? überlegte er. *Nur, warum erst seit einem Jahr?*

Mit den Bankauszügen in der Hand ging er zu Nicole, die noch immer mit Frau Hagemann sprach und deutete auf die beiden Summen. Nicole verstand.

Frau Hagemanns Antwort war so simpel wie plausibel und bestätigte Haralds Annahme. Früher hätte sie Haushaltsgeld in bar erhalten. Seit etwa einem Jahr hätte ihr Mann ihr ein Konto eingerichtet und eine zusätzliche Summe, zu ihrer freien Verfügung, überwiesen. Zu der anderen monatlichen Barabhebung von 1500 Euro, konnte sie keine Auskunft geben.

„Kommt ihr mal?", rief Lars. „Ich habe was Interessantes."

Lars zeigte auf ein Foto von Sarah Senger, mit der Bemerkung: „Entspricht doch genau Andys Beschreibung von seinem mysteriösen Damenbesuch."

„Könnte möglich sein. Ich frage mich ..."

„Nicht könnte ... ist so", wurde Harald von Lars barsch unterbrochen.

„Zeig her." Nicole betrachtete intensiv das Foto.

Hätten die Kommissare ihre Chefin nicht besser gekannt, hätten sie angenommen, sie wäre eifersüchtig auf diese Frau.

„Ist das ihre Personalakte?", fragte Nicole und deutete auf den Bildschirm. Gleichzeitig las sie laut im Steno Modus: „Polizeikommissarin Sarah Senger – 25 Jahre – während ihres Studiums Praktikum im Polizeipräsidium Offenbach – nach dem Abschluss Polizeirevier Frankfurt Innenstadt – seit 2017 in Seligenstadt."

Noch immer nicht ganz überzeugt, sagte Nicole: „Ok. Angenommen, Sarah Senger ist tatsächlich die Polizisten, nach der wir suchen, dann frage ich mich, genau wie Andy – was soll das mit der Vermisstenakte? Warum entwendet sie diese erst und mogelt sie uns dann wieder unter? Zufall?"

„Ich denke, du glaubst nicht an Zufälle", entgegnete Lars. „Außerdem habe ich das entdeckt."

Er öffnete eine weitere Datei. „Sarah Senger hat eine Schwester, Madeline Senger. Sie wurde vor 8 Jahren vergewaltigt und stark misshandelt und jetzt ratet mal wer der Täter war?"

Nicole hob die Augenbrauen, was so viel bedeutete wie: *Darauf habe ich jetzt keine Lust.*

„Oliver Krug. Er war der Vergewaltiger von Madeline

Senger und saß dafür eine Haftstrafe von 8 Jahren in der JVA in Preungesheim ab. Seit dem 21. August ist er wieder auf freiem Fuß."

Lars lehnte sich in seinem Sessel zurück.

„Nach Aussage von Frau Hagemann, waren ihr Sohn Daniel und Oliver gute Freunde, bis der alte Hagemann den damals 16-jährigen Oliver wegen einem geringfügigen Diebstahl in Jugendhaft brachte. Danach ging es – und auch das nach Angaben von Frau Hagemann – mit Oliver Krug enorm steil bergab. Sie sagte auch, dass Oliver, einige Jahre später, wegen eines Gewaltdeliktes zu einer mehrjährigen Strafe verurteilt worden war. Könnte die Vergewaltigung von Madeline Senger gewesen sein."

„Trotzdem sehe ich noch immer keine Verbindung zu Hagemann", entgegnete Nicole, ließ ihre Kollegen stehen und ging in ihr Büro. Dort fixierte sie die Glaswand auf der die zurzeit vorhandenen Informationen standen.

Lars und Harald schlossen sich an.

Eine Weile standen die drei Kommissare schweigsam nebeneinander, bis Lars plötzlich herausplatzte: „Obwohl es anscheinend drei verschiedene Straftaten sind, glaube ich, es hängt alles irgendwie zusammen. Ich habe so eine Idee. Hört einfach mal zu."

Er lehnte sich an Nicoles Schreibtisch.

„Hagemann wird ermordet und in Frauenkleidung gefunden, mit diesem seltsamen Zitat von Nietzsche. Wir vermuten, dass es ein Geheimnis um Hagemann gibt, welches diesen Spruch auf dem Zettel erklärt."

Harald nickten beide.

„Frau Hagemann sagte, dass Daniel von zuhause weggelaufen ist, weil er endlich frei sein wollte. Frei sein, um was zu tun? Außerdem erwähnte sie etwas von Hormonen, die bei Jugendlichen in seinem Alter verrücktspielen.

Ich glaube Daniel hatte ein ganz anderes Problem, das vielleicht mit seinem besten Freund, Oliver Krug, zusammenhing und weshalb der alte Hagemann die Freundschaft untersagen wollte. Deshalb nutzte er Krugs geringfügigen Diebstahl und steckte den Jungen in eine Jugendvollzugsanstalt. Dort muss er etwas Schlimmes erlebt haben – ebenfalls Aussage von Frau Hagemann. Danach hätte Oliver sich stark verändert.“

„Frage“, wandte sich Lars an Harald. „Könnte es sein, dass Oliver dort eine Erfahrung gemacht hat ..., ich meine in sexueller Hinsicht, die ihn komplett aus der Bahn geworfen hat?“

„Möglich wäre es. Aber die spätere Vergewaltigung an Madeline Senger *nur* aufgrund eines solchen Übergriffs zurückzuführen, wäre nicht ganz korrekt. Da spielen schon noch verschiedene andere Faktoren eine Rolle: Keine Anerkennung der eigenen Leistungen, geringes Selbstbewusstsein, Lieblosigkeit in der Familie und so weiter. Außerdem liegen zwischen der damaligen Jugendhaft und der Sexualstraftat an die 16 Jahre.“

„Ich habe mir Oliver Krugs kriminelle Kariere mal näher angeschaut. Kommt ihr mal mit?“

Nicole und Harald folgten Lars. Der setzte sich an seinen Schreibtisch, klickte auf die untere Leiste seines PCs und holte Oliver Krugs Strafakte hervor.

„Im Alter von 25 Jahren wurde er schon einmal wegen sexueller Nötigung zu einer 1-jährigen Haftstrafe verurteilt, ohne die kleineren Vergehen, wegen Einbruch und Diebstahl. Er hat demnach eine Menge Zeit hinter Gittern verbracht. Zuletzt die 8 Jahre wegen eben dieser Vergewaltigung an Madeline Senger. Und da ist noch mehr."

Lars beförderte aus dem Menüband eine weitere Akte hervor.

„Jürgen Krug, Olivers Vater, wurde 1950 geboren und war LKW-Fahrer bis er seinen Job verlor, als die Firma in der er arbeitete, 1993 Pleite machte. Danach hielt er die Familie mit Gelegenheitsjobs über Wasser. Ich schätze, die finanzielle Situation der Krugs war in den folgenden Jahren nicht berauschend.

Vermutlich deshalb Olivers Diebstahl der Musikkassetten. Zudem verfiel Jürgen Krug dem Alkohol. Es liegen mehrere Anzeigen von Nachbarn vor, wegen Ruhestörung.

Ende 1994 heuerte Jürgen Krug dann in einem Nachtklub *Die Lagune* in Frankfurt als Türsteher an. Der Boss dieser Lokalität musste wohl mit seinem Türsteher sehr zufrieden gewesen sein. Krug behielt den Job bis er 2004 verstarb. Fünf Jahre später wurde die Location geschlossen."

„Und was willst du uns damit sagen?", fragte Harald.

„Es handelte sich um ein ganz spezielles Etablissement, in dem ganz spezielle Leute verkehrten."

„Was heißt speziell? Jetzt mach's nicht so spannend."

„Es war *der* Klub für Transvestiten. Nicht zu verwechseln mit Transsexuellen", stillte Lars die Neugier seines Partners.

„Ich denke, wir kennen den Unterschied", entgegnete Harald.

„Nichts gegen deine Recherchen, Lars. Aber nochmal … wo ist der Zusammenhang?", fragte Nicole.

Sie atmete hörbar tief ein und stieß ebenso geräuschvoll die Luft wieder aus. „Zwei Tage sind bereits vergangen und wir haben noch immer keinen greifbaren Verdächtigen. Langsam läuft uns die Zeit davon und Dr. Lechner bald hinter uns her."

„Außer …" Lars blickte listig von Nicole zu Harald. „Es erklärt uns vielleicht, weshalb Hagemann in Frauenkleidung gefunden wurde."

„Du meinst aber jetzt nicht, dass Hagemann …?" Harald wagte es kaum auszusprechen.

„Könnte doch sein."

„Damit rückt die Witwe unseres Mordopfers in den Fokus", erwiderte Harald. „Aber, ebenso Oliver Krug. Vielleicht haben sie den Mord sogar zusammen geplant?"

Nicole schaute auf die Uhr. Es war 15 Uhr 25.

„Lars, ich schlage vor, du startest zum Gerke und anschließend fährst du nach Frankfurt zu Frau Krug, Olivers Mutter. Vielleicht ist die Frau gesprächiger als ihr Sohn. Außerdem, wenn du mit deiner Vermutung, in Bezug auf Hagemann, richtig liegst, könnte Frau Krug ebenfalls verdächtig sein, Hagemann getötet zu haben."

„Also waren meine Recherchen nicht umsonst?", versuchte Lars sich Bestätigung zu verschaffen.

„Wir müssen nach allen Seiten offen sein", entledigte sich

Nicole einer klaren Antwort. „Mir gegenüber gab Frau Hagemann vorhin an, dass ihr Ehemann ein Testament bei seinem Anwalt hinterlegt hätte und sie, das Haus erben würde, falls ihr Gatte vor ihr stürbe. Von dem Vermögen auf den verschiedenen Konten wusste sie nichts."

„Sagt sie. Beweisen können wir das nicht", widersprach Harald. „Und für mich sind 500.000 Euro ein bedeutendes Mordmotiv. Zudem stellt sich mir noch immer die Frage … wofür Hagemann monatlich 1500 Euro in bar benötigte? Wurde er vielleicht erpresst? Ich meine wegen des immer gleichen Betrags?"

„Wenn ja, von wem und weswegen?", antwortete Nicole, wobei sie nachdenklich auf den Auszug starrte, der noch immer auf ihrem Schreibtisch lag.

„Von seinen Vereinskameraden konnte mir keiner Auskunft darüber geben, was er, außer der ehrenamtlichen Arbeit sonst noch so in seiner Freizeit tat", berichtete Harald. „Alle sagten, dass Hagemann ein verschlossener Mensch gewesen sei, was seine privaten Aktivitäten betraf. Wobei ich natürlich nur mit den Vorständen oder den jetzt Vizevorsitzenden gesprochen habe. Das genügte mir aber schon, weil ich mir sofort ein Lamento anhören musste, wie sie denn jetzt ohne Heinz Hagemann zurechtkommen sollten. Man könnte tatsächlich annehmen, ohne *ihn* ginge gar nichts mehr."

„Wo ist der Terminkalender?", unterbrach Nicole.

„Hier." Harald ging zum *Konferenztisch*. „Hast du eine Idee?"

Nicole blätterte zu der letzten Eintragung.

„Um 10 Uhr 30 am Dienstagmorgen hebt Hagemann 10.000 Euro in bar von seinem Konto ab. Am gleichen Nachmittag um 16 Uhr eine Verabredung mit O.K.", murmelte sie.

„Leute!", rief Lars. „O.K. ..., das ist Oliver Krug. Warum ist uns das nicht schon früher aufgefallen? Bestimmt waren die 10 Mille für ihn. Genau. Er wusste irgendetwas über Hagemann und hat ihn erpresst. Und schon wieder die Verbindung zwischen Hagemann und den Krugs. Angenommen, die monatlichen 1500 Euro waren auch für den Krug. Nachdem der aus dem Gefängnis entlassen wurde, forderte er von Hagemann eine größere Summe; eventuell für einen Neustart, als Wiedergutmachung. Es kam zum Streit und Krug tötet den ..."

„Deine euphorischen Geistesblitze in Ehren", unterbrach Harald. „Aber dazu zwei Fragen: Erstens, wie hätte Oliver Krug im Gefängnis an das Geld gelangen können? Hatte er ein Konto, auf das Hagemann die Summe in bar einzahlte? Wäre nachzuprüfen. Und zweitens, weshalb sollte Krug seinen Goldesel umbringen?"

„Jungs, so bringt uns das nicht weiter. Harald, wir fahren zu Oliver Krug, ins Krankenhaus und du Lars, machst dich auch auf den Weg."

Donnerstag / 14:30 Uhr

Der SUV Geländewagen, ein Chevrolet Blazer Jimmy K5 "Custom", war genau sein Ding und er besaß ein Navigationssystem. Besser konnte es nicht laufen.

Gerke freute sich tierisch und gab als Ziel „München" ein. Von dort aus wäre es nur noch einen Katzensprung nach Granada, eine der schönsten Gegenden in Italien, schwärmte ein Mitinsasse ihm jahrelang vor.

Oder war es Genua? Egal, dachte Gerke. Wenn er erst einmal in Italien wäre, würde das Navi ihn gewiss dorthin lotsen.

Nach etwa einer halben Stunde Fahrt quälte er sich im Schritttempo an Marktheidenfeld vorbei. Da nutzte weder ein protziger SUV noch ein Navi etwas. Stau blieb Stau. Danach ging es jedoch zügig weiter, bis der Verkehrsfunk erneut von Behinderungen wegen Bauarbeiten im Abschnitt zwischen Heidingsfeld und Randersacker warnte.

Gerke gab einen misslaunigen Laut von sich.

Zu allem Unglück stand die Nadel der Tankuhr schon ziemlich am Limit und weit und breit keinen Hinweis auf eine Tankstelle – oder doch?

In letzter Sekunde sah er das Schild, *Shell-Tankstelle Kist*. Er riss das Steuer herum und schnitt einen rechts hinter ihm herankommenden Wagen. Der Fahrer zeigte ihm einen „Vogel" und Gerke dem aufgebrachten Lenker des Fahrzeugs den „Stinkefinger."

Der Hauptstraße folgend fand er schnell die Tankstelle. Allerdings hatten wohl auch andere Autofahrer die gleiche Idee. Die Anzahl der Fahrzeuge vor den Zapfsäulen war beträchtlich.

Erschwerend kam hinzu, dass Frank Gerke mal wieder nicht wusste, welches Benzin der SUV bevorzugte. Also stellte er den Geländewagen erst einmal an der Straße ab und marschierte in den Verkaufsraum der Tankstelle.

Natürlich war die Schlange derer die willens waren für ihre Tankfüllung zu bezahlen, ebenso lang wie die, die vor den Tanksäulen ausharrten.

Mittels seiner Körperfülle und sanfter Gewalt stampfte Gerke in direktem Weg zum Tresen; die ärgerlichen Äußerungen ignorierend.

„Welches Benzin braucht der „Große" da draußen?"

Er zeigte zum SUV am Straßenrand.

Das Kraftpaket hinter dem Ladentisch schaute kurz auf, folgte Gerkes Handbewegung und sagte: „Wenn *du* nicht weißt, was dein Wagen säuft, woher soll ich das wissen?"

„Na, weil ..., weil du hier abkassierst."

„Richtig erkannt. Ich kassiere die Knete. Deswegen bin ich noch lange kein Experte in Sachen Sprit."

Gerke meinte ein Zucken der Mundwinkel im Gesicht des Muskelmannes zu erkennen.

„Guck einfach mal in die Innenseite des Tankdeckels. Müsste draufstehen."

Ohne Gerke weiter Beachtung zu schenken, widmete sich der Angestellte dem nächsten Kunden und Gerke trabte nach draußen. Nachdem er den Zugang zur Benzinzufuhr gefunden hatte, erwies sich der Ratschlag des Kassierers als richtig.

Trotzdem hätte der Muskelprotz etwas freundlicher sein können, fand Gerke.

Eigentlich hat er eine aufs Maul verdient.

Er stellte den Gedanken hinten an. Schließlich wollte er unnötige Aufmerksamkeit vermeiden.

Nachdem er, nach einer gefühlten halben Stunde, den SUV mit Super-Benzin gesättigt hatte, organisierte er für sich selber etwas Essbares aus dem Kühlregal und stellte sich ans Ende der, vor der Theke, Wartenden.

„Na, alles paletti?", fragte der Kraftmensch.

Jetzt grinste er auch noch. Gerkes geballte Faust zuckte. Aber er riss sich zusammen.

Zurück im Wagen schlug er aufs Lenkrad, schrie laut „Arschloch" und rollte aus der Tankstelle. Dem soeben erstandenen Sandwich, warf er einen skeptischen Blick zu und anschließend selbiges auf den Beifahrersitz. Von dort landeten die in Folie eingeschweißten dreieckigen Brotscheiben, mit einem formvollendeten Salto im Fußraum.

Hatte er nicht vorhin eine Gaststätte gesehen? Kaum gedacht stand er auch schon davor. Voller Vorfreude stieg er aus und eilte über die Straße. Im Innenraum brannte lediglich eine Lampe mit gelbbraunem Glasschirm.

„Hallo. Jemand zuhause?", rief er und bewegte sich unsicher zur Theke.

„Wir haben geschlossen. Können Sie nicht lesen?", ertönte hinter ihm eine Stimme, die an das Krächzen eines Raben erinnerte.

Erschrocken drehte Gerke sich um. Vor ihm stand, oder besser gesagt buckelte, eine kleine alte Frau, den Wischmopp kampfbereit in ihrer rechten Hand.

Trotz der schummrigen Beleuchtung schienen ihre Augen zu glühen.

„Jetzt kann ich grad nochmal wischen, Sie Trampel", setzte sie nach.

„Das, eh ... das tut mir leid", stammelte Gerke. „Ich wollte nur etwas essen."

„Dienstag bis Samstag von 11:30 bis 14:00 Uhr und von 17:00 bis 21:30 Uhr. Sonntags von 11:30 bis 21:00 Uhr. Montags geschlossen", ratterte die Alte die Öffnungszeiten herunter.

„Heute ist Donnerstag und jetzt ist es 15 Uhr; also geschlossen. Klar?"

„Klar", erwiderte Gerke. „Gibt es hier im Ort noch andere Gaststätten, wo ich ...?"

„Natürlich gibt es noch andere Gaststätten", wiederholte die Frau. „Auf der Dorfstraße, weiter unten."

„Danke."

„Die machen auch erst wieder um 17 Uhr auf."

Die buckelige Alte rammte Gerke den Stiel ihres Wischers in die Rippen und dirigierte ihn zum Ausgang. „Und jetzt raus."

Am liebsten hätte er der Alten ihren dürren, faltigen Hals umgedreht. Aber, wie immer, in solchen Situationen, hatte er *IHR* Gesicht vor Augen. Genau wie vorgestern, als er die Hagemann gefesselt und ihr vielleicht auch Angst gemacht hatte. Aber zu mehr war und wäre er nicht fähig gewesen. Gegen jeden Mann, egal wie groß oder durchtrainiert er ist, konnte er die Hand erheben und ihm die Fresse polieren, nicht aber gegen eine Frau, schon gar nicht, wenn sie in dem Alter ist, in dem *SIE* gewesen war.

Wieder im Auto, angelte Gerke nach der Sandwichverpackung, riss sie auf und verschlang die labberigen Brotscheiben, zwischen denen sich eine undefinierbare Füllung befand und auch so schmeckte.

Die Meldung aus dem Radio, schmeckte ihm noch weniger.

Die Polizei bittet um Ihre Mithilfe. Gesucht wird ein grauer SUV Geländewagen, Marke Chevrolet, mit dem amtlichen Kennzeichen OF-JM-1234. Der Wagen wurde um 13 Uhr von einem Pendlerparkplatz in Seligenstadt in Hessen entwendet und der Besitzer niedergeschlagen. Beim Täter handelt es sich um einen ...

Frank Gerke schaltete das Radio aus. Er hatte genug gehört und wie er aussah war ihm selbst hinreichend bekannt.

Verdammte Scheiße. Jetzt suchen die sogar schon in diesem Kaff nach mir.

Er startete den Wagen. Auf dem Navigationsgerät leuchtete ein roter Pfeil auf und kurz danach die Aufforderung einer weiblichen Stimme: *Folgen sie der Straße und fahren Sie dann auf die Autobahn.*

Kurz nach dem Ortsende kam erneut die Aufforderung. *Fahren Sie jetzt auf die Autobahn.*

„Wohin sonst, du dumme Pute", brüllte Gerke.

„Verdammte Weiber."

Donnerstag / 14:55 Uhr

Sobald Helene den Schlüssel ins Schloss steckte, wurden sie und Bettina sofort mit freudigem Hundegebell begrüßt. Der stürmische Empfang setzte sich im Flur fort und musste erst durch Ohrenkraulen und einer Menge Streicheleinheiten beruhigt werden.

„Wir sind hier oben!", rief Herbert, bemüht das Hundegebell zu übertönen.

Miss Lissy meinte sich ebenfalls angesprochen und rannte voraus. Sie hatte den von Nicole zurückgelassenen Flokati annektiert und durch fortwährendes Ziehen und Zerren eine ordentliche Kuhle geschaffen. Nach einigen Runden um sich selbst, machte sie es sich wieder darauf bequem und legte ihren Kopf auf die Pfoten.

„Oh, da ist das gute Stück. Wirklich beeindruckend", rief Bettina aus, als sie die weiße Magnettafel erblickte.

„Ja, gell?" Sichtlich stolz, strahlte Herbert übers ganze Gesicht. „Wenn wir was mache, dann richtig."

„Während ihr beim Kaffeeklatsch gewesen seid, haben der Herbert und ich noch weitere Infos ..."

„Von wegen Kaffeeklatsch", wurde Ferdinand von seiner Frau unterbrochen. „Wir haben eine ganze Menge an Neuigkeiten mitgebracht und zwar auch von Sepp und Schorsch."

„Hab ich's net geahnt?", Herbert nickte Ferdinand zu. „Die habe euch bestimmt gesehe, wie ihr bei der Gundel geklingelt habt. Dene siamesische Zwillinge entgeht einfach nix."

„Wie auch immer", entgegnete Helene. „Wir können wirklich froh sein, dass die beiden sich noch so gut an frühere Dinge erinnern können."

„Des is normal, in dem Alter. An Dinge, die Ewigkeite zurückliege ..."

Helenes vorwurfsvoller Blick ließ Herbert schlagartig verstummen.

„Heute Nachmittag fahre ich Gundel und Schorsch zu Franz Wittig. Das ist ein Nachbar der Hagemanns", erläuterte sie.

„Nach Aussage von Schorsch hatte Herr Wittig vor Jahren einen massiven Streit im Hause Hagemann mitbekommen und einige Tage darauf ist dann Daniel verschwunden. Womöglich kann sich Herr Wittig daran erinnern, um was es bei diesem Streit ging und vielleicht sogar noch an andere Dinge. Wir müssen endlich zu Potte kommen. Heute ist der zweite Tag nach dem Mord, und wir sind keinen Schritt weiter und haben noch immer keinen Verdächtigen."

„Du klingst schon genauso wie Nicole", neckte Herbert.

„Wenn's doch aber so ist. Noch nie war ein Fall so vertüdelt."

„Und ich statte Maria Hagemann einen Kondolenzbesuch ab", setzte Bettina Herbert und ihren Ehemann von dem Plan, den Helene und sie sich auf dem Rückweg ausgedacht hatten, in Kenntnis.

„Schließlich kenne ich Maria von früher und vielleicht erfahre ich einige Dinge."

„Einige Dinge", wiederholte Ferdinand.

„Familiendinge halt."

Donnerstag / 15:10 Uhr

Zig Pläne hatte sie im Kopf, wie sie es angehen würde und immer wieder verworfen. Aber jetzt war der Zeitpunkt gekommen; sie musste sich entscheiden. In nicht mal einer halben Stunde würde sie ihn wiedersehen, nach 8 Jahren, ihm Auge in Auge gegenüberstehen.

Sarah Senger holte tief Luft und ging zu ihrem Vorgesetzten, um ihre letzten Anweisungen zu erhalten.

Zum Schluss bedankte sich Josef Maier nochmals für ihren freiwilligen Einsatz und nickte ihr freundlich zu. Das machte es nicht leichter für sie.

Ausnahmslos hatten die Kollegen im Seligenstädter Polizeirevier sie respektvoll behandelt und waren höflich mit ihr umgegangen und nun ...? Ihr schlechtes Gewissen war allgegenwärtig und trotzdem. Sie hatte es versprochen und nun musste sie es durchziehen.

Eine Viertelstunde später stieg sie aus ihrem Mini Cooper. Dank der Ankündigung ihres Vorgesetzten brauchte sie am Empfang in der Klinik lediglich ihren Dienstausweis vorzuzeigen. Sofort erhielt sie Auskunft, in welchem Zimmer Oliver Krug zu finden war.

Während sie die Treppen zur „Inneren" hochspurtete, machte sich jetzt doch eine gewisse Nervosität in ihr breit.

Behalt jetzt nur die Nerven, ermahnte sie sich.

Als sie sich dem Zimmer näherte, kam gerade ein Arzt heraus.

„Hallo. Sarah Senger, Polizei Seligenstadt", stellte sich

Sarah vor und zückte erneut ihren Ausweis. „Ich bin zur Bewachung von Herrn Krug hier."

„Ah ja. Ich bin Dr. Fliege, der stellvertretende Stationsarzt." Seine Hand war warm, sein Händedruck kräftig. „Ich hatte mir eine ... nun wie soll ich sagen ... etwas ältere Polizeibeamtin vorgestellt."

„Ach so, deshalb ...?" Sarah schmunzelte und deutete auf den gepolsterten Stuhl vor dem Krankenzimmer. „Und nun sind Sie enttäuscht?"

„Nein, nein. Ganz und gar nicht." Eine leichte Röte überzog das Gesicht des Arztes. „Aber, wir haben nicht jeden Tag die Polizei im Haus. Und ja, zugegeben, ich bin ein klein wenig verunsichert. Nicht wegen Ihnen", fügte er schnell hinzu, „sondern wegen meines Patienten. Ist er denn gefährdet oder gar gefährlich?"

„Machen Sie sich keine Sorgen. Ich bin gut ausgebildet und ihr Patient wird wohl kaum schon aus dem Bett hüpfen können."

„Ich hoffe zumindest, dass er das, schon seiner eigenen Gesundheit wegen, nicht macht." Dr. Fliege lachte unbeholfen. „Eh ... ja. Ich ... meine anderen Patienten warten. Wenn Sie einen Kaffee möchten, sagen Sie dem Pflegepersonal Bescheid. Der Kaffee hier auf der Station ist auf jeden Fall besser als der aus dem Automaten."

„Herzlichen Dank für den Hinweis, Herr Dr. Fliege."

„Ach bitte, lassen Sie den Doktor weg. Da komme ich mir so alt vor. Gerne auch nur Joachim. So nennen mich alle hier."

Sarah fühlte sich etwas überrumpelt, nahm aber das Angebot des Arztes an. Der blonde, etwa Mitte 30-jährige und zirka 1,85 Meter große Mann war ihr sofort sympathisch. Gleichzeitig rief sie sich zur Ordnung. *Jetzt nicht! Keine Ablenkung!*

Sie setzte sich neben die Tür des Krankenzimmers und schaute eine Weile der nüchternen Betriebsamkeit der Pflegekräfte zu. Hin und wieder war ein leises Klingeln zu hören und nur wenige Minuten später huschte eine Krankenschwester oder ein Pfleger über den Gang in eines der Zimmer. Danach drang gedämpftes Gemurmel durch die offene Tür oder auch mal die laute Stimme eines missgestimmten Patienten.

Wie wahrscheinlich 80% der Menschen empfand Sarah die Atmosphäre in Krankenhäusern bedrückend. Bei ihr kam hinzu, dass sie selbst viele Stunden im Krankenhaus, bei ihrer im künstlichen Koma liegenden Schwester, verbracht hatte.

Zwar sagten die Ärzte, dass Madeline es ganz bestimmt mitbekäme, wenn sie nur an ihrem Bett sitzen würde. So ganz glauben konnte Sarah das aber nicht.

Als Madeline dann endlich aus dem Koma geholt worden war, sprach sie kein einziges Wort mehr; obwohl alle Untersuchungen ergaben, dass das Sprachzentrum intakt wäre und sie auch sonst keine körperlichen Verletzungen zurückbehalten würde. Es wäre psychisch – die noch nicht verarbeitete traumatische Erfahrung.

Sarah hätte schreien können. Natürlich hatte Madeline eine traumatische Erfahrung hinter sich. Jeder Frau, der das passiert war, was Madeline ertragen musste, litt logischerweise unter einer traumatischen Erfahrung. Nur, auch das wurde Sarah mitgeteilt, solange Madeline nicht über das Erlebte redete, könnten auch Psychologen nichts ausrichten.

Sarah hatte sie angefleht, ihr gedroht, sie angeschrien – ohne Erfolg. Madeline sprach jahrelang kein Wort.

Dann, vor einem halben Jahr tat Sarah, einer inneren Eingebung folgend etwas, was die Ärzte wohl als Schocktherapie bezeichnen würden. Sie hielt ihrer Schwester ein Foto ihres Peinigers vor die Nase. Sie hatte es unbemerkt am Tag der Urteilsverkündung im Gerichtssaal mit ihrem Handy aufgenommen.

Madelines Aufschrei hallte Sarah noch immer in den Ohren.

Ich werde dich rächen, versprach sie, an jenem Tag. *Er wird büßen, für das was er dir angetan hat. Aber nur, wenn du wieder mit mir sprichst.*

Madelines Stimme, seit Jahren nicht mehr gewohnt zu sprechen, war beinahe nur ein Flüstern, als sie sagte: „Dieses Schwein soll bluten."

Seitdem überlegte Sarah, wie sie es anstellen sollte, an diesen Teufel heranzukommen. Dass Krug nach der Haftentlassung bei seiner Mutter in Frankfurt-Hausen wohnte, hatte sie schnell herausgefunden – keine große Sache. Ob er einer Arbeit nachging und was er in seiner Freizeit machte und mit wem, hätte sie vermutlich über seinen Bewährungshelfer ermitteln können; wäre damit aber ein enormes Risiko eingegangen und hätte Krug vermutlich aufgescheucht.

Also wählte sie die klassische Vorgehensweise. Sie fuhr

255

zu der Wohnung, in der Krug lebte, observierte ihn, so oft es ihr möglich war und befragte speziell *die* Nachbarn, die einen weiten Bogen um Krug machten, sobald er auftauchte.

Insbesondere eine ältere Dame war sehr redselig und offensichtlich erpicht darauf, ihren Unmut darüber loszuwerden, dass ein Verbrecher, direkt neben ihr wohnen durfte.

So erfuhr Sarah, dass Krug öfter das Auto seiner Mutter – einen anthrazitfarbenen Golf – benutzte und mit einem undurchsichtigen, fast glatzköpfigen bulligen Kerl, den er *bestimmt* aus dem Gefängnis kannte, so die Vermutung der Nachbarin, damit herumkutschierte.

Ebenso, dass die Krugs früher in Seligenstadt wohnten, der Vater gesoffen hätte und Oliver auf die schiefe Bahn gekommen wäre. Vielleicht hätte aber auch das Verschwinden seines bestens Freundes Daniel, vor 20 Jahren, damit zu tun, auf dessen Vater, ein Staatsanwalt namens Heinz Hagemann, weder Oliver noch seine Mutter gut zu sprechen waren.

Sarah hörte dem Geschwätz über das Verschwinden von Olivers Freund nur mit halbem Ohr zu. Aber, als der Name Hagemann fiel, horchte sie auf.

Sie erinnerte sich, dass beim Prozess ihrer Schwester ein Staatsanwalt Hagemann zugegen war. Und, nur ihm hatten sie es zu verdanken, dass Oliver Krug zu 8 Jahren Haft verurteilt worden war.

Ob sie sicher sei, dass Frau Krug den Namen Hagemann erwähnte, hakte Sarah deshalb bei der redseligen Nachbarin nach.

Sie sei sich absolut sicher, antwortete diese. Schon deshalb, weil bei einem Streit, vor einigen Tagen zwischen Heidemarie und Oliver, der bis ins Treppenhaus zu hören gewesen sei, erneut dieser Name gefallen wäre.

Bei der Frage, um was genau es bei diesem Streit gegangen war, zierte sich die ansonsten mitteilsame Frau. Sie wäre ja doch kein Tratschweib und würde auch nicht an Türen lauschen.

Erst nach Sarahs Versprechen, die Angaben vertraulich zu behandeln, rückte sie mit der Sprache heraus.

Heidemarie jammerte, dass sie nicht wolle, dass Oliver in die Sache hineingezogen wird. Deshalb hätte sie den Artikel doch an Daniel verschickt. Schließlich wäre es sein Vater, um den es doch letztlich geht.

Was sie denn geglaubt hätte, würde passieren, entgegnete Oliver. Daniel wäre noch nie in der Lage gewesen, sich gegen seinen Vater zu wehren; und, sie wüsste doch selbst, dass er damals am Boden zerstört gewesen war, als er erfuhr, dass sein Alter, bereits nach einigen Tagen, die Suche nach ihm eingestellt hätte.

Jetzt aber wäre der Tag der Abrechnung gekommen; für das was dieser scheinheilige Dreckskerl ihm, als auch Daniel angetan hätte und vielen anderen, deren Leben er zerstört hätte. Und, wenn er dafür von Florian auch noch Knete bekäme, umso besser.

Für Sarah klang das nach einer realen Morddrohung.

Ihre Frage, wer denn dieser Florian sei und wo er oder auch Daniel zu finden wären, konnte die Nachbarin nicht beantworten.

Sarah war klar … sie musste jetzt schnell handeln, wollte sie ihre eigenen Rachepläne an Oliver Krug in die Tat umsetzen. Denn sollte er diesen Staatsanwalt ermorden, würde er für mindestens 18 Jahre hinter Gitter wandern. Vorausgesetzt er würde geschnappt werden, wovon Sarah ausging.

Aber wäre sie wirklich in der Lage einen Menschen einfach *so* zu verletzen, sodass er sein ganzes restliches Leben darunter litt, oder ihn gar abzuknallen? Wenn sie das täte, was unterschied sie dann letztendlich von den Kriminellen? Sie war Polizistin geworden um die Bürger zu schützen, nach Recht und Gesetz.

Andererseits, wenn sie diesen Unmenschen für immer aus dem Verkehr zog, schützte sie damit nicht weitere potenzielle Opfer? Vielleicht rettete sie sogar das Leben dieses Staatsanwalts?

Was aber meinte Oliver Krug damit, dass Hagemann sein Leben zerstört hätte? Ein Staatsanwalt hatte nun mal dafür zu sorgen, dass die Verbrecher hinter Gitter kommen. Das ist sein Job.

Hin- und hergerissen zwischen ihren Bedenken und der Überzeugung das Richtige zu tun, schob sich der Satz „*bereits nach einigen Tagen, die Suche nach ihm eingestellt*" in den Vordergrund ihrer Gedanken. Und die Frage: *Welcher Vater macht so etwas? Dazu noch, wenn er Staatsanwalt ist und ihm alle möglichen Mittel zur Verfügung stehen?*

Sarah erinnerte sich vage an einen verstaubten „Vermisstenfall Hagemann", der im Archiv des Offenbacher Polizeipräsidium, in dem sie vor Jahren ein Praktikum absolviert hatte, dahinschlummerte. Der damalige Archivar, ein Polizeibeamter kurz vor seiner Pensionierung, hatte sie meterhohe alte Aktenberge, die eigentlich von ihm digitalisiert werden sollten, sortieren und in Regale einordnen lassen.

Auch, wenn es nur sekundär mit ihrem Vorhaben in Verbindung stand, wollte sie Klarheit. Sie würde sich die Akte beschaffen. Letztlich wusste sie aber, dass es nur eine Hinhaltetaktik, bezüglich ihrer eigenen Unsicherheit war. Zeit um nachzudenken.

Mit dem Formular zur Akteneinsicht, in das sie einen Zahlendreher eingefügt hatte, entfernte sich Kriminalhauptkommissar Andreas Dillinger ans hinterste Ende des Archivs.

Die Akte, wegen der sie *tatsächlich* in die *Katakomben* gekommen war, hatte sie schnell gefunden und versteckte sie unter ihrer Uniformjacke.

Die dünne Mappe mit den wenigen Aussagen war allerdings enttäuschend. Nur die von Oliver Krug, stach ihr besonders ins Auge. Sie entfernte das Blatt aus der Akte und steckte diese unbemerkt in einen Stapel Unterlagen, den ein Polizeianwärter, der zufällig im Fahrstuhl neben ihr stand, in verschiedene Abteilungen bringen sollte.

Dass diese Unterlagen ausgerechnet bei Kriminalhauptkommissarin Wegener und ihrem Team landeten und sie selbst, einige Tage später, in die Ermittlungen von Hagemanns Tod involviert werden würde, konnte sie zu diesem Zeitpunkt nicht ahnen.

Auch nicht, dass Krug in der Stadt in der sie arbeitete niedergestochen wurde und sie erneut vor die Frage stellte: Loyalität gegenüber ihrer Schwester und womöglich folgenden Opfern, oder der Strafverfolgung ihren Lauf zu lassen.

„Darf ich Ihnen einen Tee oder Kaffee bringen?", wurde Sarah in die Gegenwart zurückkatapultiert.

Mittlerweile war der Krankenhausflur durch blendende Neonröhren hell erleuchtet und das eifrige Gewusel des Personals legte nahe, dass bald das Abendbrot serviert wurde.

Ein Blick auf die riesige, mittig im Gang hängende Uhr, bestätigte Sarahs Annahme. 16 Uhr 45.

„Ja, danke", sagte sie zu der freundlichen Pflegerin. „Das wäre sehr nett. Ich schaue nur mal kurz nach meinem *Schützling*."

Sie hatte sich entschieden.

Ohne anzuklopfen riss die Polizistin die Tür auf und blieb erschrocken vor dem leeren Bett stehen.

Das kann doch nicht sein. Wo ist er hin?

Dann hörte sie aus dem Badezimmer die Wasserspülung. Sie ging zurück zur Tür und zog ihre Waffe.

Donnerstag / 15:50 Uhr

„Ach herrje, schon so spät." Helene sprang auf. „Die zwei stehen bestimmt schon vor der Garage."

„Da kannst de recht habe. Dann man los, min Deern", erwiderte Herbert, die norddeutsche Mundart von Helene, die er so an ihr liebte, nachahmend.

„Kommst de halt später nach. Weißt ja, wo wir zu finde sind."

Er drückte Helene die Autoschlüssel seines „Alten Mädchens", wie er seinen Benz aus den Siebzigern liebevoll nannte, in die Hand. „Fahr vorsichtig!"

Das sagte Herbert immer, wenn Helene – sie war die Einzige, die den Oldtimer fahren durfte – ohne ihn unterwegs war. Und, jedes Mal fragte sich Helene, ob er dabei mehr um ihr Wohlergehen oder das seines Mercedes besorgt war.

Drei Minuten später eilte sie, zusammen mit Bettina, zu Herberts Haus, in dem seit mehr als einem Jahr Nicole und Andy wohnten; die Garage aber noch immer dem alten Benz vorbehalten war.

Wie vermutet, tänzelten Gundel, Schorsch und Sepp davor herum.

Der will doch jetzt nicht doch mit?

Helenes Befürchtung bestätigte sich, als Sepp sie mit den Worten: „Do bist de ja endlisch. Mir woate schon e Ewischkeit", empfing.

„16 Uhr, sagte ich", antwortete Helene knapp. „Wolltest du nicht zuhause bleiben?"

Sepp nickte. „Hab's mir annerst überlescht."

Sein Entschluss, doch mitzufahren, war ihm nicht leichtgefallen. Letztendlich hatte er sich selbst ins Gewissen geredet und beschlossen, die Geschichte endlich vom Tisch zu bekommen. Aber nur, falls Franz ihn darauf ansprechen sollte.

„Und deshalb stehe mer uns jetzt schon seit ner Vertelstund die Boa in de Bauch. Die Nachbern hawe aach schon gefracht, ob mer en Ausfluch mache dete und wohie es geht."

„Un, wenn isch disch net gebremst hätt, dann hätts de des aach noch verroate", gab Sepp grummelnd zurück. „Des alde Plappermaul kann doch nix fer sisch behalte." Er fuchtelte wild mit seinem Zeigefinger vor Schorschs Gesicht herum.

„Dann müsst ihr drei euch halt auf die Rückbank quetschen. Bettina sitzt jedenfalls vorne." Helene bedachte Gundel, Sepp und Schorsch mit einem Blick, der keinen Widerspruch duldete.

Sepp äußerte lediglich kleinlaut den Wunsch nicht mittig sitzen zu müssen.

Ohne darauf zu achten, ob das *Dreigestirn*, wie Herbert seine Nachbarn gerne betitelte, wirklich zur Seite gegangen waren, öffnete Helene schwungvoll das Garagentor.

Hinter sich hörte sie ein „Hoppla!" von Sepp und „Ob die mit em Herbert aach so umgeht?"

Bis zum Bahnübergang herrschte beinahe klösterliche Stille. Dann platzte Sepp heraus. „Guck, jetzt geht die Schranke schon widder runner. Awer moanst de do käm en Zuch? Nix bassiert. Des Bähnche steht bestimmt noch im Bahnhof."

Er beugte sich ein wenig nach vorn und sah nach links. Natürlich konnte er nicht wirklich sehen ob da ein Zug stand.

„Jedes Mol is des so, wenn mir do driwwer fahrn. Do kannst de gern amol de Herbert fraache. Der reescht sisch dodriwwer aach immer uf. All redde se von Umweltverschmutzung und dann misse die Autos do stunnelang vor der Schranke rumstehe un die Luft verpeste."

Laut schnaufend und zufrieden, seine Meinung kundgetan zu haben – auch, wenn niemand außer den Insassen diese hören konnte – lehnte er sich wieder in das Polster zurück.

Zu seiner Überraschung näherte sich nun ein Zug von rechts, dröhnte über die Schienen und hielt mit quietschenden Bremsen am Bahnsteig. Dennoch dauerte es eine gefühlte Ewigkeit – oder kam es Helene nur so vor? – bis sich die Schranken wieder hoben und das Licht der roten Ampel erlosch.

Anstatt direkt links gegenüber dem Krankenhaus in die lange und enge Straße einzubiegen, zog Helene es vor, weiter auf der Dudenhöfer Straße zu bleiben.

Sogleich wurde ihr Vorgehen von Sepp mit den Worten kommentiert: „Jetzt bist de awer grad an der Stroß vorbeigefahrn. Jetzt musst de drehe. Am beste fährst de in die Stroß enoi, wo's zum Krankehausparkplatz geht und dann widder zurick."

Ohne auf Sepps Navigationshilfe zu achten fuhr Helene weiter bis zum ersten Kreisverkehr, umrundete diesen zu einem Dreiviertel und bog dann rechts ab.

„Wir sind da", sagte sie nur, parkte halb auf dem Gehsteig vor dem Haus von Franz Wittig, stieg aus und holte Sepps Rollator aus dem Kofferraum.

Mittlerweile quälten sich Schorsch, der mittig im Fond des Mercedes hatte sitzen müssen und Gundel links neben ihm, aus selbigen.

„Siehst de, so geht's aach. Awer du waast ja immer alles besser", konnte Schorsch sich den Kommentar nicht verbeißen, sobald er auf dem Bürgersteig stand.

Helene glaubte einen gewissen Triumpf in seiner Stimme zu hören. Hingegen warf Sepp ihm einen finsteren Blick zu und brummelte: „Hoab doch net gewusst, dass mer aach so rum fahrn kann."

„Pass mir ein bisschen auf die beiden auf", raunte Helene Gundel zu, während sie rundum alle offenstehenden Autotüren zuschlug. „Und denk dran. Es geht hauptsächlich darum etwas über die Familienverhältnisse der Hagemanns herauszufinden und nicht um uralte Geschichten aufzuwärmen. Der Streit, der Hagemanns vor 20 Jahren, kurz vor dem Verschwinden ihres Sohnes ist besonders wichtig."

„Kannst dich auf mich verlassen", flüsterte Gundel zurück und kam sich vor, wie die Chefin einer Spezialeinsatztruppe. Infolgedessen ging sie mit hocherhobenem Kopf durch die offenstehende Eingangspforte zur Haustür.

„Ja, wo willst en du hie?", fragte Sepp, als er bemerkte, dass Bettina ihnen nicht folgte. „Do geht's noi."

„Ich habe eine andere Aufgabe", erwiderte Bettina, nickte Helene zu und ging zum Haus der Hagemanns, nebenan.

„Also, packe mer's", sagte Schorsch und drückte mit dem stumpfen Ende seines Gehstocks auf die Klingel.

„Schorsch! Benimm dich." Gundel schlug ihm auf den Unterarm.

„In einer Stunde hole ich euch wieder ab", rief Helene. „Wer um 17 Uhr nicht hier steht, muss heimlaufen."

„Ich laufe freiwillig zurück", erwiderte Bettina.

„Ach, hätt isch fast vergesse." Sepp drehte sich Helene zu. „Uf em Rückwesch misse mir noch beim Krankehaus vorbeifahre. Die hawe moi Handy aus em Wasser geholt. Des muss isch unbedingt widder hawe."

„Ob das einen Sinn macht?", äußerte Gundel, mit einem genervten Schnaufer. „Zu gebrauchen ist das bestimmt nicht mehr."

„Isch will des trotzdem widder", beharrte Sepp. „Hot ja mol Geld gekost."

Helene wartete, bis Fritz Wittig im Hauseingang erschien. Anschließend stieg sie in den Wagen und rollte langsam wieder rückwärts aus der Straße.

Um nicht noch einmal die Karibik – so die inoffizielle Bezeichnung des Bahnübergangs wegen dessen vielen kleinen Betoninseln – überqueren zu müssen, fuhr sie die Straße am Feldrand entlang und über die Bahnschienen in der Gisela-straße, in Richtung Innenstadt.

Donnerstag / 16:05 Uhr

Was habe ich mir nur dabei gedacht?

So gut kannte sie Maria Hagemann nun auch wieder nicht. Früher ja, als sie noch beim Heimatverein tätig gewesen war, aber das war Jahre her. Zum letzten Mal hatte sie Maria vor zwei Jahren, beim Geleitsfest gesehen und auch nur kurz mit ihr gesprochen.

Als Heinz Hagemann in Sichtweite kam, zog Maria es vor, das Gespräch schnell abzubrechen. Seitdem hatten sie sich nur kurz auf dem Wochenmarkt gesehen, aber nicht miteinander geredet.

Bettina hatte den Eindruck, dass Maria ihr aus dem Weg

ging. Andererseits musste sie zugeben, dass sie damals selber wenig Kontakt mit anderen Menschen suchte. Glücklicherweise waren diese Zeiten vorbei. So vieles hatte sich für sie in den letzten Monaten geändert und darüber war Bettina sehr froh.

Sie sah sich um. Helene war bereits weggefahren. Sollte sie sich auch einfach umdrehen und wieder gehen? Vielleicht wollte Maria in ihrer Trauer alleine sein?

Während ihre Gedanken sich im Kreis drehten, wurde das schmiedeeiserne Tor, das zum hinteren Garten des Grundstücks führte, geöffnet. „Kann ich Ihnen helfen?" Maria Hagemann kam auf Bettina zu.

„Frau Hagemann. Ich ... eh, ich wollte ..."

„Frau Roth, stimmt's? Sie sind die Frau von Ferdinand Roth?"

„Ja." Bettina war verwirrt und erstaunt. Die Frau, die sie anlächelte, war alles andere als niedergeschlagen, hatte keine verweinten Augen und trug auch keine dunkle Kleidung; sondern eine grüne Latzhose, darunter ein rotkariertes Hemd und grün-gelbe Gummihandschuhe.

„Oh, entschuldigen Sie. Ich habe Sie bei der Gartenarbeit gestört", sagte Bettina.

„Aber nein. Ich bin immer bei der Gartenarbeit. Also können Sie gar nicht stören."

Maria Hagenmann streifte ihre Handschuhe ab. „Schön, Sie mal wiederzusehen."

Dann sah sie Bettina nachdenklich an. „Waren wir nicht schon einmal beim DU? Komm herein. Ich mache uns einen Kaffee. Oder magst du lieber Tee?"

„Danke. Lieber einen Tee. Ich ... eh ... ich hatte heute schon genug Kaffee", stotterte Bettina und folgte Maria Hagemann auf die Terrasse.

„Bitte." Mit einer einladenden Geste zeigte Maria Hagemann auf Metallstühle mit blau-weiß-rot gestreiften Polstern.

„Eine Minute. Bin gleich wieder bei dir."

Bettina hörte den Wasserkocher brodeln und Tassen klappern. Keine drei Minuten später hatte Maria Hagemann die grüne Gartenhose mit einer Jeans getauscht und stellte Tassen und eine Gebäckschale auf den Tisch.

„Ich bin froh, dass du mich besuchen kommst, Bettina. Du bist die Erste und auch die Einzige, die sich traut. Naja, es wundert mich nicht. Ich habe seit Jahren keinen Kontakt zu der Nachbarschaft oder zu sonst einem Menschen."

Traurigkeit klang in ihrer Stimme.

„Ich habe oft an dich gedacht und an die Zeit, die wir beim Heimatverein verbracht haben. Wie geht es dir?"

„Danke, mir geht es gut", antwortete Bettina. „Eigentlich sollte ich dich das fragen. Entschuldige bitte, dass ich so mir nichts dir nichts bei dir reinplatze. Ich hätte vielleicht vorher anrufen ..."

„Nein, bitte keine Entschuldigung. Ich freue mich ehrlich, dass du gekommen bist. Bei dir hatte ich immer das Gefühl, dass du es ehrlich mit mir meinst. Und zu deiner Frage – ja, mir geht es gut. Gewiss finde ich es schlimm was Heinz widerfahren ist, dennoch spiele ich nicht die trauernde Witwe; denn die bin ich nicht."

Bettina fiel dazu nichts ein ... also schwieg sie.

„Ich kann es selbst kaum glauben", fuhr Maria fort, „und erwarte auch nicht, dass du das verstehst. Vielleicht glaubst du … jetzt ist sie verrückt geworden." Sie lachte. „Aber, weißt du was? Das erste Mal in meinem Leben fühle ich mich frei. Meinst du, das wäre falsch?"

Maria wartete Bettinas Antwort nicht ab.

„Mein ganzes Leben lang, habe ich immer nur gemacht was andere mir gesagt haben, habe gekuscht, habe mich von Heinz immer wieder erniedrigen lassen und selber geglaubt ich bin nichts wert. Aber, seitdem ich weiß, dass Daniel ..."

Erschrocken hielt sie inne. „Der Tee ist fertig."

Als sie mit der Kanne zurückkam und die dampfende Flüssigkeit in die Tassen schenkte, sah sie Bettina forschend an.

„Kann ich dir ein Geheimnis anvertrauen?"

„Ja sicher." Bettina nickte verunsichert.

Oh Gott. Gesteht sie mir jetzt den Mord an ihrem Ehemann?

„Daniel lebt. Seit einem Jahr weiß ich es. Er schreibt mir regelmäßig und Heinz hat nichts davon geahnt."

Maria kicherte wie ein Teenager, der heimlich den ersten Freund ins Zimmer geschmuggelt hatte.

„Was?" Bettinas Hand zitterte so stark, dass sie die Teetasse, die sie gerade angehoben hatte, wieder absetzte. „Was sagst du? Daniel, dein Sohn, lebt?"

Maria nickte. „Ja, in Mainz; schon seit Jahren. Er ist Innenausstatter und arbeitet in einem Architekturbüro. Und, jetzt kann er mich jederzeit besuchen oder ich ihn, weil ..., weil Heinz nicht mehr ist."

„Darf ich dich etwas persönliches fragen?"

Einen kurzen Moment sah Maria ihre Besucherin zweifelnd an. Dann nickte sie.

„Es wird so Einiges in der Stadt geredet, über deinen Ehemann und auch über euren Sohn. Warum ist Daniel damals weggelaufen? Ich meine ... du brauchst es mir nicht zu erzählen, wenn du nicht willst."

„Ich will es dir erzählen, Bettina", antwortete Maria. „Wie schon gesagt, warst du die Einzige, die immer ein gutes Wort für mich hatte, und damals im Heimatverein, waren wir ja so etwas wie Freundinnen. Außerdem habe ich zu lange alles in mich hineingefressen."

Sie erhob sich. „Aber dazu brauche ich etwas Stärkeres als Tee. Magst du auch einen Cognac? Oder lieber einen Eierlikör?"

„Dann doch eher einen Cognac", stimmte Bettina zu.

Was sie dann zu hören bekam, hätte sie mit Eierlikör nicht verkraftet. Immer wieder schüttelte sie den Kopf und unterbrach Maria kaum, die immer mehr und immer aufgeregter erzählte.

Vielleicht war es auch der Alkohol, der ihre Zunge löste und den Schmerz und das Leid der vergangenen Jahre heraussprudeln ließ.

Als Bettina kurz nach sieben auf die Straße trat, war ihr schwindelig. Sie rief Ferdinand an. Zehn Minuten später hielt der rote Mitsubishi am Haus der Hagemanns und Bettina stieg ein.

Donnerstag / 16:15 Uhr

Neben der Mainfähre suchte Helene einen Parkplatz und hatte Glück. Kaum aus dem Fahrzeug gestiegen, hörte sie jemanden ihren Namen rufen und schaute sich um.

Ein ehemaliger Nachbar und Arbeitskollege ihres verstorbenen Friedel, der jetzt in einer der Seniorenwohnungen oberhalb des Mainuferwegs lebte, saß auf der „Lügenbank" und winkte.

Sie ging auf Siegfried Sauer zu, der, seit sie denken konnte, von allen immer nur „Siggi" genannt wurde.

„Na, Helene, auch nicht mehr so gut auf den Beinen?"

„Doch, wieso? Ach, wegen des Autos?" Helene lachte. „Nein alles noch im grünen Bereich, Siggi. Hab's nur sehr eilig. Und du, wie geht es dir?"

„Naja, geht so. Ist halt nicht mehr so wie's mal war, wenn die Frau nicht mehr da ist. Nicht schön, so alleine, gar nicht."

Siegfried Sauer schüttelte kaum merklich den Kopf und schaute traurig zur Fähre, die gerade von der anderen Mainseite ablegte.

„Komm, setz dich doch einen Moment her zu mir. Ich wollte dich sowieso schon anrufen. Ich habe dir etwas zu erzählen."

Helene schaute den Uferweg entlang.

„Wenn du deinen Herbert und den Ferdinand suchst – die sind dort vorne an der Mulaule."

„Ach ja? Na gut. Etwas Zeit habe ich. Was willst du mir denn erzählen?"

„Es geht um den Mord am Hagemann. Ihr seid doch wieder am Ermitteln, stimmt's?" Siggi lachte schelmisch. „Es hat sich mittlerweile herumgesprochen, dass ihr der Kripo bei ihren Ermittlungen helft."

„Wenn die Kriminalpolizei, sprich Nicole, das auch so sehen würde, wären wir froh", warf Helene ein.

„Außerdem habe ich gehört, wie der Herbert die Leute befragt, die hier rund um den Wehrturm wohnen", fuhr Siggi unbeirrt fort. „Dort, wo der *feine Herr* Staatsanwalt gefunden wurde. Ja, ja, der *Hartgesottene* in der Seligenstädter Tracht der Frauen, für alle sichtbar. So hätte er sich seinen Abgang bestimmt nicht vorgestellt."

Helene registrierte nicht nur Siggis leises Lachen, sondern auch den sarkastischen Unterton in seiner Stimme.

„Wisst ihr denn schon warum der die Weibertracht anhatte?"

Helene verneinte. „Weißt du mehr darüber?"

Siggi grinste und nickte. „Deshalb wollte ich ja mit dir reden."

„Siggi. Jetzt mach's nicht so spannend."

„Siehst du, genau das habe ich schon immer an dir gemocht … deine schönen großen blauen Augen." Siggi seufzte. „Der Herbert ist schon ein Glückspilz. Aber, ich gönne es ihm."

Siegfried Sauer legte kurz seine faltige Hand auf Helenes Arm. „Also, hör zu."

Was Helene zu hören bekam, überstieg ihre kühnsten Vorstellungen. Zappelig rutschte sie auf der Bank herum und konnte es nicht erwarten, schnell zu Herbert und Ferdinand zu kommen.

Dennoch fragte sie: „Warum hast du das nicht der Polizei erzählt? Sie haben doch bestimmt auch bei euch nachgefragt, ob jemand etwas beobachtet hat?"

„Ja schon, aber, eigentlich auch nicht so richtig. Da kam nur eine Polizistin, so ein junges Ding. Die hat sich auch nur beim Sven von der Caritas, der ist ihr zufällig über den Weg gelaufen, erkundigt, ob jemand von uns *abgängig* wäre."

Siggi schüttelte den Kopf. „Was ist denn das für eine Ausdrucksweise? Als wären wir Bewohner in einer Art Zoo, hinter Gittern wegesperrt und ein Wärter würde täglich durchzählen, ob auch niemand fehlt."

„Das ist Polizeijargon, das weißt du doch", antwortete Helene.

„Mag sein. Aber, früher haben wir uns nicht so geschwollen ausgedrückt. Da haben uns die Leute noch verstanden." Erneut schüttelte der alte Mann den Kopf und fuhr dann fort.

„Als Sven der Polizistin dann versicherte, dass die Bewohner, schon wegen ihrer eingeschränkten Mobilität zu alleinigen nächtlichen Ausflügen nicht in der Lage wären, gab sie sich damit zufrieden und zog ihrer Wege, wie man so sagt. Hätte ich ihr etwa hinterherrennen sollen? Außerdem hätte ich ihr sowieso nichts erzählt. Sie ist nicht einmal eine Zugezogene."

Helene verstand. Sie konnte sich noch gut an ihre ersten Jahre in dem Städtchen erinnern. Damals, kurz nach dem Krieg, wohnten noch nicht allzu viele Fremde, wie Siggi es ausdrücken würde, *Zugezogene* hier. Und, bedingt durch die unruhige Zeit, die hinter den Leuten lag, war der Argwohn gegenüber Fremden groß. Sie trauten niemanden und misstrauten jedem.

Auch Helene und deren Eltern, die es der Arbeit wegen aus Norddeutschland nach Hessen verschlagen hatte, fanden schwer Zugang zu den Einheimischen. Erst, nachdem Helene Friedel Wagner, den Polizeihauptwachtmeister, kennenlernte und später heiratete, erschlossen sich ihr langsam die verborgenen Konstellationen dieser alteingesessenen Bewohner.

Aber, wenn sie ehrlich war, gehörte sie auch heute noch nicht richtig dazu.

„Ich nenne das einfach Schlamperei", hörte sie Siggis Worte. „So etwas hätten wir uns früher mal erlauben sollen, als dein Friedel auf der Wache noch das Sagen hatte. Ja, ja, war schon ein Akkurater, dein Friedel."

Siegfried Sauers Blick schweifte wieder kurz zur Fähre, die gerade anlegte und ihre Passagiere in die Stadt entließ.

„Ja, das war er", stimmte Helene zu.

„Ach ja, hätte ich beinahe vergessen. Der Mann, der den Hagemann am Turm ablegte, machte auch noch ein Foto mit seinem Handy, bevor er die Treppe wieder raufrannte und in sein Auto stieg."

„Was, der Mörder hat auch noch ein Foto gemacht?", unterbrach Helene aufgeregt.

„Ja, stellt dir mal vor. Wie abgebrüht muss man denn sein?"

„Und das hast du alles beobachtet?"

„Ja, ich stand auf der Wiese am Mainufer und hatte mich hinter dem dicken Baumstamm versteckt."

„Das war aber ganz schön gefährlich. Zum Glück wurdest du nicht von dem Verbrecher entdeckt."

Helene tätschelte Siggis Hand. „Danke, Siggi. Du hast uns sehr weitergeholfen. Wir werfen dir auch mal einen Stein in den Garten, wie man so sagt. Wir werden dich bald mal besuchen; Herbert und ich. Versprochen!"

„Ja, is schon gut", antwortete Siegfried Sauer und dachte: *Wird eh nix draus, aber egal.*

Dass es nicht alleine an der jungen, unerfahrenen Polizeibeamtin lag, wie Siggi Helene weismachen wollte, sondern eine ganz andere Angelegenheit.

„Ist auch nicht mehr wichtig. Den Hagemann hat jetzt der Teufel geholt", brummelte er vor sich hin, stützte sich auf seinen Gehstock und erhob sich von der Bank.

Er warf einen Blick hoch zu der Schrift

Hier kannst du lügen, bis sich die Balken biegen

Der Spruch hatte etwas Beruhigendes. Ähnlich wie durch die Absolution nach der Beichte, befreite er von Verantwortung und dem schlechten Gewissen.

Zwar hatte er Helene nicht angelogen, aber auch nicht die ganze Wahrheit gesagt. Vielleicht, falls sie ihr Versprechen wirklich einlösen und ihn besuchen käme ... wer weiß?

***

Direkt unterhalb des Wehrturms saßen Ferdinand und Herbert auf der Bank. Sie unterhielten sich mit einer älteren Frau.

„Wenn ihr den Kerl net schnappt, is des aach net schlimm.

Der *Hartgesottene* hot des allemol verdient", hörte Helene gerade noch. Dann erhob sich die Frau und spazierte, mithilfe ihres Rollators, davon.

„Ei, da bist de ja". Herbert zog Helene neben sich auf die Bank. „Viel habe wir net erfahre. Du hast also nix versäumt."

„Nur, dass Frau Zöller, die Frau die hier gerade saß, ein beiges Auto in der Nacht gesehen hat", sagte Ferdinand. „Ihrer Beschreibung nach war es ein alter Citroën, der ihr unbekannt war und deshalb keinem der Anwohner gehört. Auch der Mann, der etwas aus dem Kofferraum hob, sich über die Schulter legte und damit die Treppe am Turm hinunterging, war ihr nicht bekannt; das heißt, sie konnte ihn nicht erkennen, weil er seine Kapuze über dem Kopf trug."

„Vielleicht war des der Mörder", klinkte Herbert sich ein.

„Das habt ihr gegenüber der Frau doch hoffentlich nicht erwähnt?", fragte Helene besorgt.

„War überhaupt net nötig", winkte Herbert ab. „Die Frau hat des schon selbst vermutet, nachdem hier die Hölle los war, mit Polizei und dem ganze Drum und Dran."

„Sie wusste auch noch, dass das Auto um 00 Uhr 12 wieder weggefahren ist", ergänzte Ferdinand. „Ach ja, und dass sich der Mann so eigenartig bewegt hätte, ähnlich einem Gorilla."

Gorilla? Helenes Oberstübchen morste sofort eine Erinnerung.

„Hab auch gleich an die Bemerkung von der Ludmilla denke müsse", sagte Herbert, als hätte er in Helenes Kopf geschaut.

„Wer ist Ludmilla?", wollte Ferdinand wissen.

„Unsere neue Nachbarin, Ludmilla Georg. Die wohnt jetzt mit ihrm Mann, dem Lutz, in dem Haus in dem früher die Gerda und der Gottfried gewohnt habe und scheine genauso neugierig zu sein. Jedenfalls hat die Ludmilla den Mann, der sich auf em Parkplatz vor unsrer Wohnung rumgetriebe hat, genauso beschriebe."

„Die Messerstecherei? Dann könnten die beiden Straftaten im Zusammenhang stehen?"

Herbert grinste verschmitzt. „Des mit dem Kombiniern klappt doch schon. Wirst sehe, Ferdi, wir sind ein super Team."

„Dat will ich mol meen", stimmte Helene zu und zappelte unruhig hin und her. „Ich habe gerade auch etwas sehr Interessantes vom Siggi erfahren. Der saß vorn auf der Lügenbank und hat mich abgefangen, als ich das Auto geparkt habe", fügte sie erklärend hinzu.

„Hoffentlich hast de auch die Parkscheibe aufs Armaturenbrett gelegt", grätschte Herbert dazwischen. „Man weiß ja nie, wo sich die *Hipos* grad rumtreibe."

„Jaaa, habe ich. Also, der Siggi ..."

„Wer is des eigentlich?", stoppte Herbert erneut Helenes Erzähldrang.

„Der Siggi? Na, der Siegfried Sauer. Der wohnte doch früher bei uns nebenan und war auch ein Kollege von Friedel. Als vor ein paar Jahren seine Frau verstarb, zog er in eine der Seniorenwohnungen, dort vorne."

Helene zeigte zu dem Gebäudekomplex, oberhalb des Mainuferwegs.

„Ach so, *der* Siggi."

„Herbert! Bist du abermal tüddelig? Wat soll dat?"', entgegnete Helene gereizt.

„Is ja schon gut, mein Mädchen. Ich wollt dich nur e bissje auf en Arm nemme."

„Nun erzähl endlich", forderte Ferdinand.

Donnerstag / 16:35 Uhr

Lars erreichte Frank Gerke nicht an seiner Wohnungsadresse, weshalb er direkt weiter nach Frankfurt fuhr.

Das Navy lotste ihn in einen Teil von Frankfurt-Hausen, den er lieber gemieden hätte. Kurze Zeit später parkte er vor einem, etwas in die Jahre gekommenen, Mehrfamilienhaus.

Etliche überfüllte Mülltonnen und noch mehr Plastiksäcke, teils aufgerissen, ließen vermuten, dass man es hier mit der Hausordnung nicht so genau nahm.

Er klingelte neben dem verblichenen Namensschild „Heidemarie Krug". Nach einer gefühlten Ewigkeit fragte eine weibliche Stimme: „Ja, was wollen Sie?"

„Frau Krug? Mein Name ist Lars Hansen. Ich bin von der Kriminalpolizei Offenbach. Kann ich Sie einen Moment sprechen? Es geht um Ihren Sohn."

„Der ist nicht hier."

„Ich weiß. Deshalb wollte ich mit Ihnen reden, Frau Krug. Kann ich kurz hochkommen?"

Einen Moment herrschte Stille.

„Ist ihm etwas passiert?" Plötzlich klang Frau Krug besorgt. „Dritter Stock."

Der Türöffner summte und Lars drückte mit dem Unterarm gegen die Haustür. Alles andere als atembare Luft schlug ihm entgegen und bestätigte seine Entscheidung. Auch beim Treppensteigen achtete er darauf, das Geländer nicht anzufassen.

Frau Krug erwartete ihn an der Tür, machte aber keine Anstalten Lars in die Wohnung zu bitten. Auch hatte er den Eindruck, dass die Frau nicht ganz nüchtern war.

„Was ist passiert? Was wollen Sie von meinem Sohn?"

Lars zeigte seinen Ausweis. „Können wir das vielleicht drinnen besprechen? Die Nachbarn."

Ihm war nicht entgangen, dass die Tür der Nebenwohnung einen Spalt breit geöffnet wurde.

Frau Krug trat einen Schritt in den Flur. „Neugieriges Pack", murmelte sie und trat zur Seite. „Geradeaus", dirigierte sie Lars verbal an zwei Türen vorbei ins Wohnzimmer, dessen Einrichtung aus den Siebzigern stammte.

„Hätte ich gewusst, dass mich die Polizei besucht, hätte ich aufgeräumt."

Beim Anblick der zwei überquellenden Aschenbecher und der Menge an leeren Wodkaflaschen auf dem Tisch, bezweifelte Lars, dass hier irgendwer in den letzten Tagen an Aufräumen, geschweige denn an Putzen gedacht hatte.

Hastig griff Frau Krug die Kleidungsstücke, die auf einem der Sessel lagen und warf sie achtlos auf den Boden.

„Muss ich sowieso waschen. Bitte, nehmen Sie Platz."

Widerstrebend kam Lars der Aufforderung nach. Frau Krug selbst setzte sich ihm gegenüber auf die Couch.

„Hat der Nichtsnutz mein Auto zu Schrott gefahren? Oder

ist er ...?" Völlig unerwartet trat Feuchtigkeit in Frau Krugs Augen. „Nun sagen Sie schon. Ist ihm etwas passiert?"

„Ihr Auto ist in Ordnung und Ihrem Sohn geht es auch soweit wieder gut", begann Lars.

Er fühlte sich nicht wohl in seiner Haut.

„Was heißt das? Hatte er einen Unfall? Wo ist er jetzt?"

„Ihr Sohn wurde auf einem Parkplatz in Seligenstadt niedergestochen. Zurzeit liegt er im dortigen Krankenhaus. Aber, wie gesagt, es geht ihm gut."

„Gott sei Dank."

„Wann haben Sie Ihren Sohn das letzte Mal gesehen und, können Sie sich erklären, was er in seiner ehemaligen Heimatstadt – Sie wohnten doch früher dort?", Heidemarie Krug nickte, „gemacht und wen er getroffen hat?"

„Am Mittwochabend bat er um mein Auto. Er wollte mit seinem Kumpel, diesem Frank, eine Spritztour machen. Wohin sagte er nicht. Immer kurvt er mit diesem abscheulichen Menschen in der Gegend rum. Der hat keinen guten Einfluss auf meinen Jungen, das sag ich Ihnen. Hat der meinen Oliver niedergestochen?"

Könnte durchaus sein, ging es Lars durch den Kopf.

„Das wissen wir noch nicht. Leider ist Ihr Sohn wenig kooperativ, was den Hergang der Tat und seinen Angreifer betrifft."

„Oliver hat den im Gefängnis kennengelernt. Sie wissen ja doch bestimmt, dass Oliver 8 Jahre in Preungesheim einsaß?"

„Wegen Vergewaltigung an einer jungen Frau", bestätigte Lars.

Heidemarie Krug nickte traurig. „Es ist schrecklich, was er getan hat und es tat ihm auch leid." Sie hob den Kopf und sah Lars direkt in die Augen.

„Noch in der gleichen Nacht, ich weiß es noch als wäre es gestern gewesen, kam er zu mir. Er hat mir alles erzählt und weinte bitterlich. Er sagte, er hätte diese Frau in einer Disco kennengelernt und sie hätten beide schon einiges getrunken. Sie wären zu ihrem Auto gegangen. Doch dann wollte sie nicht mehr..., Sie verstehen?"

Lars nickte.

„Und plötzlich, hätte er sich wieder an alles erinnert und es wäre mit ihm durchgegangen."

„An was erinnert?", wollte Lars wissen.

„Na, an das was ihm damals angetan wurde, in dieser schrecklichen Jugendstrafanstalt. Wissen Sie, er war früher nicht so. Er war ein lieber, sanfter Junge, bis ..."

Die Trauer auf dem Gesicht der Frau verwandelte sich schlagartig in Verbitterung und Wut.

„Daran ist nur dieser Staatsanwalt schuld. Hätte der ihn damals nicht ins Jugendgefängnis gesteckt, wäre das alles nicht passiert."

„Meinen Sie den ehemaligen Staatsanwalt, Heinz Hagemann?"

„Ja, wen denn sonst? Er ist schuld daran, dass Oliver auf die schiefe Bahn geraten ist, dabei ..."

Heidemarie Krug verstummte augenblicklich. So, als hätte sie sich beinahe verplappert.

„Was wurde Ihrem Sohn damals in der Jugendstrafanstalt angetan? Wissen Sie das?"

„Natürlich weiß ich das. Er hat es mir erzählt. Oliver hat mir immer alles erzählt und es steht auch in den Akten. Sollten Sie sich mal ansehen. Mein armer Junge wurde sexuell missbraucht und keinen hat's gekümmert. Natürlich haben wir Anzeige erstattet. Aber die Verantwortlichen haben lediglich eine Verwarnung und eine Geldstrafe erhalten." Frau Krug lachte kurz und hart auf.

„Garantiert steckte da auch dieser feine Herr Staatsanwalt dahinter. Niemand getraute sich etwas gegen den Mann zu unternehmen."

„Jetzt wohl schon", sagte Lars. „Er ist tot."

Heidemarie Krug sah ihn verwundert an.

„Sagen Sie bloß, Sie hätten das nicht gewusst? Stand groß und breit in der Zeitung."

„Was? Tot? Nein, das habe ich nicht gewusst. Ich lese keine Zeitung und höre auch keine Nachrichten. Ist mir alles zu viel Gewalt."

Diese Aussage kam Lars befremdlich vor. Gewalt dürfte in Heidemarie Krugs Leben doch gewiss keine unbekannte Erfahrung gewesen sein – bei einem Alkoholiker als Ehemann.

„Wie ist Hagemann gestorben?"

„Er wurde vergiftet."

„Dann kann es mein Oliver ja nicht gewesen sein. Giftmord wird doch eher Frauen zugesprochen, oder?"

„Im Moment ermitteln wir in alle Richtungen", antwortete Lars mit der immer gerne benutzten Floskel. „Nachdem, was wir wissen und Sie mir gerade bestätigten, hätte Ihr Sohn allen Grund, sich an Herrn Hagemann zu rächen."

„Er, wie viele andere auch. Oliver war das aber nicht. Er hat bestimmt viele Dummheiten gemacht, aber er ist kein Mörder. Das müssen Sie mir glauben."

Eine Vergewaltigung als *Dummheit* einzustufen, davon war Lars meilenweit entfernt, sagte aber nichts.

„Kann ich mein Auto bei Ihnen abholen und meinen Sohn dabei gleich mitnehmen? Ich meine, Sie haben doch keine Beweise, dass er mit dem Tod dieses Staatsanwalts etwas zu tun hat, oder doch?"

„Wenn Ihr Sohn für Dienstagabend ein Alibi vorzuweisen, dann …"

„Am Dienstagabend war Oliver hier bei mir", kam die Antwort, wie aus der Pistole geschossen. „Wir haben ferngesehen."

Heidemarie Krug lachte kurz erleichtert auf. „Also war mein Sohn mal wieder das Opfer. Hoffentlich kriegen Sie den Kerl, der meinem Oliver das angetan hat; und natürlich auch den, der Heinz Hagemann getötet hat. Obwohl ich ihm keine Träne nachweine."

Lars enthielt sich einem Kommentar.

„Ihr Wagen steht auf dem Gelände der Seligenstädter Polizeistation und die forensischen Untersuchungen sind abgeschlossen. Es spricht also nichts dagegen, dass Sie Ihr Auto dort abholen können. Ob Ihr Sohn schon aus dem Krankenhaus entlassen werden kann, müssen Sie mit dem zuständigen Arzt klären."

„Gut. Dann werde ich mich sofort darum kümmern. Wenn Sie mich dann bitte entschuldigen wollen?"

Heidemarie Krug stand auf.

„Eine Frage hätte ich noch, Frau Krug. Wie war das Verhältnis zwischen Ihrem Sohn und Daniel Hagemann? Soweit uns bekannt ist, waren die beiden beste Freunde?"

„Daniel?" Heidemarie Krug zuckte zusammen. Wussten die Bullen von seinem gestrigen Anruf?

„Wie kommen Sie jetzt auf Daniel? Früher waren die beiden unzertrennlich, was dem Alten, also Daniels Vater ganz und gar nicht gepasst hat. Aber, das ist schon eine ganze Ewigkeit her. Ich weiß gar nicht mehr wann ..." Frau Krug ließ sich wieder auf ihrer Couch nieder und dachte – mal abwarten, was jetzt kommt.

„Ziemlich genau vor 20 Jahren und 2 Tagen ist Daniel verschwunden", half Lars ihrem Gedächtnis nach.

„Ach, ja? Anfangs habe ich öfter mal an den Jungen gedacht. Er hatte es wirklich nicht leicht … bei diesem Vater. Deswegen ist er wohl auch weggelaufen."

„Sie glauben also auch, dass Daniel weggelaufen ist und nicht, dass ihm etwas Schlimmes passiert sein könnte?"

„Was sollte ihm denn passiert sein? Der Junge war 17 Jahre alt, konnte Karate und war auch sonst nicht auf den Kopf gefallen. Er wollte einfach nur weg, von diesem Tyrannen, dabei ..."

Erneut verstummte Heidemarie Krug abrupt und wieder hatte Lars das Gefühl, dass sie sich zum zweiten Mal, im allerletzten Moment, mit einer Aussage zurückhielt, die wichtig sein könnte.

„Dabei was?", hakte er deshalb sofort nach.

„Dabei hatte der Junge nicht bedacht, dass er seiner Mutter das Herz brach, wollte ich sagen. Würde doch jeder Mutter so ergehen."

Lars wusste, heute würde er keine weiteren Antworten bekommen und stand auf.

„Frau Hagemann ist auch der Meinung, dass ihr Sohn *nur* weggelaufen ist. Sie glaubt noch immer, dass er eines Tages wieder vor ihrer Tür stehen könnte."

„Ach, ja?"

„Hatten oder haben Sie noch Kontakt zu Frau Hagemann?"

„Nein! Ich bitte Sie, jetzt zu gehen."

„Übrigens wurde die Leiche von Heinz Hagemann am 17. Oktober gefunden; auf den Tag genau, am dem sein Sohn verschwand. Ein interessanter Zufall, meinen Sie nicht auch?"

„Vielleicht hat das eine ja wirklich mit dem anderen zu tun. Das herauszufinden ist aber Ihre Aufgabe, oder?"

Lars nickte. „Ach, eine Bitte noch."

„Was denn noch?"

„Sie sagten Ihr Sohn war mit einem Frank unterwegs, einem Kumpel, den er aus dem Gefängnis kannte. Sie wissen doch bestimmt auch den Nachnamen?"

„Er heißt Frank Gerke, ist ein ungehobelter Kraftprotz und ein Großmaul. Soweit mir bekannt ist, wohnt er in Offenbach. Mehr weiß ich nicht. Nur, dass ich ihn nicht leiden mag. Er ist nicht gut für meinen Jungen."

Frank Gerke! Lars musste sich zusammenreißen, um seine Gedanken nicht laut heraus zu posaunen.

„Ein Kraftprotz?", fragte er vorsichtshalber nach.

„Ja. Sie wissen schon, so einer, der gerne seine Muskeln spielen lässt, aber wenig Hirn besitzt."

„Hat dieser Frank Gerke möglicherweise eine auffallende Tätowierung am Arm?"

„Ja, eine Schlange, die sich um ein Schwert schlängelt. Wieso?"

„Ein Mann, auf den diese Beschreibung passt, hat in Seligenstadt eine Bank überfallen. Vermutlich ist er auch für den Überfall auf Frau Hagemann verantwortlich."

„Maria Hagemann ist überfallen worden? Aber warum?"

Die Überraschung in Frau Krugs Gesicht war echt.

„Dann hat *der* vielleicht auch den Hagemann ermordet?", sprach sie aus, was Lars gerade auch durch den Kopf gegangen war.

„Wir fragen ihn, wenn wir ihn haben", versprach er. „Zurzeit ist er in Hagemanns Wagen unterwegs; ein alter beiger Citroën. Ich sage Ihnen das nur, falls Sie ein solches Auto hier in der Gegend sehen sollten. Dann rufen Sie mich bitte sofort an. Der Mann ist mehr als gefährlich. Aber, das wissen Sie selbst."

Lars reichte Heidemarie Krug seine Visitenkarte.

Sie nahm sie mit einem verzerrten Lächeln an.

„Machen Sie sich keine Gedanken. Ich kann gut auf mich aufpassen. Jetzt ziehe ich mich nur schnell um und nehme den nächsten Zug. Wenn ich Glück habe schaffe ich es bis 17 Uhr 20. Das ist eine Direktverbindung nach Seligenstadt."

Aus dem Bauch heraus bot Lars sich an, Frau Krug an den Bahnhof zu fahren.

„Danke. Das nehme ich gerne an. Ist schon lange her, seit sich jemand um mich gekümmert hat." Ihr Lächeln wurde breiter.

Auf dem Weg zum Hauptbahnhof fragte sie: „Geht es ihr gut? Ich meine Maria Hagemann."

„Ja", antwortete Lars. „Sie ist eine außergewöhnlich starke Frau."

„Das war sie schon immer, musste sie auch sein, bei diesem Mann, der ..."

Schon wieder brach Heidemarie Krug mitten im Satz ab.

Was verschweigt sie?

„Was ist mit Heinz Hagemann? Wollten Sie mir noch etwas sagen, Frau Krug?"

„Nein. Ich habe Ihnen alles gesagt, was es zu sagen gibt. Dort vorne können Sie mich rauslassen. Das letzte Stück laufe ich."

„Aber, ich fahr Sie gerne ..."

Die Ampel sprang auf Rot und Lars stoppte. Heidemarie Krug nutzte die Chance und verließ flugs den Wagen.

„Danke, fürs Mitnehmen", rief sie und reihte sich in den Strom der Passanten ein, die ebenfalls in Richtung Bahnhof unterwegs waren.

Donnerstag / 16:50 Uhr

Wie ein Donnerschlag dröhnte der Schuss durch den Flur. Erschrocken starrte das Pflegepersonal zu dem Zimmer, in dem Oliver Krug untergebracht war.

Eine junge, in der Ausbildung befindliche Pflegekraft,

schrie auf. Das Tablett, das sie gerade aus einem Zimmer geholt hatte, fiel krachend auf den grauen Linoleumboden. Besteck, Tasse und Teller kullerten durcheinander, dazu der Restinhalt eines halbgeleerten Joghurtbechers.

„Was war das? Wo ist die Polizistin?" Schwester Elisabeth, eine der älteren Pflegerinnen, eilte auf die Tür zu. In diesem Moment stürzte Oliver Krug aus dem Zimmer und an ihr vorbei.

„Herr Krug ... Sie dürfen noch nicht ... Wo wollen Sie denn hin? Was ist passiert?", rief die Pflegerin ihm nach.

Doch Oliver Krug hastete weiter zu den Aufzügen, die linke Hand auf die noch frische Wunde gepresst. In der rechten hielt er eine Pistole.

Schwester Elisabeth rannte hinter ihm her. Sie konnte sich gerade noch in den Fahrstuhl zwängen, bevor sich die Tür schloss.

„Herr Krug! Was tun Sie? Sie sind gerade erst operiert worden. Sie können doch nicht einfach so ..."

„Sie wollte mich ... abknallen", stieß Krug zwischen zwei Atemzügen hervor und lehnte sich gegen die Wand. „Das Miststück wollte mich eiskalt abknallen."

„Wer? Die Polizistin? Aber Herr Krug. Warum sollte sie das tun wollen? Das bilden Sie sich ... sind vielleicht noch die Nachwirkungen der Narkose."

Schwester Elisabeth machte einen Schritt auf Oliver Krug zu.

„Bleiben Sie, wo Sie sind", fauchte er sie an.

An seinem Gesicht konnte sie klar ablesen, dass er

Schmerzen hatte. Außerdem lief ihm das Blut aus der Armbeuge, aus der er sich den Zugang zur Vene gerissen hatte.

„Ich will Ihnen doch nur helfen", versuchte es die Pflegerin erneut.

„Wie wollen Sie mir helfen?" Oliver Krug lachte abweisend.

Die Fahrstuhltür öffnete sich.

„Der Herr Dr. Fliege. Wenn das jetzt mal kein Zufall ist. Jetzt machen wir zusammen die Fliege."

Erneut ergötzte sich Oliver Krug an dem Wortspiel. Gleichzeitig richtete er die Waffe auf den Arzt.

„Und Sie bleiben wo Sie sind", brüllte er die Krankenschwester an. „Wehe, es folgt uns jemand. Wo steht Ihr Wagen, Dr. Fliege?", wandte er sich dem Arzt zu.

„Ich habe kein Auto. Ich fahre Rad."

„Was? Ich fasse es nicht. Hast du einen Wagen?", fragte er Schwester Elisabeth.

„Ja, aber der Schlüssel ist in meinem Spint, oben."

„Dann nochmal rauf. Los, rein da."

Krug zeigte mit der Pistole in den Fahrstuhl. Schwester Elisabeth drückte den Knopf für die zweite Etage und die Tür schloss sich.

„Ich mache, was Sie wollen, Herr Krug. Es kann aber einige Minuten dauern."

„Dann solltest du dich beeilen. Der Herr Doktor leistet mir solange Gesellschaft. Und, wenn du auf dumme Gedanken kommen solltest, du weißt hoffentlich was ich meine?" Die Pflegerin nickte. „Dann knall ich ihn ab. Ist das klar?"

Krug stellte sich an den Sensor der Fahrstuhltür, damit

diese nicht wieder zurollte.

„Was ist mit der Polizeibeamtin?", erkundigte sich Dr. Fliege.

„Keine Ahnung", antwortete Krug. „Ich bin ja kein Arzt. Hätte sich halt nicht mit mir anlegen sollen, die Kleine."

Ein verunglücktes Grinsen überzog sein Gesicht.

„Was glauben Sie damit erreichen zu können, Herr Krug? In Ihrem Zustand kommen Sie nicht weit. Die Polizei ..."

„Die Bullen werden mich wohl kaum stoppen, wenn ich Geiseln habe. Oder, was glauben Sie, Dr. Fliege? Wir sind nicht in Chicago und ich bin nicht Al Capone. Die werden hier nicht gleich mit einer Hundertschaft anrücken. Und, was meinen Gesundheitszustand betrifft – dafür habe ich doch Sie."

„Wie stellen Sie sich das vor? Ich habe nicht mal einen Arztkoffer dabei und auch keine Medikamente, die Sie brauchen. Sie werden verbluten."

„Wenn ich mich nicht irre, ist in jedem Auto ein Erste-Hilfe-Koffer." Krug lachte gehässig. „Sie werden das schon machen, Herr Doktor."

„Herr Krug. Ich bin es", rief Schwester Elisabeth, noch bevor sie um die Ecke bog. „Ich habe den Schlüssel. Eine Notfalltasche habe ich auch dabei."

„Sehen Sie, Herr Doktor. Es ist für alles gesorgt."

Selbstverständlich hatte sich der Schuss wie auch die Geiselnahme bereits herumgesprochen. Die Menschenmenge, die sich im Foyer eingefunden hatte, erstaunte Oliver dann doch.

„Zurück! Alle zurück, sonst knall ich euch ab."

Er schwenkte die Pistole im Halbkreis auf die Leute. Kurze Aufschreie waren die Folge.

Aber die Bullen sind noch nicht da, stellte er zufrieden fest.

„Los jetzt. Zum Auto. Ihr geht voran!"

Die Waffe wieder auf den Arzt und die Pflegerin gerichtet erreichten die drei, ohne Zwischenfall, den Parkplatz, wo Schwester Elisabeth geradewegs auf ihr Auto zusteuerte.

„Das ist jetzt nicht dein Ernst. Ein Mini Cooper?"

„Glauben Sie etwa, ich könnte mir, bei meinem Gehalt einen Porsche leisten?", schnauzte sie Krug an.

Ihr Level an Adrenalin hatte die obere Grenze erreicht.

Seit Jahren widmete sie sich mit Hingabe und Herzblut, trotz mittelmäßiger Bezahlung für diesen Knochenjob, ihrer Aufgabe. Freundlich, immer ein nettes Wort auf den Lippen, kam sie auch mit den schwierigsten Patienten zurecht. Sie ließ sich nicht aus der Ruhe bringen, auch nicht nach einer 10-Stunden-Schicht, die gerade mal wieder hinter ihr lag, weil sie für eine Kollegin eingesprungen war.

Später konnte sie nicht mehr erklären, was in sie gefahren war. Es war einfach ein Reflex.

„Machen Sie Ihren Scheiß alleine. Ich bin raus", schrie sie.

Auch Dr. Fliege stand wie erstarrt. Er hatte seine stets besonnene Pflegekraft so noch nie erlebt. Fassungslos verfolgte er den Flug der Tasche mit den eiligst zusammengesuchten Erste-Hilfe-Utensilien. Sie traf Oliver Krug an einer sehr empfindlichen Stelle. Wie ein gefällter Baum fiel

er, mit einem Schmerzensschrei, in die Hecke, wo er wim-
mernd liegen blieb.

Schwester Elisabeth drehte sich um und rannte direkt vor
das auf den Parkplatz einfahrende Auto.

Bremsen quietschten.

Donnerstag / 17:05 Uhr

Natürlich stand keiner der drei zum Einsteigen bereit, als
Helene zum Haus von Franz Wittig zurückkam. Sie klin-
gelte und registrierte eine Bewegung hinter der Gardine.
Fast zeitgleich kamen Gundel, Sepp und Schorsch aus der
Haustür.

„Mir komme schon", rief Schorsch, stelzte die zwei Stufen der Treppe herab und schob Sepp den ordnungsgemäß
neben dem Eingang geparkten Rollator zu.

Gundel drängte sich an den beiden vorbei und eilte Helene
entgegen.

„Wir haben sehr interessante Neuigkeiten. Alles ist gut
gelaufen", flüsterte sie ihr ins Ohr.

Dabei warf sie einen Blick zurück. „Naja, ein oder zwei
Wein haben die beiden getrunken; konnte ich nicht verhindern. Ich hatte aber nur eine Apfelschorle."

So, wie Sepp und Schorsch nun auf die Straße schwank-
ten, vernutete Helene, dass es wohl doch mehr als ein oder
zwei Gläser waren.

Kaum, dass Sepp im Benz saß, erinnerte er Helene daran,
am Krankenhaus vorbeizufahren, sein geliebtes Handy ab-
zuholen.

„Gut." Sie seufzte. „Aber ich gehe alleine und ihr bleibt im Wagen. Das dauert sonst alles zu lange. Jetzt will ich aber wissen, was der Herr Wittig zu berichten hatte."

„Ach so, ja. Also, des war werklich interessant", fing Schorsch an.

„Ja, des war's", stimmte Sepp zu. „Ich hätt joa mit allem gerechend, awer damit net."

Mit *allem* meinte er speziell den Vorfall, der sich vor mehr als 20 Jahren, nach einer Chorprobe, ereignet hatte und weshalb er Franz Wittig seitdem tunlichst aus dem Weg ging. Darüber, dass dieser ihn nicht erwähnte oder sogar vergessen hatte, war Sepp heilfroh.

„Was denn jetzt?" Helene war kurz davor zu explodieren.

„Franz konnte sich noch ganz genau an den Tag erinnern, an dem dieser heftige Streit gewesen war", riss Gundel das Gespräch an sich. „Er und auch andere aus der Nachbarschaft waren im Garten und hörten den Hagemann brüllen: *Du wirst meinen guten Ruf nicht in den Dreck ziehen. Eher bringe ich dich um.* „Genau das waren seine Worte, sagte der Franz. Dass Hagemann seinen Sohn damit gemeint hatte, darüber waren sich alle Nachbarn einig. Auch, weil Hagemann seine Frau angeschrien hätte, dass sie an all dem Schuld sei, weil sie diesen Verbrecher, trotzdem er es verboten hatte, in sein Haus ließe."

„Er nannte seinen Sohn einen Verbrecher?", fragte Helene.

„Net soin Sohn, aber soin Freund, den Oliver", schaltete sich Sepp wieder ein. „Do is sisch de Franz sischer. De Oli-

292

ver hot nämlich mol lange Finger gemacht, in em Plattege-schäft und de Hartgesottene hot den deswesche fer a paar Woche ins Gefängnis stecke losse."

„Und dann erzählte der Franz noch, dass der Daniel manchmal so seltsame Anwandlungen gehabt hätte", fuhr Gundel fort.

„Anwandlungen?", unterbrach Helene erneut.

„Ja, genauso drückte sich der Franz aus. Er hätte den Bu-ben öfter mal im Kleid seiner Mutter im Garten gesehen und auch seinen Freund, den Oliver. Wie Mädchen wären sie herumgetobt und hätten dabei viel gelacht. Die Maria wäre auch dabei gewesen.

Als dann ein paar Wochen später Kleidungsstücke aus dem Fenster flogen und Maria Hagemann diese schnellstens einsammelte, war Franz klar, dass der Junge mal wieder *Mädchen* gespielt hatte. Das hätte seinen Vater wohl derart auf die Palme gebracht, dass er fast übergeschnappt sei."

„Ja, genauso hot der Franz des verzählt", stimmte Schorsch zu und Sepp nickte. „Mir hawe euch des heut ja aach schon verzählt, dass mit dem Bub ebbes net gestimmt hot. Un a paar Woche später, war der dann plötzlich ver-schwunne. De Franz un aach die oannern runderum hawe erst werklich gemoahnt, dass der *Hartgesottene* soin Sohn umgebracht hätt. Awer weil koa Leich gefunne worn is, hawe se all mitennoanner es Maul gehalte."

„Habt ihr gut gemacht", lobte Helene.

Gundel und Schorsch grinsten und Sepp erinnerte Helene nochmals daran zum Krankenhaus zu fahren. „Awer saach dene aach, dass isch Schadenersatz hawe will."

„Isch glaab, do hoste schlechte Karte", äußerte Schorsch. „Die sinn ja net dadruff versichert, dass du so bleed bist und doi Handy ins Becke falle lässt. Odder, was moanst du, Helene?"

„Was du ... eh, was dir passiert ist, nennt man Eigenverschulden und fällt nicht in die Haftung der Klinik", antwortete Helene. „Also gibt es auch kein Geld. Es sei denn, du hast dein Handy versichert, dann könnte deine Versicherung eventuell für den Schaden aufkommen."

„Soweit kimmt's noch, dass isch e Telefon versicher. Isch geb schon genuch Geld fer Versicherunge aus, die koan Mensch brauch."

Donnerstag / 17:15 Uhr

Erst seit kurzer Zeit versah Julian Köhler seinen Dienst in der Polizeistation in Seligenstadt und hier schien die Post abzugehen.

Ein Mord, ein Überfall auf eine ältere Dame, ein Banküberfall und nun noch eine Schießerei im Krankenhaus mit Geiselnahme, in die eine Kollegin involviert und verletzt wurde; und das alles innerhalb von zwei Tagen.

So hatte er sich den Job eines Ordnungshüters in einer eher ländlichen Gegend nicht vorgestellt.

Aufgeregt rannte er zu seinem Chef.

„Schusswechsel in der Klinik", rief er, noch auf dem Flur, Josef Maier zu. „Die Kollegin Senger ist involviert."

„Was genau ist passiert?", forderte Maier den jungen Kollegen mit ruhiger Stimme auf.

Kaum, dass er annähernd die Sachlage erfahren hatte, schnellte er aus seinem Sessel auf und brüllte: „Hans! Wir müssen los. Schusswechsel im Krankenhaus. Sie halten hier mit Kollege Bachmann die Stellung", instruierte er den jungen Polizisten.

„Ist Sarah nicht dort?", fragte Polizeioberkommissar Hans Lehmann, während er seine Jacke anzog.

„Genau", antwortete Maier. „Scheint Schwierigkeiten zu haben. Der Krug ist wohl geflohen und es fiel ein Schuss."

„Scheiße!", entfuhr es Lehmann.

Die Beamten rannten zu den Fahrzeugen. Maier warf sich auf den Fahrersitz. Noch ehe Lehmann die Beifahrertür richtig geschlossen und Blaulicht und Akustikalarm eingeschaltet hatte, brauste er auch schon los.

Kurz vor dem Bahnübergang blinkten mal wieder beide rote Ampeln. Der Polizeihauptkommissar schaffte es gerade noch über die Schienen, bevor sich die Schranken senkten und bog nach links in die Dudenhöfer Straße ein.

Lehmann sah ihn scheel von der Seite an.

„Kannst mir ja ein Knöllchen geben", brummte Maier.

Nur Sekunden später hielt er direkt vor dem Haupteingang der Klinik, aus dem jede Menge Leute strömten. Sie alle rannten in Richtung des Krankenhausparkplatzes.

Die Polizeibeamten rannten ebenfalls, jedoch ins Gebäude, wo sie Oliver Krug und seine Geiseln vermuteten. Aber die Eingangshalle war wie leergefegt. Keine Spur von Krug oder seinen Geiseln.

Lediglich die Dame an der Auskunft hielt hier die Stel-

lung. Sie beugte sich durch das Glasfenster. „Auf dem Parkplatz", sagte sie und zeigte in die entsprechende Richtung.

Donnerstag / 17:20 Uhr

Die Zeit, die der Computer benötigte um in den Arbeits-
modus zu gelangen, nutzte Herbert indem er die neuesten
Informationen, sowohl die der Augenzeugin Frau Zöller, als
auch die Aussage von Siegfried Sauer auf sein Whiteboard
kritzelte und weitere Verbindungslinien und Kreise zog.

Herbert, Helene sowie auch Bettina und Ferdinand hatten
ja vieles vermutet und konnten sich auch vieles vorstellen,
was den nach außen hin grundsoliden Hagemann betraf –
aber so etwas ... nie im Leben!

Woher Siggi die Information hatte, dass Hagemann regelmäßig diesen speziellen Klub „Zur Lagune" aufsuchte,
wollte er nicht sagen, betonte aber gegenüber Helene, dass
sie sich hundertprozentig darauf verlassen könnte.

Zudem ergab die Verkleidung, in der Hagemann aufgefunden worden war, jetzt einen Sinn.

Nachdenklich schaute Herbert auf Hagemanns Foto.

*Wer hat dich ums Eck gebracht? Wer hat dich so sehr ge-
hasst, dass er dich auf die Weise angeprangert hat? Ruf-
mord post mortem? Vielleicht einer aus dene Vereine? Bist
du vielleicht sogar zusamme mit einem deiner Kumpel in
den Klub gegange?*

Herbert streckte sich.

Ich bin ja mal gespannt, was die annern drei rausgefunde

habe. Einer aus der Nachbarschaft muss doch was mitge-
kriegt habe. Des is bei dene da draus net anders als bei uns.

Unruhig tigerte er im Zimmer auf und ab. Er konnte es
kaum erwarten, dass Helene zurückkam.

„Ob des Verschwinde vom Sohn der Hagemanns auch damit zusammenhängt?", murmelte er halblaut vor sich hin
und dann laut: „Herrgott nochmol, wo bleibst se denn?"

Erneut fiel ihm wieder ein, dass sie noch immer nicht
wussten, an was Hagemann letztendlich gestorben war.

Herbert hielt es nicht mehr aus und setzte, trotz Helenes
Verbot, eine SMS ab.

BRAUCHE EINE AUSKUNFT – HABE IM GEGEN-
ZUG AUCH NEUIGKEITEN.

Um die Zeit bis zur Rückantwort zu überbrücken, surfte
er durch verschiedene Webseiten, die denen von Siggi be-
schriebenem Geschäftszweig ähnlich waren.

Da gibt's ja doch a ganze Menge. Und, was die alles so
anbiete. Aber helfe tut mir des jetzt auch net so wirklich.

Endlich kam der erwarte Rückruf.

„Herbert was gibt es? Ich kann nicht lange reden."

„Verstehe, die Nicole is bei dir."

„Nein, das nicht. Sie ist mit Harry auf dem Weg ins Krankenhaus."

„Was? Warum denn des? Is was passiert?"

„Nein. Niemandem ist etwas passiert. Die beiden wollten
Oliver Krug verhören. Der, der bei euch niedergestochen
wurde."

„Aha. Ich will dich auch gar net lang aufhalte. Ich hätte
nur gern gewusst, woran der Hagemann gestorbe is. Weil,

äußere Verletzunge hat der Ferdinand net feststelle könne … also so auf en erste Blick und in der Stadt gehe ja die wildeste Gerüchte rum."

„So, so, auf den ersten Blick", wiederholte Lars.

Dann fiel ihm ein, dass Ferdinand Roth Sanitäter gewesen war, bevor er in Rente ging.

„Das hast du aber jetzt nicht von mir, dass wir uns da richtig verstehen."

Herbert schüttelte den Kopf, was Lars natürlich nicht sehen konnte. „Nee, mach dir mal keine Gedanke. Des bleibt unter uns."

„Hagemann starb durch Succinylcholin in Verbindung mit seinem Herzmittel, das er nehmen musste. Wird dir vermutlich nichts sagen."

„Krieg ich aber raus. Kannst de des buchstabieren?"

Nachdem Lars der Bitte nachgekommen war, fragte er: „Und, was hast du für mich?"

„Ach so, ja. Ich weiß, was der Hagemann in seiner Freizeit getriebe hat."

„Das ist uns auch bekannt", erwiderte Lars. „Hagemann hatte etliche ehrenamtliche Tätigkeiten, in mehreren Vereinen. Deshalb sollte er auch das Bundesverdienstkreuz erhalten."

„Des mein ich net."

„Nicht? Jetzt mach's nicht so spannend. Ich bin grad auf dem Sprung", drängte Lars und betätigte die Entriegelung des Wagens.

„Der ehrenwerte Staatsanwalt hat sich gern mal in so spezielle Klubs herumgetriebe – in Frauekleider. Verstehst de, jetzt?"", antwortete Herbert, mit einem gewissen Stolz in der Stimme.

„Wie bitte? Du meinst doch nicht etwa das was ich denke?"

„Woher soll ich wisse, was du grad denkst?"", fragte Herbert zurück.

Dann stimmt es also, dachte Lars, fragte aber trotzdem nochmal nach: „Eine Transvestiten-Bar?"

„Genau."

„Ist das Fakt? Woher hast du diese Info?"

„Des is so was von Fakt, aber vertraulich."

„Kann ich mich darauf verlassen?"

„Na klar. Hab ich dir schon einmal falsche Informatione gegebe? Jetzt gibt des Sinn, warum der Hagemann in der Seligenstädter Frauetracht gefunde wurde, oder? Irgendwer muss des gewusst habe. Wenn mer den finde, sin mer en große Schritt weiter."

Lars ignoriert großzügig das WIR und fragte: „Der Name des Etablissements ist dir nicht auch zufällig bekannt?"

„Auch das, mein lieber Herr Kriminalkommissar."

„Könnte es sich um die „Lagune" handeln?"", fragte Lars, bevor Herbert antwortete.

„Ja, wenn ihr des schon wisst, warum lässt du mich dann noch lang und breit erzähle?"

„Wir wussten es nicht hundertprozentig. Aber jetzt ... Danke, Herbert."

Lars wollte schon auflegen, als ihm eine weitere Sache einfiel, bei dem Herbert ihm womöglich Klarheit verschaffen konnte.

„Moment noch", rief er ins Telefon. „Kanntest du eine Familie Krug? Die wohnten lange Zeit in Seligenstadt. Oliver Krug soll der Schulfreund von Daniel Hagemann gewesen sein."

„Krug? Nee, sagt mir im Moment nix. Aber, ich kann ja mal rumhorche. Ist des wichtig für den Fall?"

„Möglich. Aber, bitte keinen Ton zu Nicole oder Harry."

„Ja bist du noch gescheit? Eine Hand wäscht die andere."

„Wenn das so ist", lachte Lars ins Telefon, „bekommst du noch ein Goody von mir. Oliver Krug ist der Mann, der vor eurem Haus niedergestochen wurde."

Donnerstag / 17:25 Uhr

Bremsen quietschen und Leute schrien.

Wie aus einer Trance erwachend, erfasste Schwester Elisabeth unscharf das blitzende Chrom der Stoßstange, etwa 20 Zentimeter vor ihren Schienbeinen.

Erschrocken hob sie den Kopf. Die Frau am Steuer, ebenso schockiert sprang aus dem Auto.

„Ist Ihnen etwas passiert?"

Langsam lichtete sich der Nebel im Kopf der Pflegerin. „Nein."

„Sie sind mir einfach vor den Wagen gelaufen. Ist Ihnen nicht gut?"

Jetzt fiel Helene auch der Mann im Arztkittel auf, der einen anderen Mann aus den Hecken zog.

„Grundgütiger! Was ist denn hier passiert? Kann ich helfen?"

Der Arzt drehte seinen Kopf in Helenes Richtung. In diesem Moment rammt der Mann, den er gerade aus dem Gebüsch gezogen hatte, seine Faust in dessen Bauch.

„Dreckschweine. Ihr wolltet mich linken", schrie er und presste eine Hand auf seine linke Körperseite. Ein großer Blutfleck zeigte sich auf dem Sweatshirt. Dennoch trat er, auf den am Boden liegenden Arzt ein.

„Hören Sie sofort damit auf!", rief Helene.

„Verzieh dich, Alte. Oder ich mach dich fertig", bellte der Mann in Helenes Richtung und setzte erneut zu einem Fußtritt an.

Doch Helene war schneller. Mit drei Schritten war sie bei dem Mann. Intuitiv schnellte ihr Ellenbogen nach vorne und traf ihn in Höhe der Brust. Er torkelte, dann kippte sein Oberkörper nach vorne. Bevor er wieder reagieren konnte, hatte Helene seinen linken Arm auf den Rücken gedreht und ihren dazwischen eingehakt. Zusätzlich versetzte sie ihm mit ihrem rechten Unterarm einen Schlag in den Nacken.

Mit einem Aufschrei fiel der Mann erneut, diesmal vor die Hecke, wo er liegen blieb. Helene autschte ebenfalls und hielt sich den rechten Arm.

Zwischenzeitlich hatte sich der Arzt aufgerappelt und auch Schwester Elisabeth schien wieder im Hier und Jetzt präsent zu sein.

„Des war jetzt wie im Krimi. Isch hoab alles uf moim Handy."

Stolz wedelte Sepp mit seinem Mobiltelefon herum, dass eigentlich Herbert gehörte und mit dem er sich am gestrigen Nachmittag intensiv befasst hatte. Die Folge war, dass er xmal Leute angerufen hatte, die er gar nicht kannte und die ihn nicht kannten.

„Gut gemacht", rief jemand aus der Gruppe der Leute, die sich mittlerweile angesammelt hatte und jetzt applaudierten; ebenso wie Gundel und Schorsch.

Aber nicht nur sie. Patienten und Besucher sahen aus den Fenstern des Klinikgebäudes und spendeten ebenfalls Applaus und natürlich hatten auch einige die filmreife Szene mit ihren Handys aufgenommen.

Wie es der Zufall wollte, war ein Reporter, der sich in der Notaufnahme befand, weil er in Ausübung seiner Tätigkeit eins auf die Nase bekommen hatte, ebenfalls zugegen. Er witterte eine fette Schlagzeile und hielt Helenes Heldentat mit seiner Kamera fest.

„Schoad, dass des de Herbert net miterlebt hat", äußerte sich Schorsch.

„Rede nicht so, als wäre er bereits gestorben", tadelte Gundel seine, ihrer Meinung nach, unpassende Wortwahl.

„Isch moan nadirlich, dass der do jetzt net dabei is", verbesserte sich Schorsch.

Von weitem waren Polizeisirenen zu hören, die rasant näherkamen. Keine halbe Minute später stieg der Lärm ins Unerträgliche, bis er schlagartig aufhörte und nur noch das Blaulicht hektisch zuckte.

Niemand der stark angeschwollenen Traube von Menschen, schien sich daran zu stören. Die Aufführung, die ihnen gerade geboten wurde, war bei weitem interessanter und hätte ohne weiteres zu einer Stuntman-Schau passen können.

Nur Minuten später kämpften sich die Polizeibeamten Maier und Lehmann mit Mühe einen Weg durch die Menge und gingen auf Dr. Fliege zu, der einerseits gestützt von einer Krankenpflegerin, sich mit der anderen Hand am Dach eines Mini Coopers festhielt.

Daneben stand Helene Wagner.

Helene Wagner? Josef Maier war verwirrt.

„Frau Wagner? Was machen Sie hier?"

Bevor Helene antworten konnte, verkündete Sepp voller Stolz: „Die Helene hot dem Schluri gezeischt, wo de Hammer hängt. Isch hoab des alles uffgenomme. Kannst de dir gern angucke, Josef."

Dem Dienststellenleiter der Seligenstädter Polizeistation war es sichtlich peinlich, von Sepp in voller Lautstärke und vor all den Leuten, bei seinem Vornamen genannt und geduzt zu werden. Weshalb er eine abwehrende Handbewegung machte und sagte: „Ich glaube, das ist nicht notwendig, Herr Richter."

„Des stell isch dir awer gern fer die *Beweisführung* zur Verfügung", plapperte Sepp ungehindert weiter. „Isch komm aach gern zu dir uf die Wach', wenn's nötisch is."

Gott bewahre, dachte Josef Maier und wandte sich dem Arzt zu. „Geht es Ihnen gut?"

Im letzten Moment konnte er sich mit der Frage zurückhalten: Brauchen Sie einen Arzt? Stattdessen sagte er: „Was ist passiert?"

Dr. Fliege zeigte auf den am Boden liegenden und wimmernden Oliver Krug.

„Er wollte aus der Klinik fliehen und hat dabei Ihre Kollegin angeschossen und Schwester Elisabeth und mich als Geisel genommen. Dann wollte er mit ihrem Wagen entkommen."

Der Arzt klopfte mit der flachen Hand auf das Dach des Mini Coopers.

„Aha." Maier schaute zweifelnd von dem Kleinwagen zu Krug. „War wohl keine gute Idee, so kurz nach einer Operation?"

„Das sowieso nicht", stimmte Dr. Fliege zu. „Obwohl Herr Krug sich recht schnell erholt hatte. Er wäre wohl auch entkommen. Nur hatte er nicht mit der kampfsporterprobten jungen Dame gerechnet."

Der Arzt zeigte auf Helene und lächelte. Helene lächelte zurück, massierte sich aber ihren rechten Arm.

„Wir sollten da mal drüber schauen", schlug Schwester Elisabeth vor. Allem Anschein nach, hatte sie sich von ihrem Schock erholt. „Ich nehme Sie gerne mit in die Notaufnahme."

Helene schüttelte den Kopf. „Gott bewahre. Das wird nicht nötig sein. Gibt vermutlich einen schönen blauen Fleck. Da kümmert sich mein Herbert drum.

Ach herrje! Der Herbert." Helene schaute auf ihre Armbanduhr. „Schon fast Viertel vor sechs. Der wird sich gewiss Sorgen machen, wo ich bleibe. Entschuldigung. Ich muss ihn jetzt unbedingt anrufen."

Sie entfernte sich einige Schritte.

Bereits nach dem ersten Klingeln meldete sich Herbert: „Ja wo bleibst du denn? Mache die drei wieder Zicke?"

In wenigen Worten erklärte Helene was sich gerade auf dem Parkplatz der Klinik abgespielt hatte. Natürlich wollte Herbert sich sofort auf den Weg machen.

„Brauchst du nicht. Mir fehlt nichts. Ich komme gleich nach Hause; nachdem ich die drei abgesetzt habe. Wenn die Polizei noch etwas von mir wissen will, kann ich das morgen auf der Wache klären. Außerdem hat Sepp, unser Technikgenie, alles mit dem Handy aufgenommen."

Donnerstag / 18:15 Uhr

Sarah Sengers Kopf fühlte sich an wie in Watte gepackt. Ansonsten hatte sie keine Schmerzen. Sie vermutete, dass es an der Mixtur lag, die aus dem Beutel neben dem Bett durch einen Schlauch in ihre Hand gelangte.

Immer wieder verflüchtigten sich ihre Gedanken und es bereitete ihr enorme Anstrengung, die Dinge, die passiert waren, zusammenzubringen.

Sie erinnerte sich, dass sie sich freiwillig als Wache für Oliver Krug hatte abstellen lassen. Nur ... weshalb lag *sie* hier und wo ist Krug? Ach ja, im Badezimmer. Nein! Er war im Badezimmer. Doch wo war er jetzt?

Sarah sah sich im Zimmer um.

Hier jedenfalls nicht. Was ist passiert? Komm, streng dich an.

Sie schloss die Augen. Und jetzt liefen die Bilder, wie in einem Film, vor ihrem geistigen Auge ab.

Sie sah sich, die Pistole mit beiden Händen umklammernd hinter der Badezimmertür stehen. Ihr Plan ... eine Kugel ins

Bein, eine in den Arm und vielleicht noch eine in die Schulter. Das dürfte genügen, um ihn für den Rest seines Lebens zu brandmarken oder wenigstens so weit zu schädigen, dass er nie wieder einer Frau etwas zuleide tun konnte. Im besten Fall würde er im Rollstuhl enden. Das wäre das Sicherste.

Und dann ging alles ganz schnell – aber ganz anders als sie es geplant hatte.

Jetzt fragte sie sich: Hatte er bemerkt, dass jemand das Zimmer betreten hatte? Ganz sicher, gab sie sich selbst die Antwort. Lange Jahre hinter Gefängnismauern machen einerseits sensibel, andererseits lernt man umgehend zu reagieren und sich zu verteidigen.

Er hatte gelernt und *er* reagierte, blitzschnell.

Der Schlag traf ihre Unterarme. Die Pistole entglitt ihren Händen und machte einen kleinen Salto. Beinahe zeitgleich sah sie in die Mündung ihrer eigenen Waffe. Sie konnte sich gerade noch mit einem Sprung über das Bett retten. Der Schuss traf sie in den Oberarm und *er* stürmte aus dem Zimmer.

Auf dem Flur fiel etwas scheppernd zu Boden und jemand schrie. Sie schleppte sich an die Tür, öffnete sie und klappte zusammen.

Und jetzt befand sie sich in diesem Bett und Krug hatte ihre Waffe. *Wie lange war das her?*

Sarah entdeckte ihr Handy und ihre Armbanduhr auf dem Beistelltisch. Die Zeit … 18 Uhr 29.

Ich muss hier unbedingt raus. Ich muss ihn suchen und finden. Gott weiß was passiert, wenn nicht. Wo ist dieser Schalter?

Nach einigem Suchen fand sie ihn neben ihrem Kopfkissen und drückte unablässig drauf. Schon nach wenigen Sekunden betraten eine Schwester und ein Arzt das Zimmer.

„Dr. Fliege." Sarah erkannte den Arzt wieder. „Können Sie mich hiervon befreien?" Sie deutete auf den Schlauch in ihrer Hand. „Bitte! Ich muss hier weg. Verstehen Sie? Er hat meine Dienstpistole."

Dr. Joachim Fliege lächelte einfühlsam.

„Schön, dass es Ihnen wieder gut geht. War Gott sei Dank nur ein Streifschuss. Trotzdem würde ich Ihnen raten, über Nacht hier zu bleiben. Nur um sicherzugehen, dass keine Komplikationen auftreten."

„Aber, was ist mit Krug?"

„Da machen Sie sich mal keine Sorgen, Sarah. Der wurde von einer resoluten älteren Dame meisterhaft außer Gefecht gesetzt und liegt jetzt unter Bewachung und mit Handschellen fixiert in einem Einzelzimmer."

„Ach? Und meine Pistole?"

„Die haben Ihre Kollegen sichergestellt."

„Sie sagten eine ältere Dame hätte Krug an der Flucht gehindert?"

„Ganz recht. Herr Krug hatte Schwester Elisabeth und mich, als Geisel genommen und wollte in deren Wagen mit uns fliehen. Als er aber den kleinen Mini Cooper sah, ist er ausgerastet. Daraufhin verlor Schwester Elisabeth die Nerven und schleuderte eine Notfalltasche nach ihm. Sie müssen wissen, Elisabeth liebt ihren Mini über alles. Aber so habe ich sie noch nie erlebt. Ich hoffe nur, dass das keine

Konsequenzen für sie hat; strafrechtlich gesehen ... Sie verstehen?"

Dr. Fliege nahm Sarahs Handgelenk und prüfte den Puls. „Das sieht doch schon wieder gut aus. Eine weitere Infusion wird nicht notwendig sein. Doris", wandte er sich der Krankenschwester zu, die mit ihm ins Zimmer gekommen war. „Sie können den Infusionsbeutel abnehmen."

„Und, wie geht es dieser älteren Dame? Sie ist hoffentlich ok?", fragte Sarah Senger.

„Oh ja. Außer einem kurzzeitig schmerzenden Unterarm und eventuell ein paar blauen Flecken wird sie nichts zurückbehalten." Dr. Fliege schmunzelte. „Anders sieht es bei Herrn Krug aus."

„Ist er schwer verletzt?"

„Nein, nicht wirklich. Aber er wird noch einige Tage länger bei uns bleiben müssen. Die Tasche, die Schwester Elisabeth nach ihm warf traf ihn an der gerade frisch operierten Wunde und wohl auch gleichermaßen an einer ... nun ja besonders empfindlichen Stelle. Daraufhin fiel er in die Büsche auf dem Parkplatz. Als ich ihm helfen wollte aufzustehen, griff er mich an. Tja, und dann stürzte sich die Frau auf ihn."

Der Arzt streifte mit einer Hand über sein mittlerweile stoppeliges Kinn. „Es würde mich schon interessieren, woher sie das kann. Es sah so ganz nach einem Polizeigriff aus, wenn ich das richtig gesehen habe."

Er räusperte sich. „Apropos Polizei. Ihre Kollegen stehen draußen und möchten natürlich wissen, wie es Ihnen geht und was passiert ist. Fühlen Sie sich dazu in der Lage?

Wenn nicht, dann werde ich ...“

„Schon gut. Ich will die Sache so schnell wie möglich hinter mich bringen. Aber, Joachim.“ Sarah ergriff die Hand des Arztes. „Egal was Sie später über mich hören werden, denken Sie bitte nicht zu schlecht über mich.“

Dr. Fliege lächelte. *Sie hat sich meinen Namen gemerkt.*

„Wieso sollte ich schlecht über Sie denken, Sarah? Das ist ihr Job, und die Situation hat es wohl erforderlich gemacht, dass Sie Ihre Waffe einsetzen mussten. Ich verstehe das.“

Glaube ich nicht, dachte Sarah.

„Ich möchte aber nur mit Polizeihauptkommissar Maier sprechen“, sagte sie.

„Gut. Ich richte es ihm aus. Möchten Sie vielleicht einen Tee?“

„Ja, bitte. Ich bin am Verdursten.“

„Bringe ich Ihnen gleich“, sagte Schwester Doris. „Und auch eine Kleinigkeit zu Essen. Ich werde sehen, was ich noch auftreiben kann.“

„Sehen Sie, Sarah, Sie werden hier rundum versorgt. Dann hole ich jetzt Ihren Kollegen herein und später schaue ich nochmals nach Ihnen.“

Dr. Fliege und Schwester Doris verließen das Zimmer. Kurz darauf kam Josef Maier herein.

„Danke, mir geht es ganz gut“, antwortete Sarah auf Maiers Nachfrage. „War nur ein Streifschuss. Alles halb so schlimm. Die möchten mich aber dennoch über Nacht hierbehalten.“

Maier nickte. „Eine unschöne Geschichte, die da passiert ist. Wie konnte es dazu kommen?“

Wie es dazu kommen konnte, war Sarah mittlerweile klar. Sie hatte unprofessionell gehandelt; nicht so, wie sie es gelernt hatte und ganz und gar nicht so, wie *sie* es sich ausgedacht hatte.

Sie hatte es vermasselt!

Nun kam es darauf an, ihrem Vorgesetzten eine Fassung des Tathergangs zu schildern, der glaubwürdig war und sie selbst nicht in *Teufels Küche* brachte.

Donnerstag / 18:30 Uhr

Mit nachdenklicher Miene verließ der Polizeihauptkommissar das Zimmer, presste die Lippen aufeinander und strich über sein lockiges, graues Haar.

Als langjähriger Kollege und fast schon Kumpel, wusste Hans Lehmann, dass man Josef Maier, in diesen Sekunden, nicht ansprechen sollte. Er tat es trotzdem.

„Was hat sie gesagt? Was ist vorgefallen?"

Die Polizeibeamten erreichten gerade die Aufzüge. Maier schwieg, bis zwei ältere Frauen, die sie ehrfürchtig ansahen und an ihnen vorbeischlichen, außer Hörweite waren.

„Wir müssen noch einiges überprüfen, bevor ich den Zwischenfall melde. Ich weiß nicht", Maier schüttelte den Kopf, „irgendetwas passt da ganz und gar nicht zusammen."

„Wie meinst du das? Was hat Sarah gesagt?"

„Das ist es ja gerade. Ihre Version des Tathergangs klingt plausibel und nachvollziehbar. Sie sagte, sie hätte ein undefinierbares Geräusch aus dem Krankenzimmer gehört und wäre hineingerannt. Krug hätte sie überwältigt, ihr die Pistole entwendet, auf sie geschossen und dann geflohen. Soweit, so gut."

„Wofür es eine Menge Zeugen gibt. Was passt dir daran nicht?"

„Ich frage mich, warum Frau Senger mit gezogener Waffe ins Zimmer stürmte."

„Panik, aufgrund ihrer Unerfahrenheit?"

„Möglich. Aber, sie ist eine ausgebildete Polizistin. Sie hätte Krug bestimmt auch ohne Waffe überwältigen können, zumal er verletzt ist. Und, warum schweigt Krug zu all dem? Das verstehe ich noch weniger."

Hans Lehmann zuckte mit den Schultern und Maier fuhr fort. „Wenn er erschrocken ist, als Frau Senger plötzlich mit der Pistole in der Hand vor ihm stand und nur reflexartig reagierte, könnte sich das doch strafmildernd für ihn auswirken."

Mittlerweile waren die Polizeibeamten im Parterre angekommen. Als sich die Fahrstuhltür öffnete, stießen sie beinahe mit Nicole und Harald zusammen.

„Oh, hallo", sagte Maier. „Ihr seid aber schnell zur Stelle."

„Wie? Ich verstehe nicht?" Nicole hob fragend die Augenbrauen. „Lars hat einige interessante Details, bezüglich einer Verbindung zwischen Krug und Hagemann in Erfahrung gebracht, mit denen wollten wir Herrn Krug nun konfrontieren. Wir denken, dass er danach etwas gesprächiger ist."

„Ach, dann seid ihr gar nicht wegen des Fluchtversuchs

und der Geiselnahme hier?"

„Fluchtversuch, Geiselnahme?" Harald runzelte verständnislos die Stirn.

„Nicht zu vergessen, den Schuss auf unsere Kollegin Senger, die den Krug bewachen sollte", ergänzte Hans Lehmann.

„Einen Moment mal. Was läuft hier?", wollte Nicole wissen.

„Kommt mit in die Cafeteria", sagte Josef Maier. „Ich könnte einen kräftigen Espresso gebrauchen."

Anstatt des aufputschenden Getränks tauschten die Beamten, jeweils ein Glas Wasser vor sich stehend – zu Tee oder gar Kaffee war die Bedienung, weil eigentlich schon Feierabend, nicht zu überreden – ihre Erkenntnisse aus.

Nicole und Harald berichteten, was sie über Krug und die Vergewaltigung von Madeline Senger, der Schwester von Sarah Senger, wussten und Maier und Lehmann über die Geschehnisse in der Klinik.

„Das ist die Verbindung", sagte Maier anschließend. „Jetzt wird mir einiges klar. Mein Gott, hätte ich das doch bloß vorher gewusst. Nie hätte ich der Überwachung durch Frau Senger zugestimmt."

„Damit willst du doch aber nicht andeuten, dass sie vorhatte ihn zu verletzten oder gar zu erschießen?"

Hans Lehmanns Augen hatten die Größe von 1-Euro-Stücken angenommen.

„Das will ich nicht hoffen. Beweisen können wir das ohnehin nicht, solange sie bei ihrer Aussage bleibt und Krug dicht macht wie eine Auster. Hätte Helene Wagner den

Krug nicht gestoppt, wer weiß was noch alles passiert wäre."

„Wie? Habe ich mich gerade verhört oder sagtest du wirklich Helene hätte den Krug gestoppt?"

„Ja, und das professionell", antwortete Maier auf Nicoles Frage. „Ich weiß noch nicht, wieso sie gerade zu dem Zeitpunkt vor Ort gewesen ist. Auf jeden Fall hat die Stadt ihre Heldin. Bestimmt steht es morgen in der Zeitung."

„Oh mein Gott. Das hat mir gerade noch gefehlt", stöhnte Nicole, während Harald sich ein Schmunzeln nicht verkneifen konnte.

„Moment mal. Das ist Lars", reagierte Nicole auf den Klingelton ihres Handys und ging durch die Cafeteria in den anschließenden Gartenbereich.

Die Angestellte des Bistros folgte ihr mit den Augen, warf einen demonstrativen Blick auf die Uhr an der Wand und holte Wischmopp und Eimer aus einem angrenzenden Raum. Anschließend stellte sie die Stühle auf die Tische und begann den Boden zu putzen.

Als Nicole zurückkam, glänzte der Raum feucht; ausgenommen rund um den Tisch, an dem die Kommissare saßen.

„Was wollte Lars?" Harald, wie auch Maier und Lehmann erhoben sich von ihren Stühlen.

„Bei Frank Gerke hatte er kein Glück und seine Nachbarn waren nicht sehr gesprächig, weshalb er gleich nach Frankfurt zu Frau Krug fuhr, der Mutter von Oliver.

Sie sagte aus, dass Oliver in ihrem Auto am Mittwochabend mit einem Kumpel – und jetzt ratet mal – Frank Gerke, weggefahren sei. Wohin wusste sie nicht. Seitdem hätte sie Oliver nicht mehr gesehen. Jetzt ist sie hierher unterwegs.

Als sie erfuhr, dass ihr Sohn hier im Krankenhaus liegt, wollte sie ihn unbedingt sehen. Lars fuhr sie freundlicherweise zum Hauptbahnhof, damit sie den Zug um 17 Uhr 42 erreichen konnte; soll eine Direktverbindung sein."

„Was ist denn mit dem los? Macht wohl einen auf *Die Polizei, dein Freund und Helfer*", feixte Harald.

„Demnach müsste Frau Krug kurz vor halbsieben hier eintreffen." Nicole sah auf ihre Armbanduhr. „Also jetzt gleich."

„Dann lasst euch nicht aufhalten", sagte Josef Maier. „Ich nehme an, bevor die Mutter kommt, wollt ihr Oliver Krug noch einen Besuch abstatten?"

„So ist es", erwiderte Nicole.

Maier nickte. „Ich sage vorn am Schalter der Auskunft Bescheid, dass die Frau solange aufgehalten wird, bis ihr mit Krug fertig seid."

„Ja, das wäre echt hilfreich. Danke, Josef." Nicole lächelte. „Ich finde unsere Zusammenarbeit recht gut."

Der Polizeihauptkommissar neigte galant den Kopf. „Ganz meine Meinung. Ach, noch etwas. Ihr hattet recht. Krug traf sich tatsächlich am Mittwochabend in einem Restaurant am Freihofplatz mit einem Mann. Ein Kellner konnte sich genau erinnern und gab eine Beschreibung ab. Er soll zirka 1,85 groß und schlank gewesen sein, dunkle, leicht gewellte, schulterlange Haare gehabt haben und etwa 35 bis 40 Jahre alt."

„Dann war es nicht Frank Gerke. Schade", bedauerte Harald.

„Außerdem", fuhr Maier fort, „bemerkte der Kellner, dass der Mann Krug einen Umschlag zuschob. Natürlich haben wir Krug darauf angesprochen, aber ..." Josef Maier wiegte mit dem Kopf.

„Ich schätze, Krug erzählte euch nicht, wer der Mann war und was sich in dem Umschlag befand", folgerte Harald.

„Du sagst es."

Donnerstag / 18:35 Uhr

Dem jungen Polizeikollegen zeigten Harald und Nicole ihre Dienstausweise und betraten das Zimmer von Oliver Krug.

Der schaute gelangweilt. „Was ist jetzt schon wieder?"

„Kriminalpolizei", sagte Harald. „Mein Name ist Weinert und das ist meine Kollegin, Frau Wegener. Wir hätten ein paar Fragen zu den Vorkommnissen auf dem Parkplatz des Krankenhauses und der Messerattacke auf Sie, am Mittwochabend."

„Kein Kommentar. Sagte ich bereits Ihren Kollegen. Außerdem will ich einen Anwalt."

„Den sollten Sie auch unbedingt hinzuziehen, Herr Krug", erwiderte Nicole. „Sie werden ihn brauchen. Den Angriff auf eine Polizeibeamtin, könnte ein Richter möglicherweise als Tötungsabsicht auslegen; hinzu kommt die Geiselnahme."

Demonstrativ blickte Oliver Krug zum Fenster.

„Herr Krug", schaltete sich Harald wieder ein. „Was ist zwischen Ihnen und der Polizistin Senger wirklich vorgefallen? Ging es um die Vergewaltigung an ihrer Schwester, Madeline?"

„Dafür habe ich 8 Jahre gesessen; also vergessen und vorbei."

„Sind Sie sicher?", hakte Nicole nach.

„Es könnte sich strafmildernd für Sie auswirken, wenn es ein Unfall oder sogar Notwehr gewesen ist", intervenierte Harald erneut, aber Krug schwieg weiter.

„Na gut. Lassen wir das vorerst. Mit wem haben Sie sich Mittwochabend, hier in Seligenstadt, im Restaurant getroffen, und was war in dem Umschlag, den der Mann Ihnen überreicht hat? Geld, Fotos oder was sonst?"

Oliver Krug zuckte kaum merklich zusammen und schaute Nicole argwöhnisch an. „Das hat absolut nichts mit der Senger zu tun."

„Haben wir auch nicht behauptet. Mit wem hat es zu tun?", setzte Harald ihn weiter Druck. „Vielleicht mit Hagemann? Wurden Sie für den Mord an ihm bezahlt? Von wem?"

„Mord?" Krug lachte angespannt. „Ich habe niemanden ermordet."

„Aber erpresst haben Sie Herrn Hagemann, oder? Mit was? Was wussten Sie über ihn, dass ihm 10.000 Euro wert gewesen war?" Nicole stand jetzt dicht an Oliver Krugs Bett. „An dem Tag, an dem Herr Hagemann ermordet wurde, hob er 10.000 Euro in bar von seinem Konto ab und in seinem Terminkalender taucht, am gleichen Tag, Ihr

Name auf. Können Sie uns das erklären?"

Dass in dem Terminkalender nur die Initialen O.K. standen, verschwieg Nicole.

„Ich muss gar nichts erklären." Wütend schlug Oliver Krug auf die Bettdecke. „Ihr habt überhaupt nichts gegen mich in der Hand. Wenn Sie der Ansicht sind, ich hätte Hagemann erpresst – beweisen Sie es."

Damit hatte Oliver Krug natürlich recht. Anders als in den USA, wo der Beschuldigte seine Unschuld beweisen muss, ist – nach der deutschen Gesetzgebung – die Justiz, sprich in erster Linie die Polizei verpflichtet einem vermeintlichen Täter eine Straftat nachzuweisen.

Krug wandte den Kriminalkommissaren den Rücken zu; soweit die Handschellen, mit denen er am seitlichen Gitter des Bettes gefesselt war, es ihm ermöglichten.

„Denken Sie noch einmal in Ruhe über Ihre Situation nach, Herr Krug", sagte Nicole. „Spätestens Morgen Vormittag haben wir den Haftbefehl gegen Sie vorliegen, und sobald Sie transportfähig sind, werden Sie in Polizeigewahrsam genommen. Ach ja, Ihr Handy nehmen wir mit, zwecks Auswertung Ihrer getätigten Anrufe."

Bevor Krug reagieren konnte, schnappte sich Nicole das Telefon, das auf dem Tisch neben dem Bett lag.

„Und, wie soll ich jetzt einen Anwalt anrufen?", brummte er.

„Ihre Mutter kümmert sich bestimmt darum", erwiderte Harald. „Ich glaube, sie ist schon draußen."

Die laute Stimme einer sehr aufgebrachten Frau war nicht zu überhören.

„Herr Krug", versuchte Nicole ein letztes Mal auf Oliver einzuwirken. „Sie sind doch nicht dumm. Wenn Sie wirklich nichts mit dem Tod von Heinz Hagemann zu tun hatten, warum erzählen Sie uns nicht, was passiert ist? Wie mein Kollege schon sagte; es wird sich positiv für Sie auswirken, wenn Sie mit uns zusammenarbeiten."

„Lassen Sie mich in Ruhe", brummte Oliver Krug.

Die Beamten gingen aus dem Zimmer und Haralds Vermutung bestätigte sich.

Julian Köhler hatte, im wahrsten Sinne des Wortes, alle Hände voll zu tun, eine äußerst aufgebrachte vollschlanke Frau, mit etwas ungepflegtem Äußeren zu beruhigen und davon abzuhalten, direkt ins Zimmer zu stürmen.

„Lassen Sie mich gefälligst los. Ich will jetzt zu meinem Sohn!"

„Frau Krug, nehme ich an?"

Überrascht ergriff Heidemarie Krug Nicoles ausgestreckte Hand.

„Ich will zu meinem Oliver."

„Ja, Frau Krug. Sie können Ihren Sohn sofort sehen. Aber zuerst möchte ich einen Augenblick mit Ihnen sprechen. Ist das möglich? Kommen Sie, wir setzen uns dort vorn hin."

Nicole nahm Heidemarie Krug am Ellenbogen und führte sie zu der Besucherecke, während Harald bei dem Polizisten blieb.

„Ich möchte Sie mit den Tatvorwürfen gegen Ihren Sohn vertraut machen."

„Mein Oliver hat niemanden ermordet. Das habe ich schon einem Kollegen von Ihnen gesagt. Wenn einer dazu imstande ist, dann dieser Frank, mit dem er sich herumtreibt. Der ist nicht gut für meinen Oliver. Auch das habe ich Ihrem Kollegen gesagt."

„Frau Krug. Ihr Sohn wollte vor einigen Stunden aus dem Krankenhaus fliehen und hat dabei auf eine Kollegin geschossen. Ihr Name ist Sarah Senger. Der Name sagt Ihnen doch bestimmt etwas?"

„Sarah Senger? Kenne ich nicht." Heidemarie Krug schüttelte den Kopf. „Aber warten Sie … Senger … Ist sie etwa mit Madeline Senger verwandt, wegen der mein Oliver im Gefängnis gewesen ist?"

„Ganz genau. Sarah Senger ist die Schwester. Auf sie hat ihr Sohn geschossen. Nun ist Frau Senger Polizistin. Deshalb wird die Tat als Angriff auf eine Vollzugsbeamtin beurteilt. Außerdem nahm er einen Arzt und eine Krankenschwester als Geisel."

„Oh mein Gott." Heidemarie Krug schlug die Hände vor ihr Gesicht. „Muss Oliver jetzt wieder ins Gefängnis?"

Das ist alles meine Schuld. Hätte ich doch bloß nicht diesen verdammten Artikel abgeschickt. Wie konnte ich nur so dumm sein?

„Das wird sich nicht vermeiden lassen; zumal er, vor ein paar Wochen, vorzeitig auf Bewährung entlassen wurde. Deshalb wollte ich mit Ihnen reden", riss Nicole Heidemarie Krug aus ihren Gedanken.

„Mein Kollege und ich haben versucht Ihrem Sohn klarzumachen, dass es sich strafmildernd für ihn auswirken könnte, würde er mit uns kooperieren. Aber er schweigt. Vielleicht können Sie ihn dazu bewegen, eine Aussage zu machen ... möglichst bald."

Frau Krug nahm Nicoles Hand. In ihren Augen stand die pure Verzweiflung. „Ich werde tun, was ich kann. Versprechen Sie mir, dass Sie ein gutes Wort für meinen Sohn einlegen?"

„Wenn er wirklich nichts mit dem Mord an Heinz Hagemann zu tun hat, tue ich, was möglich ist. Versprochen!"

Nicole überreichte Heidemarie Krug ihre Visitenkarte. „Sie können mich jederzeit anrufen. Und ... wie gesagt, je früher, desto besser. Spätestens Morgen muss ich den Haftbefehl beantragen."

Donnerstag / 19:05 Uhr

Seit mehr als vier Stunden saß Frank Gerke nun hinter dem Steuer. Jetzt befand er sich kurz vor Lindau und das Navi zeigte an, dass er die Hälfte der Strecke zurückgelegt hatte.

Zeit für eine kurze Pause und tanken könnte auch nicht schaden, stellte er, mit einem Blick auf die Tankanzeige fest. Aber zuerst wollte er die Grenze und die Zollstelle passieren.

Warum, so fragte er sich, wurde überhaupt noch kontrolliert? Hatten seine Mitinsassen nicht von einem grenzfreien Europa geschwärmt, in dem man, ohne lästige Passkontrolle ungehindert reisen konnte?

Zu seinem Erstaunen hob der Grenzbeamte, gerade als er mit ihm auf Augenhöhe war, die rote Kelle. Dann machte er eine Geste, die vermitteln sollte, die Scheibe herunterkurbeln, was Gerke tat und ihn launig fragte: „Was geht, Meister?"

Daraufhin warf ihm der Beamte in der gelben Sicherheitsjacke einen ganz und gar nicht humorvollen Blick zu. „Wo ist Ihre Vignette?"

„Meine was?"

„Ihre Vignette. Die müssen Sie sichtbar an die Frontscheibe kleben, damit klar ist, dass Sie die Maut entrichtet haben."

Der Ausdruck der scheinbaren Unkenntnis auf Gerkes Gesicht veranlasste den Staatsdiener seinem bewaffneten Kollegen ein Zeichen zu geben. Dieser forderte auch sogleich Gerke zum Aussteigen auf, indem er sein Gewehr neu ausbalancierte und zwar in Gerkes Richtung.

Frank Gerke kam zwar der höflichen Anweisung nach, aber sein Blutdruck stieg rasant an.

„Sie müssen das „Pickerl" im linken oberen Bereich, hinter dem Rückspiegel anbringen", wurde Gerke erneut von dem Zollbeamten belehrt.

„Pickerl?", wiederholte Gerke, noch immer keinen blassen Schimmer wovon der Uniformierte sprach.

„Haben Sie überhaupt eine Vignette? Oder wenigsten einen Nachweis, dass Sie eine gekauft haben?"

„Wenn Sie mir sagen, was das ist, kann ich Ihnen sagen, ob ich so ein „Packerl" habe", antwortete Gerke in scherzhaftem Ton.

Bedauerlicherweise verstand der Grenzbeamte den Scherz nicht, oder wollte ihn nicht verstehen. Stattdessen befahl er Gerke ihm zu folgen.

„Was is en los?"

„Klären wir drinnen", war die kurze Antwort.

Aufgrund einer mangelnden Alternativlösung folgte Gerke widerstrebend dem vorangehenden Zöllner – seinen bewaffneten Kollegen im Rücken – in die Zollstation.

„Jetzt will ich aber wissen, was Sache ist", forderte Gerke lautstark.

Unbeeindruckt und ohne ein Wort zu verlieren zeigte der Bewaffnete auf einen Stuhl.

„Ihre Ausweispapiere, bitte", verlangte sein Kollege.

„Das ist Polizeiwillkür."

Gerkes Protest ging im Schweigen der beiden Grenzbeamten unter, und er warf Pass und Führerschein auf den Schreibtisch.

„Sie haben hier und jetzt die letzte Möglichkeit eine Vignette zu kaufen und diese sichtbar an der Windschutzscheibe zu platzieren. Ansonsten wird Ihnen die Einreise in unser schönes Land verweigert", stellte ihn der Uniformierte vor die Wahl.

„Was kostet diese schei … eh, der Aufkleber?"

„Für das „Pickerl" 9 Euro 20. Dazu kommt die Strafe von 120 Euro. Macht also summa summarum 129 Euro und 20 Cent."

Gerke brauchte eine Sekunde.

„Das ist nicht euer Ernst? Ein Witz, oder?"

Er schaute zwischen den Zollbeamten hin und her, konnte aber weder eine positive noch eine negative Regung in den Gesichtern feststellen.

„Das ist Abzocke! Ich will euer Scheißland nicht kaufen. Ich will nur so schnell wie möglich durchfahren."

Gerke steigerte sich immer weiter in seine Wut hinein. „Das bezahl ich auf keinen Fall. Das könnt ihr euch abschminken."

Die Mimik der Beamten hatte sich nur geringfügig verändert.

Stattdessen griff der hinter seinem Schreibtisch plötzlich nach einem Papier, das neben seinem Computer lag. Er schaute Gerke an, dann zum Fahrzeug, das noch immer vor der Zollstation stand und nickte seinem Kollegen zu.

In der nächsten Sekunde schrie der mit der Waffe auch schon: „Auf den Boden und Hände über den Kopf." Zur Untermauerung seiner Forderung stieß er mit seinem Gewehr Gerke in den Rücken.

„Den Zirkus wegen eines scheiß Aufklebers?"

„Hätten Sie die Vignette sichtbar an die Windschutzscheibe geklebt, wären Sie jetzt wohl in Österreich. Aber so…? Tja, dumm gelaufen." Der Zollbeamte grinste … zum ersten Mal. „Wie es aussieht, wird nach Ihnen gefahndet. Das sind Sie doch, oder?"

Er hielt Gerke einen Computerausdruck vor die Nase. Der wusste, dass die Aufnahme vor 6 ½ Jahren, zwecks der letzten erkennungsdienstlichen Behandlung, gemacht worden war und schaute kaum hin.

„Sie sind vorläufig festgenommen", setzte der hinter dem Schreibtisch Gerke in Kenntnis und hämmerte gleichzeitig auf der Tastatur seines Computers herum.

Minuten später ratterte der Drucker.

Nachdem der Zollbeamte die eingegangenen Zeilen überflogen hatte, sagte er zu seinem Kollegen: „Ich glaube, uns
ist ein ziemlich großer Fisch ins Netz gegangen. Banküberfall mit Schusswaffengebrauch – Bemächtigung zweier
Fahrzeuge und Körperverletzung an einem der Besitzer –
und last but not least – Mordverdacht. Durchsuchen!", gab
er kurz und knapp die Anweisung an seinen Kollegen.

„Ich denke, Sie werden die nächsten Jahre auf Staatskos-
ten in einer 10-Quadratmeter-Zelle verbringen; wenn Sie
Glück haben. Also genießen Sie den komfortablen Aufenthalt bei uns."

Gerke gab einen unartikulierten Laut von sich und brüllte:
„Ich will einen Anwalt!"

„Gibt es hier nicht. Sie werden entweder heute oder morgen früh an die zuständige Dienststelle verbracht. Bis dahin
verhalten Sie sich ruhig. Verstanden?"

Die Stahltür fiel ins Schloss und Gerke hörte, wie der
Schlüssel gedreht wurde.

Wütend schlug er mit der Faust gegen die kalte Stein-
wand. Außer, dass seine Hand schmerzte, veränderte sich
nichts.

Donnerstag / 19:20 Uhr

„War das nicht Frau Roth, die gerade in den roten Mitsubishi einstieg?"

„Ja, ich glaube schon." Harald öffnete die Fahrertür.
„Sieht so aus, als wäre sie bei Frau Hagemann gewesen.
Hatte nicht gewusst, dass die beiden sich kennen."

Nicole stieg aus und klingelte.

Kurz darauf meldete sich Maria Hagemann mit einem „Ja bitte?"

Sobald Nicole sich zu erkennen gab, öffnete sie. Ihre Augen waren verquollen und eine ungesunde Röte überzog ihr Gesicht. Zudem hatte sie glasige Augen.

„Entschuldigen Sie." Sie hielt sich am Türrahmen fest. „Ich hatte gerade Besuch von einer ... einer alten Freundin. Wir haben wohl etwas zu tief ins Glas geschaut."

Leicht schwankend ging Maria Hagemann den Kommissaren voraus ins Wohnzimmer. Auf dem Tisch standen zwei Cognacschwenker und eine halbleere Flasche.

Sogleich bezweifelte Nicole, dass eine Befragung zum jetzigen Zeitpunkt etwas brachte.

„Ich wusste gar nicht, dass Frau Roth und Sie sich kennen. Das war doch Bettina Roth?"

Frau Hagemann nickte. „Wir hatten schon Jahre keinen Kontakt mehr. Aber jetzt kam Bettina, um mir einen Kondolenzbesuch abzustatten. Wieso fragen Sie?"

„Nur so", antwortete Nicole. „Frau Hagemann, es geht nochmals um den Eintrag im Kalender Ihres Mannes, am Dienstag. Das Kürzel O.K. um 16 Uhr. Sie erinnern sich?"

Maria Hagemann nickte. „Wie ich Ihnen aber bereits sagte, weiß ich nicht was das zu bedeuten hat."

„Könnte es sich um Oliver Krug handeln?", hakte Harald nach.

Sichtlich nervös strich Maria Hagemann durch ihre grauen Haare. „Bitte, entschuldigen Sie. Ich fühle mich gerade nicht sehr wohl. Können wir das Gespräch vielleicht auf morgen verschieben?"

„Das war ja jetzt grad mal für die Katz", sagte Harald, wieder auf der Straße. „Ein Kondolenzbesuch ... nach Jahren? Da steckt doch etwas ganz anderes dahinter."

„Nicht was ... aber wer", antwortete Nicole. „Garantiert stecken Helene und Herbert dahinter. Ich hab's doch gewusst – die *ermitteln* wieder. Und dabei scheint ihnen jedes Mittel recht, um an Informationen zu kommen."

Genau wie uns, warf Harald gedanklich dazwischen.

„Denen werde ich aber die Suppe gehörig versalzen", ereiferte sich Nicole weiter, während Harald nur grinste.

„Frau Krug hat sich auch noch nicht gemeldet."

Nicole schaute auf ihr iPhone. „Ich kann nicht verstehen, warum ihr Sohn sich derart stur stellt. Es muss ihm doch klar sein, dass die Beweise ausreichen, ihn für die nächsten Jahre wieder hinter Gitter zu bringen."

„Apropos. Hast du schon Krugs Kontakte überprüft?"

„Wann denn?", gab Nicole in gereiztem Ton zurück, verärgert darüber, dass Harald sie daran erinnern musste. Sie holte Oliver Krugs Handy aus ihrer Tasche.

„Das gibt es doch nicht! Hier, schau dir das an." Sie hielt Harald das Smartphone vors Gesicht.

Außer einer Telefonnummer mit Mainzer Vorwahl, stachen den Beamten zwei Nummern, denen auch gleich zwei Namen zugeordnet waren, in die Augen.

„Warum packt er nicht endlich aus? Hier", Harald deutete auf das Smartphone, „haben wir die Beweise, dass er mit Hagemann und Gerke Kontakt hatte. Was soll das also? Ich versteh es nicht. Lass uns nochmal ins Krankenhaus fahren."

„Nee, ich habe für heute genug. Es ist bereits kurz vor 20 Uhr. Andy wird schon zu Hause warten. Außerdem ist Frau Krug bestimmt noch bei ihrem Sohn. Aber, wenn du willst kannst du gerne alleine…"

„Nein. Du hast recht. Vielleicht gelingt es Frau Krug ja doch noch, ihren Sohn zu einer Aussage zu überreden. Wir haben, was wir brauchen."

Donnerstag / 20:45 Uhr

„Moanst de, mir kennte jetzt?", fragte Sepp seinen Enkel. Woraufhin Leon sich an die Eingangstür zum Treppenhaus schlich, diese leise öffnete, horchte und wieder schloss.

„Alles klar. Oben läuft der Fernseher."

Anfangs hatte Sepp noch seine Schwierigkeiten mit dem Fluggerät. Nicht zuletzt deshalb, weil die Bewegungen seiner Finger eingeschränkt waren. Nachdem Leon die Verbände entfernt und durch leichte Gazebandagen, die er in der Hausapotheke fand, ersetzt hatte, konnte Sepp die Fernsteuerung gut bedienen.

Nach kurzer Zeit hatte er den Dreh raus.

„Grandpa, du bist ein Naturtalent", lobte Leon und Sepp war sichtlich stolz, sowohl auf seinen Enkel, als auch auf sich.

„Isch saach doch immer, dass isch noch net zum alte Eise geheer. Mir glaabt nur koaner."

Die Fernsteuerung abwechselnd in den Händen drehten

Enkel und Großvater mit der Drohne Runde um Runde über dem eigenen, als auch über den Nachbargrundstücken.

Besonders lustig fanden es die beiden, wenn Schorsch, der auf seiner Terrasse saß – eine Flasche und ein Glas vor sich – laut fluchend das Ding, das hoch über seinem Kopf surrte, verscheuchen wollte, als wäre es eine lästige Mücke.

„Ich glaab der hot schon einische Gläser gezwitschert un sehe tut der aach net mer gut", gluckste Sepp und fuhr dabei mit der Zunge über seine Lippen.

En Schnaps könnt isch jetzt aach vertraache, ging ihm der Gedanke durch den Kopf.

„Könne mir aach amol zu de Gundel fliesche?"

„No Problem", erwiderte Leon. „Aber lass mich das lieber machen. Weil … du musst die Drohne immer im Auge haben, weißt du? Sonst stürzt sie womöglich ab."

Das wollte Sepp ganz und gar nicht. Schließlich hatte er viel zu viel Spaß damit. Brav gab er die Fernsteuerung an Leon weiter und verfolgte auf dem iPad deren Flugbahn.

Zuerst über seine gepflasterte Hofeinfahrt, dann über die Straße auf Gundels Terrasse. Und ha! – konnte er sie durch die bodentiefen Fenster auf der Couch sitzen sehen.

Im rosa Strampelozuch? Is die noch ganz bei Trost? Un was guckt se dann do? Sepp hob das iPad näher an sein Gesicht. *Ach, des is der Film mit dem abgesterzte Raumschiffpilot und dem Außerirdisch, wo die dann so Freunde wern*, erinnerte er sich.

Plötzlich hob Gundel den Kopf, schaute Sepp direkt an, also in die Kamera der Drohne und wurde blass. Sie sprang auf und stürzte aus dem Zimmer. Ebenso schnell kam sie, ihr Handy in der Hand, wieder zurück und machte eifrig Fotos.

Da schoss die Drohne aber schon in die Höhe und aus Gundels Garten.

„Wow. Das war knapp", sagte Leon, stieß die Luft aus seinen Backen und ließ das unbemannte Luftfahrzeug sanft auf der Terrasse landen.

„Moanst de, die Gundel hot des jetzt mit ihrm Handy ufgenomme?"

Leon zuckte mit den Schultern. „Und wenn schon. Auf ihren Aufnahmen ist nur weißes Licht zu sehen, weil sie den Blitz benutzt hat."

„Gott sei Dank." Sepp schnaufte erleichtert. „Isch moan, fer heut heern mer uf. Nett, dass die noch riwwerkimmt, oder doiner Tante was steckt."

Kaum ausgesprochen, klingelte Sepps Handy – sein zurzeit einzige telefonische Verbindung zur Außenwelt. Elfi hatte sich strikt geweigert, noch in dieser Woche eine neue Festnetzstation und ein Mobiltelefon zu besorgen.

„Siehst de, wenn mer vom Deiwel red. Des is se schon", wandte Sepp sich seinem Enkel zu.

„Gundel, was gibt's so spät?", fragte er in unschuldigem Ton.

„Das ... das glaubst du jetzt nicht", zwitscherte Gundel, völlig aufgelöst, ins Telefon. „Sie ... sind ... da!"

„Wer is do?"

„Die Außerirdischen. Vor meinem Fenster. Ich habe sie genau gesehen und gefilmt."

Sepp konnte sich ein leises Kichern nicht verbeißen.

„Glaubst du mir etwa nicht? Oder weshalb lachst du?"

„Isch lach doch iwwerhaupt net", protestierte er.

„Doch. Ich hab's genau gehört. Ich kann dir die Fotos zeigen, wenn du mir nicht glaubst."

„Isch bin schon im Schlofozuch", log Sepp. „Des kannst de mer moje zeische."

„Was soll ich denn jetzt tun?", jammerte Gundel und Sepp meinte, auch ein bisschen Angst aus ihrer Stimme herauszuhören. „Glaubst du, dass die heute Nach noch einmal kommen? Was ist, wenn die mich entführen wollen?"

Wärn des werklich Außerirdische gewese, hätte die bestimmt en Schock gekrigt, dachte er, sagte aber: „Isch glaab net, dass die heut Nacht noch emol komme. Awer, zieh halt alle Rolläde runner un verrammel die Diern. Un schalt den Film mit dene Außerirdische aus."

„Ja. Das werde ich tun. Aber morgen früh zeige ich dir die Fotos, damit du nicht glaubst, ich sei verrückt."

„Eilt awer net."

„Woher weißt du, welchen Film ich gerade ...?"

Sepp legte auf. „Bist de sischer, dass do nix uf dere ihrm Handy zu sehe is?"

Leon nickte. „Hundertpro."

„Wie loang kannst de noch bleiwe?"

„Mindestens noch eine Woche", grinste Leon. „Die Herbstferien fangen am 30. Oktober an. Wir werden noch eine Menge Spaß haben."

„Du kennst direkt von mir soi", grinste Sepp zurück, wurde dann aber sofort wieder ernst.

„Awer mit dem do driwwe muss isch redde. Mit dem

stimmt was net."

„Herr Lenz ist halt schon alt. Da werden manche Leute etwas wunderlich."

„So? Hot des doi Tante gesacht?" Sepp warf seinem Enkel einen misstrauischen Blick zu.

Der schüttelte den Kopf. „Meine Mom."

„Aha. De Schorsch is awer noch gar net so alt. Der is ganze drei Johr jinger als isch."

„Das hätte auch nicht immer nur mit dem Alter zu tun, sagt Mom. Das käme davon, wenn jemand den ganzen Tag alleine wäre und niemanden zum Reden hätte."

„Dann versteh isch des erst recht net. Der hängt doch de ganze Daach bei mir rum."

In diesem Augenblick quietschte die Gartenpforte.

„Was hoab isch gesacht. Do is er schon widder."

Gleich darauf wackelte Schorsch über den Rasen und die Treppe hoch zur Terrasse.

„Gut, dass du noch wach bist. Sepp, isch muss dringend ... Ach, de Leon is aach noch do."

Sepps Enkel kam aus der Küche, wo er schnell die Drohne versteckte.

„Musst du net schon längst im Bett soi?"

„Ich bin 12, Herr Lenz. Außerdem sind Ferien."

„A noja, dann komm isch halt moje widder."

„Jetzt saach halt, was de saache willst. Isch hab vorm Leon koa Geheimnisse. Uf den Bub kann isch misch verlosse, gell?"

Leon nickte und Schorsch blinzelte nervös. „Noja, des is schon e bissje ... kompliziert, was isch dir verzähle muss."

„Kompliziert bist de doch immer. Jetzt mach's halt net so spannend un rick endlisch raus mit de Sprach", forderte Sepp, dem schwante, was sein Nachbarn loswerden wollte.

Mit einem letzten Blick auf Leon, beugte Schorsch sich über den Tisch und flüsterte: „Isch glaab, die sinn do und die hawe misch gesehe, wie isch bei unserne Kriminale uf de Terrasse gewese war."

Ein ausgedehntes Grinsen überzog schlagartig Sepps Gesicht; wegen der einsetzenden Dunkelheit konnte Schorsch das aber nicht erkennen.

„Wer ist do und wer hot disch gesehe?"

„Die Außerirdische, Sepp. Grad vorhin noch sin die widder in ihrne Unnertass üwer mir rum. Jetzt hoab ich rischtisch Angst, die wollte misch entführn."

„Ach, redd koan Bleedsinn. Warum soll disch jemand entführn wolle?"

„A noja, vielleicht weil die misch die Woch schon emol gesehe hawe, wie ich bei de Kriminale uf de Terrasse war", wiederholte Schorsch.

„Aha." Krampfhaft biss Sepp die Zähne zusammen. „Was host de bei denen Kriminale gewollt? Und wie bist de üwerhaupt do noi komme?"

„Isch hoab doch noch den Schlissel, den mir de Herbert domals gegewwe hot, als der uf der Weltreise gewese is. Isch sollt doch in der Zeit noch em Rechte gucke. Un dann, als er widder do war, hot der den net widder velangt."

Schorsch machte eine kurze Pause, in der er krampfhaft über etwas nachdachte. Plötzlich fuhr er fort: „Isch hoab den Herbert beobachtet, wie der den Dippe do hiegestellt hot und weil des so gut geroche hot, wollt isch halt wisse, was die Helene widder Gudes gekocht hot. A paar Leffel wenischer wärn doch net ufgefalle. Awer dann sin die von do owe gekomme un isch bin so erschrocke, dass isch gestolpert bin und den Dippe umgeschmisse hoab."

Wieder sah Schorsch eine Sekunde lang versonnen in die Gegend. „Waaste, fer misch alloans koch isch schon a ganz Zeitlang net mehr so oft. Die Gundel kann ja aach gut koche. Awer moanst de, die tät misch a mol zum Esse oilade?"

„Du bist werklich net mehr ganz gescheit. Ausgerechend bei dene Kriminale." Sepp schüttelte den Kopf, musste aber an sich halten, nicht laut loszulachen. „Des kennt Ärcher gewwe."

„Ja, Herr Lenz. Da hat mein Grandpa recht", sagte Leon in ernstem Ton. „Das ist Hausfriedensbruch und Diebstahl. Beides sind Straftaten. Ein Jahr Gefängnis wäre dafür schon drin."

„Was? Werklich? Awer des war doch nur Mundraub. Isch hoab doch nix geklaut. Un viel konnt isch ja aach gar net esse."

„Hot disch sonst noch jemand gesehe?", fragte Sepp.

„Isch glaab net. Außer dene do owe." Schorsch deutete in Richtung Himmel.

„Vielleicht wollte die disch kontrolliern, ob de disch schon widder uf annerer Leuts Grundstick rumtreibst."

„Des mach isch bestimmt net widder. Des kannst de mer glawe."

„Dann bleibt des unner uns, gell Leon?" Sepp zwinkerte seinem Enkel verschwörerisch zu. Der nickte und biss sich dabei fast auf die Zunge.

„Isch dank euch aach schee. Jetzt geht's mer besser. Moanst de, isch sollt den Schlissel dem Herbert zurückgewwe, odder gleich dene Kriminale?"

„Also, isch dät den em Herbert gewwe", sagte Sepp.

Schorsch nickte und machte sich auf den Rückweg, über den Rasen und durch die Ligusterhecke.

Als Sepp und Leon das Türchen quietschen hörten, prusteten sie beide los.

„Grandpa", sagte Leon, nachdem er sich wieder beruhigt hatte. „Warum können die Frau Krämer und der Herr Lenz nicht zusammen essen?"

„Oje, Bub. Isch glaab net, dass des gutgehe dät. Die hawe sisch doch sowieso dauernd in den Hoarn."

„Na und?", entgegnete Leon. „Bei uns in der Schule ist es ähnlich. Wir zoffen uns auch ständig und doch essen wir mittags gemeinsam in der Schulkantine."

„Hm", brummte Sepp.

„Außerdem hängt ihr doch auch gemeinsam vorm Fernseher und schaut euch die Filme an, die ich dir schicke", ließ Leon nicht von seiner Idee ab.

„Host de aach widder recht." Sepp schmunzelte.

„Du bist mir schon en ganz Gewiefte. Vielleicht is des üwerhaupt koa schlecht Idee."

Donnerstag / 22:45 Uhr

Nach einigen Schritten fiel Nicole auf, dass irgendetwas nicht stimmte. Gerade war doch alles noch in Ordnung. Doch kaum auf der Straße – nicht mehr so richtig. Der Boden unter ihren Füßen hatte nicht mehr die Festigkeit, die eine asphaltierte Straße normalerweise haben sollte. Es fühlte sich an, als sei sie auf einem Schiff mit verhältnismäßig hohem Seegang.

Vorsichtshalber hakte sie sich bei Andy unter.

Er registrierte es mit einem Schmunzeln und sagte: „Die Mitternachtssuppe war sehr lecker."

„Ja, obwohl es noch gar nicht Mitternacht ist", kicherte Nicole, wobei die Worte ein wenig holprig über ihre Lippen kamen. „Der Rotwein passte auch wirklich hervorragend zu der Suppe. Aber, ich sage dir, das war alles so geplant, von den beiden."

Sie wedelte mit dem Zeigefinger. „Die wollten mich nur aushorchen. Und … die hatten ein schlechtes Gewissen, weil sie sich wieder in meine Ermittlungen einmischen."

„Die Informationen, die sie dir gaben helfen dir aber ein ganzes Stück weiter. Darüber haben euch die Nachbarn von Hagemann gewiss nichts erzählt, oder?"

Nicole schüttelte den Kopf. „Die haben wir auch nicht danach gefragt, weil wir … eh, weil …"

„Weil ihr nichts von dem Streit gewusst habt, oder?"

„He, auf welcher Seite stehst du eigentlich?" Nicole puffte ihren Ellenbogen in Andys Seite.

„Natürlich auf deiner, mein Schatz. Momentan scheint

mir das auch sehr wichtig. Du torkelst wie ein Matrose auf Landgang."

„Dann bring mich schnell in die Koje, Herr Kapitän", flüsterte Nicole kichernd.

„Aber ich sag's dir", beharrte sie auf ihrer Meinung. „Die sind nur deshalb mit den Infos rausgerückt, damit sie keine Unnehmlich ... eh ... keinen Ärger bekommen. Gehörte alles zu ihrem Plan."

„Ah, ja. Deshalb wolltest du ihnen einen Denkzettel verpassen und hast beim Whisky mit den drei, oder waren es vier Gläsern, zum Gegenschlag ausgeholt?"

„Hm. Das musste sein. Rache ist süß."

„Mal abwarten, ob du das morgen früh auch noch so siehst." Andy lächelnd. „So, mein Schatz, wir sind zu Hause."

Er steckte gerade den Schlüssel ins Haustürschloss, als eine bekannte Stimme über die Straße brüllte und Gundula Krämer, die Arme in die Höhe gestreckt, auf sie zu rannte.

„Frau Wegener, Herr Dillinger. Gott sei Dank, dass Sie endlich heimkommen. Ich habe mich überhaupt nicht aus dem Haus getraut. Ich habe auch schon ein paar Mal die Nummer angerufen, die auf Ihrer Karte steht, Frau Wegener. Sie haben sich aber nicht gemeldet. Ich hatte schon überlegt, die hiesige Polizei anzurufen. Aber die können da auch nichts machen."

Andy nutzte Gundulas kurzen Atemzug und fragte: „Frau Krämer, jetzt beruhigen Sie sich erst einmal und dann erzählen Sie uns was eigentlich ..."

„Sie müssen mir helfen! Sie müssen eine Sondereinheit

rufen oder besser noch das Militär. Sie sind hier! Oh Gott, oh Gott. Was machen wir jetzt bloß?"

„Frau Krämer", versuchte Andy erneut sein Glück. „Wer ist hier? Wurde bei Ihnen eingebrochen?"

„Nein. Schauen Sie. Hier auf meinem Handy. Ich habe alles aufgenommen."

Gundula Krämers Hand zitterte derart stark, dass weder Andy noch Nicole – sie hatte momentan eh Schwierigkeiten mit ihrer visuellen Wahrnehmung – irgendetwas auf dem Display erfassen konnten.

„Zeigen Sie mal." Andy nahm der aufgeregten Nachbarin das Handy aus der Hand.

„Sehen Sie es nicht auch, das Raumschiff?"

„Ein Raumschiff?" Nicole lachte und wackelte mit ihrem Zeigefinger vor Gundels Gesicht herum. „Frau Krämer, Sie haben doch nicht wieder Ihre berühmt berüchtigten Kekse geknabbert?"

Selbst im schwachen Licht der gegenüberstehenden Straßenlaterne war Gundels gekränkte Miene zu erkennen. Alsdann wedelte sie mit ihrer Hand vor Nicoles Gesicht und meinte: „Nichts für ungut, Frau Wegener. Aber ich glaube, dass Sie momentan die Angelegenheit nicht so *ganz* sachlich beurteilen können."

Mit dieser Diagnose ließ sie eine verblüfft schauende Kriminalhauptkommissarin zurück und ging auf Andy zu, der unter der Straßenlaterne versuchte die Bildaufzeichnung zu entschleiern.

„Und, was sagen Sie dazu? Was unternehmen Sie jetzt?"

„Nun. Alles was ich sehe sind helle Lichter, die sich hin-

und herbewegen. Zwei weiße, ein rotes und ein blaues. Mehr kann ich beim besten Willen nicht erkennen. Kamen irgendwelche Geräusche oder Stimmen aus dem … eh … Ding?"

Gundula Krämer schüttelte ihren blondierten Lockenkopf. „Welche Geräusche denn? Und, selbst wenn die etwas gefunkt oder gerufen hätten – wie hätte ich das verstehen sollen. Ich spreche nun mal kein Intergalaktisch."

Andy verbiss sich ein Lachen. „Hörten Sie vielleicht ein Summen oder Brummen?", hakte er nach. In seinem Hinterkopf hatte er eine Idee was es mit dem Bildmaterial auf sich haben könnte.

„Eh … ja. Jetzt, wo Sie es sagen. Es brummte … ziemlich laut sogar. Wissen Sie denn wer das gewesen sein könnte?"

„Nein", antwortete Andy wahrheitsgemäß. „Meine Kenntnisse der Nationen außerhalb unserer Galaxie hält sich in Grenzen. Aber, ich werde der Sache nachgehen. Versprochen."

„Dann glauben Sie mir, dass jemand von dort oben", Gundel zeigte zum dunklen Nachthimmel, „mich beobachtet hat?"

„Wann genau war das denn gewesen?"

„Es war kurz vor 9 Uhr, gleich nachdem Sie beide aus dem Haus gingen. Nicht, dass Sie glauben, ich hätte Sie beobachtet", verteidigte Gundel sich. „Ich habe nur zufällig das Fenster geschlossen."

Wer's glaubt. Andy schaute über seine Schulter. Seine Angebetete saß auf der Haustürtreppe und hatte den Kopf an die Wand gelehnt.

„Wir sollten jetzt alle zu Bett gehen. Ist schon reichlich spät und ich glaube nicht, dass Sie heute Nacht nochmals, von wem auch immer belästigt werden."

„Genau das sagte der Sepp auch."

„Ach, der weiß es auch schon?", erwiderte Andy und dachte: *Wieso überrascht mich das nicht?*

Er sah Gundula Krämer nach, wie sie über die Straße trippelte und schüttelte lächelnd den Kopf.

Donnerstag / 23:15 Uhr

„Was wollen Sie schon wieder?", blaffte Oliver Krug, in der Annahme es wäre der Polizist, als die Tür geöffnet wurde. „Sie müssen nicht alle Stunde nachsehen. Ich kann nicht weg."

Demonstrativ rüttelte er an seinen Handfesseln. Dann wandte er dem Eindringling sein Gesicht zu.

„Was ...Sie? Was wollen Sie hier?"

Er wollte schreien. Doch die Person war blitzschnell an seinem Bett und legte ihren Zeigefinger auf seine Lippen. „Pscht!"

Gleichzeitig berührte etwas Kaltes seinen Hals. Dass es scharf sein musste, ahnte Oliver, weshalb er erst gar nicht versuchte seinen Kopf wegzudrehen.

„Ich könnte dich jetzt abstechen und keiner würde es mitbekommen", flüsterte die Person. „Aber ich habe es mir anders überlegt. Oder, besser gesagt, du hast mir die Entscheidung abgenommen; jedenfalls fürs erste. Denn, du gehst auf jeden Fall für die nächsten Jahre ins Gefängnis. Wenigstens kannst du dort keiner Frau etwas antun. Aber, wenn du irgendwann wieder rauskommst, dann werde ich da sein. Verlass dich drauf."

Das Gesicht war seinem jetzt so nahe, dass er den heißen Atem spürte. Zudem drückte ein Ellenbogen auf seine Brust, sodass er kaum Luft bekam. Gleichzeitig meldete sich der Schmerz der Messerattacke zurück.

Weshalb wollen alle mich umbringen, stellte er sich im Geiste die Frage. Die Antwort gab er sich gleichermaßen: *Weil du ein Scheißkerl bist und dich mit den verkehrten Leuten eingelassen hast.*

„Ich möchte nur eins von dir wissen. Warum greifst du Frauen an, wenn du doch auf Männer stehst? Los, rede! Oder ich breche dir die Knochen."

Der Druck auf seinen Brustkorb nahm zu.

„Wir ... wir waren beide betrunken", presste Oliver hervor. „Sie sagte, sie könnte mich überzeugen wieder Frauen zu mögen. Doch dann hat ... hat sie sich plötzlich gewehrt ... wollte nicht mehr. Und ... und da kam alles von damals wieder hoch."

Der Druck auf seiner Brust nahm für einen kurzen Moment ab.

„Kanntet ihr euch vorher schon?"

„Nein. Wir hatten uns zuvor noch nie gesehen", keuchte Oliver. „Das, was die mir damals, im Jugendarrest angetan hatten. Ich verlor die Nerven."

„Wurdest du etwa ...?"

Oliver nickte. „Ich wollte das nicht. Bitte ... es tut mir wirklich leid. Es ... es war keine Absicht."

„Das glaube ich dir sogar. Meine kleine Schwester war noch nie ein Kind von Traurigkeit. Ich habe sie immer gewarnt. Aber das, was du ihr angetan hast, hatte sie dennoch nicht verdient."

So lautlos, wie sie ins Zimmer gekommen war, so schnell und leise verschwand sie auch wieder.

20. Oktober 2017 / Freitag 06:50 Uhr

Das Geräusch war unerträglich. Es holte Nicole aus dem Tiefschlaf, in den sie gestern Abend gefallen war, sobald sie im Bett lag. Sie konnte sich nicht einmal mehr erinnern, wie sie dort hingekommen war. Genauso wenig konnte sie sich an dermaßen wahnsinnige Kopfschmerzen erinnern, wie sie jetzt in Intervallen durch ihren Schädel waberten.

Dennoch verweilten noch immer kleine grüne Männchen in der Seligenstädter Tracht der Frauen vor ihrem inneren Auge. Eines davon sah ihrer Nachbarin, Gundula Krämer, zum Verwechseln ähnlich und machte auch jetzt noch einen grässlichen Lärm.

Jetzt noch? Ach, der Wecker. Nicole tastete nach dem Unruhestifter und schlug mit der flachen Hand drauf. *Diese herrliche Stille.* Sie streckte sich.

Die Schlafzimmertür ging auf und Andy kam mit einem Glas Wasser in der einen Hand und Alka-Seltzer in der anderen herein.

„Guten Morgen. Na, wie geht's?"

„Was soll die Frage?", murmelte Nicole.

„Hier, nimm das."

Andy gab die Tabletten ins Wasser, wo sie sich augenblicklich fröhlich sprudelnd auflösten.

„Wenigsten die haben ihren Spaß.", nuschelte Nicole, nahm das Glas entgegen, leerte es in zwei Schlucken und verzog das Gesicht. „Schmeckt, wie ich mich fühle."

„Bleib noch eine Viertelstunde liegen und danach ab unter die Dusche. Hier drin riecht es wie in einer schlecht durchlüfteten Kneipe."

„Du musst nicht auch noch Salz in meine Wunde streuen. Ich fühle mich auch so schon schlecht genug."

„Ich mach schon mal Frühstück."

„Oh, bitte nicht."

Sofort meldete sich Nicoles Magen, ihre Speiseröhre bäumte sich auf und in ihrem Mund sammelte sich Speichel. Sie schluckte ihn tapfer runter und sank auf ihr Kissen zurück.

Andy schloss die Tür hinter sich und Nicoles Gedanken wanderten zum gestrigen Abend zurück.

Als sie bei Helene und Herbert angekommen waren, zog Herbert sie gleich ins Wohnzimmer. Dort saßen schon Bettina und Ferdinand Roth, je ein Glas Rotwein vor sich auf dem Tisch.

Stolz hatte Herbert auf den Zeitungsartikel gezeigt und gemeint, darauf müsste man doch unbedingt anstoßen und reichte Nicole und Andy ebenfalls ein Glas.

Zum Anstoßen war Nicole nicht zumute gewesen, zumal sie den beiden Hobby-Kriminalisten mal wieder und diesmal mit Konsequenzen drohend, die Grenze zwischen Neugier im Allgemeinen und Polizeiarbeit im Besonderen klarmachen wollte.

Aber in Anwesenheit der Roths konnte sie nicht so, wie sie gerne gewollt hätte.

Wie sich herausstellte, waren Bettina und Ferdinand Roth

bereits bestens über Helenes Heldentat unterrichtet und begeistert von deren Courage einen gefährlichen Verbrecher außer Gefecht gesetzt zu haben.

Irgendwann, nach dieser leckeren *Mitternachtssuppe*, zu der Helene Stangenweißbrot und selbstgemachte Kräuterbutter servierte und dieser hervorragende Rotwein exzellent passte, kam dann auch das Gespräch auf den Mord an Heinz Hagemann.

Flüchtig hatte Nicole sich die Frage gestellt, wer ihnen gesteckt hatte, dass es sich um Mord handelt. Die Presse war angehalten lediglich von einem ungeklärten Todesfall zu sprechen und keine Spekulationen zu verbreiten; woran sie sich auch hielt.

Als nächstes hatte sich eine ungleich schlimmere Befürchtung in Nicoles Gedankenwelt gebahnt. War aus dem Duo der Hobbydetektive jetzt ein Quartett entstanden?

Aber auch diesen Geistesblitz konnte sie nicht länger verfolgen, weil die Hündin der Roths, Miss Lizzy, nicht mehr von ihrer Seite wich und unentwegt Streicheleinheiten von ihr abverlangte.

Mehrere Ermahnungen der Roths, dies zu unterlassen, hatten nur mäßigen Erfolg und Nicole selbst musste, tief in ihrem Inneren zugeben, dass die Spaniel-Hündin ihr Herz im Sturm erobert hatte.

Abgelenkt durch Lizzy und – vermutlich hatte der Rotwein auch dazu beigetragen, war die ursprünglich geplante Strafpredigt in den Hintergrund getreten … sehr weit. Stattdessen hörte Nicole die aktuell in der Stadt umhergehenden Spekulationen.

Besonders hellhörig war sie geworden, als Helene erzählte, dass Hagemann öfter in einem Transvestiten-Klub in Frankfurt verkehrt hätte. Diese Information war ihr und ihrem Team zwar schon hinreichend bekannt, untermauerten aber Lars' Recherchen und erhärteten seine Theorie, dass Hagemann deswegen erpresst worden sein könnte.

Ihre *Quelle* wollten die vier allerdings nicht preisgeben.

Auf Nicoles allgemein gestellte Frage, ob es denn möglich sei, dass Frau Hagemann wirklich keinen blassen Schimmer von den verborgenen Vorlieben ihres Ehegatten gehabt hätte, entstand eine klitzekleine Pause. Und, anstatt einer klaren Antwort erhielt sie weitere Happen der Stadtgerüchte. Unter anderem die glaubwürdige Beobachtung und akustische Wahrnehmung eines Streites zwischen Hagemann und seinem Sohn, einige Tage vor dessen Verschwinden.

Aber auch hierzu erhielt Nicole keine Antwort, was den Namen der Informanten anging. Hingegen waren sich alle vier darüber einig, dass Heinz Hagemann es hervorragend verstanden hatte, Furcht unter seinen Mitmenschen zu verbreiten, sodass niemand auch nur ein Sterbenswörtchen zu sagen traute. Außerdem, so ließ Helene verlauten, könne sie sich gut vorstellen, dass Daniel Hagemann am Leben ist.

Diese, von Helene geäußerte fiktive Aussage, hörte sich ganz und gar nicht nach einer Hypothese an. Aufgrund ihrer langjährigen Erfahrung erkannte Nicole die Nuancen zwischen Vermutung und Wissen, besonders wenn es sich um ihre langjährige, mütterliche Freundin handelte.

Ganz die Kriminalhauptkommissarin raushängend, wollte

sie den zwei – oder jetzt vier? – Hobbyermittlern doch noch eine Lektion in Sachen Zivilverhalten erteilen, wurde aber durch Andys Hand auf ihrem Arm zurückgehalten.

Sein kaum sichtbares Kopfschütteln sagte: *Lass es!*

Also ließ Nicole die Standpauke sein – vorläufig. Stattdessen kippte sie den ihr angebotenen Whisky in einem Zug runter. Den zweiten ebenfalls und registrierte, wie ihre Empörung mit jedem Schluck mehr abflaute.

Dagegen steigerte sich ihr Frust darüber, dass sie nach drei Tagen, mit all den ihr vorliegenden Informationen, noch immer keinen Täter vorweisen konnte – und, weil das Gefühl in ihr hochkam, dass die vier, die ihr gegenübersaßen, mal wieder einen Schritt voraus waren.

Die Schlafzimmertür wurde erneut geöffnet und der Duft von frischem Kaffee strömte herein.

„Na, geht's besser?", erkundigte sich Andy.

Nicole schwang die Beine aus dem Bett. Ein leichtes Schwindelgefühl breitete sich in ihrem Kopf aus.

„Ich gehe unter die Dusche. Lüftest du? Hier stinkt's."

Sie lächelte. „Sag mal, gestern Abend, das mit Frau Krämer, was war das? Habe ich mich verhört, oder sprach sie tatsächlich von Ufos und dass sie beobachtet worden wäre?"

„Ja." Andy lachte. „Sie glaubt, dass Außerirdische sie gefilmt hätten und fühlte sich bedroht. Sie zeigte mir Fotos, die sie mit ihrem Handy aufgenommen hatte. Auf denen war aber so gut wie nichts zu erkennen, außer grelles Licht."

Nicole überlegte einen Moment und sah Andy an. „Du denkst das Gleiche wie ich, stimmt's?"

„Woher soll ich wissen, was du denkst? Kannst du überhaupt schon wieder denken?"

Für diese Bemerkung erhielt er einen sanften Rippenpuffer.

„Dennoch sollte sich jemand darum kümmern. Vielleicht ist es doch ernst und wir haben es mit Einbrechern zu tun, die die Nachbarschaft ausspionieren. Womöglich der gleiche, der ... "

Ein Klingeln des Festnetztelefons unterbrach Nicoles Überlegungen. „Geh du bitte dran. Ich gehe duschen."

„Haben Sie schon Ergebnisse?", prallte Gundels Stimme an Andys Ohr.

„Nein, Frau Krämer. Wir sind auch noch nicht im Präsidium."

„Das weiß ich doch. Ihr Auto steht ja noch vorm Haus. Bestimmt fühlt sich Frau Wegener noch nicht wieder wohl, sonst wäre sie, wie immer schon weg. Alkohol kann auf Dauer wirklich schlimme Schäden anrichten. Ich kann ihr mein Hausmittel ..."

„Danke Frau Krämer, dass Sie sich sorgen. Aber, Frau Wegener geht es wieder gut."

„Ach ja?"

Andy meinte, einen Hauch von Enttäuschung zu hören.

„Na, wenn man das Zeug gewohnt ist, macht es einem wohl nicht so viel aus. Ist beim Sepp und beim Schorsch genauso."

„Frau Krämer, wir müssen dann auch los", unterbrach Andy. Auch ging er nicht auf die zynische Bemerkung, bezüglich seiner eventuell alkoholabhängigen Partnerin, ein.

Ebenso wollte er keine weiteren Einblicke in die Lebensweise seiner Nachbarn erhalten.

„Ich muss schnellstens die Fahndung nach den Außer ...", er räusperte sich, „dem unbekannten Flugobjekt einleiten."

„Ach so, ja, natürlich. Ich will Sie nicht länger aufhalten." Gundel Krämer legte auf.

„Wer war dran?", wollte Nicole wissen.

Sie kam aus dem Badezimmer und befreite ihre, am Hinterkopf hochgezwirbelten dunkelblonden Haare, sodass sie weitgefächert über ihre Schultern fielen und darüber hinaus.

„Unsere liebe Nachbarin, die gestern Abend von Außerirdischen beobachtet wurde", teilte Andy mit.

„Oh. Und was willst du unternehmen?" Nicole griff nach einem Aufbackbrötchen, das den Ofen unmittelbar verlassen hatte. „Autsch, heiß."

„Na was wohl? Ich gehe der Sache auf den Grund und leite die Fahndung ein."

Nicole lachte, wurde aber sofort wieder ernst. „Ich glaube, ich habe ein Alkoholproblem. Vor allem sollte ich die Finger vom Whisky lassen."

„Wie kommst du denn auf diese Idee?" Andys Brötchenhälfte schaffte es nicht bis zu seinem Mund.

Sollte die Nachbarin doch recht haben und nur er hatte es noch nicht bemerkt?

Sofort verwarf er den dummen Gedanken wieder. *Nur, weil Nicole ab und an gerne mal einen Whisky trank oder ein Glas Rotwein?*

„Weil ich dann über Dinge rede, worüber ich besser den Mund halten sollte und wichtige Dinge außer Acht lasse, die ich mir vorgenommen hatte zu klären."

Andy atmete erleichtert auf. „Du meinst gestern Abend, den Mordfall?"

„Ja, was sonst!", entgegnete Nicole lauter als gewollt. „Wir haben den ganzen Abend kaum über etwas anderes gesprochen."

„Das ist doch normal. Ein solches Verbrechen ist in einer Kleinstadt wie dieser nicht alltäglich. Und, du hast nichts ausgeplaudert, was durch die Presse nicht schon bekannt war."

„Ich nicht. Aber woher wussten die, dass Hagemann ermordet worden ist? Davon stand nichts in der Presse, weil wir das eindringlich untersagt hatten. Aber, darum geht es nicht, verstehst du? Ich bin Kriminalbeamtin. Das war einfach unprofessionell – auch meine Trinkerei."

Andy stand auf, ging um den Tisch herum und nahm Nicole in den Arm. „Du bist zu streng zu dir. Außerdem, wenn du ehrlich bist, hast du weit mehr erfahren, als du und dein Team bisher gewusst haben."

„Wie soll ich das verstehen?"

„Na überleg doch mal. Hagemanns spezielle Vorliebe und seinen regelmäßigen Besuchen in diesem Klub wurden von den vier nochmals bestätigt. Außerdem weißt du nun, dass es heftigen Streit zwischen Daniel und seinem Vater gab, und der höchstwahrscheinlich der Grund war, weshalb er weggelaufen ist.

Ob er und Oliver Krug ähnliche, oder ähnlich gelagerte Vorlieben wie Hagemann hatten, müsst ihr jetzt noch herausfinden. Dass Oliver mit Daniel in Kontakt stand, sagen allein schon seine Handydaten. Demnach könnten beide für den Tod von Hagemann infragekommen. Es ist jedenfalls nicht ausgeschlossen", fügte Andy an, als er Nicoles zweifelnden Gesichtsausdruck sah.

„Außerdem kannst du dem Hinweis nachgehen, ob Maria Hagemann den Aufenthaltsort ihres Sohnes auch kannte."

„Natürlich hast du recht. Wir müssen alle Möglichkeiten in Betracht ziehen", erwiderte Nicole. „Und ja, ich habe auch den Eindruck, dass alles irgendwie zusammenhängt und irgendwie doch wieder nicht."

Sie gab Andy einen schnellen Kuss auf die Wange. „Du hättest zur Polizei gehen sollen", neckte sie ihn.

„Vielleicht im nächsten Leben."

Freitag / 08:55 Uhr

„Endlich. Der is aber heut spät dran", brummte Herbert und eilte zum Briefkasten, riss selbigen auf und die Tageszeitung heraus.

Hektisch blätterte er darin herum. Auf der dritten Seite fand er, was er suchte.

Ach, da is se ja, meine Heldin.

Helene!", rief er. „Du bist in der Zeitung, mit Foto."

„Hoffentlich hat der Fotograf meine Schokoladenseite getroffen."

Fix und fertig angezogen und mit frisch geföhnten Haaren kam Helene aus dem Badezimmer. Mit skeptischem Blick schaute sie den Artikel und speziell die Aufnahme an.

„Naja. Ein bisschen mehr Mühe hätte der Fotograf sich

schon geben können."

„Helenchen, das war eine Momentaufnahme; quasi direkt in *Action* und du siehst super aus, so, wie du den Geiselnehmer im Polizeigriff festhältst."

„Findest du?"

„Na klar."

„Was schreiben die denn?"

Jetzt auch neugierig geworden, beugte Helene sich über Herberts Schulter.

„Was? **Bravourstück einer älteren Dame**? Etwas netter hätten die das schon formulieren können."

„Für mich bist du eine Dame mit Bravour und ohne Alter", erwiderte Herbert und drückte Helene einen Schmatzer auf die Backe.

„Jetzt lass uns mal lesen, was die über dich schreibe."

Herbert breitete die Zeitung auf dem Küchentisch aus, strich sie glatt und las laut.

„Einer couragierten älteren Dame ist es zu verdanken, dass eine Geiselnahme missglückte. Der erst kürzlich aus dem Gefängnis entlassene und vor 2 Tagen, auf einem Seligenstädter Parkplatz niedergestochene 37-jährige Oliver K. hatte einen Arzt und eine Pflegerin als Geisel genommen und wollte im Wagen der Krankenschwester flüchten. Doch da hatte der Täter die Rechnung ohne die ältere Dame gemacht, die gerade auf den Parkplatz der Klinik fuhr."

„Wenn ich noch einmal ältere Dame lese, werde ich die Zeitung verklagen", murrte Helene und Herbert las weiter.

„Beherzt stürzte sie sich auf den Geiselnehmer. Mit einem gekonnten Polizeigriff, indem sie dem Verbrecher den Arm auf dem Rücken drehte, brachte sie ihn mit einem zusätzlichen Handkantenschlag auf den Nacken zu Fall, sodass er am Boden liegend, von der Polizei nur noch in Gewahrsam genommen werden musste. Alle Achtung! Schade, dass die Dame so schnell verschwunden war. Ich hätte sie gerne interviewt. War sie vielleicht Superwoman?“

„Superwoman. Na, des hört sich doch gut an, oder?“

„Jedenfalls besser, als ältere *Dame*. So, jetzt muss ich aber.“

„Ja wohin denn? Hab mich schon gewundert …“

„Na, zur Polizei. Meine Zeugenaussage.“

Helene tippte mit dem Zeigefinger auf die Zeitung.

„Ach herrje, hab ich glatt vergesse.“ Herbert sprang auf. „Ich komm natürlich mit.“

„Aber, so ... auf keinen Fall!“

„Wieso, was stimmt nicht ...? Oh, bin gleich wieder hier.“

Während Herbert sich anzog, las Helene den Artikel erneut und betrachtete intensiv das Foto.

Eigentlich sehe ich für mein Alter gar nicht schlecht aus, stellte sie fest. *Sogar auf einem Zeitungsfoto.*

Im August hatte sie ihren 73. Geburtstag gefeiert. Nur ein kleiner Umtrunk im Garten war geplant. Nicole und Andy, Bettina und Ferdinand, Elfi und Gerald und natürlich Sepp, Schorsch und Gundel.

Aber, im Laufe des Nachmittags trudelten weitere Gäste ein. Harald mit Frau und Tochter, sowie Lars und Viktor

Laskovic mit Freundin. Sogar Josef Maier kam kurz vorbei und gratulierte. Einzig der Leiter der Leiter der Gerichtsmedizin, Dr. Martin Lindner fehlte – er hatte aber schon am frühen Morgen angerufen und, auch im Namen seiner Ehefrau, Glückwünsche ausgesprochen.

Es war nicht so, dass Nicoles Kollegen Fremde waren, aber halt auch keine *so* engen Freunde. Das zumindest dachte Helene, bis sie alle zu ihrem Geburtstag – nicht mal einem *Runden* – gekommen waren. Und alle hatten sie Geschenke mitgebracht, die ihrer und Herberts kriminalistischer Ambition – Mordfälle aufzuklären – entgegenkamen.

Vom Kriminalspiel bis zur Box mit Pulver und Pinsel die Abdrücke sichtbar machen.

Nicole sah dies natürlich mit einer gewissen Skepsis und hätte ihre Kollegen am liebsten auf der Stelle zusammengestaucht.

Was niemand, außer Helene wusste, war, weshalb sich Nicole so verhielt, wie sie sich verhielt und, dass es mit Nicoles, noch immer nicht ganz verarbeiteter Vergangenheit zu tun hatte.

Nicoles Eltern erwischten einen Einbrecher, der die Nerven verlor und schoss. Nicoles Vater traf ein Schuss ins Bein, woraufhin er einen bleibenden Schaden davontrug und ihre Mutter hatte einen Nervenzusammenbruch.

Inzwischen waren beide schon seit Jahren verstorben. Dennoch fühlte Nicole sich schuldig, an diesem Tag nicht zuhause gewesen zu sein; obwohl das der reinste Unsinn war.

Als 12-jähriges Mädchen hättest du nicht die geringste

Chance gehabt, das verhindern zu können, versuchte sie Nicole immer wieder klarzumachen.

Eine Restunsicherheit war dennoch bei Nicole zurückgeblieben. Weshalb Helene sich, am Anfang der Beziehung zwischen Nicole und Andy, der ebenfalls ein Handicap besaß, ernsthaft gefragt hatte, ob es sich wirklich um *Liebe* handelte oder nur um eine Art der Kompensation.

Aber, schon bald sah Helene die Harmonie zwischen den beiden und wie Andy im passenden Moment auf Nicole einwirkte – wie am gestrigen Abend. Dennoch bezweifelte sie stark, dass Nicole sich das Glas hätte aus der Hand nehmen lassen; auch nicht von Andy.

Unvermeidlich kam im Laufe des Abends das Gespräch auf den Mord an Hagemann. Das konnte auch Nicole nicht verhindern. Folglich freundete Nicole sich frustriert mit dem schottischen Single-Malt-Whisky „Tullibardine" an.

Allerdings würde sie sich heute Morgen für ihre enge Beziehung zum „Wasser des Lebens" auf die Zunge beißen – wenn ihr Zustand es denn zuließ.

Helene seufzte. *Starrköpfigkeit hat halt ihren Preis.*

Immerhin profitierten beide Parteien vom regen Austausch der Informationen. Auch wenn sie Nicole natürlich nicht auf die Nase banden, woher die Auskünfte kamen.

Dessen ungeachtet hatten weder die Kriminalpolizei – wie sich im Laufe des Abends herausstellte – noch die Hobbyermittler, einen potenziellen Täter im Visier.

Das allein war für Helene und Herbert, sowie Bettina und Ferdinand, der nun auch Gefallen an den Nachforschungen

fand, Ansporn genug, sich noch mehr in den Fall reinzu-
knien.

„So, mer könne", rief Herbert. „Besser so?"

Den Schlafanzug hatte er gegen Jeans und ein hellblaues
Baumwollshirt getauscht. Den leichten Bauchansatz ver-
deckte seine Lederjacke.

Für 76 Jahre sieht er wirklich noch sehr gut aus.

„Wieso grienst du so komisch? Is was?"

„Neeee", erwiderte Helene gedehnt. „Alles gut. Mir ge-
fällt was ich sehe."

„Na, dann lass uns losgehe."

***

An der Ecke prallten sie mit Gundel zusammen, die sie
beinahe über den Haufen rannte.

„Hoppla." Herbert trat einen Schritt zur Seite und zog
Helene mit. „Wo willst du denn so schnell hin?"

„Zu euch." Gundel schnappte nach Luft. „Ich muss euch
unbedingt etwas erzählen."

„Wir habe aber jetzt überhaupt keine Zeit", erwiderte Herbert und Helene setzte nach: „Wir müssen zur Polizei. Die
brauchen meine Aussage noch schriftlich."

„Ach! Dann habt ihr das auch gesehen, heute Nacht? Gott
sei Dank. Bin ich froh."

„Gesehe? Was solle wir heut Nacht gesehe habe?", fragte
Herbert. „Wir sehe eigentlich nachts so gut wie nie was,
weil wir da schlafe."

„Um diese Zeit habt ihr gewiss noch nicht geschlafen",
behauptete Gundel. „Ihr hattet Besuch von der Nicole und
Herr Dillinger, stimmt's? Und, die kamen erst um elf heim."

355

„Sag mal ... ich glaub's net. Kontrollierst du jetzt schon deine Nachbarn?" Herbert schüttelte den Kopf. „Hast du sonst nix zu treibe?"

„Doch, natürlich", gab Gundel schnippisch zurück. „Außerdem kontrolliere ich meine Nachbarn nicht. Ich habe zufällig gesehen, wie die beiden … Ach, ist ja auch egal." Gundel machte eine abwehrende Bewegung mit ihrem Arm. „Ich wollte euch nur sagen, dass ich Fotos mit meinem Handy gemacht habe. Und die habe ich den beiden gestern Nacht gezeigt, als sie nach Hause kamen."

„Fotos? Gundel jetzt sag halt, was du sage willst."

„Na von den Außerirdischen, die mich gestern Abend durch meine Terrassentür beobachtet haben."

Gundel hielt Herbert ihr Handy so dicht vor die Nase, dass dieser instinktiv einen halben Schritt zurückwich.

„Herrgott nochmol. So kann ich doch überhaupt nix sehe."

Er nahm das Handy in die eigene Hand und Helene schaute nun auch und stellte fest: „Außer grellem Licht ist da nichts drauf zu erkennen."

„Wenn du wirklich Untertasse fotografiere wolltest, ist des als Beweis nutzlos. Des kann ich dir jetzt schon sage."

Verärgert riss Gundel Herbert das Handy aus der Hand. „Das hat der Sepp auch gesagt. Dabei hat er nicht mal richtig draufgeschaut. Aber wartet nur ab! Herr Dillinger hat versprochen, sich darum zu kümmern."

„Ui. Ich wusst gar net, dass Andy Kontakte zu Ufologen hat", flüsterte Herbert Helene zu.

„Hätte ich mir ja denken können, dass ihr das nicht ernst

nehmt." Beleidigt machte Gundel auf dem Absatz kehrt und trippelte davon.

„Jetzt is se aber sauer."

„Hättest du auch nicht tun brauchen."

„Was hab ich denn gemacht?", fragte Herbert mit unschuldigem Blick, aber einem breiten Grinsen. „Wahrscheinlich hat die gute Gundel mal widder zu tief ins Glas geguckt oder zu viele von ihrn Haschkeksen genascht."

„Aber, irgendetwas hat sie ja doch aufgenommen, mit ihrem Handy. Und, ich glaube nicht, dass sie sich damit unter die Straßenlaterne gestellt hat."

Freitag / 09:10 Uhr

Trotz der Mühe, die Nicole sich mit ihrem Make-up gegeben hatte, war es ihr nicht gänzlich gelungen, die Spuren des Vorabends zu übertünchen, was sie aber nicht weiter störte. Schon deshalb, weil sie erst nach 9 Uhr im Büro ankam, würden Harald und Lars wissen, dass sie am Abend zuvor versackt war.

Sie hoffte nur, dass Dr. Lechner nicht schon nach dem *Stand der Dinge* gefragt hatte.

Anstatt dem gewohnten „Hi, Boss" legte Lars seinen Zeigefinger auf die Lippen, während Harald telefonierte.

„Nein, Frau Wegener ist noch nicht eingetroffen. Sie wollte noch eine Zeugenaussage nachprüfen ... Ja, in Seligenstadt ... Das werde ich ihr ausrichten ... Ihnen auch einen schönen Tag, Herr Dr. Lechner."

„Hallo Nicole", grüßte er lächelnd, nachdem er aufgelegt

hatte. „Spät geworden, gestern Abend?"

Haralds Bemerkung ignorierend ging Nicole an ihren Schreibtisch und fuhr den Computer hoch. „Was wollte Dr. Lechner?"

„Na, was wohl?!", antwortete Lars für seinen Kollegen. „Den Mörder. Am liebsten auf dem Silbertablett."

„Mit dem Wunsch ist er nicht allein", brummte Nicole. „Aber ich habe Neuigkeiten, unser Opfer betreffend."

„Dann war der Abend nicht nur feuchtfröhlich, sondern auch erfolgreich?", bohrte Harald nach.

„Ja." Nicole setzte sich in ihren Bürosessel. „Zumindest insoweit, dass Hagemann tatsächlich in dem Klub „Zur Lagune" verkehrte. Außerdem fand im Hause Hagemann ein heftiger Streit statt, in dem Heinz Hagemann seinem Sohn gedroht haben soll, dass er ihn umbringen würde, sollte er nicht zur Besinnung kommen. Einige Tage später war Daniel verschwunden. Das unterstreicht unsere Theorie, dass Hagemann erpresst wurde. Fragt sich nur, von wem."

„Liegt das nicht auf der Hand?", äußerte Lars. „Wie wir wissen arbeitete Jürgen Krug, der Vater von Oliver, als Türsteher in einem Transvestiten-Klub. Hundertpro hat der Krug den Hagemann dort gesehen und ihn erpresst. Wäre zumindest ein Grund für die 1500 Euro, die Hagemann monatlich in bar von seinem Konto abhob."

„Deine Theorie hat nur einen kleinen Schönheitsfehler", konterte Harald. „Hagemann hob auch noch letzten Monat Geld ab. Krug ist aber bereits 2004 verstorben, wie du uns mitgeteilt hast. Es sei denn ..."

„dass Frau Krug auch Bescheid wusste und weiter abkassiert hat", vervollständigte Lars den Satz seines Kollegen.

„Könnte sie auch mit dem Mord zu tun haben?", setzte Harald seine Überlegungen fort.

Lars schüttelte den Kopf. „Kann ich mir nicht vorstellen. Mir gegenüber sagte sie, sie verabscheue Gewalt. Und, dass sie weder Zeitung liest, noch Fernsehen schaut, *wegen* all der Gewalt, die dort vorkommt. Auf mich machte sie einen glaubwürdigen Eindruck."

„Hatte Frau Krug noch Verbindung zu Frau Hagemann, nachdem Daniel verschwunden war?", fragte Nicole.

Lars schüttelte den Kopf. „Zwar erzählte sie mir, dass sie anfangs noch oft an Daniel gedacht hätte und sie verstehen könne, weshalb er damals weggelaufen ist; wovon sie ebenso wie Frau Hagemann überzeugt ist; aber einen Kontakt zu Frau Hagemann stritt sie ab."

„Diese Annahme, dass Daniel Hagemann noch am Leben sein könnte, habe ich gestern Abend ebenfalls zu hören bekommen", warf Nicole dazwischen.

„Ich hatte allerdings das Gefühl, dass sie mir etwas verschweigt. Jedes Mal, wenn das Gespräch auf Hagemann kam, hielt sie mitten im Satz inne", schloss Lars seinen Bericht ab.

„Dann fahre *nochmal* zu ihr ... setze sie mehr unter Druck. Durch Krugs Handy wissen wir, dass er mit Hagemann – zumindest für zwei Anrufe – in Verbindung stand. Ebenso mit seinem ehemaligen Zellennachbar, Frank Gerke. Ich will wissen, was Krug von Hagemann wollte und in wie weit dieser Gerke darin involviert ist.

Harald, du klärst die noch offenen Fragen mit Frau Hage-mann. Jetzt wird sie ja wieder nüchtern sein. Ich kümmere mich um einen Beschluss zur Einsicht in Oliver Krugs Finanzen. Vielleicht tauchen die 10.000 auf seinem Konto auf. Obwohl ich das nicht glaube", fügte sie mehr zu sich selbst hinzu.

„Also los, Jungs. Ich will den Fall innerhalb der nächsten 24 Stunden abgeschlossen haben."

„Sie klingt beinahe so wie der Lechner", sagte Lars, als Nicole die Tür hinter sich geschlossen hatte.

Freitag / 09:20 Uhr

Julian Köhler strahlte, als er Sarah Senger auf dem Flur begegnete und grüßte mit einem fröhlichen „Guten Morgen", welches leise und deutlich weniger heiter erwidert wurde.

Seit er die zwei Jahre ältere Kollegin zum ersten Mal gesehen hatte, bewunderte er ihren Arbeitseifer und mehr noch sie selbst. Dabei musste er höllisch aufpassen, dass die Kollegen und besonders Sarah selber seine Schwärmerei nicht mitbekamen.

Nur zu gerne hätte er sie gestern Abend, als sie ihm einen Kaffee brachte, tröstend in die Arme genommen. Stattdessen musste er diesen Kerl, der ihr das angetan hatte, auch noch bewachen. Irgendwann war er dann doch wohl für einige Minuten eingeschlafen. Zum Glück hatte das niemand mitgekriegt und es war ja auch währenddessen nichts passiert.

Was hätte auch sein sollen? Der Typ war ans Bett gefesselt.

Anerkennend schaute er ihr jetzt nach, wie sie, nach einem kurzen Anklopfen, das Büro des Dienststellenleiters betrat.

Das Klingeln, dass jemand Einlass zur Dienststelle forderte, zwang Julian Köhler in die Gegenwart und an seinen Arbeitsplatz zurück.

Er eilte zum Empfang und drückte, nach einem Blick auf den Monitor, auf den Türöffner.

Sekunden später stand ein älteres Paar vor ihm, das zum Chef wollte, wegen eines Protokolls, das es zu unterschreiben galt. Julians Versuch, dass er sich der Sache annehmen könnte, wurde rigoros mit der Begründung abgelehnt: Josef Maier hätte persönlich darum gebeten. Womöglich wären auch noch Dinge zu klären, die im Eifer des gestrigen Gefechts auf dem Parkplatz des Krankenhauses vergessen worden waren.

Jetzt erkannte Julian Köhler wer vor ihm stand.

Die *couragierte ältere Dame*, die den Geiselnehmer überwältigt hatte – wie die Presse in einer unübersehbaren Schlagzeile die Aktion aufbrezelte.

Immer das Gleiche mit diesen provinziellen Käseblättchen. Wobei die „große Presse", wie er sich eingestand, auch keinen Deut besser war.

Begreiflicherweise kam die Frau sich nun wie der „Terminator" vor.

Was soll's, dachte Julian und bat die beiden älteren Herrschaften einen Moment zu warten. Gemächlichen Schrittes ging er zum Büro von Josef Maier, klopfte und öffnete, nach einem knappen „Herein", die Tür.

Auf einem der Stühle vor Maiers Schreibtisch saß seine Kollegin mit blassem Gesicht, während der Chef selbst ein Schriftstück in der Hand hielt und einen hochroten Kopf hatte.

„Was gibt's denn so Wichtiges?", fuhr er Julian Köhler an.

„Frau Helene Wagner wäre jetzt da, um ihre Aussage zu unterschreiben. Wenn's jetzt nicht passt, kann ich auch …"

„Nein, ich komme schon." Josef Maier erhob sich. „Bin gleich zurück, Frau Senger."

„Kommen wir gerade ungelegen?", fragte Helene, die Josef Maiers angespannten Gesichtsausdruck sah.

„Ein Einsatz jagt den nächsten und …", winkte Maier ab.

„Wir könne gern auch später nochmal …"

„Macht es euch wirklich nichts aus? Ich wäre euch dankbar. Lehmann und Bachmann sind mit zwei von unseren Jungspunden zu einem Verkehrsunfall und einem Einbruch unterwegs. Der Rest unserer Truppe ist krank und ich zurzeit alleine, mit dem jungen Kollegen vorne."

„Kein Problem", erwiderte Helene. „Wir erledigen jetzt unseren Wocheneinkauf und kommen in einer Stunde wieder."

Die Erleichterung stand Josef Maier im Gesicht.

Kaum wieder vor der Tür und noch auf der Treppe stehend, sahen sie Gundel über die Straße hetzen.

„Die kommt doch bestimmt wege ihre Fotos. Des kann der Josef jetzt überhaupt net brauche."

„Du brauchst gar net erst hochzukomme", rief er, als Gundel ihren Fuß auf die erste Treppenstufe setzen wollte. „Die sind grad alle unterwegs."

Mit geschürzten Lippen und sichtbaren Denkübungen hinter ihrer in Falten gelegten Stirn, nickte Gundel ein paar Mal mit dem Kopf: „Ganz bestimmt haben noch mehr Leute angerufen, wegen den Ufos."

Mit dieser Überzeugung machte sie auf dem Absatz kehrt.

„Wenigsten vor ihr hat der Josef jetzt Ruh'."

Herbert hörte Helene laut schnaufen.

„Was is?"

„Du hast sie in dem Glauben bestärkt, dass Ufos gesichtet worden sind", entgegnete Helene vorwurfsvoll.

„Des stimmt net. Von Ufos hab ich nix gesagt. Ich hab nur gesagt, dass die Polizei voll beschäftigt ist. Was die sich so zusammenreimt, is net mein Problem."

***

Als Josef Maier, keine vier Minuten später, in sein Büro zurückkam, saß Sarah Senger noch immer auf dem Stuhl und ihr Versetzungsgesuch lag nach wie vor auf seinem Schreibtisch.

Der Leiter der Dienststelle der Seligenstädter Polizeiwache rang mit sich, wie er damit umgehen sollte.

Vor allem quälte ihn die Frage: *Inwieweit sagt Frau Senger die Wahrheit, in Bezug auf den Schuss im Krankenzimmer? Und, weshalb hat sie noch mit keiner Silbe erwähnt, dass sie den Krug kennt?*

„Hat es etwas mit dem gestrigen Vorfall in der Klinik zu tun?", fragte er deshalb vorsichtig.

Die Polizistin hob den Blick, den sie die ganze Zeit auf ihre im Schoß gekreuzten Hände gerichtet hatte und sah ihren Vorgesetzten an.

„Vor einigen Jahren wurde meine … meine kleine Schwester Opfer einer … Vergewaltigung. Der Täter war … Oliver Krug. Ich gebe zu, seit er wieder auf freiem Fuß ist, habe ich ihn observiert. Ich weiß nicht, ob Sie das verstehen; aber ich war mir sicher, dass er das wieder macht und sich schon sein nächstes Opfer aussucht. Das wollte ich verhindern. Aber, ich wollte ihn nicht … töten; das müssen Sie mir glauben.

Nein! Ich habe ihn auch nicht niedergestochen", setzte Sarah Senger nach, als Josef Maier erschrocken schaute.

„Und dann – nennen Sie es Zufall – läuft er mir hier so einfach über die Füße. Ich sah darin meine Chance, ihn noch einmal zur Rede zu stellen, für das, was er meiner Schwester angetan hatte.

Ich weiß", warf Sarah Senger schnell hinterher, „er saß für seine Tat 8 Jahre in Preungesheim. Trotzdem wollte ich ihm klarmachen … sollte er je wieder einer Frau so etwas antun wollen, würde ich zur Stelle sein.

Ich hätte ihn aber nicht getötet; das müssen Sie mir glauben."

Davon, dass sie Krug zuerst zum Krüppel schießen wollte, wie sie es ihrer Schwester versprochen hatte, erfuhr Maier nichts.

Aus Sarah Sengers Gesichtsausdruck entnahm Josef Maier, dass sie die Wahrheit sagte. Wenn er sich auf etwas verlassen konnte, dann darauf, dass er erkannte, wann er angelogen wurde.

Nun sagte er: „Obwohl ich Ihr Vorgehen absolut nicht gutheißen kann, werde ich den Tathergang so weitergeben, wie Sie ihn geschildert haben. Gegenteilige Beweise liegen nicht vor, und bis jetzt hat Herr Krug kein einziges Wort über den Vorfall verlauten lassen. Offenbar ist Ihre Einschüchterung gelungen."

Der Dienststellenleiter atmete hörbar ein und aus.

„Selbstverständlich wird sich die Dienstaufsicht mit Ihnen noch in Verbindung setzen. Aber, das wissen Sie ja selbst."

Die Polizistin nickte.

Josef erhob sich aus seinem Sessel und reichte Sarah Senger die Hand.

„Ich wünsche Ihnen für die Zukunft alles Gute."

Freitag / 09:30 Uhr

Felix Heller staunte nicht schlecht, als Nicole, nach einem kurzen Klopfen, ins Vorzimmer des Staatsanwalts rauschte.

„Hallo, Herr Heller. Ist Frau Kleinschmidt noch immer krank?"

„Nein. Sie ist beim Chef." Er deutete zur Tür hinter der, trotz geräuschgedämmt, ein heftiger Diskurs zu hören war.

„Was ist denn da los?"

„Ich fürchte, es geht um Frau Kleinschmidts Vertretung und um mich", gestand der junge Staatsanwalt. „Frau Kleinschmidt ist der Meinung, ihr Ablagesystem wäre komplett durcheinandergebracht und auf ihrem Schreibtisch herrsche das absolute Chaos. Dafür macht sie mich speziell verantwortlich."

„Aha. Und das nur innerhalb eines Tages, an dem die *Gute* nicht hier war. Alle Achtung, Herr Staatsanwalt!"

Nicole schmunzelte.

Im selben Augenblick wurde die Tür aufgerissen und Frau Kleinschmidt kam mit hochrotem Kopf heraus.

Sie funkelte Felix Heller feindlich an. Dann musterte sie Nicole ebenso so unfreundlich.

„Haben Sie einen Termin?"

„Nein. Ich muss trotzdem zu Herrn von Lindenstein und zwar sofort."

„Ts, ts. Hier sind Sitten eingekehrt ..."

Der Vorzimmerdrachen des Staatsanwalts schüttelte heftig den Kopf und strich die rötlich-blond gefärbte Haarsträhne, die sich gelöst hatte, hektisch hinters Ohr.

Ohne Nicole weiter zu beachten, setzte sie sich an ihren Schreibtisch und sortierte Papiere von rechts nach links und wieder zurück.

„Ich darf dann jetzt ...?" Nicole klopfte kurz an die Tür und betrat, nach einem gereizten „Herein", das Büro von Falk von Lindenstein. Wider Erwarten, war der Staatsanwalt nicht alleine.

„Oh, Herr Dr. Lechner. Ich habe nicht gewusst, dass ..."

„Ah, Frau Wegener. Das trifft sich gut." Staatsanwalt von Lindenstein lächelte unbeholfen. „Sie kommen wie gerufen."

„Ach ja?" Nicoles Blick wechselte von Falk von Lindenstein zu ihrem unmittelbaren Vorgesetzten, Herr Dr. Lechner.

„Bitte, nehmen Sie Platz." Von Lindenstein deutete zur Ledersitzgruppe.

Was wird das jetzt? fragte sich Nicole, während von Lindenstein Herrn Dr. Lechner mit einer Geste zu verstehen gab, dass er das Gespräch beginnen sollte.

Umständlich setzte der sich Nicole gegenüber ebenfalls auf einen Sessel und räusperte sich eingehend.

„Frau Wegener ... ich ... eh ... wir müssen, nein wollen etwas mit Ihnen besprechen."

Nicole bemerkte, wie ihr Blutdruck stieg. Wollten sie ihr den Fall etwa wegnehmen, weil sie noch immer keinen Verdächtigen vorweisen konnte?

„Wir wissen natürlich, dass Sie mitten in den Ermittlungen stecken und ..." Lechner lachte kurz auf. „Aber, die Zeit drängt."

Was soll das Geschwafel? Warum sagen die nicht einfach, was Sache ist?

„Ich weiß, dass ich Ihnen noch keinen Verdächtigen im „Fall Hagemann" präsentieren kann", sagte Nicole. „Aber mein Team und ich arbeiten auf Hochtouren."

„Eh … wie? Ach so, der Hagemann-Fall."

Dr. Lechner hob die Hand. „Nein, nein, Frau Wegener. Darum geht es nicht."

„Nicht? Um was dann?"

„Es ist so", sprang Falk von Lindenstein dem Ersten Kriminalhauptkommissar zu Hilfe. „Dr. Lechner wird nun bald in den verdienten Ruhestand gehen; genauer gesagt, Ende des Jahres. Vielleicht hat es sich ja schon herumgesprochen – Flurtelefon, wenn Sie wissen, was ich meine." Von Lindenstein schmunzelte erneut.

„Nun ja, was soll ich um den heißen Brei reden. Wir möchten gerne, dass Sie sich für den Posten bewerben, Frau Wegener. Natürlich ist das alles inoffiziell und vertraulich ... Sie verstehen? Nicht, dass von Klüngelei die Rede ist. Wir, also Herr Dr. Lechner und ich, sind der Meinung, dass Sie dafür mehr als geeignet wären.

Sicher, Sie sind noch sehr jung. Aber, ich wie auch Herr Dr. Lechner sind davon überzeugt, dass Sie für diese verantwortungsvolle Aufgabe die Richtige sind. Sie haben das nötige Knowhow, wissen mit Ihren Mitarbeitern umzugehen und können sich, wenn nötig ist, durchsetzen. Das haben sie schon oft bewiesen. Ich denke da speziell an unsere kleinen verschiedentlichen Dispute." Von Lindenstein lächelte abermals.

„Hinzu kommt – und das sollten wir nicht vergessen – dass Ihre Aufklärungsrate im letzten Jahr bei 95% lag."

Nicole schwirrte der Kopf und sie schluckte.

„Ich weiß, das kommt jetzt für Sie etwas überraschend", fuhr der Staatsanwalt in beinahe väterlichem ton fort. „Sie müssen sich natürlich nicht hier und jetzt entscheiden. Nicht wahr, Martin?"

Der Erste Kriminalhauptkommissar nickte zustimmend mit dem Kopf und sagte: „Aber, wir bitten Sie, denken Sie darüber nach."

Mit allem hätte Nicole gerechnet ... aber nicht damit.

Auch hatte sie nicht gewusst, dass Lechner und von Lindenstein sich duzten. Sie kam sich vor, wie in einem unwirkli-
chen Film. Und, sie hatte ein Wort gehört, das ihr zu denken
gab.

„Sie sagten, die Zeit *drängt*. Was bedeutet das?" „Nun",
ergriff Dr. Lechner das Wort. „Mit meiner Gesundheit steht
es nicht zum Besten. Mein Blutdruck ist seit Jahren zu hoch
und nun kommt auch noch eine Herzschwäche hinzu, die,
laut meinem Arzt, nicht ungefährlich ist. Deshalb habe ich
mich entschlossen, so bald wie möglich, aus dem Dienst
auszuscheiden."

„Oh, das tut mir leid", antwortete Nicole und meinte es
ehrlich. „Ich meine, das mit Ihrem Herzen und auch, dass
Sie uns doch so bald verlassen wollen. Es wird für alle ein
Schock sein."

Dr. Lechner lachte. „Nun, ich glaube nicht für alle. Oder
Falk?"

Der Staatsanwalt lachte ebenfalls kurz auf und bewegte
sich geschmeidig aus seinem Sessel. Bei Dr. Lechner sah es
nicht ganz so elegant aus.

„Wie gesagt", wies Dr. Lechner nochmals darauf hin. „Sie
müssen sich nicht sofort entscheiden; aber möglichst zeit-
nah."

Nicole nickte mechanisch und ging zur Tür.

„Ach ja, weshalb wollten Sie zu mir?", fragte von Lindenstein.

Nach einem Moment, in dem Nicole ihre Gedanken wieder zurechtgerückt hatte, antwortete sie: „Ich benötige einen
Beschluss, um die Finanzen von Oliver Krug einzusehen."

„Einer Ihrer Verdächtigen?", erkundigte sich Dr. Lechner.

„So ist es. Es besteht eine Verbindung zwischen ihm und unserem Mordopfer – vielleicht Erpressung. Das möchten wir abklären."

„Gut, bekommen Sie." Von Lindenstein öffnete eine Schublade, schaute sich kurz das Dokument an und unterschrieb.

„Die Daten können Sie selbst einsetzen. Ich vertraue Ihnen da ganz und gar, Frau Wegener."

Nicole bedankte sich und verließ das Büro.

Das „Auf Wiedersehen" von Frau Kleinschmidt bekam sie nur am Rande mit und antwortete automatisch: „Tschau." Was wiederum ein Kopfschütteln der Vorzimmerdame nach sich zog.

In ihrem Büro angekommen ließ Nicole sich erst einmal in ihren Schreibtischsessel fallen. Zum Glück waren Harald und Lars schon unterwegs, sodass sie ihren verstörten Zustand nicht erklären musste.

Nur zu gerne hätte sie jetzt einen Whisky getrunken, hatte aber weder in der Schreibtischschublade noch in irgendeinem geheimen Ordner ein derartiges Getränk versteckt, wie das oftmals in Kriminalfilmen gezeigt wurde.

Sie erinnerte sich aber an eine Schachtel Weinbrandpralinen – ein Geschenk einer älteren Dame, zum Dank dafür, dass Nicole sie vor einem Taschendieb gerettet hatte – und zerrte die unterste Schublade ihres Schreibtischs auf. Normalerweise mochte sie keine mit Alkohol gefüllten Pralinen und hatte die Schachtel in dem Schubfach *zwischengelagert*, für den Fall der Fälle.

Jetzt war so ein Fall.

Hecktisch riss sie die Verpackung auf. Der Anblick war nicht besonders appetitlich. Die Schokolade war grau angelaufen und der Restalkohol hatte sich, den Eindellungen nach zu urteilen auch schon auf die Flucht begeben. Sie warf alles wieder in die Schublade, knallte diese zu und stürzte aus ihrem Büro.

Ihren Finger ließ sie solange auf der Klingel, bis Andy endlich den Türöffner betätigte.

„Nicole! Um Gottes Willen, was ist denn los?"

Nachdem sie Andy berichtet hatte, dass ihr gerade angetragen worden war, sich für die Position des Ersten Kriminalhauptkommissars zu bewerben, fragte sie: „Was soll ich tun?"

„Willst du in Zukunft Golf spielen?"

Andys humorvolle Frage fand bei Nicole nicht die gewünschte Reaktion. Weswegen er sofort nachsetzte: „In Ruhe darüber nachdenken und nichts überstürzen. Die Frage ist doch, ob du das überhaupt willst."

„Was meinst du damit, ob ich das überhaupt will? Eine solche Chance bekommt man nicht jeden Tag; schon gar nicht in meinem Alter."

Andy nickte. „In acht Tagen wirst du 40. Bis zu deiner Pensionierung wirst du noch gute 20 bis 25 Jahre arbeiten müssen. Also dahingehend ist es gewiss eine Überlegung wert. Deiner weiteren beruflichen Laufbahn würde es auch keinesfalls schaden.

Andererseits müsstest du mehr Zeit hinter dem Schreibtisch verbringen. Außerdem brauchtest du einen zusätzlichen neuen Mitarbeiter. Also ... eine ganze Menge zu bedenken."

„Du hast recht. Wir besprechen das heute Abend in Ruhe."

Freitag / 10:25 Uhr

„Ich stand wohl gestern etwas neben mir. Entschuldigen Sie bitte", sagte Maria Hagemann.

Harald enthielt sich jeglichen Kommentars, folgte Frau Hagemann ins Wohnzimmer und nahm auf dem angebotenen Sessel Platz.

„Frau Hagemann. Bei Durchsicht Ihrer Finanzen haben wir festgestellt, dass ihr Mann monatlich 1500 Euro abgehoben hat und uns natürlich gefragt, wozu er so viel Bargeld gebraucht hat. Wurde er vielleicht erpresst?"

Erschrocken blickte Maria Hagemann auf.

„Was? Warum sollte mein Mann ...?" Sie bog den Rücken durch und saß jetzt kerzengerade auf der Couch. „Sie wissen es, stimmt's? Sie wissen, dass Heinz öfter in diesem Klub, in Frankfurt, verkehrte?"

„Ja", gab Harald zu. „Wir wissen auch, dass Jürgen Krug in dem Klub Türsteher war. Könnte es sein, dass er ihren Mann erkannte und ihn daraufhin erpresst hat?"

Wie Harald feststellte, fiel es der Frau schwer über die Neigung ihres Mannes zu reden ... konnte es ihr aber nicht ersparen.

„Sicher war ich mir nicht; ich meine, dass mein Mann

erpresst worden ist. Ich habe nur irgendwann ein Telefonat mitbekommen, in dem Heinz dem Anrufer deutlich klar machte, dass der Geldregen sofort aufhören würde, falls auch nur der Hauch einer Information durchsickern würde. Ich wusste aber nicht mit wem er telefonierte und um was es ging – ich habe auch nicht gefragt."

Maria Hagemann blickte zu Boden. „Aber ..., wenn Sie sagen, dass Jürgen Krug ... dort, in diesem Etablissement ... Naja, vorstellen könnte ich es mir."

„Was uns stutzig macht ist, warum Ihr Mann, nachdem Herr Krug gestorben war und der Klub fünf Jahre danach geschlossen wurde, noch immer diese Summe monatlich von seinem Konto abhob."

„Ach?" Nun schaute Maria Hagemann erstaunt auf. „Ich wusste nicht, dass Jürgen Krug verstorben ist. Ich hatte keinen Kontakt mehr zu Heidemarie, seit Daniel weggelaufen ist."

Harald ließ ihr einen Moment und sie zog die richtigen Schlüsse.

„Sie glauben, dass Heidemarie – nachdem ihr Mann gestorben war, meinen Mann weiterhin erpresst hat?"

Maria Hagemann schüttelte heftig den Kopf. „Das ist ganz und gar unmöglich. So etwas würde sie nie tun."

„Wenn nicht sie, dann vielleicht ihr Sohn?", hakte Harald nach. „Gründe hätte er genug; meinen Sie nicht auch? Außerdem passt die Abhebung der 10.000 Euro mit der Eintragung im Terminkalender Ihres Mannes und den Kürzeln O.K. zusammen."

„Ja, vielleicht", seufzte Maria Hagemann. „Aber das ist

mir jetzt auch egal. Wenn Oliver es getan hat, dann soll er mit dem Geld glücklich werden. Irgendwie hat er es verdient."

„Bedauerlicherweise kann er zurzeit nicht wirklich viel mit dem Geld anfangen", entgegnete Harald. „Er wurde niedergestochen. Vielleicht haben Sie davon gehört. Er liegt hier im Krankenhaus."

„Dann war *er* das? Die Hessenschau berichtete darüber. Das ist ja furchtbar."

„Den Grund dafür wissen wir noch nicht. Ob wegen des Geldes oder weil er mit dem Tod Ihres Gatten zu tun hat ... darüber schweigt er. Dennoch wird er wohl die nächsten Jahre erneut hinter Gittern verbringen müssen."

„Oh Gott. Der arme Junge. Aber, nur wegen des Verdachts, dass er meinen Mann erpresst hat können Sie ihn doch nicht ins Gefängnis stecken. Und Mord an meinem Mann ...? Nein, das glaube ich auch nicht."

„Oliver Krug wollte aus der Klinik fliehen – weshalb auch immer. Dabei hat er eine Polizistin verletzt und zwei Geiseln genommen", zählte Harald Oliver Krugs Straftaten der letzten Stunden auf.

„Er kommt wohl nie zur Besinnung." Maria Hagemann fuhr sich mit beiden Händen übers Gesicht. „Weiß seine Mutter schon Bescheid?"

„Ja", antwortete Harald, erstaunt über das Mitgefühl. „Sie ist gerade bei ihm."

„Wie schrecklich für die arme Heidemarie."

Einen Moment starrte Maria Hagemann stumm in die

Luft. „Meinen Sie, ich könnte Oliver im Krankenhaus besuchen – jetzt gleich?"

„Ich denke, das wird machbar sein. Ich werde mit dem Arzt sprechen und natürlich auch mit der örtlichen Polizei, damit sie Zugang bekommen."

Freitag / 10:40 Uhr

Nicole rollte ihren Bürosessel vor die Glaswand. Stück für Stück ging sie alle Details nochmals durch und kam, genau wie Lars bereits angedeutet hatte, zu dem Schluss, dass sie es zwar mit differenzierten, aber dennoch irgendwie zusammenhängenden Tatbeständen zu tun hatten.

Was überhaupt nicht so recht passte, war die Akte des vermissten Daniel Hagemann, die unter die „Cold Cases" geschmuggelt worden war.

Weshalb, wenn es denn Sarah Senger tatsächlich gewesen war, hatte sie es getan? Was wollte sie damit bezwecken?

Derart in Gedanken vertieft, zuckte Nicole erschrocken zusammen, als ihr Handy klingelte.

„Hallo Frau Wegener, hier Kai Schmitt", rief der Kriminaloberkommissar der KTU fröhlich in die Leitung. „Haben Sie einen Moment für mich?"

„Natürlich, Herr Schmitt. Gibt's was Neues?"

„Kann man so sagen. Es geht um den Citroën auf dem Pendlerparkplatz vor Seligenstadt. Außer den Fingerabdrücken des Besitzers, Heinz Hagemann, konnten wir im Inneren des Wagens etliche Fingerspuren einem Frank Gerke zuordnen. Sagt Ihnen der Name vielleicht etwas?"

„Und ob", antwortete Nicole. „Der Mann gilt als Hauptverdächtiger für den Überfall auf die Seligenstädter Sparkasse und als Tatverdächtiger für den Angriff auf den Mann auf besagtem Pendlerparkplatz. Seitdem ist er in dessen SUV auf der Flucht und bereits zur Fahndung ausgeschrieben."

„Na dann Weidmannsheil", lachte Schmitt. „Außerdem haben wir Geldbörse und iPhone des Wagenbesitzers, sprich Heinz Hagemann, sichergestellt. Die auf seinem Handy gespeicherten Nummern konnten unsere Genies von der Technik einwandfrei zuordnen; auch die Verbindung zu einem Prepaid-Handy. Die Daten – wo und wann eingeloggt – sind per Mail an Sie unterwegs. Das Handy und die Geldbörse kommen durch einen Boten; ich denke mal, bis spätestens heute Nachmittag. Ach ja, die Kleider aus dem Kofferraum werden noch auf DNS untersucht. Könnten aber, der Größe nach, zu eurem Opfer passen."

„Ihr habt Hagemanns Kleidung im Kofferraum gefunden?"

„Wie gesagt ... Gewissheit haben wir erst, wenn die Untersuchungsergebnisse vorliegen. Außerdem fanden wir im Kofferraum ein Medizinfläschchen mit einem Digitalis-ähnlichem Inhalt."

„Hagemann hatte vor einigen Monaten einen Herzinfarkt", setzte Nicole den Kollegen der KTU in Kenntnis. „Vergleichen Sie bitte die DNS auf der Kleidung mit der Hagemanns, und die Fingerabdrücke auf dem Fläschchen mit denen von Oliver Krug und Frank Gerke. Es könnte einen Zusammenhang geben."

„Gut. Machen wir als Erstes."

„Vielen Dank, Herr Schmitt. Sie haben uns sehr geholfen."

„Gerne, bis zum nächsten Mord. Tschau."

Wenn in Hagemanns Wagen die Spuren von Oliver Krug und Frank Gerke gefunden werden, kommt doch nur einer der beiden für den Mord infrage.

Schon wollte sie Josef Maier kontaktieren, als das „Pling"-Signal" in ihrem Computer eine ankommende Mail ankündigte. Sie überflog die Angaben, die Kai Schmitt ihr soeben mitgeteilt hatte.

Die Telefonverbindungen deckten sich mit denen, die Nicole bereits auf Krugs Handy eruiert hatte, plus die von diversen Vereinen, in denen Hagemann tätig gewesen war und bereits von Harald überprüft worden waren. Neu war die Nummer eines Mainzer Architektenbüros.

Altwein und Partner.

Was wollte Hagemann von einem Architekten aus Mainz? Wollte er sein Haus umbauen?

Entschlossen griff Nicole zum Telefonhörer, legte aber nach der unpersönlichen Mitteilung des Anrufbeantworters, dass die Herren Altwein und Hagemann zurzeit nicht erreichbar wären, mehr als verwirrt wieder auf.

Altwein und Hagemann? Namenszufall?

In den Unterlagen stand nichts, was Heinz Hagemann mit dem Architekturbüro in Verbindung brachte. *Wäre er nur stiller Teilhaber*, spann Nicole den Gedanken weiter, *würde sein Name wohl kaum auf der elektronischen Ansage zu hören sein.*

Jetzt wollte sie es genau wissen und nahm die Hilfe einer bekannten Suchmaschine in Anspruch und ... wurde fündig.

Auf der Webseite des Architekturbüros tauchte aber wieder bloß der Name Florian Altwein auf. Allerdings auch einige Fotos, aufgenommen anlässlich des 10-jährigen Jubiläums der Firma.

Eine Aufnahme – sie zeigte einen jungen Mann, der neben Florian Altwein in die Kamera lächelte – erregte ihre Aufmerksamkeit.

Das Gesicht kam ihr bekannt vor.

Minutenlang starrte Nicole auf das Foto, während die Synapsen in ihrem Gehirn auf Hochtouren arbeiteten, sich neu konstruierten und plötzlich war sie da – die Erkenntnis.

Daniel Hagemann! Kann das sein?

Zur Sicherheit holte sie die Vermisstenakte, verglich mit Hilfe einer Lupe das Gesicht des damals 17-jährigen Jungen mit dem jetzt 37-jährigen Mann und achtete auf bestimmte Merkmale, wie es ihr in einem Fortbildungslehrgang beigebracht worden war.

Das gibt es doch nicht. Er lebt tatsächlich.

Nicole brauchte einige Sekunden um diese Erkenntnis sacken zu lassen. Als nächstes bemühte sie das Mainzer Melderegister. Die gewünschten Daten, wie Name, Geburtsort, Geburtsdatum, Familienstand und Aufenthaltsanschrift erschienen auf ihrem Bildschirm.

Was ihr dann durch den Kopf ging, gefiel ihr so gar nicht. Sie rief Harald an.

„Bist du noch bei Frau Hagemann?"

„Bin schon wieder auf der Autobahn. Wieso?"

Nicole schilderte ihrem Kollegen, was sie soeben von der KTU gehört und persönlich herausgefunden hatte.

Harald war im ersten Moment ebenso sprachlos, wie sie vor einigen Minuten.

„Falls Frau Hagemann bekannt ist, wo ihr Sohn lebt, hat sie es mir verschwiegen", erwiderte er. „Somit hätten wir einen weiteren Verdächtigen für den Tod Hagemanns."

„Du sagst es", stimmte Nicole zu.

„Soll ich nochmal zurück?"

„Nein. Ich denke, wir statten Daniel Hagemann einen persönlichen Besuch in Mainz ab."

„Ok, dann bis später." Harald drückte die Beenden-Taste. Trotz der Freisprechanlage fühlte er sich immer abgelenkt und war froh, sich jetzt wieder voll und ganz auf den dichten Freitagnachmittagsverkehr auf der A3 konzentrieren zu können.

***

Zwischenzeitlich widmete sich Nicole Oliver Krugs Finanzen. Die Kontobewegungen hielten sich in Grenzen. Etwas anderes hatte sie aber auch nicht erwartet. Der Verdienst im Gefängnis war nicht so überragend, als dass sich eine Überweisung auf ein Konto lohnte und wurde in der Regel bar ausgezahlt.

Erhofft oder vielmehr gewünscht hatte sie sich die Einzahlung von 10.000 Euro. Aber nichts dergleichen.

Nur hin und wieder, so im Abstand von etwa 2 Monaten wurde ein kleiner Betrag zwischen 80 und 100 Euro in bar eingezahlt, sodass die Gesamtsumme mittlerweile knapp 4000 Euro betrug.

Wo sind die 10.000? Krug muss das Geld irgendwo ver-
steckt haben. Vielleicht sogar in der Wohnung seiner Mut-
ter? Oder Gerke hat das Geld. Warum aber dann der Bank-
überfall? Reichte es ihm nicht?

Mittlerweile war Nicole fest davon überzeugt, dass Krug
oder auch Gerke ... oder beide, für den Tod Hagemanns
verantwortlich waren. Aus irgendeinem Grund schloss sie
die Witwe, Maria Hagemann, aus dem Kreis der Verdächtigen aus. Dafür reihte sie nun auch Daniel Hagemann ein.

Warum hat die Fahndung nach Gerke noch nichts erge-
ben? Der Kerl muss schnellstens gefunden werden.

Nicoles griff zum Telefon.

„Hallo Josef. Ich habe gerade von der Kriminaltechnik erfahren, dass Fingerabdrücke von Frank Gerke in Hagemanns Citroën gefunden wurden. Es sieht also tatsächlich
ganz danach aus, als ob Gerke euer Bankräuber ist. Und, ich
bin immer mehr davon überzeugt, dass er mit Hagemanns
Tod zu tun hat und mit dem Überfall auf Frau Hagemann.
Die Beschreibung passt jedenfalls."

„Leider hat die Fahndung noch nichts ergeben", antwortete Maier. „Wenn wir wenigstens einen Anhaltspunkt hätten, in welcher Richtung er mit dem SUV des Autohändlers
unterwegs ist. Andererseits ist der Wagen sehr auffällig, ein
amerikanischer Schlitten ... heißt, es gibt ihn nicht so oft
bei uns."

„Ist in dem Wagen kein GPS-Gerät eingebaut?"

„Ich setze mich sofort mit dem Mann in Verbindung",
versprach Maier, kurz angebunden. „Ich melde mich wieder."

„Josef! Einen Moment noch", rief Nicole.

Sie hatte sich entschlossen, Josef Maier reinen Wein einzuschenken, was den Verdacht gegen seine Mitarbeiterin Sarah Senger betraf.

„Ich habe noch eine ... ich möchte es mal so ausdrücken ... heikle Frage. Es betrifft eine deiner Mitarbeiterinnen, Sarah Senger. Sie und Oliver Krug müssen sich kennen. Krug saß wegen Vergewaltigung an ihrer jüngeren Schwester im Gefängnis."

Als von Maier keine Resonanz kam, hakte sie nach: „Wusstest du davon?"

Es entstand, wie Nicole sofort registrierte, eine etwas längere Pause am anderen Ende der Leitung. Ob Josef Maier versuchte, mit einer passenden Antwort eine Kollegin aus seinem Team zu schützen oder ob er nur angestrengt nachdachte, hätte Nicole nicht sagen können. Sie hoffte – Letzteres.

„Du hast recht. Vor etwa einer Stunde gestand mir Frau Senger, dass sie Krug kenne, von dem Prozess vor 8 Jahren. Sie versicherte mir aber auch, dass sie nicht wusste, dass Krug in euren Mordfall verwickelt ist. Es war einfach nur eine Verbindung unglücklicher Zusammenhänge."

„Und du glaubst ihr?", hakte Nicole nach.

„Ja." Josef Maier hoffte, dass seine Stimme überzeugend klang, obwohl er selbst zweifelte. „Sie hat ihre Versetzung beantragt", fügte er hinzu.

„Ok", erwiderte Nicole. „Ach ja, Harald war gerade bei Hagemanns Witwe. Sie möchte Oliver Krug besuchen. Er war ja doch mal der Freund ihres Sohnes."

„Ich habe keine Einwände", erwiderte Josef Maier. „Wenn ich von unserem flüchtigen Freund höre, melde ich mich sofort."

Freitag / 10:45 Uhr

„Ich besorge dir den besten Anwalt, den ich auftreiben kann."

„Wen glaubst du, kannst du für die paar Kröten, die du hast, auftreiben? Bestimmt keinen Staranwalt."

Sie ist manchmal wirklich ziemlich naiv.

Oliver Krug schnaubte ins Telefon. „Es wird wieder genauso eine Lusche sein, wie beim letzten Mal. Nein, Mama. Ich regele das selbst."

„Bitte, mein Junge; tue nichts Unüberlegtes. Der Kerl ist gefährlich. Das habe ich dir schon immer gesagt. Bitte, rede mit der Polizei. Ich weiß, dass du kein Mörder bist. Dieser Kommissar Hansen macht einen vernünftigen Eindruck auf mich."

„Vernünftig?" Oliver lachte finster. „Die Bullen denken doch nur an ihre Aufklärungsquote. Denen kannst du nicht vertrauen."

„Wenn du es nicht tust, dann tue ich es", sagte Heidemarie Krug mit fester Stimme. „Ich werde nicht zulassen, dass du für einen Mord hinter Gitter kommst, den du nicht begangen hast."

„Mutter, nein. Tu das ni ..."

Heidemarie Krug hatte aufgelegt und Oliver und sank zurück in das Kissen.

Womöglich hat sie recht und es ist wirklich die einzige Option, aus dieser Sache einigermaßen glimpflich davonzukommen. Die Bullen haben mein Handy mit den Telefondaten. Also wissen sie auch von Florian und dann hängt Daniel auch mit drin. Und Frank, der Scheißkerl, ist vermutlich schon über alle Berge. Schon immer wollte der in den Süden.

Oliver erinnerte sich, dass Frank ihm mit seinen ständigen Auswanderungsplänen enorm auf die Nerven gegangen war. Besonders Granada hatte es ihm angetan, obwohl er nicht einmal wusste, wo das lag und die Stadt ständig mit Genua verwechselte. Geografie und Orientierung waren noch nie seine Stärken; ganz abgesehen von logischem Denken. Eine Menge Muskel, dafür wenig Hirn. Die Aussage traf Hundertpro auf diesen Typen zu.

Oliver musste grinsen, wenn er daran zurückdachte, dass Gerke in den ersten Tagen im Knast immer in die falsche Richtung zu seiner Zelle getrabt war.

Das Grinsen verschwand aber schnell wieder aus seinem Gesicht, als ihm die Szene in der kleinen dunklen Gasse wieder in Erinnerung kam.

Du Scheißkerl.

Frustriert schaute Oliver zu den Handschellen. Wie ein Hund an der Kette lag er hier und konnte nichts unternehmen. Konnte er denn überhaupt irgendetwas unternehmen? In den nächsten Stunden sollte er zum Verhör ins Polizeipräsidium in Offenbach gebracht werden. Er war geliefert!

Ich bin aber doch nicht für Hagemanns Tod verantwortlich. Ich habe mich genau an die Vorgaben gehalten und der Alte war auch nur ohnmächtig, als ...

Ein zaghaftes Klopfen und das Öffnen der Tür unterbrachen seine Gedanken. Im nächsten Augenblick stand eine Person vor seinem Bett, mit der er niemals gerechnet hätte.

„Hallo, Oliver. Erkennst du mich noch?"

Oliver Krug schluckte und nickte. „Ja klar", krächzte er mit trockener Kehle und dachte gleichzeitig: *Warum ist sie hier? Was will sie?*

„Ich habe jetzt erst erfahren, dass *du* das Opfer dieser Messerstecherei bist. Im Radio haben sie keinen Namen genannt."

„Geht schon wieder. Zumindest so gut, dass sie mich gleich abholen und wieder in den Knast werfen. Wird wahrscheinlich meine Zweitwohnung."

Sein Lachen klang verbittert.

„Ich weiß. Der Kriminalbeamte sagte mir, was du gemacht ... eh, was dir vorgeworfen wird."

„Ich greife halt immer wieder in die Schei ... ins Klo. Warum sind Sie hier?"

„Ob du es glaubst oder nicht, ich mache mir Sorgen um dich. Das habe ich schon immer; mir Sorgen um euch gemacht, um Daniel und um dich."

Maria Hagemann zog sich einen Stuhl heran und setzte sich neben das Bett.

„Leider konnte ich euch nicht so beschützen, wie ich es gerne gewollt hätte. Aber jetzt kann ich vielleicht einiges wiedergutmachen; zumindest wünsche ich es mir und werde es versuchen. Bitte, lass mich dir helfen, soweit es mir möglich ist."

Im nächsten Augenblick spürte Oliver Maria Hagemanns Hand auf seiner und sofort spülte die Erinnerung Bilder und Gefühle an die Oberfläche, die er in den tiefsten Schubladen seiner geschundenen Seele verborgen und unterdrückt hatte.

Vor seinem geistigen Auge sah er sich, Daniel und Maria Hagemann ausgelassen im Garten herumtollen. Sie in der historischen Seligenstädter Tracht, er als mittelalterliche Magd und Daniel als „Carmen", nach der gleichnamigen Oper. Sie hatten viel Spaß, bis eines Tages Heinz Hagemann, früher als erwartet, nach Hause kam und ihrem fröhlichen Treiben ein jähes Ende setzte.

Überraschung – Panik – Zorn wechselten sich in dessen Gesicht ab. Zurück blieb dieser undefinierbare Ausdruck in den Augen, mit denen er ihn speziell ansah. Erst Jahre später sollte Oliver erfahren, was wirklich hinter Heinz Hagemanns Wutausbruch steckte.

„Denk nicht weiter daran", drang Maria Hagemanns Stimme durch den Nebel seiner Rückschau. Sie konnte schon immer erkennen was und wann ihn etwas beschäftigte.

„Er ist tot. Aber du hast ihn nicht ermordet."

„Wie können Sie sich so sicher sein? Ich habe ihn gehasst. Er hat mein Leben zerstört und das von Daniel, von Ihnen und …"

„Ja, du hast bisher viel Schlimmes in deinem Leben angestellt. Aber noch einmal – du bist kein Mörder. Ich glaube aber, dass du weißt, was passiert ist und vermutlich sogar, wer für *seinen* Tod verantwortlich ist."

Maria Hagemann hatte sich, nachdem Bettina gestern gegangen war und sie sich alles von der Seele geredet hatte, geschworen, dass sie nie mehr den Namen *Heinz Hagemann* aussprach und ihn schon gar nicht mehr als ihren Ehemann benennen wollte.

„Nur, wenn ich die ganze Wahrheit kenne, kann ich dir und Daniel helfen."

Oliver zuckte zusammen. Aber Maria Hagemann lächelte. „Ja, ich weiß, dass Daniel lebt. Seit einem Jahr schreiben wir uns und telefonieren ab und zu miteinander."

Dann berichtete sie, was sie gegenüber der Polizei ausgesagt und von den Kripobeamten erfahren hatte. Und, sie erzählte Oliver von diesem besonderen Brief, den Daniel an seinen Vater geschrieben und ihm gedroht hatte, dass er ihn bloßstellen würde, sollte er diese Auszeichnung annehmen. Auch, dass sie und Daniel wussten, welche Neigungen sein Vater hatte.

„Die Polizei vermutet, dass er von deinem Vater erpresst worden war. Auch haben sie einen Verdacht, wer *ihn* getötet hat, aber noch keine direkten Beweise.

„Du warst es nicht", wiederholte Maria Hagemann. „Natürlich kann ich dir eine gewisse Zeit im Gefängnis nicht ersparen. Der Angriff auf eine Polizistin und die Geiselnahme können nicht vom Tisch gewischt werden; das weißt du selbst. Aber ich kenne gute Anwälte und um die Kosten brauchst du dir keine Gedanken zu machen. Ich möchte einfach nur ein klein wenig wiedergutmachen, was dir und Daniel angetan wurde."

Oliver zögerte und überlegte.

Die Bullen haben mich sowieso am Schlafittchen und mit einem guten Anwalt – vielleicht ist das meine Chance, meine einzige.

„Sie meinen es wirklich ernst, oder?"

Anstatt einer Antwort ergriff Maria Hagemann abermals Olivers Hand. „Willst du mir nicht erzählen, was wirklich passiert ist?"

Sich alles von der Seele geredet zu haben, fühlte sich für Oliver wie ein Befreiungsschlag an. Nachdem er geendet hatte, sah er Daniels Mutter zum ersten Mal richtig an.

Die Frau, die noch immer seine Hand fest umklammerte, hatte nun graue, kurze und glatte Haare, anstatt der blonden langen Locken, die bei ihren Verkleidungsspielen immer offen im Wind wehten. Auch hatten sich tiefe Falten um Mund, Augen und Stirn, gebildet. Nur ihre graublauen Augen strahlten wie damals. Oder erst jetzt wieder?

„Du wirst genau *das* Kriminalkommissar Hansen erzählen, heute Nachmittag im Präsidium. Vertrau mir", setzte Maria Hagemann nach, als sie Olivers erschrockenes Gesicht sah. „Aber zuerst werde ich mich um einen guten Anwalt kümmern. Und, bevor du mit ihm gesprochen hast, sagst du kein Wort."

Sie stand auf. „Danke, Oliver, dass ich nun die Wahrheit kenne, bevor ich Daniel heute Nachmittag gegenübertrete."

„Was?" Oliver schnellte blitzartig hoch, wurde jedoch durch die Handfesseln abgebremst und rieb sich daraufhin sein Handgelenk.

„Es soll eine Überraschung sein."

Das wird es bestimmt, dachte Oliver. Denn die ganze

Wahrheit, oder das Wichtigste, jedenfalls für Maria Hagemann, hatte er verschwiegen.

Deshalb sagte er nur: „Sollten Sie nicht vorher anrufen? Vielleicht sind die beiden gar nicht zuhause?"

Maria Hagemann lächelte nur. „Ich glaube schon, dass sie zu Hause sind.

Freitag / 10:55 Uhr

Zum zweiten Mal an diesem Morgen betraten Helene und Herbert die Seligenstädter Polizeistation. Diesmal wurden sie sofort in einen Raum gebeten, direkt neben Josef Maiers Büro.

Sie hörten ihn telefonieren.

Als der Name *Nicole* fiel, wurden sie hellhörig. Helene spazierte zur angrenzenden Tür. Aber, kaum dass sie dicht genug dran war um dem Gespräch folgen zu können, legte Maier auf.

„Murnau! Lehmann! Sofort in mein Büro!"

Angesichts der Lautstärke und dem ofenbaren Groll hinter Maiers Stimme, flüsterte Herbert: „Des riecht nach Zoff."

Zeitgleich spurteten die Herbeizitierten durch den Flur.

„Gerade habe ich von Frau Wegener erfahren, dass Frank Gerke, der den Autohändler niedergeschlagen und mit dessen SUV auf der Flucht ist, vermutlich auch unser Bankräuber ist", sagte Josef Maier, in einem etwas gemäßigteren Ton … für Helene und Herbert aber noch immer recht gut verständlich.

Der Überfall auf die Sparkasse, hatte sich wie ein Lauffeuer herumgesprochen. Ebenso, dass der Filialleiter dabei angeschossen wurde, aber außer Lebensgefahr war. Über Funk und Fernsehen wurde die Bevölkerung angehalten, die Augen offen zu halten, sich aber nicht in Gefahr zu bringen, falls der Gesuchte gesichtet würde.

„Soll der net mit einem Citroën unterwegs sein?", raunte Herbert Helene ins Ohr.

Die nickte. „Ja, meinte ich auch."

„Wer von euch hat die Fahndung herausgegeben?", brandete Josef Maiers lautes Organ wieder durch die Wand.

„Das war ich, Chef", hörten die beiden den jungen Polizisten antworten. „Sofort, nachdem wir wieder zurück waren."

„Auf meine Veranlassung hin", ergänzte Hans Lehmann. „Leider kam bis jetzt noch keine Rückmeldung."

„So, noch keine Rückmeldung? Laut der Aussage des Autohändlers, Herrn Jan Möller, besitzt sein Wagen ein GPS. Hat keiner von euch daran gedacht eine Ortung einzuleiten?"

Helene und Herbert hörten ein Geräusch, das wie das wütende Aufschlagen einer Heftmappe auf einer Tischplatte klang.

„Ach du Scheiße", entfuhr es Murnau. „Entschuldigung, Chef, ist mir total entfallen. War ja auch wirklich viel los in den ... "

„Ist euch eigentlich bewusst, dass wir es mit einem sehr gefährlichen Gewalttäter zu tun haben? Überfall auf Hagemanns Witwe, Banküberfall auf unsere Sparkasse, bei dem der Filialleiter angeschossen wurde, Überfall auf den Gebrauchtwagenhändler auf dem Pendlerparkplatz. Vielleicht ist er sogar für den Tod von Hagemann verantwortlich. Nur mal, um eurem Gedächtnis auf die Sprünge zu helfen."

Josef Maiers Stimme hatte wieder die Klangstärke der Posaunen von Jericho angenommen. „Und keiner von euch denkt an das Ortungssystem?"

Kurzfristig entstand eine Pause, in der sogar Helene und Herbert den Atem anhielten.

„Murnau! Kümmern Sie sich augenblicklich darum. Hans! Wir reden später nochmal. Jetzt raus mit euch!"

Murnau und Lehmann eilten den Gang entlang, wieder vorbei an der halbgeöffneten Tür, hinter der Helene und Herbert warteten.

Wenige Augenblicke später öffnete Josef Maier die Verbindungstür zu seinem Büro. „Es tut mir leid, dass ihr schon wieder warten musstet."

Er trat zur Seite und bat die beiden einzutreten.

„Halb so schlimm, Josef. Wir habe doch Zeit. Hast wohl Stress mit deine Leut'?"

„Wie? Ach so." Josef Maier fuhr mit beiden Händen über sein Gesicht und durch seine lichter werdenden lockigen, grauen Haare. „Ihr habt mitgehört?"

„War unvermeidlich", antwortete Helene.

„Wenn es um schlampige Polizeiarbeit geht, gehen mir halt auch mal die Pferde durch."

„Mach dir kein Kopp. Wir sind verschwiege, wie eine Auster", erwiderte Herbert. „Hoffentlich schnappt ihr den Kerl bald."

„Da bin ich ganz sicher." Maier bedeutete seinen Besuchern auf den Stühlen vor seinem Schreibtisch Platz zu nehmen. Er selbst setzte sich hinter den selbigen in seinen Sessel, nahm ein DIN-A4-Blatt und reichte es Helene.

„Deine Aussage habe ich schon fertig. Du brauchst sie nur noch durchzusehen und dann zu unterschreiben; es sei denn, du möchtest noch etwas verändern oder ergänzen."

Helene nahm das vorbereitete Protokoll und las es sorgfältig durch. Währenddessen rutschte Herbert unruhig auf seinem Stuhl herum.

Vorerst tat Maier, als bemerke er es nicht und tippte eifrig auf der Tastatur seines Computers. Schließlich wurde es ihm zu dumm.

„Was ist los, Herbert?"

„Wir habe ja grad gehört, dass der, den ihr sucht, einiges auf em Kerbholz hat und auf der Flucht ist."

„Ja", gab Josef Maier widerwillig zu. „Wieso fragst du?"

„Wir fragen uns", Helene überreichte Josef Maier ihre unterschriebene Aussage, „wie das alles zusammenhängt. Der Überfall auf Maria Hagemann, der Mord an ihrem Ehemann und dann der Überfall auf die Sparkasse."

„Woher wisst ihr von Frau Hagemann?"

„Na von dir grad. Warst ja laut genug", antwortete Herbert mit bemüht neutralem Gesichtsausdruck.

„Es muss einen Zusammenhang geben", beharrte Helene und Herbert setzte nach: „Ihr wisst doch wer der Kerl is. Ich meine, wenn der so rabiat vorgeht, hat der des bestimmt net zum erste Mal gemacht und is ... aktenkundig?"

„Tatsächlich deutet alles darauf hin, dass es sich um ein

und denselben Mann handelt. Um das aber einwandfrei beweisen zu können, müssten wir, beziehungsweise die Kripo, ihn erst einmal haben. Und dann bestmöglich ein Geständnis. Ich verstehe auch nicht, weshalb der Krug nicht redet", sagte Maier sinnierend und mehr zu sich selbst.

„Der Krug?" Herbert beugte sich auf seinem Stuhl nach vorn. „Der, den Helene niedergestreckt hat? Das war der Oliver Krug, der Schulfreund von Daniel? Also wundern würd' mich des jetzt grad net, wenn der dem Hagemann eins auswische wollt' – aber en Mord?"

Josef Maier schaute erschrocken. „Darüber darf ich nicht sprechen; das wisst ihr doch."

Er wunderte sich aber kein bisschen, dass die beiden auch über Daniels Freundschaft zu Oliver Krug Bescheid wussten.

„Dann stimmt es also?" Helene spitzte die Lippen und sah den Polizeihauptkommissar wissbegierig an. „Ich frage mich, ob dieser eh … wie war doch gleich sein Name?"

„Frank Gerke", antwortete Josef Maier und wusste, dass er schon wieder auf Helenes schöne blaue Augen hereingefallen war – oder war es ihr überdurchschnittlicher Verstand, der ihn immer wieder beeindruckte? Auf jeden Fall hatte sie ihn, wieder einmal, überrumpelt.

Seit seinem Wutausbruch, vor einigen Minuten, wurden Josef Maiers Gesichtszüge erstmals wieder entspannter. Er schmunzelte sogar.

„Vielleicht war dieser Gerke der Messerstecher, bei uns auf dem Parkplatz?", führte Helene ihre Überlegungen fort. „Es könnte doch sein, dass sich der Oliver und dieser Frank

Gerke aus dem Gefängnis kennen und sich gemeinsam an Hagemann rächen wollten."

„Helene!", rief Herbert. „Ich bin beeindruckt. Is se net super? Meine Superwoman."

„Dann hängt tatsächlich alles miteinander zusammen", kombinierte Helene weiter, ohne auf Herberts euphorischen Ausbruch einzugehen. „Wir müssen nur noch herausfinden wie."

„Nehmt euch in Acht!", drohte Maier mit erhobenem Zeigefinger. „Ich sage nur Nicole und Einmischung in Polizeiarbeit. Ob Krug oder auch der andere Kerl, der Gerke, überhaupt mit Hagemanns Tod zu tun haben, steht noch immer in den Sternen", setzte er nach. „So, und jetzt muss ich arbeiten. Raus mit euch!"

Demonstrativ griff der Leiter der Polizeistation nach einer weiteren Akte, auf seinem Schreibtisch.

„Apropos in den Sternen stehen." Herbert drehte sich, bereits an der Tür stehend, nochmal um. „Wir habe dir grad die Gundel vom Leib gehalte."

„Die Frau Krämer? Weshalb vom Leib gehalten? Was wollte sie hier?"

„Vielleicht Polizeischutz?", Herbert schmunzelte. „Die hat Fotos von Ufos. Außerirdische wärn heut Nacht vor ihrer Terrassentür aufgetaucht und hätte sie beobachtet. Und jetzt fühlt sie sich bedroht. Den Andy hätte sie auch schon eingespannt, hat sie uns erzählt. Also, wenn du im Laufe des Tages en Anruf von ihr bekommst, kannst du ja sagen, die Kripo kümmert sich darum. Dann bist de aus em Schneider und de Andy wird mit der Ufo-Expertin und ihren außerirdischen Sichtungen schon fertig."

„Oh, mein Gott." Josef Maier zog die Luft ein. „Danke."

***

„Des war ja hochinteressant", sagte Herbert, wieder auf der Straße. „Die Ermittlunge gehe doch gut voran. Ich kann mir sogar vorstelle, dass wir heut noch zu einem Ergebnis komme. Mal gespannt, was wir heut Nachmittag noch so erfahre."

Wie beiläufig schaute er auf seine Armbanduhr.

„Willst du jetzt noch koche? Ich mein, des könnt es bissje knapp werde, wenn wir in ungefähr einer Stund losfahr'n wolle."

Helene holte ihr Handy aus der Tasche.

„Wen rufst du jetzt an?", wollte Herbert wissen. „Doch net etwa den Lieferdienst?"

„Döspaddel." Helene lachte. „Ich rufe schnell Bettina an. Wir müssen den beiden doch unsere neuesten Informationen mitteilen."

Schnell? Herbert kannte die Kurzgespräche der beiden nur zu gut.

„Muss des jetzt sein? Ich hab en Bärenhunger."

Tatsächlich dauerte das Telefonat diesmal keine drei Minuten und bestand aus Helenes: „Oh, was du nicht sagst" und „Nein, wirklich?" und wurde mit einem „Wir sind gleich bei euch", beendet.

„Was is los?", wollte Herbert wissen.

„Wir gehen gleich zu Bettina und Ferdinand … sollen aber fünf Leberkäs-Brötchen mitbringen."

„Was? Darum ging es? Um Leberkäs-Weck?" Herbert fühlte sich von Helene auf den Arm genommen. „Und, wieso grad fünf?"

„Maria Hagemann sitzt schon bei denen in der Küche. Sie war gerade bei Oliver Krug im Krankenhaus.

Freitag / 11:15 Uhr

Diesmal musste Lars nicht lange warten bis der Türsummer ertönte. Heidemarie Krug empfing den Kommissar mit frischgewaschenen Haaren und in einem adretten Kleid. Auch war die Wohnung aufgeräumt und geputzt. Keine Wäschestapel, kein übervoller Aschenbecher und nirgendwo stand eine Flasche herum.

„Es tut mir leid, dass ich noch nicht zurückgerufen habe. Ich habe mit Oliver geredet, wie ich es Ihrer Kollegin versprochen hatte. Gestern konnte ich ihn nicht überzeugen, wollte ihm aber Zeit lassen, über alles in Ruhe nachzudenken. Sicher verstehen Sie, dass sein Verhältnis zur Polizei nicht gerade ein gutes ist."

Lars nickte und setzte sich in den angebotenen Sessel, auf dem eine Decke die jahrelangen Gebrauchsspuren verbergen sollte.

„Aber, ich dachte", fuhr Heidemarie Krug mit fester Stimme fort, „über Nacht hätte er genügend Zeit gehabt, sich über seine Situation klarzuwerden. Deshalb rief ich ihn heute Morgen noch einmal an. Er lehnte erneut ab, sagte er würde die Sache selbst regeln ... genauso stur wie sein Vater gewesen war."

Ihr Blick schweifte an Lars vorbei zu der Fotografie, auf einem Regal hinter ihm. Lars drehte sich um. Die Aufnahme zeigte einen jungen, recht gutaussehenden Mann und eine zierliche junge Frau. Die beiden schienen sehr verliebt zu sein.

Was war in deren Leben wohl alles schiefgelaufen, ging es Lars durch den Kopf.

„Herr Hansen, ich habe Angst um meinen Sohn. Ich befürchte, dass er etwas ganz Dummes anstellt, dass ihn für den Rest seines Lebens hinter Gitter bringen könnte. Das muss ich unbedingt verhindern. Ich habe doch nur noch ihn."

„Nun, wie gesagt. Für den Angriff auf eine Kollegin von uns und für die Geiselnahme wird Ihr Sohn sich verantworten müssen; ohne Frage."

„Das sagte Ihre Kollegin bereits und das ist mir auch klar. Aber sie sagte auch, dass sie ein gutes Wort für meinen Oliver einlegen würde, falls er mit Ihnen kooperiert."

Lars nickte. „Weiterhin steht die Frage im Raum, hat er mit dem Tod von Herrn Hagemann zu tun. Wenn ja, dann sieht es nicht gut …"

„Mein Sohn ist kein Mörder!", wurde Lars scharf unterbrochen. „Darauf gebe ich Ihnen Brief und Siegel."

„Weshalb sagt er dann nicht, mit wem er sich, am Mittwochabend in der Gaststätte in Seligenstadt getroffen hat und ob der es war, der ihn niedergestochen hat? Der Übergriff erfolgte von vorne … also muss er seinen Angreifer gesehen haben."

Heidemarie Krug hob die Schultern und schaute zu dem

verschlissenen buntgemusterten Teppich unter ihren Füßen.

„Dann helfen *Sie* mir wenigstens, etwas Licht in diesen Fall zu bringen."

„Fragen Sie."

Das war die Antwort auf die Lars gewartet hatte.

„Frau Krug. Wir wissen, dass Herr Hagemann in einem Klub mit dem Namen „Zur Lagune" in Frankfurt verkehrte, in dem Ihr Ehemann Türsteher gewesen ist. Wurde Herr Hagemann deshalb von Ihrem Mann erpresst? Und bitte, sagen Sie jetzt nicht, Sie wüssten nicht womit."

„Es war aber keine richtige Erpressung."

„Wie soll ich das verstehen?", warf Lars ein.

„Ja, es stimmt. Mein Mann arbeitete in diesem Klub, bis zu seinem Tod, vor 13 Jahren. Er war mit dieser Arbeit zufrieden. Endlich verdiente er wieder Geld, sodass wir einigermaßen über die Runden kamen. Und, was für mich noch wichtiger war, er trank nicht mehr. Das war die Bedingung für diesen Job.

Der Klub war ein Ort für Männer, die sich gerne Frauenkleidung anzogen, sich schminkten und sich zusammen amüsierten. Weder mein Mann noch ich interessierten sich dafür, was manche Leute in ihrer Freizeit trieben. Wie auch immer.

Eines Morgens kam er von der Arbeit und erzählte, er hätte Heinz Hagemann dort gesehen. Ich konnte es anfangs gar nicht glauben. Dieser Mann, der absolute „Moralapostel", an so einem Ort?

Dann zeigte mir Jürgen das Geld. Es waren 1000 Euro. Er

sagte, Hagemann hätte es ihm zugesteckt, und er würde jeden Monat 1000 Euro erhalten. Wir konnten das Geld gut gebrauchen. Außerdem meinte Jürgen, es käme einer kleinen Widergutmachung gleich, für das, was Hagemann unserem Oliver angetan hätte und es träfe ja doch keinen Armen. Hagemann gäbe bei jedem seiner Besuche mindestens 300 Euro aus, manchmal sogar mehr."

„Sie wollen mir damit sagen, dass Herr Hagemann Ihnen monatlich freiwillig 1000 Euro gezahlt hat, damit Sie den Mund halten?"

Heidemarie Krug nickte. „So war es."

Wenn es stimmte, was die Frau sagte – und davon ging Lars aus – konnte von Erpressung wirklich nicht die Rede sein.

Aber, was war danach, als Jürgen Krug gestorben war?

„Was ist nicht verstehe, als Ihr Ehemann verstarb, zahlte Herr Hagemann einfach weiter?"

Erneut nickte Heidemarie Krug. „Entweder am Monatsende oder am ersten Tag eines neuen Monats fand ich einen Umschlag in meinem Briefkasten. Der am 29. September war dann wohl der letzte."

„Wusste Oliver von diesen Zahlungen?"

„Erst seit er aus dem Gefängnis gekommen war. Er fand den Umschlag mit der übrigen Post, die ich dummerweise auf dem Wohnzimmertisch liegengelassen hatte."

„Wie hat Ihr Sohn darauf reagiert? Ich meine, er saß im Gefängnis, während Sie und Ihr Mann ..." Lars ließ den Satz unvollendet.

„Nun ja, er war stinksauer, hat mich angeschrien, wir hätten uns die ganzen Jahre ein schönes Leben gemacht. Aber so war es nicht. Ich habe immer auch etwas für ihn auf ein Bankkonto eingezahlt. Mein Mann wusste nichts davon. Bis vorletzten Monat kamen so knapp 4000 Euro zusammen. Ich habe Oliver die Bankauszüge gezeigt. Aber er hat nur gelacht und gesagt, mit dieser lächerlichen Summe käme er nicht weit."

„Können Sie sich vorstellen, dass Oliver Heinz Hagemann um weiteres Geld erpresst hat?"

Heidemarie Krug knetete ihre Hände, bis sie rot wurden. „Ich will es nicht; aber ja, es könnte sein. Aber Oliver hat den Hagemann nicht umgebracht!", wiederholte sie verzweifelt.

Für eine kurze Zeit herrschte Schweigen. Analog setzte Lars die Informationen, die er gerade erhalten hatte und die, die beliebig auf die Glaswand im Büro gekritzelt worden waren im Geiste zusammen.

Krug und Gerke kennen sich aus dem Gefängnis. Beide kannten Hagemann. Der Eintrag im Terminkalender mit dem Kürzel O.K. und die 10.000 Euro – am gleichen Tag. Einer von denen muss es gewesen sein. Oder beide zusammen. Oder ...?

„Dem Gerke traue ich das ohne weiteres zu", unterbrach Heidemarie Krug Lars Denkübungen. „Bei dem trifft der Merksatz zu – viel Muskel, wenig Hirn. Der Mensch ist von Natur aus gewalttätig und auch er hat allen Grund, sich an Hagemann zu rächen."

„Dass Sie Ihren Sohn schützen wollen, kann ich verstehen. Aber, eine Anschuldigung allein nützt nichts. Wir brauchen Beweise."

Absichtlich benutzte Lars das Wörtchen *wir*, weil er spürte, dass er Frau Krug damit ins Boot bekommen würde. Und, er beschloss der Frau einen weiteren Happen zuzuwerfen.

„Wer, außer Gerke könnte noch Interesse daran haben, Hagemann einen Denkzettel zu verpassen?"

„Einen Denkzettel? Wie meinen Sie das? Hagemann ist tot, also war es Mord, oder?"

Lars staunte über die Kombinationsgabe der Frau, beantwortete jedoch nicht direkt ihre Frage.

„Bitte, Frau Krug. Denken Sie nach. Fällt Ihnen sonst noch Jemand ein, der Herrn Hagemann hätte schaden wollen, zumindest insoweit, dass er sein Gesicht verlieren würde? War Ihnen bekannt, dass Herr Hagemann das Bundesverdienstkreuz verliehen werden sollte?"

Heidemarie Krug sah Lars mit großen, traurigen Augen an und nickte kaum merklich. „Ich kann nicht verstehen, dass ausgerechnet einem verdammten Heuchler wie ihm eine solche Ehre zuteilwerden sollte. Aber ich dachte doch nicht …, dass es so ausgehen würde, als ich ... Das wollte ich ganz bestimmt nicht."

„Was?" Lars lehnte sich nach vorn. „Frau Krug. Was wollten Sie nicht? Jetzt reden Sie endlich!"

Heidemarie Krug stand auf, ging zum Wohnzimmerschrank und zog eine Schublade auf.

Architekturbüro Altwein und Hagemann

stand auf der Visitenkarte, die sie Lars überreichte.

„Ich habe den Zeitungsausschnitt an diese Adresse geschickt. Daniels Privatanschrift habe ich nicht. Ich wollte nur, dass der Junge erfährt, was für ein Unrecht geschieht, wenn diesem Mann der Bundesverdienstorden verliehen wird. Ich wollte doch nicht, dass er deswegen stirbt."

„Noch steht nicht fest, ob Herr Hagemann deshalb zu Tode kam", sagte Lars nun, nicht nur um die Frau zu beruhigen. Es entsprach ja doch der Wahrheit.

Erst wenn derjenige gefasst war, der Hagemann die muskellähmende Medizin verabreicht und gestanden hatte, wüssten sie mit Sicherheit wissen, ob der Zeitungsartikel der Grund gewesen war, oder doch ein ganz anderer.

„Ich danke Ihnen, Frau Krug." Lars wandte sich der Wohnungstür zu. „Dennoch wäre es gut, würde Ihr Sohn endlich mit uns reden."

Freitag / 11:45 Uhr

„Das sind gute Neuigkeiten ... Ja, wir kümmern uns um die Rückführung. Vielen Dank Josef."

„Jungs", rief Nicole, „wir haben ihn. Frank Gerke wurde vor einer Stunde von der Grenzpolizei in Lindau festgenommen."

„In Lindau?" Harald zog die Stirn in Falten und Lars fragte: „Der wollte doch nicht etwa nach Österreich flüchten? Wer will denn freiwillig dort hin?"

„Mitnichten", entgegnete Nicole. „Gerke wollte ursprünglich nach Granada, hatte aber stattdessen Genua in das Navi eingegeben."

Harald lachte. „Mit der Geografie hat er's wohl nicht so. Und weshalb wurde er jetzt festgenommen? Doch nicht, weil er sich verfahren hat?"

„Er hatte keine Vignette, dafür fast insgesamt 12.000 Euro dabei. Wie wir alle wissen, darf man aber nur maximal 10.000 Euro in bar mit über die Grenze nehmen. Beim Abgleich seiner Personalien, stellten die Zöllner dann noch fest, dass er zur Fahndung ausgeschrieben ist und nahmen in kurzerhand in Gewahrsam."

„Dumm gelaufen, würde ich sagen. Kommissar Zufall hat mal wieder zugeschlagen", witzelte Lars.

„Tja, manchmal ist dieser *Kollege* nützlich. Ich kümmere mich um die Vollzugshilfe und um die Zuführung in unser Präsidium", sagte Nicole. „Und einer von euch um eine Party-Pizza. Geht auf meine Rechnung. Meinen Lieblingsbelag kennt ihr."

Nach einer Dreiviertelstunde steckte Lars sich den letzten Bissen seines Abschnitts der 50 cm im Durchschnitt angelieferten Pizza in den Mund.

„Ich könnt' grad noch eine", verkündete er kauend.

„Ich glaube nicht, dass wir das überleben würden." Nicole öffnete das Fenster.

„Das ist Sucuk; eine echte türkische Rohwurst und super gewürzt", verteidigte Lars sein Festmahl.

„Schon klar. Auf eine italienische Pizza gehört unbedingt eine türkische Wurst. Ein Akt der Integration; feiner Zug von dir, Kleiner." Harald schlug seinem Kollegen wohlwollend auf die Schulter. „Zudem schaffst du damit die besten

Voraussetzungen, Oliver Krug zu vernehmen. Oder was meinst du, Nicole?"

„Da bin ich ganz bei dir. Krug gesteht gewiss alles – nur, damit er schnellstens aus dem Verhörraum rauskommt."

„Und weshalb übernimmt nicht einer von euch die Befragung?"

„Er hat ausdrücklich nach dir gefragt", antwortete Nicole. „Außerdem fahren Harald und ich nach Mainz; Daniel Hagemann besuchen. Ich habe das Gefühl, dass er der Schlüssel im Fall unseres Mordopfers ist und wir heute zum Abschluss kommen."

Nicole streckte sich. „Apropos Abschluss. Ein Cappuccino mit einer gehörigen Portion Sahne wäre jetzt nicht schlecht." Ihr Blick schweifte zwischen Harald und Lars hin und her.

„Ich geh schon", bot Harald sich an. „Und ja, ich weiß, aus der Kantine, nicht aus dem Automaten."

„Als ich das erste Mal in der Wohnung von Heidemarie Krug war", sagte Lars, kaum dass Harald das Büro verlassen hatte, „dachte ich nur … Assi-Bude. Alkohol, Kippen, Klamotten und so weiter, du weißt was ich meine?"

Nicole nickte.

„Aber gestern – alles war aufgeräumt, geputzt und ordentlich. Frau Krug trug ein nettes Kleid, frisch gewaschene Haare und so. Also, was ich sagen will. Da stand ein Foto von ihr und ihrem Mann. Die beiden sahen so glücklich aus. Da habe ich mich gefragt, was in deren Leben derart schiefgelaufen ist, dass die Familie so total den Boden unter den

Füßen verloren hat. Verstehst du? Mir wurde plötzlich gewusst, dass jeder von uns in solch eine Lebenskrise rutschen kann … einfach so. Das hat mich erschreckt."

„Ich verstehe dich besser, als du denkst", erwiderte Nicole. „Manchmal geschehen Dinge, die du nicht beeinflussen kannst. Egal, ob du sie hättest verhindern können oder auch nicht – machst du dir Vorwürfe. Die meisten Menschen überwinden das irgendwann wieder, weil jemand da ist, der sie auffängt."

So wie bei mir, schoss es Nicole durch den Kopf.

„Aber einige gehen unter, weil niemand da ist, der ihnen hilft."

„Wahrscheinlich stand den Krugs niemand zu Hilfe", folgerte Lars. „Im Gegenteil. Sie versanken immer tiefer im Schlamassel. Dabei scheint die Frau eine Kämpferin zu sein; jedenfalls, wenn es um ihren Sohn geht."

Nicole nickte zustimmend. „Aber auch die beste Kämpferin ermüdet irgendwann und gibt auf. Bis jemand kommt, der ihr die Hand reicht. Und dieser jemand warst vermutlich du."

„Oh, platze ich da gerade in eine Therapiestunde?"

Harald kam mit einem Tablett auf dem drei große Kaffeebecher standen durch die Tür. „Darf man erfahren um was oder wen es geht?"

„War mehr oder weniger privat", antwortete Nicole.

„Ok, ich frage nicht weiter. Der ist für dich."

Harald überreichte Nicole eine megagroße Kaffeetasse mit einer unübersehbaren Sahnehaube, zusätzlich bestückt mit Schokostreuseln und einen, in einer Serviette eingerollten Löffel.

Während Nicole strahlte, wunderte sich Lars über die Kaffeebohnen auf seiner Untertasse.

„Was soll ich damit?"

„Das ist ein Amuse-Gueule, ein Gruß direkt aus unserer Kantinenküche und zwar von der reizenden Denise Dumont", klärte Harald ihn auf. „Sie sagt, die sollst du kauen; helfen gegen Knoblauchgeruch.

„Oh, là, là" Noch ein Fan von dir?", ließ Nicole verlauten und löffelte sogleich genüsslich die Sahne von ihrem Cappuccino.

„Woher weiß sie, dass ich Knoblauchwurst auf meiner Pizza hatte?", brummte Lars vor sich hin.

„Alle wissen davon", erwiderte Harald. „Der Pizzabote hatte vergessen, wohin er liefern sollte und fragte bei einer Kollegin nach. Weshalb im Eingangsbereich jetzt ähnliche Aromen in der Luft liegen wie hier."

Nicoles Telefon klingelte.

Nach einem kurzen: „Wegener, ja bitte?" und einem „Ja, danke", legte sie wieder auf.

„Oliver Krug ist eingetroffen – mit einem Rechtsanwalt."

„Wo hat er den denn so schnell aufgetrieben?", fragte Harald erstaunt.

„Schätze, dabei hat Frau Hagemann ihre Hände im Spiel. Die Herren warten in Verhörraum „Vier". Los geht's. Ich bin gespannt, was uns Herr Krug zu berichten hat. Harald und ich schauen kurz im Nebenraum zu und machen uns dann auf den Weg nach Mainz."

„Dann fang schon mal an zu kauen", neckte Harald seinen Kollegen, auf dem Weg zu den Vernehmungsräumen.

„Bin schon dabei." Lars schob sich drei Kaffeebohnen in den Mund und zerkleinerte diese mit knackendem Geräusch.

Freitag / 12:20 Uhr

Drei Vollzugsbeamte waren nötig um den vorläufig Festgenommenen in den Kleintransporter zu schaffen.

Letztlich saß Gerke, an Händen und Füßen gefesselt und zusätzlich angekettet, in einer Art Käfig und stierte apathisch vor sich hin.

Was sich hinter der in Zornesfalten gelegten Stirn des Inhaftierten abspielte, konnte sich der Polizeibeamte, der zwar jenseits der Gitterstäbe aber dennoch in der gleichen Räumlichkeit saß, lebhaft vorstellen und war aufs Äußerste konzentriert.

Er begleitete Gefangenentransporte nicht zum ersten Mal und wusste, dass es, trotz aller Sicherheitsmaßnahmen, zu unvorhergesehenen Zwischenfällen kommen konnte. Gerade dann, wenn sich der Häftling mit der Situation abgefunden zu haben schien und den Eindruck machte, als ob er nach einigen Kilometern Fahrt vor sich hindöste, war höchste Aufmerksamkeit angesagt.

Trotzdem sich Frank Gerke heftig zur Wehr gesetzt hatte, musste er einsehen, dass er letztlich keine Chance gegen die drei durchtrainierten und seiner Statur ähnlichen Bullen hatte. Nun fühlte er sich eingesperrt, wie ein Gorilla im Zoo.

Der Polyp, der zu seiner Bewachung in dem ausbruchsicheren, mit Metallwänden ausgestatteten Transporter saß, sah ihn auch an – wie ein exotisches Tier, dessen Absichten man nicht einzuschätzen wusste. Fehlte nur noch, dass er mit seinem Gewehr an den Gitterstäben entlangschrappte.

Gerke hatte die Augen geschlossen und überlegte. Momentan konnte er an seiner Situation nichts ändern. Auf eine Pinkelpause auf einem Rastplatz durfte er auch nicht hoffen. Die Bullen hatten ihm klargemacht, dass es keine geben würde, bevor sie ihn in diese Blechkiste bugsierten. Demnach würde er warten müssen, bis er in Offenbach im Polizeipräsidium ankam und dann seine Chance ergreifen. Aber wie sollte er es anstellen?

Verdammt nochmal. Überleg, streng dich an, versuchte er sich zu motivieren. *Du hast mindestens vier Stunden. Da sollte dir doch etwas einfallen.*

Doch kaum befasste er sich intensiv mit dem Nachdenken, begannen wieder diese Kopfschmerzen. Ein Arzt im Knast hatte ihm erklärt, dass es sich um eine vermehrte Kortisolausschüttung, ein Hormon, das der Körper in Stresssituationen ausschütte handelte und hatte ihm vom Denken abgeraten.

Daraufhin klagte der Arzt in den nächsten Stunden selber über heftige Kopfschmerzen, weil sein Schädel mit der Schreibtischplatte kollidiert war.

Durch seine, beidseits gefesselten Hände konnte Gerke sich jetzt nicht einmal den Nacken massieren und schlug deshalb mit dem Hinterkopf gegen die Metallwand. Das brachte zwar keine nennenswerte Besserung, aber die Aufmerksamkeit des Polizeibeamten. „Lassen Sie das gefälligst."

Freitag / 13:10 Uhr

Sofort, als Lars den Verhörraum betrat, streckte Rechtsanwalt Dr. Udo Vollmer ihm die Hand entgegen.

„Guten Tag, Herr Hansen. Ich denke, Sie erinnern sich an mich?" Der Anwalt ließ Lars einen Augenblick Zeit, dann sagte er: „Der Prozess vor zwei Jahren – die Brüder Stratmann, Benjamin und Marco."

„Natürlich", antwortete Lars. „Lief nicht so gut für die beiden."

Er hatte den Anwalt als einen aufrechten Vertreter seiner Zunft in Erinnerung. Anders, als manche Rechtsverdreher die ihre Mandanten, deren Schuld im Vorfeld bereits bewiesen war, als die reinsten Unschuldslämmer darstellten, hatte der Mann nicht einmal versucht die Fakten zu verdrehen. Dennoch konnten die Söhne des noblen Autohauses Stratmann mit ihrem Verteidiger zufrieden sein.

Dr. Vollmer lächelte gnädig. „Nun ja. Kein Richter verfügt einen Freispruch für Drogenhandel und Mordversuch. Das war vorauszusehen. Ich jedenfalls habe mein Bestmöglichstes getan. Das werde ich auch jetzt."

Er nickte Oliver Krug aufmunternd zu. „Ich denke, Sie sind davon unterrichtet, dass Frau Hagemann mich bat, die Verteidigung dieses jungen Mannes zu übernehmen? Wenn Sie bereit sind, Herr Hansen … wir sind es."

„Ja", bestätigte Lars und leitete vorschriftsmäßig die Vernehmung ein, indem er die Personalien der anwesenden Personen, inklusiv seiner Wenigkeit, ansagte und den Grund des Verhörs – sprich die Vorwürfe, die gegen Oliver Krug erhoben wurden.

Die Kaffeebohnen erfüllten offenbar noch nicht ganz ihre Zwecke, denn der Rechtsanwalt hob plötzlich die Nase.

„Hier riecht es etwas streng. Funktioniert ihre Klimaanlage nicht?"

„Mit solchen Annehmlichkeiten können wir leider nicht aufwarten." Lars verzog die Mundwinkel.

„Na dann." Dr. Vollmer räusperte sich. „Dann bringen wir es zügig hinter uns. Eine Abschrift der vorläufigen Aussage meines Mandanten müsste jeden Augenblick eintreffen. Ich habe meine Mitarbeiterin diesbezüglich instruiert."

Wann hatte er denn dazu Zeit?

„Wie hatten Gelegenheit, uns bereits im Krankenhaus zu unterhalten", beantwortete Dr. Vollmer Lars' mentale Frage. „Natürlich ist mir klar, dass Sie, schon um Verfahrensfehler zu vermeiden, Ihre eigenen Fragen stellen müssen."

Erneut lächelte der Anwalt wohlwollend.

Kaum gesagt, klopfte es und ein uniformierter Beamte brachte besagtes Schriftstück. Er wollte es dem Anwalt reichen, doch der lehnte ab und verwies auf Lars. „Ich kenne den Inhalt. Lassen Sie sich ruhig Zeit, Herr Hansen. Das gilt auch für Ihre Kollegen im Nebenraum. Sie erhalten gegenwärtig ebenfalls eine Abschrift."

Der denkt aber auch an alles, dachte Lars.

Vieles von dem, was in der Aussage stand, war ihm bekannt. Manches fügte sich, mit den von ihnen gezogenen Schlüssen und den zuletzt erfolgten Aussagen von Frau Krug und Frau Hagemann, jetzt zu einem Gesamtbild zusammen.

Allerdings fehlte auch etliches. Zum Beispiel stand nichts über die monatliche kleine Zuwendung von 1000 Euro in der Aussage. Ebenso fand Lars keine Angabe bezüglich des Betäubungsmittels, das in der Seitengasse, in der Krug niedergestochen wurde, gefunden worden war.

Währenddessen rutschte Oliver Krug, wesentlich nervöser als sein Verteidiger, der die Ruhe selbst zu sein schien, auf seinem Stuhl hin und her. Es kam ihm wie Stunden vor, bis der Kriminalhauptkommissar, auf den seine Mutter und auch Maria Hagemann so große Stücke hielten, endlich aufblickte und ihn ansah.

Nach weiteren ausgedehnten Minuten, in denen Oliver immer unruhiger wurde, richtete Hansen endlich das Wort an ihn.

„Ich entnehme Ihren Angaben, dass Sie sich mit Heinz Hagemann, am Tag seines Todes, in einem Café in Hanau getroffen haben?"

Oliver Krug nickte.

„Sie sollten schon laut und deutlich antworten, Herr Krug", wies Lars mit einer Handbewegung zum Aufnahmegerät hin.

„Ja."

„Worum ging es bei diesem Treffen?"

Ein verzerrtes Grinsen überfiel kurzzeitig Oliver Krugs

Gesicht. „Ich wusste über seine *Vorlieben* Bescheid."

„Erklären Sie das bitte deutlicher!"

„Ich habe bei meiner Mutter ein Foto gefunden; auf dem war Hagemann in Frauenkleidung zu sehen. Hat wohl mein Vater gemacht, als er noch in dem Klub gearbeitet hat."

„Und da dachten Sie, was sind schon 1000 Euro monatlich, zumal Sie davon nicht allzu viel hatten. Soll der Mensch, der für Ihr verpfuschtes Leben verantwortlich ist, doch mal 10 Mille rüberwachsen lassen."

„Wie bitte? Welche 1000 Euro", grätschte Dr. Vollmer dazwischen. Mit erhobener Hand gestikulierte er eine Unterbrechung der Befragung und flüsterte seinem Mandanten etwas ins Ohr.

Wie Lars angenommen hatte, hatte Oliver Krug diese kleine *Unterstützung* seinem Anwalt vorenthalten. Augenblicke später deutete Dr. Vollmer die Weiterführung der Vernehmung an.

„Also, ich höre", forderte Lars Oliver Krug auf.

„Das mit den 1000 Euro war ein Deal zwischen meinem Vater und Hagemann. Damit hatte ich nichts zu tun."

„Das hinderte Ihre Mutter aber nicht daran, das Geld auch weiterhin anzunehmen, nachdem ihr Vater gestorben war."

„Warum auch nicht? Es war nur gerecht."

Genau die Bemerkung, die auch Heidemarie Krug gemacht hatte, erinnerte sich Lars.

„Wie war das jetzt mit den 10.000 Euro? Drohten Sie Herrn Hagemann seine Neigungen publik zu machten? Weigerte er sich doch letztendlich und Sie haben ihn deshalb ermordet?"

„Stopp, Herr Hansen. Es geht hier lediglich um Erpressung und … möglicherweise um gefährliche Körperverletzung an dieser Polizistin. Und, um es gleich vorweg zu nehmen. Wir überlegen noch, ob Herr Krug Anzeige wegen Körperverletzung gegen diese ältere Frau, wie heißt sie gleich noch …?“ Dr. Vollmer blätterte in seinen Unterlagen. „Ach ja, Helene Wagner, erheben wird, die ihn brutal auf dem Parkplatz des Krankenhauses attackierte. Aber, auf keinen Fall steht mein Mandant als Mörder von Heinz Hagemann zur Verfügung.“

Steht nicht zur Verfügung? Was soll denn der Scheiß?

Lars runzelte die Stirn und fragte: „Wie soll ich das verstehen? Nachweislich ist Herr Hagemann durch ein Betäubungsmittel – warten Sie“, jetzt blätterte er kurz in seinen eigenen Unterlagen.

„Succinylcholin heißt die Substanz und wird in der Anästhesie verwendet“, wurde Lars von Dr. Vollmer erklärend unterstützt.

„Das zumindest steht in den Unterlagen der Rechtsmedizin. Ich selbst kenne mich in medizinischen Dingen nicht besonders gut aus. In dem Bericht steht aber auch, dass das Sedativum allein nicht den Tod von Herrn Hagemann herbeigeführt hat, sondern die Verbindung mit dem Herzmittel, das er einnehmen musste. Rein theoretisch stünde hier allenfalls eine gefährliche Körperverletzung, eventuell mit Todesfolge, zur Diskussion.“

Ja sicher, dachte Lars, *rein theoretisch.*

„Das Behältnis mit der muskellähmenden Substanz wurde an der Stelle gefunden, an der Ihr Mandant niedergestochen wurde. Woher hatten Sie dieses Mittel?", wandte Lars sich an Oliver Krug.

Der tauschte einen kurzen Blick mit seinem Anwalt und sagte: „Dazu kann ich Ihnen nichts sagen. Nur so viel … Als wir uns in dem Café trennten, war Hagemann zwar etwas übel aber ansonsten ging es ihm gut. Vielleicht lag es ja auch an dem grünen Tee."

Oliver Krug grinste.

„Wieso kann ich Ihnen das nicht glauben?"

„Soweit ich weiß, befanden sich keinerlei Fingerabdrücke oder sonstige DNS-Spuren auf dem Behältnis."

Dr. Vollmer ließ seine Anmerkung ohne weitere Ergänzung im Raum hängen.

Dieser Feststellung konnte Lars nicht widersprechen, wollte aber auch nicht so schnell aufgeben.

„Ach ja, der Überfall auf Sie; darüber haben wir noch nicht gesprochen."

Während Lars das sagte, bemerkte er ein kurzes Zucken in Krugs Gesicht. „Hatten Sie möglicherweise einen Helfer? Und könnte dieser Helfer ihr ehemaliger Zellennachbar Frank Gerke gewesen sein? Die Beschreibung der Zeugen passt jedenfalls genau auf den Mann."

Damit tat Lars einen Schuss ins Blaue. Die Befragung der Nachbarn hatte nichts erbracht. Auch Helene und Herbert hatten unglücklicherweise nichts von dem Vorfall mitbekommen.

„Auch Frau Hagemann beschrieb den Mann, der sie in ihrem eigenen Haus, am gleichen Abend überfallen hat, als

413

muskulös und mit einer auffälligen Tätowierung am Unterarm – einer Schlange, die sich um ein Schwert windet. Das
trifft doch auf Frank Gerke zu, nicht wahr?"

Oliver Krug sah stumm auf die blankgeputzte Tischplatte.

„Laut der Aussage Ihrer Mutter, sind Sie öfter mit Gerke
unterwegs. Sie sagte auch, dass er keinen guten Einfluss auf
Sie hätte. Handelte Frank Gerke womöglich auf eigene
Faust? Sie beide bekamen deshalb Streit und er hat Sie nie-
dergestochen? Womöglich hat er auch den Tod von Herrn
Hagemann zu verantworten? Wie sonst kommt er an dessen
Wagen?"

Von dem mittlerweile erfolgten Austausch des Citroëns in
einen SUV, sagte Lars nichts. Stattdessen schaute er Oliver
Krug lauernd an.

„Also mir erscheint das plausibel."

Krug zuckte lediglich mit den Schultern, weshalb Lars
seinen letzten Trumpf ausspielte.

„Meinen Sie nicht, Sie wären es Frau Hagemann schuldig,
dass der Mann der sie überfiel und eventuell ihren Ehemann
getötet hat, zur Rechenschaft gezogen werden sollte? Zumal
Sie Ihnen sogar zu einem Rechtsbeistand geholfen hat. Für
Sie hat Hagemann vermutlich das bekommen, was er verdient hat. Aber Frau Hagemann sieht das vielleicht anders."

Jetzt hob Oliver Krug den Kopf und presste durch seine
Lippen: „Tut sie ganz bestimmt nicht."

Bevor er noch etwas sagen konnte, mischte sich Dr. Vollmer ein. „Herr Krug sagte Ihnen bereits, dass er den Täter
nicht erkannte und er auch nicht weiß, weshalb er angegrif-

fen wurde. Und was die Nacht betrifft, in der Herr Hagemann ums Leben kam, so kann mein Mandant nicht wissen wo Herr Gerke sich aufhielt.

Am Abend des 17. Oktober war Herr Krug zu Hause, bei seiner Mutter ... heißt, er war nicht mit Herrn Gerke zusammen.

Heidemarie Krug hatte das auch behauptet, erinnerte sich Lars.

„Kennen Sie den momentanen Wohnort von Daniel Hagemann?" Lars' Frage kam derart überraschend, dass Oliver Krug spontan antwortete: „Ja. Er wohnt in Mainz."

„Haben Sie Kontakt zu ihm?"

„Früher, hin und wieder. Ist aber schon ne Weile her."

„Wann genau haben Sie Daniel das letzte Mal gesprochen oder gesehen?"

„Schon seit Jahren nicht mehr und telefoniert haben wir auch schon lange nicht. Aus dem Knast ist es schwierig mit jemandem in Kontakt zu bleiben", schnaubte Oliver, lenkte aber dann ein.

„Erst vor einigen Wochen, kurz nachdem ich entlassen worden bin, habe ich versucht ihn anzurufen ... wollte ihm meine neue Handynummer mitteilen. War aber nur seine Mailbox dran."

Nach der stummen Aufforderung seines Anwalts, in Form eines Kopfnickens, fuhr Oliver Krug fort.

„Am Samstag, letzte Woche, rief mich Florian, sein Lebenspartner an und teilte mir mit, dass Daniel sich im Krankenhaus befindet und zurzeit nicht telefonieren kann. Er würde sich aber bei mir melden, sobald es ihm wieder besser ginge."

Blitzartig wurde Lars hellhörig und hakte nach. „Daniel Hagemann war mit jemandem zusammen?"

„Ja", nickte Oliver. „Florian Altwein. Er besitzt ein Architekturbüro in Mainz. Daniel arbeitet auch dort. Die beiden sind schon seit mehr als 10 Jahren ein Paar."

Im Nebenraum schlug heftig eine Tür zu. Lars wusste, der Anlass war die soeben getätigte Äußerung und die damit verbundene Bestätigung der Information, die Nicole aus dem Internet gefischt hatte.

„Sagte Herr Altwein, weshalb Daniel im Krankenhaus liegt?"

„Ist das denn jetzt so wichtig?", blockte Dr. Vollmer die Antwort seines Mandanten ab. „Sie sehen doch selbst, dass Herr Krug noch sehr geschwächt und müde ist. Und diese Luft hier drin ist nicht gerade gesundheitsfördernd."

Tatsächlich machte Oliver Krug auf einmal einen ungesunden Eindruck und war sehr blass um die Nase.

„Gut, brechen wir für heute ab. Aber Ihr Mandant verbringt die Nacht in einem unserer Einzelzimmer. Sobald die richterliche Verfügung vorliegt, wird Herr Krug der JVA 1 in Frankfurt zugeführt."

„Hatten wir nicht anders erwartet", erwiderte Dr. Vollmer und erhob sich. Ebenso wie Oliver Krug, der leicht schwankte.

„Eins würde mich aber noch interessieren", sagte Lars, als die beiden bereits an der Tür standen. „Weshalb haben Sie uns das nicht schon früher erzählt? In dem Moment, als meine Kollegen Ihr Handy beschlagnahmten, muss Ihnen doch klar gewesen sein, dass es keinen Sinn mehr macht, die Verbindungen zwischen Ihnen, Hagemann und Frank Gerke zu leugnen."

Wieder zuckte Oliver Krug nur mit den Schultern.

„Was ich aber überhaupt nicht nachvollziehen kann ist, weshalb Sie der Mutter von Daniel nicht gesagt haben, dass ihr Sohn am Leben ist und wo er wohnt. Sie wussten doch, wie Frau Hagemann sich fühlte, seit Daniel verschwunden war."

„Daniel wollte sie nicht in Schwierigkeiten bringen, wegen ihrem Alt … wegen dem Hagemann. Aber seit etwa einem Jahr wusste sie es. Sie erzählte es mir heute Morgen im Krankenhaus."

Lars gab dem Polizisten, der während des Verhörs vor der Tür stand Anweisung, Krug in Gewahrsam zu nehmen, bis die Überführung in die JVA organisiert war.

„Eine Bitte hätte ich, Herr Hansen. Ich möchte mit Daniel telefonieren. Jetzt!"

„Ich denke, das ist möglich. Würden Sie Ihren Mandanten begleiten?", sagte Lars zu Dr. Vollmer und überließ Oliver Krug der Obhut seines Anwalts und dem Polizeibeamten.

Freitag / 13:55 Uhr

Vor Beginn der Fahrt hatte Helene ausdrücklich darauf hingewiesen, dass alle Insassen in den nächsten Jahren an einem Leben in geistig und körperlich einwandfreier Verfassung interessiert seien. Weshalb Herbert nun, entgegen seiner sonstigen Fahrweise, sein *altes Schätzchen* sehr achtsam durch den Seligenstädter Kreisverkehr chauffierte, hinaus aus der Stadt und schließlich auf die A3 in Richtung Frankfurt.

Sein Blick in den Rückspiegel verriet ihm, dass seine Liebste offensichtlich mit ihm zufrieden war.

Ebenso schien Miss Lizzy – Bettina und Ferdinand wollten ihre „Kleine" nicht für so lange Zeit alleine lassen – mit seinem Fahrstil einverstanden. Die Hündin hatte sich zunächst quer über zwei der drei im Fond des Mercedes sitzenden Damen ausgestreckt, um dann eingerollt auf Bettinas Schoß einzudösen.

Dagegen erkannte er auf Maria Hagemanns Gesicht eine gewisse Anspannung. Herbert konnte die Fragen, die hinter ihrer Stirn rotierten, beinahe hören.

Er selbst fragte sich jetzt erneut, ob es richtig war, ohne Ankündigung ins Leben eines anderen – auch wenn es der eigene Sohn war – hineinzuplatzen? Selbst, wenn die beiden seit einem Jahr telefonierten und sich gegenseitig Briefe schrieben, war es letztlich doch eine andere Geschichte, plötzlich vor der Tür zu stehen.

Kaum, dass Bettina und Ferdinand gestern Abend bei ihnen eintrafen, sprudelten die Informationen, die Bettina von Maria Hagemann erfahren hatte, nur so aus ihr heraus. Unter anderem, dass Daniel am Leben sei und Maria es nicht erwarten konnte, ihn zu sehen – jetzt, nachdem sie nicht mehr befürchten musste, dass ihr Ehemann etwas dagegen würde unternehmen können.

Doch wäre Daniel momentan nicht dazu in der Lage wäre

sie zu besuchen. Diese Aussage von ihm machte Maria noch unruhiger, weshalb sie beschlossen hatte, selbst die Initiative zu ergreifen.

Spontan bot Bettina ihre Hilfe an und nun saßen sie alle fünf in Herberts Mercedes.

Natürlich wollte Herbert, wie alle anderen, Antworten auf so viele ungeklärte Fragen. Gleichzeitig war da aber auch Angst vor dem, was sie erfahren würden, bezüglich Hagemanns Ableben.

Vermutlich hingen alle Insassen des Benz ähnlichen Gedanken nach. Kaum jemand sprach mehr als drei bis vier Sätze, während der gesamten Fahrt. Als das Navi am Rüsselsheimer Dreieck forderte nun die A3 zu verlassen und auf die A 60 zu fahren, hatten sie fast schon drei Viertel der Strecke hinter sich.

An der Mainzer Stadtgrenze angekommen erwies sich die weibliche Stimme des Navigationsgerätes als regelrechtes Plappermäulchen; leitete die fünf aber auf direktem Weg zur eingegebenen Adresse – einem feudalen Gebäudekomplex inmitten von Grünflächen.

Dem Hinweisschild folgend, lenkte Herbert seinen Mercedes zu dem für Besucher ausgewiesenen Parkplatz, wo Lizzy als erste aus dem Wagen sprang und am nächsten Gebüsch ihre Duftmarke hinterließ.

„Wir begleiten dich bis zum Eingang. Dann gehst du besser alleine zu Daniel", schlug Bettina vor. „Nur, damit er keinen Schock bekommt, wenn wir alle ..."

Maria Hagemann nickte, während ihre Finger zitterten, als sie die Klingel betätigte. „Ihr bleibt aber in der Nähe?"

„Ja sicher", antwortete Ferdinand. „Wir setzen uns auf eine der Bänke. Ist ja sehr schön hier."

Aus der Sprechanlage meldete sich eine angenehme männliche Stimme: „Ja bitte?"

Maria Hagemann öffnete den Mund, brachte aber keinen Ton heraus. Auch der zweite Versuch ging daneben, weshalb Bettina für sie antwortete: „Hier ist Maria Hagemann. Ich möchte zu Daniel, meinem Sohn."

Einige Sekunden lang blieb es still. Dann hörten sie ein Räuspern und leises Gemurmel. Anschließend ertönte der Summer, und die Aufforderung: „Bitte, kommen Sie herein. Ich schicke Ihnen den Fahrstuhl runter."

***

Der Mann, dem Maria Hagemann kurz danach gegenüberstand, war etwa 35 Jahre alt, schlank, und überragte sie mit seinen zirka 1,85 Meter Körpergröße um mindestens 20 Zentimeter. Seine dunklen, gewellten Haare umschmeichelten sein glatt rasiertes Gesicht bis zum Kinn. Was ihr sofort auffiel waren seine braunen sanften Augen, in denen kleine goldene Punkte zu tanzen schienen.

Er reichte ihr die Hand. „Florian Altwein. Ich bin der Lebenspartner von … Daniel."

Maria fragte sich, weshalb er Daniels Namen so zögerlich aussprach.

„Bitte, Frau Hagemann", Florian deutete auf eine hellbeige, sehr bequem aussehende Couch. „Nehmen Sie Platz."

„Ist Daniel krank? Geht es ihm gut?", brachte Maria Hagemann mehr oder weniger heiser hervor.

„Nein … also ja, alles in Ordnung. Ich gehe … ich bin gleich wieder hier."

Beinahe fluchtartig verließ der Mann den Raum und Maria Hagemann hatte das Gefühl, dass er ihr etwas verheimlichte. Beunruhigt knetete sie die Riemen ihrer Handtasche auf ihrem Schoss und sah sich um.

Der Raum, so groß wie manche komplette Wohnung, strahlte eine gemütliche Atmosphäre aus. Alle Möbel, inklusiv der wenigen Schränke, waren in einem sanften Beige gehalten und passten gut zu den in Weiß und in einem dunkleren Ocker gestrichenen Wände.

Vereinzelte Gemälde – Maria Hagemann beurteilte sie für sich als „Moderne Kunst" – gaben dem Raum zusätzlich eine gewisse Eleganz, jedoch ohne prahlerisch zu wirken.

Rechts schloss sich eine, nur durch einen Tresen vom Rest des Wohnraums abgetrennte, offene Küche an. Bodentiefe Fenster und Türen gaben den Blick zu dem, vermutlich ringsum verlaufenden Balkon frei, der sowohl vom Wohnzimmer, als auch vor der Küche aus betreten werden konnte und auf dem jeweils eine Sitzgruppe stand.

Es scheint ihm finanziell gut zu gehen, freute sie sich. Ihr entfuhr ein Seufzer der Erleichterung.

„Mama?"

Maria Hagemann drehte sich um. Zuerst schaute sie verwundert. Dann sprang sie auf.

***

„Sie ist jetzt über eine Stunde dort oben. Sollten wir nicht mal nachfragen, ob alles in Ordnung ist?", sprach Bettina aus, was die anderen dachten.

„Ja, vielleicht sollten wir das tun", stimmte Ferdinand ihr zu.

Die vier saßen nebeneinander auf einer Bank in dem parkähnlichen Areal und genossen die warmen Sonnenstrahlen. Miss Lizzy hatte zuerst etwas herumgeschnüffelt, wohl aber keine relevanten Nachrichten von anderen Artgenossen aufgespürt und sich neben Bettina ins Gras gelegt.

Herbert daddelte hin und wieder auf seinem iPad und sortierte die, gesammelten Erkenntnisse in Fall **„Mulaule"** neu.

Sie wussten nun, wie und weshalb Heinz Hagemann zu Tode gekommen war, nur noch immer nicht durch wen. Als dringend tatverdächtig kamen Oliver Krug und dessen Knastkumpel Frank Gerke infrage. Nun aber fügte Herbert auch Daniel Hagemann und seinen Lebensgefährten Florian Altwein hinzu.

Das jedoch behielt er für sich.

„Es ist wirklich sehr schön hier", sagte Helene und streckte sich. „Trotzdem hätte ich jetzt gegen einen leckeren Cappuccino nichts einzuwenden."

„Den besten Cappuccino bekommen Sie bei uns", sagte eine angenehm warmklingende Stimme hinter ihnen.

Alle vier drehten sich, wie auf Knopfdruck um. Auch Miss Lizzy schnellte hoch.

„Sie sind bestimmt die Freunde von Maria? Ich bin Florian Altwein, gerne auch Florian."

Der Mann kam um die Bank herum und streckte seine Hand zur Begrüßung aus. Lizzy war schneller und schleckte über seine Finger, was Ferdinand mit einem: „Entschuldigung. Sie ist noch sehr jung", rügte.

„Kein Problem. Einer solchen Schönheit vergibt man doch fast alles." Florian Altwein strich Lizzy über den Kopf. Sein Lächeln wirkte ehrlich.

„Maria bat mich, mit Ihnen zu reden, bevor wir …"

„Wir wisse Bescheid", platzte Herbert heraus. „Sie brauche nix zu erklärn. Sie und Daniel sind zusamme."

„Und wir freuen uns für Sie und Daniel", ergänzte Helene.

„Wir auch", bestätigte Ferdinand für sich und Bettina.

„Das … freut uns natürlich, dass Sie alle das so … so locker sehen. Ist noch immer nicht die Regel."

Florian Altwein setzte sich zu den Vieren auf die Bank.

„Aber dennoch. Die Situation ist eine andere, wie noch vor einigen Wochen. Daniel, so wie Sie ihn vielleicht kannten, hat sich – verändert. Nicht nur … natürlich älter ..."

„Er ist doch nicht etwa krank?" Bettinas Stimme zitterte.

„Nein, nein. Nicht krank. Er ist nur … nun ja. Er hat sich körperlich verändert. Aus Daniel ist Daniela geworden."

Florian Altwein beobachtete die Reaktion der zwei Paare, konnte aber weder Erschütterung noch Bestürzung wahrnehmen; nur sekundenlange Verwirrung.

„Also, damit hätte wir jetzt net gerechnet", fand Herbert als erster seine Sprache wieder. „Aber, wenn er … also, wenn des so gewollt war. Ich denke", Herbert schaute in die Runde, „wir habe alle damit kein Problem, oder?"

Vereintes Kopfschütteln war die Antwort.

„Hauptsache, ihr seid glücklich miteinander", ergänzte Bettina.

Mit den Worten „Sie haben Ihr Ziel erreicht" fuhr Nicole den Insignia auf die, für Besucher ausgewiesene Parkfläche des Architektenbüros im Stadtteil Mainz-Bretzenbach.

Bereits die moderne Fassade mit dem kubusartigen aufgesetzten ersten Stockwerk und der über die Gesamtfläche reichenden Fensterfront beeindruckte.

Ein silbernes Schild mit blauem Schriftzug *Altwein und Hagemann* neben den Eingang bestätigte, dass sie richtig waren.

„Endlich", seufzte Nicole. „Ich verstehe nicht, weshalb das Navi nicht sofort mit Informationen über Baustellen gefüttert wird. Über eine halbe Stunde haben wir verloren."

Harald klingelte. Kurz danach wurde ein Fenster geöffnet und eine junge Frau lugte durch die vor Einbruch schützenden Gitterstäben: „Jetzt zu. Ich Putzfrau."

„Wir möchten zu Herrn Altwein", erklärte Nicole und Harald fügte hinzu: „Oder zu Herrn Hagemann."

Die junge Frau schüttelte den Kopf. „Nix da." Sie schloss das Fenster.

„Fahren wir zur Privatanschrift", sagte Nicole, ging zielstrebig zum Auto und reichte Harald die Anschrift.

„Gib die mal in dein intelligentes Handy ein. Vielleicht kommen wir damit schneller ans Ziel."

Nach etwa 20 Minuten hatten sie die parkähnliche Anlage, ohne weitere Hindernisse, wie Baustellen oder Verkehrsstau, erreicht.

„Das sieht doch mal einladend aus", stellte Harald fest.

„Wir haben definitiv den falschen Beruf."

„Oder weniger Schulden", konterte Nicole angespannt. „Jetzt müssen wir nur noch das richtige Gebäude finden."

„Folgen Sie den Hinweisschildern, Frau Kommissarin", feixte Harald und deutete auf die Orientierungstafel, die richtungsweisend zu den jeweils vier Geschoss hohen Wohnkomplexen führte.

Nach einer kurzen Orientierung klingelte Harald in der Penthouse-Wohnung im ersten Gebäude. Es dauerte nicht lange und aus der Sprechanlage ertönte eine Stimme: „Sie wünschen?"

„Wir sind von der Kriminalpolizei in Offenbach, Wegener und Weinert. Wir möchten Herrn Altwein sprechen", antwortete Nicole.

Nach einer Sekundenpause sagte die Stimme: „Muss das jetzt sein? Ich … wir haben gerade Besuch."

Stimmengemurmel im Hintergrund bestätigte die Aussage.

„Ich fürchte, ja. Es sei denn, Sie bevorzugen eine Einladung ins Polizeipräsidium."

„Nein, nein, schon gut … Wir wollten sowieso … Ich schicke den Fahrstuhl."

Nicole und Harald betraten den mit Marmor gefliesten Eingangsbereich und einige Sekunden später den Fahrstuhl, der sie direkt in die Penthouse-Wohnung brachte.

„Der klang für mich nicht direkt überrascht, oder?", bemerkte Harald.

„Kam mir auch so vor. Was meinst du, fallen wir gleich mit der Tür ins Haus oder machen wir's auf deine Art?"

Harald schmunzelte. Schon auf der Fahrt hatte Nicole betont, dass sie wieder mal dieses Kribbeln im Bauch spürte, das immer auftrat, wenn ein entscheidender Durchbruch in einem Fall bevorstand.

Harald wusste, dass sie dann manchmal etwas zu forsch an die Sache ranging. Deshalb sagte er: „Wir gehen einfach professionell vor und ich *reite* voran."

Die Fahrstuhltür glitt auf und ein Mann zirka Ende 30 stand ihnen gegenüber.

„Ich bin Florian Altwein. Bitte."

Er machte eine Geste, die die Kommissare zum Eintreten aufforderte.

Nur Sekunden danach stockte beiden fast der Atem. Mit *diesen* Gästen, die Florian Altwein als den Besuch benannt hatte, hatten die Kommissare nicht gerechnet.

„Was macht ihr hier?", platzte Nicole auch sofort heraus.

Die fünf Personen sahen sie teils belustigt, partiell aber auch ängstlich an. Hauptsächlich in Maria Hagemanns Gesicht trat die Furcht in den Vordergrund, bis sie, fast schon trotzig in die Offensive ging und sagte: „Ich besuche meinen … mein Kind. Was haben Sie dagegen?" Sie schnellte in die Höhe und stellte sich demonstrativ an die Seite einer Frau mit schulterlangen, glatten blonden Haaren.

Einzig Miss Lizzy schien über die Anwesenheit der Kriminalpolizei erfreut; explizit über Nicole, der sie schwanzwedelnd und auch mit einem lauten „Wuff", entgegeneilte.

Zeitgleich fegte das Abstraktum der Löwin, die ihr Junges

verteidigt durch Nicoles Kopf und das Foto, das sie im Internet auf der Webseite des Architekturbüros gesehen hatte, legte sich visuell über das Gesicht der jungen Frau.

Kann das möglich sein?

Bevor Nicole den Gedanken weiterverfolgen konnte, sagte Florian Altwein: „Darf ich vorstellen. Das ist meine Daniela. Bis vor einigen Wochen noch Daniel Hagemann."

„Damit hatten wir allerdings nicht gerechnet", brachte Harald die Situation auf den Punkt.

„Bitte." Florian Altwein zeigte auf die großzügige Sitzlandschaft, die mittig im Raum stand und auf der eine Handballmannschaft Platz gehabt hätte.

Er selber setzte sich mit Daniela an das Ende der Couch, während die Spaniel-Dame sich nicht ganz sicher war, zu wem sie gehen sollte und machte es sich auf dem weichen Teppich, den sie sowieso sofort ins Herz geschlossen hatte, bequem.

„Wir wollten gerade über den Tod von Heinz Hagemann sprechen", sagte Florian Altwein. „Ich denke, deshalb sind auch Sie hier?"

„Jaaa", erwiderte Harald, wobei er das Wort in die Länge zog und sein Blick von Altwein zu Nicole wechselte, die sofort loslegte.

„Was wissen Sie darüber?"

„Wir werden Ihnen alle Ihre Fragen beantworten. Und, im Vorfeld möchte ich Ihnen mitteilen, dass ich die Konsequenzen für mein Handeln tragen werde. Und zwar *ich* ganz alleine."

Daniel – alias Daniela – zuckte merklich zusammen.

„Keine Angst, mein Schatz, so schlimm wird es schon nicht werden." Florian Altwein drückte ihre Hand.

„Wie bitte?" Nicole meinte sich verhört zu haben. „Sie tun so, als wäre der Tod eines Menschen eine Bagatelle."

„Das, Frau Wegener", sagte Florian Altwein mit ruhiger Stimme, „habe ich nicht gesagt. Und nein; der Tod eines Menschen ist gewiss keine Bagatelle. Ich habe nur gesagt, dass ich Herrn Hagemann nicht getötet habe." Er zögerte einen Augenblick. „Es könnte aber sein, dass ich am Ende doch dafür verantwortlich bin."

„Wie sollen wir das verstehen?", fragte Harald.

Es entstand eine kurze Pause, in der Nicole, wie auch Harald gespannt darauf warteten, was jetzt kommen würde.

„Ich mache Ihnen einen Vorschlag", fuhr Florian Altwein fort. „Sie stellen Ihre Fragen und ich werde wahrheitsgemäß antworten. Versprochen!"

„Dann erklären Sie uns doch mal als erstes, was Sie damit meinen", entgegnete Nicole. „Wie kann man zum Teil für den Tod eines Menschen verantwortlich sein?"

„Dazu muss ich ein wenig ausholen."

„Bitte sehr. Wir haben Zeit." Nicole lehnte sich auf der Couch zurück.

„Als Daniel mir vor drei Jahren mitteilte, dass er sich dazu entschlossen hatte, auch körperlich sein früheres Leben endgültig hinter sich zu lassen, war ich zuerst geschockt. All die Jahre, die wir uns kannten und liebten, war es gut gelaufen zwischen uns und nie ein Thema. Doch ich muss zugeben, ich wusste nicht wirklich, wie sehr er darunter gelitten

hatte, in einem Körper zu stecken, den er als fremd empfand."

In der nächsten halben Stunde erfuhren die Kriminalkommissare, sowie auch alle anderen Anwesenden, von den
traumatischen Erfahrungen, die Daniel, bereits im jugendlichen Alter, hatte durchleben müssen.

„Ich hatte das Gefühl, dass ich mit meinem bisherigen Leben brechen musste, um wieder richtige Lebensfreude zu
empfinden", sagte Daniela. „Dazu gehörte auch mein Äußeres. Ich wollte endlich den Körper, in dem ich mich wohl-
fühlen konnte."

„Das denke ich, können wir verstehen", warf Harald ein.
„Aber warum den Mord an Ihrem Vater?"

„Der war nicht geplant", entgegnete Florian. „Er sollte lediglich einen Denkzettel erhalten."

„Lass mich das erklären", sagte Daniela.

„Vor 13 Jahren erfuhr ich durch Frau Krug, Olivers Mutter, dass mein Vater regelmäßig in einem Transvestiten-
Klub in Frankfurt verkehrte, und das schon jahrzehntelang.
Ich konnte es kaum glauben. Der Mann, der mir den Um-
gang mit meinem besten Freund verboten hatte, ihn sogar
ins Gefängnis brachte, nur, damit der Kontakt zwischen uns
zusammenbrach –, dieser Mann geht selbst in einen Klub,
in dem Männer sich in Frauenkleider zeigten?"

Daniela wandte sich den Beamten zu. „Können Sie sich
vorstellen, was in mir vorging? Anfangs fühlte ich mich ver-
raten. Dann aber spürte ich nur noch Hass. Diesen Hass trug
ich jahrelang mit mir herum, bis ich mich zu dieser Entscheidung durchrang, endlich so zu werden, wie ich mich

fühlte. Alles andere wäre auch nur Lug und Trug und ich wäre letztlich wie mein Vater. So ein Leben wollte ich auf gar keinen Fall."

„Warum hat Frau Krug Ihnen überhaupt davon erzählt?", wollte Nicole wissen.

„Olivers Vater arbeitete in diesem Klub als Türsteher. Eines Tages hatte er meinen ..., hat er IHN erkannt. Daraufhin erhielten die Krugs monatlich 1000 Euro Schweigegeld. Als Olivers Vater dann 2004 verstarb zahlte ER die Summe weiter, an Olivers Mutter. Sie wollte aber nicht als Erpresserin dastehen, deshalb hat sie es mir gesagt. Mir war das sowieso egal", ergänzte Daniela.

„Was mir aber nicht egal war, ist, dass dieser abscheuliche, scheinheilige Mensch, der alle sein ganzes Leben lang manipulierte und Angst verbreitete, jetzt den Bundesverdienstorden erhalten sollte. Das konnte ich nicht zulassen."

„Das konnten *wir* nicht zulassen", mischte Florian sich ein. „Deshalb musste ich etwas unternehmen. Daniela befand sich ja noch immer Krankenhaus. Um es kurz zu machen. Ich wollte den ehrenwerten Staatsanwalt und angeblichen Wohltäter Heinz Hagemann in dieser beschämenden Pose und für jedermann sichtbar zur Schau stellen. Sodass alle, die ihn hochgelobt hatten, oder auch nur aus Angst geschwiegen hatten, sahen, was für ein Mensch er in Wirklichkeit ist.

Aber, um eins klarzustellen: Er sollte auf gar keinen Fall sterben. Das hätte ja doch nicht die Genugtuung gebracht, die ich mir ... die wir uns wünschten."

Florian Altwein ging zu der Anrichte, auf der allerhand

Alkoholisches stand, schenkte sich eine braune Flüssigkeit aus einer Karaffe in ein Glas und trank einen Schluck. Ob Whisky oder Cognac konnte Nicole nicht erkennen.

Dann drehte er sich um, hatte sich wieder ganz im Griff und sagte: „Sorry. Ich bin ein schlechter Gastgeber. Möchten Sie auch?"

Er schaute in bestürzte, aber auch teilnahmsvolle Gesichter. Alle schüttelten den Kopf.

„Wie kam es dann dazu, dass Herr Hagemann starb?", forschte Harald weiter.

„Tja, das weiß ich auch nicht so genau", antwortete Florian. Sein Blick ging zu Daniela, die nickte.

„Ich hatte mir im Krankenhaus, in dem Daniela lag, heimlich ein starkes Beruhigungsmittel besorgt. Es wird hauptsächlich in der Anästhesie gebraucht – vor einer Operation. Bei richtiger Dosierung bewirkt es eine Muskelentspannung. Bei falscher oder höherer Dosierung kann es zu einer Muskellähmung … im schlimmsten Fall zu Atemlähmung führen. Wir haben uns vor Danielas Operationen eingehend mit den Ärzten über dieses Thema unterhalten", fügte Florian erklärend hinzu.

„Das heißt also, die Dosis, die Sie Herrn Hagemann verabreichten, war zu hoch?"

„Nein, Frau Wegener. Die Menge, die ich ausgerechnet hatte, hätte lediglich zu besagter Muskellähmung führen dürfen, sodass er zwar bewegungsunfähig war, aber dennoch am Leben blieb. Was ich nicht wusste war, dass Hagemann ein Herzmedikament einnahm; das erfuhr ich gerade eben erst, durch Maria.

Entweder war es das Zusammenspiel dieser beiden Medikamente oder – die Dosierung wurde nicht genau eingehalten. Deswegen spreche ich mich nicht von einer Mitschuld frei. Verstehen Sie jetzt?"

„Nicht so wirklich", erwiderte Nicole.

Zwar ahnte sie, worauf diese Aussage hinzielte, wollte es aber von Florian Altwein selbst hören.

Der äußerte auch prompt: „Natürlich verstehen Sie, Frau Kommissarin. Aber Sie möchten es aus meinem Mund hören."

Nach einem tiefen Atemzug, sagte er: „Ich habe einen ehemaligen Freund von Daniela mit dieser Aufgabe betraut – Oliver Krug. Er wird es Ihnen bestätigen. Wir haben heute Vormittag miteinander telefoniert. Aber auch er kann sich nicht erklären, was schiefgegangen ist. Er versicherte mir, er hätte sich genau an meine Angaben gehalten.

„Das stimmt", offenbarte Maria Hagemann und nickte. „Ich habe heute Morgen mit Oliver gesprochen. Er sagte aber auch, dass nicht er es gewesen sei, der meinen … der Danielas Vater an dem Wehrturm abgelegt hat, sondern Frank Gerke. Oliver hatte ihn angeheuert. Kann man das so sagen?" Die Frau schaute die Kriminalbeamten unsicher an. „Oliver wird heute noch, im Beisein eines Anwalts, seine Aussage machen."

„Zum Teil ist das bereits geschehen", gab Harald bekannt. „Dass er Gerke angeheuert hat" – er nahm Maria Hagemanns Wortwahl an – „teilte er uns allerdings nicht mit."

„Dann wird es das noch tun. Er hat es mir versprochen",

erwiderte Maria Hagemann. „Er möchte reinen Tisch machen."

Harald tauschte einen kurzen Blick mit Nicole und ging, mit dem Handy am Ohr, auf die Terrasse hinaus, konnte aber nur Lars' Mailbox erreichen.

Freitag / 17:10 Uhr

Die Fahrt dauerte, bedingt durch mehrere Baustellen sowie dem freitäglichen Wochenendverkehr, länger als geplant. Kaum im Präsidium Offenbach angekommen, verlangte Gerke auf die Toilette gehen zu dürfen.

Die Polizeibeamten brachten ihn zu dem gewünschten Örtchen. Dort entledigten sie ihn, notgedrungen, der Handschellen.

„Denken Sie nicht mal dran", blaffte einer der Beamten, der sich vor der Toilettenkabine postierte. Sein Kollege hielt *Wache* vor der Tür. „Wir sind keine Anfänger ... alles schon erlebt", setzte er nach und schlug mit einer Hand auf sein Pistolenholster.

Gerke ließ sich Zeit. Als er aus der Kabine kam, wollte ihm der Polizist sogleich wieder die Handschellen anlegen.

„Händewaschen is nicht, oder?", knurrte Gerke und drehte sich zum Waschbecken.

Der Polizist stand direkt hinter ihm, eine Hand am offenen Holster, in der anderen hielt er die *Acht*. Betont langsam und ausgiebig seifte Gerke seine Hände ein und spülte mit reichlich Wasser die Seife wieder ab.

„Nun mach schon", schnauzte ihn der Staatsdiener an. „Oder soll das hier zur rituellen Waschung ausarten?"

Blitzartig drehte Gerke sich um und klatschte dem Polizisten eine Hand voll Wasser ins Gesicht. Reflexartig kniff der die Augen zusammen. Gerkes Ellenbogen schoss nach hinten, direkt in den Magen des Mannes. Der klappte zu einem Dreieck zusammen. Mit einem zusätzlichen Kinnhaken, schickte Gerke ihn zu Boden und griff sich dessen Pistole.

Augenblicklich stürmte sein Kollege durch die Tür.

„Was ist …?" Er schaute direkt in den Lauf der Waffe.

Gerkes Aufforderung, seine eigene Schusswaffe fallenzulassen, folgte er umgehend; konnte sich aber die Frage: „Glauben Sie wirklich, Sie kommen hier raus?", nicht verkneifen.

„Maul halten und Hände auf den Rücken!", befahl Gerke.

Er bückte er sich nach den Handschellen, die auf dem gefliesten Boden lagen. Sekunden später hatte er dem Polizisten die Handfesseln angelegt und drängte ihn, die Pistole in den Rücken gedrückt, durch die Tür.

Polizeibeamte, wie auch Zivilisten, die sich gerade im Eingangsbereich des Präsidiums aufhielten, starrten auf die unwirkliche Szene, die sich gerade vor ihren Augen abspielte.

Die meisten duckten sich hinter Tresen oder versteckten sich hinter Säulen.

Nach einigen Schrecksekunden brüllte es von allen Seiten: „Waffe runter, sofort!" Mehrere Polizisten, ob in Uniform oder in zivil gekleidet Kriminalbeamte, hatten Gerke und seine Geisel umzingelt.

„*Ihr* schmeißt eure Kanonen weg", schrie Gerke zurück und hielt die Pistole an die Schläfe des Polizisten.

„Ich hab's doch gesagt ... du kommst hier nicht weg", presste der zwischen den Zähnen hervor.

„Halt dein Maul", zischte Gerke und verstärkte seinen Griff zwischen Schulter und Hals des Beamten, sodass dieser kurzzeitig in die Knie ging.

Erneut brüllten die Polizeibeamten ihre Aufforderung: „Waffe runter!", wobei sie den Kreis enger um die beiden Männer zogen.

Sichtlich nervös schwenkte Gerke nun die Pistole in alle Richtungen.

***

Alarmiert durch einen Kollegen – „Euer Verdächtiger macht hier grad einen auf *Rambo*" – hastete Lars die Treppen hinab. Im Parterre angekommen, öffnete er vorsichtig die Tür, die vom Treppenhaus in den Eingangsbereich führte.

Das Bild was sich ihm bot, hätte tatsächlich aus einem Actionfilm stammen können.

Ungefähr 25 bis 30 Kollegen standen, mit gezückten Waffen, im Kreis um einen Muskelprotz, der einen Polizisten im Würgegriff hatte und ihm zusätzlich eine Pistole an die Schläfe hielt. Den widerholt gebrüllten Aufforderungen, die Waffe niederzulegen und den Kollegen freizulassen, ignorierte der Mann. Stattdessen verlangte er nach einem Fahrzeug.

„Das kannst du vergessen, Kumpel", schrie ein Mitarbeiter des Drogendezernats. „Besser, du lässt jetzt die Knarre fallen."

Der Kraftprotz drehte sich, mitsamt seiner Geisel, in die Richtung des Kollegen.

Verdammt. Das ist tatsächlich der Gerke. Lars sah dem bulligen Typen direkt in die Augen. *Wie kommt der zu einer Waffe?*

Langsam verließ er seine Deckung an der halbgeöffneten Tür zum Treppenhaus und bewegte sich auf Gerke zu. In diesen Sekunden hoffte er, dass die Bemerkung von Frau Krug – *viel Muskel, wenig Hirn* – auch wirklich auf Frank Gerke zutraf.

Mit erhobenen Händen spazierte Lars durch den Kreis seiner Kollegen direkt auf Gerke zu.

„Verdammt, Hansen. Was soll das? Sofort aus der Schusslinie!", brüllte der Berufsgenosse von der Drogenabteilung.

Lars hingegen schaute in die Runde und demzufolge in mehrere Heckler und Koch P 30, die Standard-Dienstwaffen der Polizei aber auch vereinzelt in ältere Modelle, wie SIG Sauer P 225.

„Bitte, Kameraden. Wenn ihr eure Waffen niederlegt, dann macht Herr Gerke das auch. Stimmt's?"

Er selbst ging mit gutem Beispiel voran, zog langsam und umständlich seine Pistole mit der linken Hand aus dem linksseitigen Holster und legte sie seitlich vor sich auf den Boden.

„Herr Gerke. Ich bin Lars Hansen. Wir beide hatten eine

Verabredung. Die Kollegen haben da wohl einen Fehler gemacht. Also lassen Sie den Mann los, dann können wir reden."

Lars ging einen weiteren Schritt auf ihn zu.

„Mann, überlegen Sie doch mal. Das bringt doch jetzt nichts mehr. Selbst, wenn wir Sie mit einem Fahrzeug ziehen lassen, ist die gesamte Polizei hinter Ihnen her. Was glauben Sie, wie weit Sie kommen?"

Diese verdammten Kopfschmerzen. Hinter Gerkes in Falten gezogener Stirn herrschte wildes Durcheinander, das sich in seinen weit aufgerissenen Augen widerspiegelte.

Gerke rieb sich mit der Pistole die Schläfen, was die Polizisten veranlassten ihre Schusswaffen, die sie kurzzeitig gesenkt hatten, erneut auf ihn richteten.

Mit einer beruhigenden Geste – Lars wedelte mit beiden Händen, wie mit einem Fächer – brachte er die angespannte Gruppe wieder in einen normalen Atemrhythmus und wandte sich erneut Frank Gerke zu.

„Ich will Ihnen nichts vormachen. Natürlich müssen Sie mit Konsequenzen rechnen – für das hier." Lars wiegte den Kopf von rechts nach links.

„Aber, wenn Sie jetzt ganz langsam die Pistole auf den Boden legen, muss niemand verletzt werden, auch Sie nicht. In gewisser Weise sind Sie doch nur verwirrt. Der ganze Stress an der Grenze, dann die stundenlange Autofahrt. Bestimmt haben Sie auch noch nichts Richtiges in den Magen bekommen?"

Gerke schüttelte den Kopf.

„Na sehen Sie. Wie wäre es mit einem leckeren Steak und

Pommes oder einem Hamburger?"

Lars redete, wie mit einem kranken Hund, der auf dem Tisch beim Tierarzt vor Angst schlotterte. Er kam sich ziemlich lächerlich vor. Aber es schien zu wirken.

Gerke lockerte den Griff um den Hals des Polizisten.

„Legen Sie einfach die Pistole auf den Boden und ich lasse Ihnen bringen, was immer Sie möchten. Dann sieht die Welt schon wieder …"

In dieser Sekunde öffnete sich die Tür des Fahrstuhls und Oliver Krug, begleitet von zwei Polizisten, trat heraus.

Gerke riss den Kopf herum, stieß seine Geisel von sich und feuerte, ohne zu zögern. Dabei brüllte er: „Du Dreckschwein hast mich in die Pfanne gehauen, mich an die Bullen verpfiffen."

Die Schüsse verfehlten Oliver Krug und seine Begleiter nur um Zentimeter. Einige prallten an der Säule ab, hinter der sich die drei versteckten.

Augenblicklich schmissen sich ebenso alle bewaffneten Kollegen auf den Boden – auch Lars. Der aber grabschte nach seiner neben ihm liegenden Dienstpistole.

Schmerzverzerrt und schreiend ging Gerke direkt vor ihm in die Knie. Zuvor gab er noch zwei unkontrollierte Schüsse in die Decke ab, bevor Lars ihm die Pistole entwenden konnte.

Sofort stürzten sich mehrere Polizeibeamte auf Gerke. Ohne Rücksicht auf die blutende Wunde in seinem Oberschenkel, wurden ihm Handschellen angelegt.

Erst danach rief einer: „Wir brauchen einen RTW."

„Verdammt nochmal Lars, was hast du dir nur dabei gedacht?" Schnaubend vor Wut stand der Kollege von der Abteilung für Drogendelikte vor ihm.

„Das würden wir auch gerne wissen", sagte Harald.

Er und Nicole betraten in dem Moment das Präsidium, als Gerke in die Knie ging.

Fassungslos schaute Nicole auf den angeschossenen, noch immer am Boden liegenden und wimmernden Frank Gerke.

Lars steckte seine Pistole zurück ins Holster und antwortete: „Unser Freund hat mordsmäßigen Rabatz gemacht. Wie das zustande kam, weiß ich noch nicht. Aber, ich sollte mich um Gerke zu kümmern, falls er hier aufschlägt und ihr noch nicht wieder zurück seid."

Lars grinste Nicole an. „Das habe ich getan, wie ihr seht. Und, was gibt es bei euch?"

Nachdem Gerke von den herbeigerufenen Ersthelfern des Rettungsdienstes versorgt und in ein Krankenhaus gebracht worden war, kehrte allmählich wieder Normalität im Präsidium ein.

Einige Mitarbeiter zückten sogar ihre Handys und fotografierten die Einschlaglöcher an den Säulen, als Zeugen dieses Spektakels.

„Kommt ja nicht jeden Tag vor", rechtfertigte sich ein Kollege, nachdem Harald kopfschüttelnd an ihm vorbeiging.

Natürlich hatte sich das Ereignis in allen Stockwerken herumgesprochen und auch Dr. Ludwig Lechner erreicht. Der brütete in seinem Büro gerade über Personalakten und blieb vorsichtshalber auch gleich in seinen vier Wänden.

So kurz vor der Pensionierung noch das Risiko eingehen, von einer Kugel getroffen zu werden … nein, das war nicht wirklich seine Absicht. Er hatte auch so schon genügend gesundheitliche Beschwerden. Aber bald könnte er all die Verantwortung, die in letzter Zeit immer schwerer auf seinen Schultern lastete, abgeben.

Er hoffte sehr, dass sich Kriminalhauptkommissarin Nicole Wegener dazu entschloss, sich als seine Nachfolgerin zu bewerben.

Staatsanwalt Falk von Lindenstein war jedenfalls sofort begeistert, als er ihm von seinem Vorschlag erzählte.

Noch immer hatte Ludwig Lechner nicht herausfinden können, wieso die beiden sich seit etwa zwei Jahren so gut verstanden. Das, so musste er zugeben, fuchste ihn schon ein bisschen – wusste er doch, dass das nicht immer der Fall gewesen war.

Sollte zwischen den beiden mal mehr gelaufen sein, als nur …? Nein. Den Gedanken verwarf er sofort wieder. *Nicht die Wegener. Sie lässt sich nicht verbiegen.* Eine weitere Eigenschaft, die sie für den Job als Leiterin des K11 geradezu prädestinierten.

Sollte er sie vielleicht jetzt doch noch anrufen und fragen, ob und wie sie …?

Nein! Wie sieht das denn aus? Du wirst dich nicht doch noch auf deine alten Tage…

Der Anruf, dass sich die Lage im Eingangsbereich des Präsidiums wieder beruhigt hätte, entledigte ihn weiteren, zu nichts führenden, Gedanken.

Er nahm seine Aktentasche und verließ eilig sein Büro.

Freitag / 17:50 Uhr

Mit je einem Becher Kaffee in der Hand betraten Nicole, Harald und Lars ihre Büroräume.

Automatisch tippte Nicole auf die Tastatur ihres Computers, wo sofort eine eingehende Mail signalisiert wurde. Sie kam von Andy. RUF MICH AN, SOBALD IHR ZURÜCK SEID.

Nach einem kleinen Schluck des diesmal dunklen Gebräus aus dem Automaten, kam Nicole der Aufforderung nach.

„Habt ihr mitbekommen, was sich hier abgespielt hat?", wurde sie von Andy überfallen und stellte das Telefon auf „Laut".

„Nicht so wirklich. Nur das Finale, an dem unser Kollege Hansen, unter Einsatz seines Lebens, beteiligt gewesen ist", antwortete Nicole und Lars bestätigte mit einem lauten: „Aber Hallo."

„Was, im Ernst? Du? Geht es dir gut?"

„Das klingt, als ob du mir nichts zutraust", entgegnete Lars, gespielt eingeschnappt. „Aber danke. Keine Sorge, alles noch dran und auch da wo es hingehört."

Nicole schüttelte den Kopf und murmelte: „So genau will das keiner von uns wissen." Laut sagte sie: „Wir haben den Fall so gut wie angeschlossen und werden so in etwa …", sie sah kurz auf die Uhr, „so in einer halben bis Dreiviertelstunde, für heute Feierabend machen. Eine erste Vernehmung von Gerke ist wahrscheinlich sowieso erst morgen möglich. Der Ärmste muss sich erholen."

Indessen hatten Harald und Lars die Stühle vor Nicoles Schreibtisch zurechtgerückt.

„Nun legt schon los", verlangte Lars. „Was habt ihr in Mainz erfahren? Habt ihr Daniel Hagemann angetroffen?"

„Ja und nein", antwortete Harald. „Also nicht direkt."

„Ja was denn nun?"

„Daniel Hagemann em … ist nicht mehr."

„Also ist er doch tot?", hakte Lars ungeduldig nach.

„Nein. Das nicht. Nur … aus Daniel ist eine Daniela geworden."

Ähnlich wie Nicole und Harald brauchte Lars einige Augenblicke um diese Nachricht zu verdauen.

„Sagt bloß, er hat sich einer Operation unterzogen? So einer … von einem Mann zu einer Frau?"

„Und das war nicht die ganze Überraschung." Harald grinste und spann damit seinen Kollegen erneut auf die Folter.

„Was glaubst du wer dort bereits gemütlich auf der Couch saß?"

„Jetzt lass mich halt nicht dumm sterben", forderte Lars zappelig, plusterte seine Nasenlöcher auf und stieß die Luft aus.

„Helene und Herbert, Maria Hagemann und die Roths mitsamt Hund."

„Was? Wie?"

Harald und Nicole berichteten abwechselnd, was dieser Besuch an Neuigkeiten und jahrelang gehüteten Geheimnissen zutage befördert hatte.

„Wenn ich das richtig einordne, kommt nun eigentlich nur

noch eine Person für den Mord infrage", ordnete Lars anschließend das Gehörte zusammen.

„Genauso sieht es aus. Nur, ob es Mord war, oder nur ein unglücklicher Unfall – ein Versehen; das müssen wir noch herausfinden", sagte Nicole. „Und, wir müssen die Angaben von Florian Altwein nachprüfen. Ganz bestimmt gibt es Überwachungskameras in dem Zimmer in dem der Medikamentenschrank steht.

Vielleicht hat eine Pflegekraft oder ein Arzt Florian Altwein gesehen, als er in den Raum ging. Weiter sollten wir unbedingt herausfinden wo die 10.000 Euro geblieben sind, die Oliver Krug von Hagemann erpresst hat. Ich nehme an, Krug sich dahingehend noch nicht geäußert?", stellte Nicole die Frage an Lars.

Der verneinte. „Ich musste das Gespräch abbrechen. Krug machte plötzlich wirklich einen schlappen Eindruck und sein Anwalt bestand darauf, dass sich sein Mandant ausruhte. Morgen geht's aber weiter. Ich werde meinen frühen Besuch in der JVA 1 ankündigen.

Nachdem was ihr mir mitgeteilt habt, wäre es dumm, wenn der Krug nicht endlich mit der ganzen Wahrheit rausrücken würde."

„Gut, dann bleibst du an Oliver Krug dran", sagte Nicole zu Lars. „Harald und ich kümmern uns um Gerke. Ich will wissen, woher die 12.000 Euro kommen, die er bei sich hatte; wo er doch nur 7000 Euro bei dem Banküberfall erbeutet hat. Aber jetzt", Nicole beugte sich über ihren Schreibtisch, „interessiert mich, was du vorhin so nach „Bruce Willis Manier" abgezogen hast."

Harald wollte sich eben in seinem Stuhl zurücklehnen, als es klopfte und nach einem „Ja, bitte", von Nicole, Andy hereinkam.

„Du kommst gerade recht", lachte Harald. „Unser Kleiner wollte uns gerade von seinem lebensgefährlichen Einsatz in der Eingangshalle berichten."

„Das interessiert mich auch. An meinem Arbeitsplatz bekommt man ja so gut wie nichts mit."

Andy nahm, in Ermangelung eines zusätzlichen Stuhls, auf einem der Sessel am „Konferenztisch" Platz und schlug, in Erwartung dessen, was jetzt folgen würde, leger die Beine übereinander.

Freitag / 20:25 Uhr

Der Himmel war bedeckt und es regnete leicht. Trotzdem saßen Andy und Nicole – Nicole eingehüllt in eine Decke und ein Glas Rotwein in der Hand – auf ihrer Terrasse.

Nicole war sehr still. Worum sich ihre Gedanken drehten, konnte Andy sich denken, sprach sie aber nicht darauf an. *Ob sie sich schon entschieden hatte? Und wenn ... wie?*

„Was würdest du tun?", fragte Nicole plötzlich.

„Das steht nicht zur Debatte, mein Schatz. Das sagte ich dir bereits. Was du willst, ist entscheidend."

„Ja, das weiß ich auch."

Der leicht aggressive Tonfall verriet ihre Unsicherheit. „Ich möchte einfach nur wissen, wie du darüber denkst. Es gibt bestimmt andere Kollegen, die für diesen Job infrage kämen; die sich auf der politischen Bühne wesentlich besser bewegen können und auch wollen, als ich. Mit diesem diplomatischen Turteln kann und will ich nicht umgehen. Das ist auch weithin bekannt. Also, wie kommen die gerade auf mich?"

„Vielleicht gerade deshalb. Du lässt dich nicht verbiegen, sagst was du meinst, ohne jemanden direkt anzugreifen oder zu verletzen. Jedenfalls meistens."

Andy schmunzelte, erhielt aber keinen stummen Beifall. „Nein im Ernst. Ich könnte mir vorstellen, dass es mit deinen Führungsqualitäten zusammenhängt; deiner Befähigung, wie du mit deinen Mitarbeitern umgehst."

Nicole verzog den Mund. „Harald würde dir dahingehend vielleicht zustimmen – Lars ...?", sie wiegte mit dem Kopf – „nicht ganz."

„Wenn du dich da mal nicht irrst. Lars hält große Stücke auf dich. Er sieht in dir nicht nur die Chefin. Für ihn bist du fast so etwas wie eine große Schwester, die ihn immer mal wieder in die richtigen Bahnen lenkt, aber auch für ihn einsteht."

Nun lachte Nicole herzhaft. „Ein Glück, dass er mich nicht als Mutter sieht."

Im gleichen Augenblick fiel ihr das Gespräch vom Nachmittag ein, als Lars von Frau Krug erzählte und ihrem nicht angenehmen Leben. Er klang tatsächlich sehr dünnhäutig.

„Das sollte doch die Voraussetzung sein –für eine Vorgesetzte", fuhr Andy fort und riss Nicole aus ihrer kurzzeitigen Abwesenheit. „Hinzu kommt deine hohe Aufklärungsrate und ..."

„Das sagte von Lindenstein auch", unterbrach Nicole und

nippte an ihrem Rotwein.

„Koordination und Organisation sind für dich ebenfalls kein Problem", setzte Andy seine Positivliste fort. „Die Leitung für dein Team übernimmst du eh schon seit Jahren.

„Diesbezüglich ließ Lechner mir schon immer *freie Hand*", fuhr Nicole erneut dazwischen.

„Der höhere Dienstgrad an sich und das damit verbundene Gehalt ist auch nicht zu verachten. Ich denke aber, die ausschlaggebende Frage ist: Kannst du und willst du mehr Zeit mit Organisationsarbeit hinter dem Schreibtisch verbringen? Von der Pressearbeit mal ganz abgesehen. Und, du müsstest noch enger mit der Staatsanwaltschaft zusammenarbeiten. Ebenso verhält es sich mit den Ermittlungen. Ich meine, du bist nicht Hermine bei „Harry Potter" und hast daher keinen Zauber, der dich an zwei Orten gleichzeitig sein lässt. Du wirst dich in erster Linie auf die Ermittlungsergebnisse deiner Mitarbeiter verlassen müssen. Sicher kannst du selbst einschreiten, aber…"

„Ja, ja. ich weiß, was du sagen willst", bremste Nicole Andy aus. „Der enge Kontakt zwischen Harald und Lars wäre nicht mehr in dem Maß vorhanden. Vielleicht müsste ich mich sogar nach einer weiteren Mitarbeiterin oder Mitarbeiter für unser Team umsehen."

„Du musst dich doch nicht sofort und jetzt entscheiden", sagte Andy, der Nicoles verzweifelter Miene ansah, dass sie mit sich kämpfte. „Lass dich einfach nicht unter Druck setzen. Auf ein paar Tage kommt es sicherlich nicht an. Schließlich entscheidest du über die nächsten Jahre deines

Lebens. Und dabei solltest du dich von niemandem beeinflussen lassen – auch nicht von mir."

Nicole nickte sinnierend. *Vielleicht entledige ich mich auf diese Weise einer Entscheidung. Einfach abwarten. Habe ich das jetzt wirklich gedacht? Nein, das ist nicht meine Art.*

Sie zog die Beine auf die Bank und schmiegte sich an Andy. Eine Weile saßen sie still nebeneinander. Plötzlich ertönte ein Summen über ihren Köpfen und am mittlerweile dunklen Nachthimmel huschten weiße und rote Lichtpunkte hin und her.

„Was ist denn das?" Nicole stellte ihr Glas auf den Tisch und sprang auf. „Sieht aus und hört sich an wie ein Flugobjekt", stellten sie zeitgleich fest.

„Das Ufo, dass Frau Krämer gesehen hat?" Andy lachte und schaute genauer hin. „Ich schätze, es handelt sich um eine Drohne. So etwas hatte ich bereits vermutet. Irgendwer bespitzelt die Nachbarschaft. Komm, der Sache gehen wir auf den Grund."

Nicole und Andy verfolgten, zuerst mit den Augen das Fluggerät, das über ihrem Garten schwebte und dann zur Straße hin abdrehte. Sie eilten um die Hausecke und sahen wie die Drohne zum Haus von Gundula Krämer flog.

„Die muss hier in der Nähe gestartet sein", folgerte Andy. „Die Reichweite von diesen kleineren Drohnen ist begrenzt."

„Du meinst unsere Nachbarn ...?" Nicole deutete zu den Häusern von Sepp und Schorsch, „Denen traue ich zwar einiges zu, aber eine Drohne?" Sie schüttelte den Kopf.

„Kann ich mir nicht vorstellen. Dazu fehlt denen das technische Verständnis."

Jetzt senkte sich das Flugobjekt über Gundels Terrasse herab und verharrte vor der Tür in der Luft.

Zeitgleich folgten ein Scheppern und ein Aufschrei.

„Frau Krämer, alles in Ordnung?", rief Andy und rannte über die Straße. „Ich bin's, Andreas Dillinger."

Andy meinte ein leises Jammern zu hören. Währenddessen erhob sich die Drohne in rasantem Tempo, drehte ab und Nicole konnte es kaum glauben ... flog zum Haus von Josef Richter und verschwand hinter dessen Gartenmauer.

Sie spurtete in die gleiche Richtung und klingelte. Nichts rührte sich. Sie klingelte erneut. Das Licht im Flur ging an und Sepp Richter streckte seinen Kopf aus der Haustür. „Was is en los?"

„Herr Richter", rief Nicole laut. Schon hatte sie den Zusatz: *Hier ist die Polizei* auf den Lippen. Stattdessen sagte sie: „Nicole Wegener hier. Könnte ich Sie kurz sprechen?"

„Jetzt? Is schon spät. Warum? Is was passiert?"

„Weiß ich noch nicht", antwortete Nicole wahrheitsgemäß.

Nun flammte auch das Licht im Treppenhaus auf.

„Vadder was ist los?"

Nicole erkannte die Stimme von Elfi, Sepps Tochter.

„Die Polizei steht vor de Dier. Also eischentlich nur die Nicole, eh ... isch mein die Frau Wegener", berichtigte sich Sepp.

„Und weshalb lässt du sie nicht herein?" Elfi, drückte auf den Türöffner und zwängte sich an ihrem Vater vorbei.

„Nicole, ist etwas passiert?"

„Ich bin mir nicht sicher. Bei Frau Krämer hat es eben gewaltig gescheppert. Andy ist gerade bei ihr."

„Ein Einbruch? Um Gottes Willen." Elfi schlug eine Hand vor ihren Mund.

„Glaube ich nicht", erwiderte Nicole. „Ihr habt nicht zufällig eine Drohne gesehen oder gehört?" Sie wandte sich vornehmlich Sepp Richter zu.

„Isch? Noa. Mir gucke Fernseh, de Leon un isch. Außerdem heer isch sowieso net gut."

„Ich hatte den Eindruck, dass das Fluggerät in Ihrem Garten niedergegangen ist. Darf ich mich dort mal umsehen?"

„Na sicher, komm durch", bot Elfi sogleich an, hingegen ihr Vater nervös mit den Augen zuckte.

„Vadder, jetzt geh halt mal aus em Weg."

Widerspenstig gab Sepp den Eingang soweit frei, sodass Nicole sich an ihm vorbeidrängen musste.

Elfi folgte ihr durch den Flur in die Küche, zur Terrasse. „Wieso steht hier die Tür auf? So warm is es nun auch nicht mehr. Leon, was machst du da draußen? Ich denke, ihr zwei schaut Fernsehen?"

„Haben wir auch, Tante Elfi. Aber dann meinte ich etwas gehört zu haben und wollte nachsehen. War aber wohl nix", antwortete Leon und schloss die Terrassentür hinter sich.

„Natürlich war hier etwas.", hallte die aufgebrachte Stimme von Gundel durch den Flur und rauschte in Sepps Küche. Sie hielt sich ein kariertes Küchentuch an die Stirn.

Andy stand hinter ihr und zuckte mit den Schultern.

„Ich hab's doch genau gesehen. Sie waren wieder da, obwohl du gesagt hast, dass die nicht wiederkommen", fauchte Gundel Sepp an. „Das ist alles nur deine Schuld. Du hast mir ja nicht glauben wollen und jetzt guck, was passiert ist."

Gundel nahm das Handtuch von ihrer Stirn, die bereits den Ansatz einer Wölbung zeigte.

„Was kann isch jetzt defir, dass du gestolpert bist un geesche den Stuhl gefalle bist?"

Gundels Augen wurden zu schmalen Schlitzen. Sie ging zwei Schritte auf Sepp zu und, obwohl mindestens 30 Zentimeter kleiner als er, baute sie sich bedrohlich vor ihm auf.

„Woher weißt du, dass ich gegen einen Stuhl gefallen bin?"

„Eh ... also, noja, des sieht mer doch. So, wie des do aussieht", stammelte Sepp. Dabei zeigte er auf die sich zusehends anschwellende Beule.

„Was geht hier vor? Vadder, was hast du jetzt wieder angestellt?"

„Das würde mich auch interessieren", schloss Nicole sich Elfis Frage an.

„Isch hoab iwwerhaupt nix ogestellt. Un, was heest do widder? Immer, wenn irgendebbes passiert, soll isch des gewese soi. Geht mer so mit em alte Mann um?" Mit einem schleifenden Geräusch zog Sepp einen Stuhl unter dem Tisch hervor und setzte sich, laut schnaufend. „Des hätte mer uns friher mol erlaube solle."

„Oh, Vadder. Nicht schon wieder die alte Leier", seufzte Elfi.

„Schaut mal, was ich in unserem Garten gefunden habe." Gerald, Elfis Ehemann, kam durch die Terrassentür. „Wenn mich nicht alles täuscht, ist das eine Drohne. Wem die wohl gehört und wie die in unseren Garten kommt?"

Sein Blick wechselte zwischen Leon und Sepp und blieb schließlich an Leon hängen.

„Also gut. Die gehört mir", murmelte dieser, die Augen auf den PVC-Boden geheftet. „Mom und Dad haben sie mir zum Geburtstag geschenkt."

„Die hättest du aber nicht mit hierher nehmen sollen, o-der?", bohrte Gerald nach.

Leon schüttelte den Kopf. „Ich wollte sie aber doch Grandpa zeigen."

„Der Bub hot damit nix zu tue", meldete sich nun Sepp. „Des war isch ganz alloans. Isch hoab mir den Fliescher nur ausgeliehe. Wollt mol sehe, wie des funktioniert."

„Du?" Elfi lachte kurz und hart auf. „Du kommst mit ei-nem normalen Telefon nicht zurecht. Aber, es spricht für dich, dass du den Leon ..."

„Oha. Jetzt langt's. Isch bin net so bleed, wie ihr all denkt. Ich kann des Ding fliesche, stimmt's Leon."

Leon schüttelte kaum wahrnehmbar mit dem Kopf und formte ein lautloses *Nein*. Dann sagte er: „Ich war's. Aber das ist nicht illegal. Dad hat sich genau erkundigt."

„Bei dieser Art, ich denke die wiegt unter 5 Kg", schätzte Nicole von der Ferne, „brauchst du zwar keine gesonderte Flugerlaubnis, dennoch hättest du oder dein Opa die zustän-dige Ordnungsbehörde oder Polizeidienststelle informieren müssen. Außerdem darfst du damit nicht über fremde

Grundstücke fliegen und schon gar nicht fremde Leute beobachten."

„Mir hawe koa fremde Leut' beobachtet", schaltete sich Sepp wieder ein. „Des warn nur de Schorsch un die Gundel. Außerdem waas de Schorsch Bescheid. Der seecht bestimmt nix."

Sepp zwinkerte seinem Enkel zu. Dass Schorsch nichts sagen würde, dessen waren sich die beiden bewusst … kannten sie doch zwischenzeitlich sein kleines Geheimnis.

„Oh, Vadder", seufzte Elfi erneut. „Und jetzt? Was passiert jetzt?", stellte sie Nicole die Frage.

„Das kommt ganz auf Frau Krämer an. Sie haben natürlich das Recht Anzeige zu erstatten. Schließlich wurde Ihre Privatsphäre verletzt. Nach dem Gesetz heißt das: „Verstoß gegen das geschützte Persönlichkeitsrecht. Wollen Sie das?", wandte sich Nicole an Gundula Krämer. „Wollen Sie Anzeige erstatten?"

„Ich sagte doch, dass ich es war", rief Leon dazwischen. „Ich bin aber erst 12 und noch ein Kind, also minderjährig und kann deshalb nicht bestraft werden."

„Na, da kennt sich einer aber gut aus", erwiderte Andy. „Aber es stimmt. Wenn du wirklich die Drohne gesteuert hast, kannst du dafür nicht belangt werden."

„Die Person, die die Aufsicht für dich hat, allerdings schon", setzte Nicole dagegen.

Sie konnte sich beim besten Willen nicht vorstellen, weshalb Leon die 78-jährige Gundula Krämer hätte beobachten wollen. Ihr Verdacht, dass Sepp seinen Enkel dazu angestiftet hatte, lag da schon näher.

Elfis Gedanken gingen wohl in die gleiche Richtung. „Vadder? Hast du dazu etwas zu sagen?" Sie rüttelte an Sepps Schulter.

„Gibt's net aach so en Paragraf fer alte Leut? Isch moan, dass mer ab em gewisse Alder net mehr bestroft wern kann?", fragte er mit listigem Blick.

„Ja Vadder, den gibt's", kam Elfi einer Antwort von Nicole zuvor. „Aber dafür müsstest du dich für nicht zurechnungsfähig erklären lassen."

„Ah, des tät euch so passe. Isch bin doch noch net meschugge." Erstaunlich rasant schnellte Sepp von seinem Stuhl auf und hielt Nicole seine überkreuzten Handgelenke entgegen. „Liewer geh isch ins Zuchthaus."

„Du steckst dahinter?", schrie Gundel und hämmerte mit ihren kleinen Fäusten auf Sepps Arme.

„War doch nur en Spaß." Sepp grinste verlegen.

„Spaß? Ich habe mich zu Tode geängstigt und die Beule an…" Mitten im Satz hielt Gundel inne. „Dann waren das überhaupt keine Ufos und keine Außerirdischen?"

„Ich fürchte nein", antwortete Andy, unter größter Anstrengung ernst zu bleiben.

„Dann will ich auch keine Anzeige erstatten", verkündete Gundel und trippelte in Richtung Flur. Dort drehte sie sich noch einmal um. „Aber du." Ihr Zeigefinger bohrte sich durch die Luft auf Sepp zu. „Du brauchst dich die nächsten Tage nicht bei mir sehen lassen."

Sie rauschte davon.

Samstag 21. Oktober 2017 / 08:05 Uhr

Oliver Krug hatte kaum ein Auge zugetan. Das lag nicht an den nächtlichen Geräuschen, die in einem Gefängnis allgegenwärtig und ihm deshalb bekannt waren. In den meisten Stunden hatte er intensiv über seine Lage nachgedacht. Ihm war klar, dass er wieder in den Knast musste – nur, für wie lange und für welche Straftaten?

Das mit Hagemann war im Grunde genommen ein Unfall, versuchte Oliver sich einzureden. *Vermutlich wussten weder Daniel noch Florian von Hagemanns Herzschwäche. Die Sache mit der Geiselnahme im Krankenhaus – naja, das war unüberlegt und einfach nur dumm gelaufen.*

Maria Hagemann – Daniel konnte es noch immer kaum glauben – *Nach all den Jahren und all dem Scheiß den ich zwischenzeitlich verzapft habe – und ich ihr auch nicht erzählt habe, dass Daniel am Leben ist – steht sie doch zu mir. Sogar einen Anwalt hat sie mir besorgt. Sie war schon immer tough, trotz diesem Arsch von Ehemann.*

Frank – Warum wollte dieser durchgedrehte Freak mich abstechen und gestern einfach so abknallen?

Diese Frage beschäftigte Oliver am meisten.

Ich habe ihn doch mit keinem Wort bei den Bullen erwähnt. Also, was sollte das? Hat er vielleicht von den 10.000 erfahren, die ich von Hagemann erhalten habe? Aber von wem? Bis gestern wusste niemand davon. Und

seitdem auch nur der Anwalt. Was also meinte der Scheiß-
kerl damit – ich hätte ihn verpfiffen? Es sei denn, er hat den
Alten auf dem Gewissen und glaubt, ich ...

Oliver rief sich den Dienstagnachmittag ins Gedächtnis
... ließ die Stunde Revue passieren.

Er hatte Hagemann in dem Café in Hanau getroffen und
ihm, sozusagen als zusätzliches Argument für seinen Obo-
lus von 10.000 Euro, als auch zur Ablenkung, die Zeitung
mit der unübersehbaren Schlagzeile auf den Tisch geknallt.

Die minimale Zeitspanne, die Hagemann brauchte um zu
begreifen, was für ihn tatsächlich auf dem Spiel stand und
demzufolge sekundenlang fassungslos auf den Artikel
starrte, genügte um die Tropfen des muskellähmenden Mittels in seinen Tee zu träufeln.

Bereits nach einigen Schlucken wurde er blass im Gesicht. Im Parkhaus klappte er dann, nur wenige Schritte von
seinem Wagen entfernt, endgültig zusammen. Zum Glück
stand der alte Citroën im obersten Parkdeck und damit ver-
schont vor eventuell neugierigen Blicken.

Oliver schleifte ihn zur Beifahrerseite. Der Versuch ihn in
seinen Wagen zu hieven misslang allerdings. Schlagartig
wurde Oliver bewusst, dass er demzufolge auch die weitere
gewünschte Abwicklung und Inszenierung nicht alleine
würde bewerkstelligen können.

Für Gerke hingegen wäre es überhaupt kein Problem;
schon gar nicht, wenn er zweieinhalb Tausend Euro dafür
bekommen würde.

Oliver erinnerte sich genau, dass, als Gerke den verhassten Staatsanwalt erkannte, ein hämisches Grinsen sein Gesicht überzog und er wissen wollte, wie er es geschafft hatte, Hagemann in diesen Zustand zu versetzen. Oliver zeigte ihm das Fläschchen mit dem Betäubungsmittel.

Natürlich. Oliver fiel es wie Schuppen von den Augen. *Frank muss das Fläschchen an sich genommen und Hagemann den Rest eingeflößt haben. Als er mich niederstach, hat er es absichtlich neben mir platziert, um mir den Mord in die Schuhe zu schieben. Ich muss unbedingt mit Florian reden. Er muss wissen, wer wirklich für den Tod von Hagemann verantwortlich ist.*

Olivers Überlegungen wurden durch Schlüsselgeräusche und dem Klappern von Geschirr unterbrochen. Die Zellentür wurde geöffnet. Ein Vollzugsbeamter schaute herein, ein zweiter stand hinter ihm, während eine dritte Person Oliver ein Tablett reichte.

„Herr Krug, Frühstück. Beeilen Sie sich. Kriminalhauptkommissar Hansen hat sich angesagt. Er sollte in einer Viertelstunde hier sein."

„Kann ich zuvor noch telefonieren?"

„Wenn Sie Ihren Anwalt kontaktieren wollten … der ist bereits unterrichtet."

„Nein. Ich möchte nur einen guten Freund anrufen."

„Ich denke, das ist machbar – falls noch Zeit ist."

Oliver schlang das Frühstück in sich hinein und hämmerte bereits wenige Minuten später an die Zellentür.

Lars kannte den Weg wie seine Westentasche. Im Normalfall betrug die Fahrzeit von seiner Wohnung in Obertshausen zur JVA nach Frankfurt 20 Minuten, bei hohem Verkehrsaufkommen auch mal bis zu 40 Minuten. Infolgedessen hätte er, ohne große Anstrengung, um 8 Uhr 30 dort eintrudeln können.

Aber exakt heute musste ein Autofahrer in einem Audi A8 seine rasanten Fahrkünste auf der A 661 beweisen und prallte, bei einem Überholmanöver, mit einem entgegenkommenden Kleintransporter zusammen. In der Höhe von Seckbach kam der Verkehr kurzzeitig deshalb zum Erliegen.

Während Lars teilweise nur im Schritttempo weiterrollte holte er aus der Innentasche seiner Lederjacke sein Handy und betätigte die Taste *Sprachaufnahme.*

„Offene Fragen. Wer stach Oliver Krug nieder? Frank Gerke? Streit? Weshalb? Hatte Gerke von den 10.000 Euro erfahren, die Krug von Hagemann erpresst hatte und wollte einen Anteil? Wo war das Geld jetzt? Oliver Krug hatte zugegeben, den Gerke angeheuert zu haben, Hagemann an diesen Turm zu schleppen und ihn dort abzulegen."

Lars legte sein Handy kurzzeitig auf dem Beifahrersitz ab und überlegte.

Gegenüber Nicole und Harald hatte Florian Altwein gestanden, das muskellähmende Medikament aus dem Krankenhaus entwendet und Oliver Krug ausgehändigt ... ihm aber auch die genaue Dosierung mitgeteilt zu haben. Hagemann sollte lediglich bewegungsunfähig gemacht, aber nicht getötet werden. Für diesen Auftrag hatte Oliver Krug

von Altwein 5000 Euro erhalten und sich mit ihm, am Mitt-
wochabend, in einem Seligenstädter Lokal getroffen.

„Wer hatte Hagemann die Überdosis verabreicht? Wer war für dessen Tod letztlich verantwortlich?", sprach er erneut in sein Handy.

„Hallo!"

Heftiges Klopfen an der rechten Autoscheibe unterbrach Lars' geistige Arbeit. Die Gestik des Polizisten, der allgemein keinen besonders freundlichen Eindruck machte, deutete an, die Scheibe herunterzufahren.

„Sie wissen, dass Telefonieren während der Autofahrt verboten ist?"

„Ja, Herr Kollege. Das ist mir bekannt. Ich habe aber nicht telefoniert und fahren würde ich das …"

„Nun werden Sie mal nicht drollig. Ihre Fahrzeugpapiere und Ihren Ausweis."

„Hören Sie, ich bin sowieso schon spät dran, wegen dieses Unfalls. Ich muss ganz dringend in die JVA, einen …"

„So, so. In die JVA. Die Ausreden werden immer einfallsreicher. Ihre Papiere!"

„Von mir aus." Lars holte tief Luft. „Sie sehen aber schon, dass die hinter mir nicht begeistert sind?"

Prompt setzte ein Hupkonzert ein.

„Das lassen Sie mal unsere Sorge sein."

Lars legte den Leerlauf ein und zog die Handbremse an. Dann griff mit der rechten Hand in die linke Innentasche seiner Jacke. Dabei wurden Holster und Pistole sichtbar.

„Achtung, Waffe!", schrie der Polizist seinem Kollegen zu, zog seine Pistole und zielte damit, durch das offenen

Seitenfenster, auf Lars' Kopf.

„Hände ans Steuer, sofort!"

Angesichts der offensichtlichen Nervosität, die der Mann ausstrahlte, legte Lars, wie aufgefordert seine Hände aufs Lenkrad, blieb wie versteinert kerzengerade sitzen und sagte kein Wort.

Die Fahrertür wurde aufgerissen und Lars sah sich mit einer weiteren Waffe konfrontiert.

„Aussteigen, aber ganz langsam!", brüllte nun der Polizist neben ihm.

Auch dieser alternativlosen Anweisung kam Lars unverzüglich nach. Sobald er neben seinem Wagen stand, kam der nächste Befehl.

„Hände aufs Dach. Und ruhig bleiben, sonst liegen Sie ganz schnell am Boden und es gibt die Acht."

„Hören Sie", traute Lars sich vorsichtig zu äußern. „Ich bin Polizist … ein Kollege. Schauen Sie auf den Ausweis, in meiner linken Jackentasche."

„Günther? Er behauptet, ein Kollege zu sein", schrie der, der Lars unsanft gegen das Blech drückte.

Der Angesprochene kam um den Wagen herum, fummelte in Lars Jackentasche nach dessen Dienstausweis und drehte diesen von der Vorder- auf die Rückseite.

„Kripo Offenbach. Scheint echt zu sein. Entschuldigen Sie Herr Kriminalhauptkommissar Hansen. Ich sah die Waffe und … nochmals Entschuldigung."

Er gab Lars den Ausweis und die Wagenpapiere zurück.

Noch vor einem Jahr hätte Lars in einer solchen Situation total sauer reagiert. Jetzt sah er seine Chance.

„Ihr könntet was für mich tun, Kollegen."

„Ja, natürlich gerne", antworteten die beiden Polizisten beinahe gleichzeitig.

„Wie gesagt, muss ich dringend zur JVA, einen Verdächtigen verhören. Könntet ihr … mit Blaulicht und so …?"

Übereifrig versuchten die Kollegen ihm den *Gefallen* zu erfüllen. Eine Herausforderung – aufgrund der dicht an dicht stehenden und nur hin und wieder rollenden Fahrzeugen.

Eine Viertelstunde später fuhr Lars auf den Parkplatz der Justizvollzugsanstalt. Mit einer salutierenden Geste und einem breiten Grinsen verabschiedete er sich von den uniformierten Gesetzeshütern.

Nach der üblichen Prozedur – Abgabe der Waffe und aller metallischen Gegenstände sowie einem Körperscan – wurde Lars in einen Besucherraum geführt, wo Oliver Krug bereits auf ihn wartete.

Lars setzte sich ihm gegenüber. „Wo ist Ihr Anwalt?"

„Noch nicht hier. Steht angeblich im Stau."

„Ok. Dann warten wir."

„Nicht nötig." Oliver Krug schüttelte den Kopf. „Hab nachgedacht. Ich will den ganzen Scheiß hinter mich bringen, unter einer Bedingung."

Lars hob die Augenbrauen. „Und die wäre?"

„Ich will nicht mit Gerke in denselben Knast."

„Kann ich verstehen. Mit dem, der auf mich schießt, möchte ich auch nicht die Zelle teilen. Wobei wir gleich bei meiner ersten Frage wären. Wieso hat er auf Sie geschossen? Ich dachte, Sie beide wären Freunde?"

Oliver lachte freudlos. „Freunde? Ganz bestimmt nicht. Würde sagen, es bestand eine zweckbedingte Partnerschaft zwischen uns. Dass der Typ nicht ganz klar im Oberstübchen ist, dürfte Ihnen mittlerweile klar sein. Und zu was der fähig ist, haben Sie ja gesehen."

„Bleibt noch immer die Frage nach dem Warum? Es muss doch einen Grund dafür geben."

„Haben wir einen Deal?", fragte Oliver nochmals nach. „Nicht im selben Gefängnis!"

Lars nickte. „Ich denke, das lässt sich machen. Ihr Anwalt kann ein entsprechendes Ansuchen ..."

Ein Klopfen verhinderte, dass Lars den Satz zu ende sprach. Im gleichen Moment hetzte Dr. Vollmer herein.

„Entschuldigen Sie bitte die Verspätung. Ich stand im Stau. Ein Autounfall auf der A661, wobei die Polizei wohl auch noch eine Festnahme durchführte. Ich stand aber zu weit hinten, als dass ich Genaueres sehen konnte."

Unmerklich zog Lars den Kopf ein.

Dr. Vollmer legte seine Aktenmappe auf den Tisch, klappte sie auf und zog einen Klappordner hervor.

„So, meine Herren, wir können."

„Ihr Mandant möchte seine Aussage von gestern ergänzen", setzte Lars den Anwalt in Kenntnis. „Zum einen wegen der gegen ihn erfolgten Messerattacke, als auch aufgrund der Schießerei gestern im Präsidium. Zuvor aber möchte Herr Krug, dass Sie ein Ansuchen einreichen, dass er nicht in die gleiche Vollzugsanstalt verbracht wird, in der Herr Frank Gerke seine Strafe absitzen wird. Falls notwendig, werde ich gerne bei der Staatsanwaltschaft diesbezüglich …"

„Welche Schießerei?" Dr. Vollmer schaute irritiert.

„Ihr Anwalt weiß noch nichts davon?" Lars wandte sich Oliver Krug zu. Der schüttelte den Kopf.

Fünf Minuten später, war auch Dr. Vollmer von dem erneuten Anschlag auf seinen Mandanten informiert.

„Ich werde Sie natürlich auch in dieser Sache vertreten", versicherte er Oliver Krug. „Wo das jetzt auch geklärt ist, dürfen Sie mit Ihrer Aussage beginnen."

Lars betätigte den Schalter des auf den Tisch integrierten Aufnahmegeräts und legte zusätzlich sein auf Aufnahme gestelltes Handy daneben.

„Hagemann sollte nicht sterben", begann Oliver Krug und erzählte eine ähnliche Version des Vorfalls, wie Nicole und Harald sie bereits von Florian Altwein gehört hatten und die Lars bekannt war.

„Ich bin zu dem Schluss gekommen —es kann nur Frank gewesen sein. Und der Scheißkerl wollte es mir anhängen. Er war es auch, der mich abstechen wollte."

„Und deshalb glauben Sie, schoss er auf Sie", fragte Dr. Vollmer.

„Ja, klar. Warum denn sonst? Der dachte doch, ich hätte ihn bei den Bull … bei der Polizei verpfiffen. Hatte ich aber nicht. Hätte ich aber schon viel früher tun sollen."

Oliver Krug gab ein feindseliges Brummen von sich.

„Erzählen Sie bitte von Anfang an und im Detail, was sich seit Dienstagnachmittag abgespielt hat."

Nach einem aufmunternden Kopfnicken Dr. Vollmers,

folgte Oliver Krug der Forderung des Kriminalhauptkommissars.

Eine Dreiviertelstunde später verließ Lars Hansen erleuchtet und erleichtert das Gebäude der Justizvollzugsanstalt.

Samstag / 08:50 Uhr

„Wenn ich an die Gesichter der zwei denk, als die uns gestern da in der Wohnung habe sitze sehe, könnt ich jetzt noch lache." Herbert gluckste auch sofort los.

„Zum Lachen war mir in dem Moment nicht. Und, ich schätze, Bettina und Ferdinand auch nicht", entgegnete Helene. „Nicole hätte sie uns liebend gerne auf der Stelle verhaftet."

„Ich glaube net, dass des rechtens gewese wär."

„Und ich glaube, dass ihr das in dem Moment völlig schnuppe war", konterte Helene. „Sie nahm mal wieder an, dass wir ihr uns in Ihre Ermittlungen eingemischt hätten."

„Was ja nur sekundär der Fall war", ergänzte Herbert. „Aber, so en kleine Schock war des schon für die zwei, als sie einer Daniela anstatt einem Daniel gegenüber gestande sind." Herbert kicherte erneut.

„Aber weißt du was mich wirklich gewundert hat ... wie die Maria des mit ihrm Sohn aufgenomme hat. Meinst du, sie hat des schon gewusst?"

„Ich denke, sie hat es zumindest geahnt. Nachdem Daniel ihr in den letzten Wochen immer nur Nachrichten aufs Handy geschickt hatte, vermutete sie, dass irgendetwas

nicht stimmte. Deshalb wollte sie auch unbedingt zu ihm …
zu ihr."

„Was glaubst du, kommt jetzt auf die beiden zu, Florian
und Daniela?"

„So wie Florian es dargestellt hat, ist Daniela außen vor.
Sie lag ja doch im Krankenhaus. Ob sie etwas gewusst oder
geahnt hat …?" Helene zuckte mit den Schultern.

„Und Florian …? Auf jeden Fall wird er wegen Medika-
mentendiebstahl belangt werden und unter Umständen der
Beihilfe zur Körperverletzung. Dass Hagemann stirbt
wollte er nicht, wie wir gehört haben."

„Dann war des vielleicht wirklich nur ein Versehe, also
gar kein vorsätzlicher Mord?"

„Möglich, dann bleibt aber immer noch schwere Körperverletzung mit Todesfolge", erwiderte Helene, „zumindest
für Oliver. Es sei denn …?"

„Was? Was geht in dem schlaue Kopp vor?" Herbert
schaute Helene gespannt an.

„Keiner, weder Florian noch Oliver wollten, dass Hagemann stirbt. Wir wissen aber, dass Oliver seinen Kumpel
aus dem Gefängnis um Hilfe gerufen hat. Und der hatte, wie
wir auch wissen, ebenfalls ein Hühnchen mit Hagemann zu
rupfen."

„Du meinst also" – in Herberts Kopf setzte sich ebenso
das Puzzle zusammen –, „dass nur der Gerke für den Mord
an Hagemann infrage kommt?"

„Wer sonst bleibt übrig? Außerdem passen Marias Angaben haargenau auf den Mann, der sie überfallen hatte – mit-

telgroß, muskulös, mit breiten Schultern und mit einer markanten Tätowierung auf dem Unterarm; eine Schlange und ein Schwert. Die Beschreibung des Bankräubers, den die Polizei zur Fahndung ausgeschrieben hatte, lautete genauso. Und die Anwohnerin gegenüber der Mulaule, Frau Zöller, beschrieb den, der Hagemann dort ablegte, ähnlich – außer der Tätowierung. Das kann kein Zufall sein!"

Herbert schürzte die Lippen und knetete sie zwischen Daumen und Zeigefinger.

„Ich glaub, du liegst da gar net so falsch. Da kann man nur hoffen, dass der Kerl schnellstens gefunden wird."

Das Telefon klingelte.

„Ich geh schon." Helene erhob sich.

„Guten Morgen Ferdinand", hörte Herbert sie aus dem Flur. „Nein, wir sind gerade fertig mit Frühstück … Nein, macht euch darüber mal keine Sorgen. Da passiert nichts. Was sollte sie tun? Uns wegen eines Besuches verhaften? … Ja, gerne. Einen Moment, ich frage Herbert.

Herbert!" Den Hörer in der Hand drehte Helene sich um und traf Herbert, der direkt hinter ihr stand, damit am Kinn.

„Grundgütiger! Was schleichst du dich aber auch so an?"

Herbert hielt die Hand vor seinen Mund. Dann bewegte er seinen Kiefer hin und her und begutachtete sein Gebiss im Spiegel an der Garderobe. „Ich glaub, da is en Zahn abgebroche."

„Lass mich mal sehen." Helene legte den Hörer neben die Station und nahm Herberts Gesicht in ihre Hände.

„Papperlapapp. Alles paletti", stellte sie fest und reichte Herbert den Hörer.

„Was ist denn bei euch los?", wollte Ferdinand wissen.

„Och, Helene hat mir nur grad en Zahn ausgeschlage."

„Habe ich nicht", protestierte Helene und beugte sich zum Telefonhörer. „Glaub ihm kein Wort."

Zu Herbert gewandt sagte sie: „Bettina und Ferdinand fragen, ob wir mit ihnen eine Kleinigkeit essen gehen."

„Ja klar, da sind mer dabei. Wo soll's hingehe? … Zum Römische? Ja gut, bis dann."

„Ich sag's doch", rief Helene, dicht neben Herbert, in den Hörer. „Alles in Ordnung."

„Jetzt hab ich auch noch Tinnitus", murmelte Herbert, sagte zu Ferdinand „Bis gleich", und legte auf.

Nach zwei Sekunden klingelte es erneut.

„Ja, Ferdinand. Is noch was?"

„Hier is de Sepp. Siehst de des net?"

„Momentan seh ich schlecht. Und vielleicht hör ich auch bald nix mehr", knurrte Herbert.

„Jesesmaria. Grad, wo isch mit dir redde muss, da heerst de nix. Also, eischentlich misst isch ja mit de Gundel redde, aber die redd ja net mehr mit mir."

„Sepp! Mir is grad net nach Rätsel. Was is los?"

„Also, es geht um die Gundel und den Schorsch."

„Was habe die zwei oder ihr drei wieder angestellt?"

„Eischentlich nix. Awer … also, so am Telefon ... Kennst de net a mol schnell bei mir vorbeikomme?"

Herbert schnaufte. „Also gut. Bis gleich."

„Was ist denn los? Hat der Sepp schon wieder etwas angestellt?", wollte Helene wissen.

466

„Ich hab keine Ahnung", erwiderte Herbert. „Ich geh besser gleich mal hin, sonst wird des noch zu spät. Wann wolle wir uns mit der Bettina und dem Ferdinand treffe?"

„Ja, hast du das nicht gerade mit ihm gerade besprochen?" Helene winkte ab.

„Ich kümmere mich drum. Geh du mal zum Sepp."

***

„Stell dir vor, jetzt soll ich auch noch Mittelsmann spiele, zwische dem Schorsch und der Gundel", setzte Herbert Helene in Kenntnis.

„Jetzt is rausgekomme, dass es sich bei dene angeblichen Ufos um eine Drohne gehandelt hat, die der Sepp und sein Enkel über die Grundstücke habe fliege lasse.

Dabei habe die zwei aber net nur die Gundel beobachtet, sondern auch den Schorsch. Und den habe sie dabei erwischt, als der sich an dem Eintopf, den ich auf der Terrasse bei der Nicole deponiert hatte, vergriffe hat."

„Am guten Schnüsch?", rief Helene entsetzt. „Wie kommt der überhaupt auf das Grundstück?"

„Tja … des is wohl mein Fehler. Der Schorsch hat noch immer den Schlüssel, den ich ihm vor Jahren gegeben hatte, damit er sich um Haus und Garten kümmern konnte, während ich auf Weltreise war."

Helene nickte verstehend. „Und, warum hat der Schorsch das getan? Ich meine, das mit dem Eintopf?"

„Es hätte so gut gerochen, gestand er dem Sepp und, dass er für sich net mehr so oft koche tät."

„Aber, das ist doch kein Grund, dass…"

„Ja, Achtung, jetzt kommt's. Der Leon kam auf die Idee,

467

dass der Schorsch doch bei der Gundel essen könnt, weil die doch sowieso jeden Tag kocht."

„Ja, warum auch nicht?", äußerte Helene. „Der Leon ist schon clever. Nur, ich sehe noch immer nicht, wo das Problem liegt und was du damit zu tun hast?"

„Ja, wenn du mich mal ausrede lasse würdest …"
Helene hob entschuldigend die Hände.

„Das Problem ist, dass der Sepp dem Schorsch versproche hat, mit der Gundel da drüber zu rede. Aber die Gundel redet net mehr mit dem Sepp, seit sie des von der Drohne erfahrn hat."

„Wieso spricht dann Schorsch nicht selber mit Gundel?"

„Dazu fehlt ihm der Mut. Tja, und da soll ich ins Spiel komme. Ich soll des Arrangement mit der Gundel aushandele und auch gleich die Woge glätte."

„Na dann viel Glück. Wann willst du den Friedensrichter mimen? Vor oder nach dem Mittagessen?"

„Also, mir wärs vorn Essen lieber. Und noch lieber wärs mir, wenn du mitkämst."

***

„Guck, die Helene ist mit debei. Der traut sisch aach net aloans zu de Gundel", sagte Schorsch, der zusammen mit Sepp hinter der Gardine in dessen Wohnzimmer lauerte. „Und du willst werklich, dass isch bei der zu Mittag esse soll?"

„Ja, wer hot en rumgemault, dass er fer sisch aloans nix zu Mittach mescht, un dass die Gundel so gut koche det? Des warst doch du, odder?"

„Ja schon. Awer, doch net gleich."

468

„Waast de was, vergess es oafach", antwortete Sepp ver-ärgert. „Ich wollt dir ja nur helfe. Awer dir kann mer halt nix recht mache. Un loss doi Griffel von dem Vorhang, sonst merke die doch, dass mer gucke.

Außerdem host de schon widder doi Händ net rischtisch gewäsche. Guck, do is alles schwotz." Sepp deutete auf die unübersehbaren dunklen Abdrücke.

„Des kemmt nur von doiner staabisch Hecke. Die kennst de aach a mol widder schneide."

„Des geht misch nix mehr oa. Des Haus un de Gadde ge-heern jetzt de Elfi un em Gerald."

„Och ja? Host de des jetzt endlich emol üwerschriewe? War awer aach amol Zeit."

Sepp brummte irgendetwas Unverständiges.

„Guck, do komme die zwaa schon widder raus. Des war awer net lang. Ob des jetzt was Gudes bedeut?"

Samstag / 09:30 Uhr

„Guten Morgen. Kriminalpolizei Offenbach. Mein Name ist Wegener. Das ist mein Kollege Weinert. Ihnen werden einige Straftaten zur Last gelegt, zu denen wir Sie befragen müssen", begann Nicole.

Sie hatte sich vorgenommen, das Verhör schnellstens hinter sich zu bringen. Die Faktenlage war eindeutig; warum also noch groß um den heißen Brei herumreden. Sie hatten die Aussagen von Florian Altwein und Daniela Hagemann. Maria Hagemann hatte ihn, anhand eines Fotos, als den

Mann identifiziert, der sie überfallen hatte. Ebenso der Gebrauchtwagenhändler, Jan Möller.

Die Spurensicherung konnte einwandfrei belegen, dass Frank Gerke nach dem Überfall auf die Sparkasse mit Hagemanns Wagen in Richtung Süden geflüchtet war. Außer dem Tankstellenangestellten auf der Raststätte „Weiskirchen" hatte sich ein Mann gemeldet, der mit seinem Hund im Wald bei Stockstadt unterwegs gewesen war und dem Frank Gerkes überstürztes Wegfahren verdächtig vorkam – auch wegen der Geldscheine auf dem Beifahrersitz.

Für die Aktion im Präsidium gab es sowieso jede Menge Zeugen.

Das waren die Indizien, die Gerke einwandfrei zugeordnet werden konnten. Blieb noch die Frage, warum Hagemann letztlich gestorben war, obwohl er doch nur eine *Abreibung* – wie Florian und Daniela es ausdrückten – erhalten sollte.

„Weshalb und wie haben Sie Heinz Hagemann getötet?", fragte Nicole deshalb jetzt geradeheraus.

Jetzt lachte Gerke wirklich amüsiert.

„Der Alte hat mir über 6 Jahre meines Lebens gestohlen. Oliver, der Blödmann, hatte das Fläschchen mit den Tropfen achtlos in den Kofferraum geworfen. Ich hab dem Alten einfach den Rest in den Rachen geschüttet. Hat ja auch funktioniert."

Wieder lachte Gerke, als sei das alles nur ein Spaß. Danach herrschte, für einen Augenblick, absolute Stille im Krankenzimmer; bis Nicole sagte: „Herr Gerke, Sie sind vorläufig festgenommen, wegen vorsätzlichen Mordes an

Heinz Hagemann, sowie des zweifach versuchten Mordes an Oliver Krug und der Gefährdung diverser Polizeibeamter im Präsidium.

Ferner müssen Sie sich wegen des Überfalls auf die Sparkasse verantworten und der schweren Körperverletzung an dem Filialleiter. Hinzu kommt der Überfall auf Frau Hagemann, in deren Haus sie unberechtigter Weise eingedrungen sind sowie deren nachfolgende Freiheitsberaubung. Habe ich etwas vergessen?", wandte Nicole sich an Harald.

„Die Körperverletzung an Jan Möller und die Entwendung dessen Fahrzeugs."

„Wer soll das sein?", fragte Gerke.

„Das ist der Mann, den Sie auf dem Pendlerparkplatz attackiert und dessen Wagen Sie entwendet haben."

„Ach der."

„Sie brauchen sich zu den Vorwürfen nicht weiter, ohne einen Rechtsbeistand, zu äußern", machte Harald Frank Gerke mit seinen Rechten bekannt.

***

„Ich rufe den Staatsanwalt an, damit Gerke, sobald er transportfähig ist, direkt in die JVA verbracht werden kann", sagte Nicole auf dem Weg zum Parkplatz der Uniklinik und tippte gleichzeitig auf eine Kurzwahltaste auf ihrem iPhone.

„Wieso hast du eigentlich die Handynummer von Staatsanwalt von Lindenstein?", versuchte Harald zum x-ten Mal Nicole das Geheimnis zu entlocken, weshalb sie und Falk von Lindenstein sich seit ungefähr zwei Jahren so gut verstanden.

Nicole schmunzelte. „Das bereitet nicht nur dir schlaflose Nächte; unserem Ersten Kriminalhauptkommissar ebenfalls."

„So ein Quatsch. Deshalb habe ich doch keine Schlafstörungen", entgegnete Harald. „Ich will's nur gerne wissen."

„Kannst du dich noch an den Bauskandal vor zwei Jahren erinnern – das Wohnungsbauprojekt bei dem einige Arbeiter wegen versäumter Schutzmaßnahmen ums Leben kamen?"

„Ja, schon. Hatten damals nicht verschiedene Subunternehmen die Hand im Spiel? Und wurde denen nicht die Schuld zugewiesen?"

„Letztlich ja. Ebenso waren aber auch einige bekannte Offenbacher Bauunternehmer in die Sache involviert."

„Und was hatte unser Staatsanwalt damit zu tun? Etwa Wohnungsbauspekulation?" Harald machte große Augen.

„Nicht in diesem Sinne. Zum Glück hält sich von Lindenstein mit derartigen Investitionen zurück. Aber man wollte ihn mit in den Sumpf ziehen."

„Und da hast du ihm einen guten Rat gegeben?", witzelte Harald.

„Genau so war es. Das hat ihm seinen Hals gerettet. Und mehr wirst du von mir auch nicht hören."

Im gleichen Moment deutete sie auf ihr Handy und sagte: „Hallo, Herr von Lindenstein. Nicole Wegener, hier. Ich benötige dringend einen Haftbefehl für Frank Gerke. Momentan liegt er noch in der Uni-Klinik. Er hat aber gestanden der Mörder von Heinz Hagemann zu sein und noch einiges mehr. Sobald die Ärzte ihn als transportfähig einstufen, könnte er direkt in die JVA verbracht werden."

Nach einer kurzen Pause bedankte sie sich und legte auf.

„Wir können fahren. Ich bin gespannt, was Lars bei Oliver Krug bewirken konnte."

„Somit haben wir es wieder geschafft, einen Fall in 6 Tagen aufzuklären. Wenn das mal kein weiteres Fleißsternchen von unserem Ersten Kriminalhauptkommissar wert ist."

„Wie meinst du das?", fragte Nicole argwöhnisch.

Sofort war ihr das Gespräch zwischen ihr, Dr. Lechner und Falk von Lindenstein wieder präsent.

Wusste Harald eventuell davon? Nein, woher? gab sie sich selbst die Antwort.

„Na so, wie ich es sage", antwortete Harald mit einem Lächeln. Und dann: „Wieso, was stört dich? Du siehst nicht sehr zufrieden aus. Ist irgendetwas nicht in Ordnung? Haben wir etwas übersehen?"

„Nein, nein. Alles Ok."

Nicole betätigte den Anlasser des Dienstwagens und rollte langsam vom Parkplatz der Uni-Klinik.

Sie hoffte inständig, dass ihr unmittelbarer Vorgesetzter, Herr Dr. Martin Lechner, bereits in das verdiente Wochenende gegangen war und das Verteilen der Fleißsternchen auf Montag verschoben werde.

Samstag / 10:30 Uhr

„Moanst de werklich, mer solle do noi gehe?"

Unentschlossen wackelte Sepp, gestützt auf seinen Rollator, vor dem Whiskygeschäft herum.

„Was heest do solle?" antwortete Schorsch. „Mir misse, nochdem was du dir geleist host. Du kannst von Glick saache, dass de jetzt net im Gefängnis sitzt. Denk dro, was die Elfi gesacht hot. Nur mit em gude Whisky kannst de des mit der Drohne bei de Nicole widder gut mache."

„Ach, heer doch uf, mit doiner Unkerei. Fer sowas kimmt mer doch heut net mehr ins Gefängnis. Des hätt nur e saftisch Geldstraf gegewwe."

„Des hätt dir awer noch mehr wehgetue", kicherte Schorsch.

„Des seecht grad de Rischtische. Wann de der e gescheit Brill gekaaft hest, anstatt die billisch Lesebrill von der Bude beim letzte Fest, hest de aach geseh, dass do üwer dir ebbes fliescht."

„Isch habs geheert; des hot gelangt. Isch bin nur so erschrocke, dass mir de Deckel von dem Dippe gefalle is. Is ja aach egal." Schorsch winkte ab. „Jetzt komm endlich. Mir wern schon des Richtische fer die Kriminale finne. Außerdem." Er grinste. „Do drin derf mer alles probiern, bevor mers keeft."

„Isch bezahl des net alloans", erinnerte Sepp an die getroffene Vereinbarung. „Isch kennt disch immer noch bei de Nicole verpetze."

„Kennst de. Awer, des wärs dann mit unserne Freundschaft."

„Als ob isch jemols was davon gehabt ..."

„Was is mit dem Schnaps, den isch fer disch hoamlich kaaf un vor de Elfi versteckele", fiel Schorsch ihm ins Wort.

„Jetzt sei halt net so schinant. Sonst lässt de disch doch aach net lang bitte, wenn's um Schnaps geht. Auf jetzt!"

Zum x-ten Mal griff Schorsch nach dem Lenker von Sepps Rollators. „Jetzt stell doin Mercedes do newe hie und dann nix wie do noi."

„Nemm doi Griffel do weg. Isch kann des selbst."

Mit mürrischem Gesicht schob Sepp seine rollende Gehhilfe neben die Treppe.

Es war ja nicht so, dass er nicht schon längst mal in dieses Eldorado der Gaumenfreuden hätte reinschauen wollen. Immer, wenn er mit Gundel und Schorsch über den Freihofplatz schlenderte, schielte er nach links in die Gasse, wo die schottische blaue Fahne mit dem weißen Andreaskreuz vor dem Eingang wehte.

Was ihn letztlich davon abgehalten hatte, war die Überlegung, dass die Preise in einem Fachgeschäft für Spirituosen bestimmt sehr viel höher waren, als in dem Supermarkt um die Ecke – dem einzigen noch verbliebenen in der Innenstadt. Manche würden es als Geiz bezeichnen – Sepp nannte es Sparsamkeit.

„Kann ich Ihnen helfen?" Ein Mann mit langem Bart und im Schottenrock kam aus dem Geschäft.

„Ui, Sepp, guck a mol. En rischtische Schotte", rief Schorsch begeistert aus. „Was mache mer jetzt? Mir kenne doch überhaupt koa Schottisch."

„Ich spreche ganz ordentliches Deutsch", antwortete der Mann schmunzelnd und reichte Sepp die Hand. „Kommen Sie, ich helfe Ihnen."

„Noa, noa, des geht schon", winkte Sepp ab und betrachtete den Mann, mehr oder weniger misstrauisch.

„Is des net a bissje kalt, do unne rum?" Er deutete auf den Schottenrock des Mannes.

Der lachte herzlich. „So ein Kilt hält wärmer, als man denkt. Bis Mitte des 18. Jahrhunderts trugen alle Männer in Schottland einen Kilt und jetzt auch wieder viele. Aber, weil ich kein Schotte bin, laufe ich nicht jeden Tag so herum."

„Ach, Sie sin gar koan richtische Schotte?"

„Nein. Heute Abend findet hier ein Whisky-Tasting statt."

In Sepps Gesicht zeigte sich Unverständnis, weshalb dem Mann eine weitergehende Erklärung notwendig erschien.

„Heute Abend treffen sich hier mehrere Leute, die Whisky probieren möchten und denen ich etwas darüber erzähle."

Was gibt's do driwwer zu verzähle? Schnaps is Schnaps. Entweder der schmeckt odder ewe net, dachte Sepp.

„Des is awer schee, hier drin", machte Schorsch seiner Begeisterung Luft, angesichts der reichlichen Auswahl an Flaschen, die ringsum in den Schränken und Regalen standen. Sein Gesicht strahlte.

„Derfe mer die all probieren?"

„Nun ja, probieren können Sie selbstverständlich. Aber alle auf einmal ...? Also davon würde ich abraten. Aber den einen oder anderen schon."

476

„Deshalb sin mir ja do, stimmt's Sepp?"

„Eh … ja," antwortete der, mit verklärtem Blick.

Ebenso wie Schorsch fühlte er sich gerade, als sei er im siebten Himmel angekommen.

„Welche Richtung bevorzugen die Herren?"

„Och, wenn Se schon so frache", lachte Sepp, „dann fange mer amol rechts o und dann sehn mer schon."

Der unechte Schotte schmunzelte. „So war das nicht gemeint. Darf es eher etwas Torfiges und Rauchiges – also etwas Härteres sein? Oder eher etwas Sanfteres?"

„Des derf schon e bissje Bums hawe, fer mich jedenfalls", antwortete Sepp. „Awer mit dem Raach, des losse Se besser. Weil ich hab's e bissje uf de Bronche."

„Ich aach", äußerte Schorsch. „Mir kenne uns bei dene foine Sache ja aach net so gut aus. Bis jetzt hawe mer nur Cognac odder Birneschnaps getrunke."

„Na, dann würde ich sagen, fangen wir mit dem 12-jährigen Edradour Caledonia an. Aber, bitte nehmen Sie doch Platz."

Sepp ließ sich mit Schorsch auf der bequem wirkenden Ledercouch nieder und stellte fest: „Do lässt sich's aushalte."

„Die Couch vermiete ich auch, für einen geselligen Abend mit Freunden; falls mal so etwas in der Hinsicht bei Ihnen ansteht."

„Och, lasse Se mal gut soi. Isch hoab selbst e Sofa dehoam. Isch muss mir koans miete, wenn ich Besuch krieh", erwiderte Sepp.

Der Mann im Schottenrock beließ es dabei. Stattdessen

füllte er jeweils einen Finger breit der goldbraunen Flüssigkeit in zwei kleine Stilgläser, schwenkte diese kurz und
überreichte sie seinen Kunden.

„Der Whisky wurde in einem Sherry-Fass gelagert", erklärte er, „und schmeckt ein wenig nach dunklem Obst und
gebrannten Mandeln; hat aber auch eine angenehme Holz-
Note."

Sepp und Schorsch rochen kurz dran und kippten den Inhalt in einem Schluck runter.

„Der is ja schon mol gut", gab Schorsch seine Meinung
preis und Sepp wollte wissen: „Sin Sie hier de Chef? Ich
mein, mer will ja wisse, mit wem mer's zu tu hot."

„Ja, ich bin der Besitzer, seit einigen Jahren. Und seien
Sie versichert, hier wurde noch niemand vergiftet." Der
Mann lachte.

„Ja, dann derfe Se ruhig weiter oischenke", nahm
Schorsch die Bemerkung als Angebot auf und hielt dem
Whisky-Fachmann sein Glas entgegen. Der schüttete nun
Wasser in die Gläser und gab sie Sepp und Schorsch zurück.

„Ja was soll des jetzt?" Zusätzliche Falten gruben sich in
Sepps Stirn.

„Das Wasser neutralisiert den Geschmack des vorherigen
Whiskys. Sie können so besser den nächsten beurteilen."

„Na, wenn Sie des saache."

Tapfer leerten Sepp und Schorsch ihre Gläser.

„Der zweite Whisky ist ein Tullibardine. Die Lagerung
erfolgte in einem Burgund-Fass, wodurch er seine würzige
Note erlangt. Die eleganten Aromen von roten Beeren geben ihm zusätzlich einen fruchtigen Geschmack."

Sepp und Schorsch nickten und tranken.

Nachdem sich der Vorgang mit dem Wasser wiederholt hatte, wurden ihre Gläser erneut gefüllt.

„Hier haben wir einen Tamdhu, ebenfalls ein 12-jähriger und auch in einem Oloroso-Sherry-Fass gereift, schmeckt leicht nach Karamell und dunklen Früchten."

Der Nicht-Schotte machte eine kurze Pause und fragte: „Schmecken Sie die Unterschiede?"

Sepp und Schorsch nickten.

„Awer mer hätte schon gern noch ebbes anneres probiert", äußerte Schorsch und fuhr sich genüsslich mit der Zunge über die Lippen. „Hatte Se vorhin net von ebbes Härterem geredd? Isch denk, so was misst de mer aach mol probiern, odder Sepp?"

„Uf jeden Fall. Mer misse doch wisse, was do de Unnerschied is", stimmte der grinsend zu. Der Laden kam ihm vor wie das Paradies, das er nicht so schnell wieder verlassen wollte.

„Dann will ich den Herren mal einen richtig rauchigen Single-Malt zum Testen geben. Übrigens Whisky heißt auch *Wasser des Lebens*. Und der hier", der Inhaber der himmlischen Freuden griff zu der mittig auf einem Fass stehenden Flasche, „ist ein 16-jähriger Lagavulin von der Insel Islay und macht seinem Namen alle Ehre. Gereift in Ex-Bourbon und Sherry-Fässern mit 43% Alkohol. Also mit Vorsicht zu genießen."

„Och, do mache Se sich mol koa Gedanke. Mir kenne schon was vertrache."

Die beiden hielten ihre Gläser in die Höhe.

„Ui, des riecht, wie wann oaner in der Nachberschaft grillt", stellte Schorsch fest, als seine Nase den Kontakt mit dem *Wasser des Lebens* aufnahm.

Und Sepp kommentierte, schon etwas angeheitert: „Der weckt sogar die Tote widder uf. Moanst de, dass die Kriminale so ebbes trinke tut?", wandte er sich an Schorsch.

„Suchen Sie vielleicht einen Whisky für die Frau Kriminalhauptkommissarin Wegener?"

Erstaunt und mit leicht glasigem Blick schaute Sepp den Pseudo-Schotten an. „Ah die is Ihne bekannt? Is wohl e gud Kundin von Ihne?" Er kicherte.

„Isch hoab ja immer geahnt, dass die so en kloane Schluckspecht is. Is ja aach net verwunnerlich, bei dem was die jeden Daach erlebt."

„Frau Wegener trinkt am liebsten den Tullibardine", gab der Inhaber des Whisky-Geschäfts an. „Da können Sie nichts verkehrt machen."

„No dann; gewe Se halt so a Flasch her. Wisse Se, mir misse do widder was ins Lot ricke, weil ..."

Schorsch stupste Sepp mit seinem Knie. Der Rest des Satzes verdunstete in der rauchig torfigen Luft.

Als Sepp, ohne eine explizite Anmerkung zum Preis – was hauptsächlich seinem alkoholisierten Zustand zuzuschreiben war – bezahlte, sagte er: „Mir gucke do mol widder roi. Awer ob mer immer aach was kaafe, kann isch net verspreche."

„Sie sind jederzeit herzlich willkommen."

Der Inhaber des Whisky-Geschäfts schaute seinen Neukunden nach, bis sie um die Ecke und aus seinem Blickfeld verschwunden waren. Zur selben Zeit fragte er sich, ob er seine *Einladung* nicht doch vorschnell ausgesprochen hatte und es ein Fehler gewesen war.

Samstag / 11:30 Uhr

Gerade als Nicole in die Tiefgarage des Offenbacher Polizeipräsidiums fuhr, sah sie aus den Augenwinkeln heraus, Staatsanwalt Falk von Lindenstein aus seinem Audi steigen.

Betont langsam parkte sie auf einem der freien Stellplätze. Anschließend kramte sie lange in ihrer Handtasche, bis von Lindenstein den Fahrstuhl erreicht hatte.

„Sag mal, was suchst du da eigentlich?", fragte Harald, während sein Blick zwischen Nicole und dem Staatsanwalt, der jetzt in den Lift ging und der sie beide offenbar nicht gesehen hatte, hin und her flog.

„Vor einigen Minuten tust du noch vertraulich mit unserem Staatsanwalt und jetzt sieht es so aus, aus gingst du ihm aus dem Weg."

„Quatsch. Das bildest du dir ein", tat Nicole die Bemerkung von Harald ab.

„Glaube ich nicht. Vergiss nicht, ich kenne dich. Du bist schon seit gestern so komisch."

„Ich bin nicht komisch", erwiderte Nicole eine Spur zu hitzig.

„Doch, bist du", beharrte Harald. „Und aggressiv. Ist irgendetwas zwischen dir und Andy nicht in Ordnung?"

„Nein, alles o.k." Nicole atmete tief ein und aus. „Wenn ich jetzt mit dir darüber spreche, habe ich das Gefühl Lars

481

damit zu hintergehen; in dem Sinne, dass ich dir mehr vertraue, als ihm."

„Ich verstehe kein Wort." Harald hob hilflos die Arme und schlug dabei gegen das Autodach. „Autsch."

Nicole musste lachen. „Deshalb musst du nicht gleich den Wagen in Stücke legen."

„Danke, dass du immer gut auf die Polizeiausstattung achtest." Er rieb sich die Hände. „Was ist los? Hat Lars etwas verbockt. Oder haben wir *beide* etwas falsch gemacht?"

„Weder noch. Ihr braucht euch keine Sorgen zu machen. Es betrifft nur mich. Mehr kann und will ich zum jetzigen Zeitpunkt nicht sagen. Bitte, lass mir Zeit bis Montag."

Harald nickte. „Aber du bist nicht krank ... ich meine, lebensbedrohlich? Bist du etwa schwanger?"

„Nein! Gott bewahre. Mir geht es gut. So, und jetzt lass uns noch die Berichte schreiben und in unser verdientes Wochenende abtauchen."

Als Nicole und Harald im Büro ankamen, saß Lars, mit dem Rücken zur Tür, an seinem Schreibtisch und telefonierte. Dabei rotierte er, mitsamt seinem Bürosessel, abwechselnd von rechts nach links.

„Nein, ganz bestimmt nicht, versprochen", lachte er. „Also bis heute Abend."

„Oh, ein Date", vermutete Harald halblaut rufend.

Erschrocken fuhr Lars herum. „Sagt mal, müsst ihr euch so anschleichen?"

„Wieso anschleichen? Das ist unser Büro. Wer ist denn die Glückliche? Lass mich raten. Denise Dumont." Nicoles

Lachen klang, nach Haralds Empfinden, aufgesetzt und nervös.

„Und wenn?", Lars verzog das Gesicht. „Jemand etwas dagegen? Sie ist ja keine direkte Kollegin. Sie hilft nur gerade in der Kantine aus, um ihr Studium zu finanzieren."

„Was du schon so alles über die Dame weißt", flachste Harald. „Wie lange geht das schon zwischen euch?"

„Geht dich nichts an, Großer. Wollt ihr hören, was der Krug zu sagen hatte?", wechselte Lars schnell das Thema und begann auch gleich mit seinem Bericht.

„Im Beisein seines Anwalts hat Krug gestanden, Hagemann das muskellähmende Mittel verabreicht zu haben. Aber, und darauf besteht er, genau die von Florian Altwein genannte Dosis. Außerdem hat er zugegeben, Frank Gerke beauftragt zu haben, Hagemann an dem Turm abzulegen – wofür er ihm 2500 Euro versprach.

Zuerst war Gerke wohl damit einverstanden, wollte später aber mehr. Doch Florian Altwein bestand auf der abgemachten Summe und rückte keinen weiteren Euro heraus. Oliver teilte dies Gerke am Mittwochabend mit, nachdem er das Gasthaus verlassen hatte, in dem er sich mit Florian Altwein getroffen hatte.

Gerke muss sich aber ebenfalls in Seligenstadt aufgehalten haben, was Krug schließlich schmerzlich zu spüren bekam, als er in der schmalen Gasse niedergestochen wurde."

„Hatte er", bestätigte Harald mit dem Kopf nickend.

„Und – Trommelwirbel." Lars trommelte mit beiden Händen auf seine Schreibtischplatte. „Ich weiß, wo die 10.000 Euro sind, die Krug von Hagemann erpresst hat." Lauernd blickte er von Nicole zu Harald.

„Und?" Nicole machte eine genervte Handbewegung.

„In einem Bankschließfach bei der Sparkasse in Seligenstadt-Innenstadt. Das Einverständnis, dass wir da ran dürfen, erhalten wir bis Montag von Dr. Vollmer. Vorher können wir eh nicht zu den Schließfächern, weil die Bank übers Wochenende geschlossen ist."

„Gute Arbeit, Herr Kriminalhauptkommissar", lobte Nicole. „Aber auch wir waren nicht untätig." Sie nickte Harald zu.

Der legte auch gleich los. „Frank Gerke hat gestanden, Hagemann den restlichen Inhalt der Flasche in den Rachen geschüttet zu haben – wie er sich feinfühlig ausdrückte – und ihn dann am Turm abgelegt zu haben.

Auch gab er zu, Oliver Krug niedergestochen und ihm die 5000 Euro entwendet zu haben. Insofern sind beide Aussagen – die von Krug als auch von Gerke – als glaubwürdig einzustufen. Die weiteren Delikte, wie der Überfall auf die Sparkasse, als auch auf den Gebrauchtwagenhändler auf dem Parkplatz vor Seligenstadt, gab Gerke ebenfalls zu. Genauso, wie den Angriff auf Frau Hagemann.

Sobald er transportfähig ist, was nach Aussage der Ärzte, bereits am Montag sein könnte, wird er in die JVA verlegt. Wenn ihr mich fragt … ist das Gefängnis der bestmöglichste Aufenthaltsort für Gerke, außer der Psychiatrie.

Samstag / 12:30 Uhr

Herberts Handy meldete einen Anruf, gerade als die vier das Restaurant „Zum Römischen Kaiser" betraten.

Die Titelmelodie „Ein Freund, ein guter Freund" aus dem Kinostreifen „Die drei von der Tankstelle", war dem *Dreigestirn* Gundel, Sepp und Schorsch zugeordnet; weswegen Herbert nun, mit einem entsprechenden Seufzer und einem gedachten – *was is denn jetzt schon wieder?* – auf das Display schaute – und staunte.

Er bemühte sich schleunigst, durch den Hinterausgang der Gaststätte, in den angrenzenden Biergarten zu gelangen, um das Gespräch entgegenzunehmen.

„Schorsch, was gibt's? ... Ja, hab ich ... Naja, sie will sich's überlege ... Ach? ... Ja doch, des find ich sehr vernünftig ... Na klar, könne wir mache. Ja, mach's gut."

Herbert drückte auf die Beenden-Taste und ging in Gedanken versunken zurück in den Gastraum, wo die Inhaberin ihm entgegenkam. „Da vorne, Herbert." Sie zeigte zum Stammtisch, vor der Theke, an dem Helene, Bettina und Ferdinand bereits Platz genommen hatten.

„Bestimmt wollte der Sepp wissen, ob du bei der Gundel Erfolg hattest?", erkundigte sich Helene.

„Nee. Des war de Schorsch. Des glaubt ihr jetzt net."

Herbert sah in drei gespannt blickende Augenpaare. „Er hat sich entschlosse sein Haus zu verkaufe. Der Siggi hätte ihm letzte Woche erzählt, dass da, am Main, wo er selbst wohnt, bald was frei würde."

„Letzte Woche schon? Aber, weshalb dann das ganze

485

Theater mit der Gundel?", fragte Helene.

„Es wäre ihm jetzt erst wieder eingefallen", antwortete Herbert. „Und er ist sich auch net sicher, ob des mit dem Siggi so stimmt, wie er des in Erinnerung hat. Deshalb hat er mich gefragt, ob wir mal mit dem rede könnte. Ihm wär's e bissje peinlich."

Helene enthielt sich eines bezüglichen Kommentares. Ihr war auch aufgefallen, dass Schorsch in der letzten Zeit ein wenig *tüddelig* wurde. Stattdessen sagte sie: „Warum nicht? Ich hatte Siggi sowieso einen Besuch versprochen."

Samstag / 15:15 Uhr

„Du hast es wieder einmal geschafft", sagte Andy. „Und innerhalb einer Woche."

Kurz nach 15 Uhr saßen Nicole und Andy auf der Couch in ihrem Wohnzimmer, jeder einen Becher Kaffee in der Hand.

„Wir haben es geschafft", korrigierte Nicole. „Hätte ich nicht so ein tolles Team, wäre das nicht möglich."

„Das stimmt allerdings. Und, hast du schon eine Entscheidung getroffen? Oder sollte ich nicht fragen?"

„Natürlich darfst du fragen", antwortete Nicole, gähnte und legte ihren Kopf an Andys Schulter.

„Ich schlage vor, du legst dich etwas hin und machst ein kleines Nickerchen", sagte er, „damit du heute Abend wieder fit bist."

„Heute Abend? Was ist heute Abend?"

„Wir sind bei Helene und Herbert eingeladen. Aber keine

Angst, nur wir vier heute."

„Kann mich gar nicht an eine Einladung erinnern." Nicole seufzte. „Das Alter fordert seinen Tribut. Scheint mit dem Gedächtnis anzufangen."

„Du wirst ja auch schon 40, nächste Woche", erwiderte Andy. „Es kann aber auch sein, dass es am Alkohol liegt. Die einen sehen Ufos, die anderen werden vergesslich."

„Hey, jetzt reicht's." Nicole schleuderte ein Kissen nach Andy. Keine fünf Minuten später war sie eingeschlafen; wurde allerdings nach anderthalb Stunden bereits wieder von Andy geweckt.

Der Anlass bescherte Nicole einen Adrenalinschub der besonderen Art. Sie sprang auf.

„Was? Harald? Ich muss …"

Andy drückte sie zurück auf die Couch. „Zieh deine Schuhe an. Ich fahre."

„Meine Waffe." Nicole rannte ins Schlafzimmer, riss die Tür des Schlafzimmerschranks auf und tippte mit zitternden Fingern den Code auf die Tasten der Stahltür, hinter der sich ihre HK P30 befand. Sie überprüfte das Magazin mit den 6 Schuss und ergriff ein zusätzliches Magazin. Die Halbautomatikwaffe steckte sie locker in ihren Hosenbund, das Reservemagazin in ihre Lederjacke, die sie vom Haken der Garderobe zerrte.

„Nun mach schon", fuhr sie Andy an, während sie bereits die Beifahrertür des Insignia aufriss.

Hoffentlich kommt jetzt nicht gerade einer der angeblich wenigen Züge, dachte sie. Ein paar Minuten später waren sie aus der Stadt. Auf der A3 gab Andy dann richtig Gas und Nicole bedauerte, dass ihr kein Blaulicht zur Verfügung stand.

Erst in Höhe der Hinweistafel „Abfahrt Obertshausen" traute sie sich nach Einzelheiten zu fragen.

„Genaueres konnte der Polizist, der vor Gerkes Zimmer Wache hielt nicht sagen. Nur, dass Harald noch einmal zu Gerke wollte. Danach muss alles sehr schnell gegangen sein. Gerke konnte Harald irgendwie überwältigen und zwang ihn mit seiner Pistole aufs Dach des Klinikums. Er wollte wohl mit dem Hubschrauber entkommen.

Auf halbem Weg muss Harald entweder gestürzt sein oder Gerke schlug ihn mit der Pistole. Als die Kollegen oben, am Heli-Landeplatz ankamen, blutete Harald an der Schläfe und fiel anschließend auf den Betonboden. Das ist alles."

Nach einigen stummen Minuten sagte Nicole: „Ich muss Lars anrufen."

Es kam ihr wie eine Ewigkeit vor, bis er sich meldete.

„Hi, Nicole. Ich habe doch nichts vergessen, oder?"

„Komm ins Rot-Kreuz-Klinikum, wo Gerke liegt … lag. Er hat Harald niedergeschlagen."

Nicole legte auf, bevor Lars weitere Fragen stellen konnte. Zitternd steckte sie ihr Handy in die Jackentasche und versuchte nicht an das Schlimmste zu denken.

Sie starrte aus dem Seitenfenster, wo die Landschaft an ihr vorbeiraste, bis Andy auf das Gelände des Klinikums einfuhr und sich hinter eins der unzähligen Polizeifahrzeugen stellte, die dort mit rotierendem Blaulicht vor dem Eingang standen.

Samstag / 16:05 Uhr

Benommen torkelte Harald über die Betonfläche. Ständig stieß etwas in seinen Rücken und sein Kopf fühlte sich an, als würde jemand mit einem Presslufthammer darin arbeiten. Blitze in seinen Augen machten es ihm schwer seine Umgebung klar wahrzunehmen.

Wie durch eine Nebelwand hörte die Rufe: „Lassen Sie die Waffe fallen und nehmen Sie die Hände hoch."

Schwankend blieb er stehen, hob eine Hand und drückte sie an seine Schläfe. Augenblicklich brüllte jemand hinter ihm: „Los, weiter!"

Als er seine Hand wieder senkte, war sie feucht.

Er blinzelte um diesen Schleier von den Augen zu bekommen und sah, in einiger Entfernung eine übergroße … *Libelle? Nein, ein Helikopter. Wo verdammt nochmal bin ich?*

„Stehen bleiben!", dröhnte es hinter ihm. Gleichzeitig lärmte es, gleich einem Echo, von mehreren Seiten: „Waffe fallen lassen, sofort."

Beides verursachte schmerzende Schallwellen in seinem Schädel.

Er streckte die Arme aus, suchte einen Halt, doch da war nichts. Stattdessen kam eine helle Fläche auf ihn zu. Über ihm donnerten Schüsse und dann wurde es plötzlich ganz ruhig.

***

Irgendjemand zog seine Augenlider nach oben. Das Licht blendete – tat in seinen Augen weh.

He, was soll das?

489

„Ich glaube, Ihr Kollege weilt wieder unter uns."

Der Mann, der das sagte, trug einen weißen Kittel.

„Wird auch Zeit", hörte Harald eine ihm vertraute Stimme. „He, Großer. Du hast uns einen gewaltigen Schreck eingejagt."

Dann blickte Harald in das Gesicht, das er liebte und wurde von dem dazugehörenden Wesen fast erdrückt.

„Marion, mein Schatz", flüsterte er, kaum hörbar.

Hinter Marion standen Andy und Nicole. Während Andy lächelte, wusste Harald Nicoles Gesichtsausdruck nicht eindeutig zu beurteilen. Erleichterung? Unmut? Auf jeden Fall aber stand ein großes Fragezeichen in ihren Augen.

Die Frage kam auch unmittelbar hinterher, nachdem sie näher an sein Bett trat: „Was um alles in der Welt wolltest du hier?"

„Der Haftbefehl kam, kaum dass du und Lars das Büro verlassen hattet", versuchte er schleppend und mit brüchiger Stimme zu berichten.

„Also rief ich in der Klinik an und erfuhr, dass Gerke transportfähig sei. Darauf organisierte ich den Transport in die JVA und fuhr selbst gleich los. Ich kam jedoch vor den Kollegen in der Klinik an. Und dann … dann habe ich den dümmsten Fehler gemacht, den ich machen konnte. Ich löste bei Gerke die Handschellen, weil der nochmal ins Bad wollte. Wie konnte ich nur so blöd sein?"

Er schlug sich mit der Hand an den Kopf.

„Autsch. Verdammt!"

„Das solltest du in Zukunft lassen, wenn du keinen bleibenden Schaden davontragen willst", neckte Lars.

„Danke, Herr Kollege", gab Harald zurück und Andy zwinkerte dem Arzt zu. „Gute Arbeit, Herr Doktor. Er ist bereits auf dem Weg der Besserung."

„Und, was geschah weiter?", wollte Nicole wissen.

Während ihre Kollegen versuchten ihren kurzfristigen Schock mit albernen Äußerungen zu verarbeiten, benötigte sie Klarheit und Fakten.

„In dem Moment, in dem Gerke – im wahrsten Sinne des Wortes – freie Hand hatte, spürte ich auch schon seine Pranke an meinem Hals. Er nahm meine Waffe an sich und zwang mich dem Arzt zu sagen, er sollte alles bereit machen für einen Flug mit dem Heli … was auch so geschah.

Mittlerweile waren auch die Kollegen, zwecks der Überführung in die JVA eingetroffen und rannten uns hinterher; konnten aber nicht eingreifen, solange Gerke mich als Geisel vor sich hertrieb.

Natürlich habe ich im Fahrstuhl, auf dem Weg nach oben, versucht Gerke die Pistole zu entwenden. Stattdessen hat er mir eins übergebraten, und das nicht zu sachte."

Harald schloss die Augen und der Arzt trat wieder an sein Bett. „Ich denke, das war für heute genug. Sie sollten jetzt alle gehen. Herr Weinert muss sich ausruhen. Sie dürfen natürlich bleiben, Frau Weinert", wandte er sich an Marion.

Die schenkte ihm ein dankbares Lächeln. „Frau Haus. Wir sind nicht verheiratet."

Haralds Lippen bewegten sich lautlos, dann war er auch schon eingeschlafen.

Samstag / 16:30 Uhr

„Ich hätte nicht geglaubt, dass du es ernst meinst, mit dem Besuch", sagte Siegfried Sauer und bat seine Gäste durch einen schmalen Flur in sein Wohnzimmer.

„Nu kick nich so verdaddelt in de Wäsch", lachte Helene. „Wenn ich sage, dass wir dich besuchen, dann tun wir das auch."

Siggi lachte. „Ich mag's, wenn du norddeutsch klönst. Kommt, setzt euch und erzählt. Ist der Mörder vom Hagemann hinter Gittern? Wer war es? Der Sohn vom Krug oder doch die Maria Hagemann?"

Herbert schüttelte den Kopf. „Weder noch. Ein Frank Gerke. Ein Knastkumpel von Oliver Krug."

„Der Kerl hat auch die Sparkasse überfallen", warf Helene dazwischen.

„Der hat auch die Maria Hagemann in ihrm eigene Haus überfalle und er hat auch den Oliver Krug vor unserm Haus, niedergestoche. Der, den Helene auf dem Parkplatz vom Krankehaus an der Flucht gehindert hat." Die letzten Worte kamen voller Stolz über Herberts Lippen.

„Ei, ei, ei. Das ist ja ein regelrechter Gewaltverbrecher. Ach Gott, ist die Welt schlecht geworden", seufzte Siggi. „Na, der kommt so schnell nicht mehr aus dem Gefängnis, denke ich."

„Also, des mit em Gefängnis hat sich erledigt", erwiderte Herbert.

Siggi bekam große Augen. „Wieso? Der bekommt doch bestimmt keine Bewährung?"

Helene schüttelte den Kopf. „Er wurde erschossen, nachdem er einen Kollegen von der Nicole als Geisel genommen hatte und mit dem Rettungshubschrauber fliehen wollte."

„Aber dem Harald geht es gut", setzte Herbert nach.

„Ach, ist die Welt schlecht geworden," wiederholte Siggi. „Gut, dass man nicht mehr alles so mitbekommt."

Helene und Herbert nahmen diese Äußerung als Stichwort für ihr weiteres Anliegen und erfuhren, dass Schorsch gute Chancen hatte, im gleichen Gebäude einziehen zu können.

Im Laufe des Nachmittags plauderte Siggi auch über seinen Schwager, mit dem sich Heinz Hagemann jahrelang im Klub „Zur Lagune" getroffen hatte.

„Davon muss die Polizei aber nicht erfahren. Versprecht mir das", bat Siggi.

„Weder die Polizei, noch sonst jemand", versprach Helene und Herbert sagte: „Warum auch. Die Akte „Hagemann" ist geschlossen."

In Wahrheit heißt etwas wollen, ein Experiment machen, um zu erfahren, was wir können.

Friedrich Nietzsche

Schnüsch nach Mutter Sielbeck

Zutaten:

Sommergemüse, wie es der Garten hergibt (Bohnen aller Art, feine junge Möhren, Erbsen, Lauch), neue Kartoffeln, Milch, geräucherter Speck.

Zubereitung:

Milch mit Wasser (mehr Wasser) vorsichtig erhitzen, das Gemüse komplett in den Topf geben und langsam garen lassen. Das Gemüse darf nicht *patschig* werden, deshalb immer probieren. Zwischendurch nur mit Salz und frischem Pfeffer abschmecken. In einen tiefen Teller geben, dann heiße Milch (ohne Wasser) darüber gießen.

Dazu gibt es frische Kartoffeln mit Petersilie und ein Stück geräucherten Speck.

Mitternachtssuppe mit Hackbällchen

Zutaten: für 8 Personen

1 Brötchen (vom Vortag)

3 mittelgroße Zwiebeln,

3 Knoblauchzehen

750 g gemischtes Hackfleisch

1-2 TL mittelscharfer Senf

1 Ei, Salz und Pfeffer, sowie Edelsüß-Paprika, Cayennepfeffer, nach Bedarf und Geschmack 5 – 6 TL grüner Pfeffer, Tomatenmark

750 g Möhren 3-4 EL Öl

1 Liter klare Brühe, ½ Bund glatte Petersilie

Zubereitung

Brötchen in kaltem Wasser einweichen. Zwiebeln und Knoblauch schälen. Zwiebeln fein würfeln, Knoblauch sehr fein hacken. Brötchen gut ausdrücken. Brötchen, Hack, die Hälfte des Knoblauchs und 1/3 der Zwiebelwürfel, Senf und Ei in eine Schüssel geben. Mit Salz, Pfeffer und Paprika würzen.

Mit den Knethaken des Handrührgerätes zu einer glatten Masse verkneten. Mit angefeuchteten Händen kleine Hackbällchen formen.

Möhren schälen, waschen und fein würfeln. Öl in einem weiten Topf erhitzen, Hackbällchen darin unter Wenden anbraten. Herausnehmen und beiseitestellen.

Restliche Zwiebeln und Knoblauch und Möhren im heißen Bratfett andünsten, Tomatenmark und Brühe zufügen und ca. 20 Minuten köcheln lassen. Zirka 5 Minuten vor Ende der Garzeit die Hackbällchen zufügen.

Petersilie waschen, trocken tupfen und bis auf einen kleinen Rest (zum Garnieren) hacken und die Suppe mit Salz und Cayennepfeffer abschmecken. Mit Petersilie bestreuen.

Bedanken möchte ich mich bei:

Meinen Korrekturlesern, für ihre Zeit und die gerechtfertigten Hinweise auf Fehler, die sich unerbittlich einschleichen, wenn ich im Schreibmodus gefangen und betriebsblind bin. Speziell danke ich meinem lieben Ehemann, Manfred, der immer als erster mein unausgereiftes Manuskript in die Hände bekommt.

Mein besonderer Dank gilt Andrea Heeke, die sich auch dieses Mal wieder viel Zeit genommen hat, den Text gewissenhaft durchzuarbeiten.

Auch bei Gisela Schierle bedanke ich mich, für die norddeutschen Rezepte und die Plattdüütsche Spraak.

Ein herzlicher Dank an Thorsten Manus, der mir – sowohl als Protagonist – als auch mit seinem Fachwissen über Whisky, beratend zur Verfügung gestanden hat.

Über die Autorin:

Rita Renate Schönig wurde 1955 in Seligenstadt geboren und wohnt, mit ihrem Ehemann, auch heute wieder in dem historischen Städtchen.

Als gelernte Industriekauffrau war sie bis 1998 in einem mittelständigen Industrieunternehmen tätig, danach selbstständig im Einzelhandel.

Seit Juni 2015 führt sie eine eigene Praxis für energetisch therapeutische Behandlungen.

„Raum der Harmonie"

In der Zeit von Nov. 2002 bis Jan. 2006 absolvierte sie ein Studium für Belletristik und Sachliteratur, sowie Journalismus.

Homepage: www.rita-schoenig.de
Mail: buch@rita-schoenig.de

Bis jetzt veröffentlichte Bücher:

Düsteres Erbe

Noth Gottes

Klosterbrot

Urlaub mit Flo

Regenbogen am Horizont